ROCKY MOUNTAIN HOPE

Band 22 der Rocky Mountain-Serie

von

Virginia Fox

Dragonbooks

Strubenacher 2, 8126 Zumikon, Schweiz

ISBN 978-3-906882-58-1

DIE AUTORIN

Virginia Fox, geboren 1978, war bereits im Alter von vier Jahren mit ihren zwei Hauptleidenschaften infiziert: mit der Liebe zu Büchern und Texten in jeglicher Form und der Liebe zu den Pferden. Nach dem Lesen zahlreicher Bücher und dem Schreiben verschiedener Kurzgeschichten und Essays startete sie ihr bisher größtes Projekt: Die Drachenschwestern-Trilogie. Nach der Fertigstellung der Trilogie musste sie feststellen, dass sich der Schreibvirus nicht abschütteln ließ. Im Dezember 2014 veröffentlichte sie Band 1 der neuen Rocky Mountain-Serie: Rocky Mountain Yoga. Weitere Bände folgten und folgen in regelmäßigen Abständen.
Die Autorin lebt zusammen mit ihrer Tochter, ihrem Australian Cattle Dog und einem launischen Kater in Zürich.

Mehr über die Autorin auf Facebook
facebook.com/authorvirginiafox, oder virginiafox.com.

Bei Dragonbooks von Virginia Fox auch erhältlich:

Die Drachenromane:

Band 1 - Die Drachenschwestern
Band 2 - Das Drachenkind
Band 3 - Das Drachenpferd
Band 4 - Das Drachenmädchen

Die Rocky Mountain Serie:

Band 1 – Rocky Mountain Yoga
Band 2 – Rocky Mountain Star
Band 3 – Rocky Mountain Dogs
Band 4 – Rocky Mountain Kid
Band 5 – Rocky Mountain Secrets
Band 6 – Rocky Mountain Fire
Band 7 – Rocky Mountain Life
Band 8 – Rocky Mountain Race
Band 9 – Rocky Mountain Lion
Band 10 - Rocky Mountain Gold
Band 11 - Rocky Mountain Crime
Band 12 - Rocky Mountain Heat
Band 13 - Rocky Mountain Snow
Band 14 - Rocky Mountain Horses
Band 15 – Rocky Mountain Kiss
Band 16 – Rocky Mountain Games
Band 17 – Rocky Mountain Love
Band 18 - Rocky Mountain Doc
Band 19 -Rocky Mountain Heart
Band 20 - Rocky Mountain Moon
Band 21 - Rocky Mountain Wish
Band 22 - Rocky Mountain Hope
Rocky Mountain Luck, Band 23 (Juni 2020)

Alle Neuerscheinungen und Preisaktionen werden unter virginiafox.com oder auf FB (authorvirginiafox) angekündigt.

1

Kane Evers war unterwegs zum Café *Sweets*, als er hinter der Scheibe Kristina Mertens, die leitende Chefärztin der Klinik von Independence, erblickte. Reflexartig duckte er sich in den Eingang der Buchhandlung, vor der er stand. Sein Herz klopfte wild, wie jedes Mal, wenn er sie sah. Umso mehr, seit er bei der Weihnachtsfeier unter dem Einfluss eines Glühweins der Versuchung eines Mistelzweiges nicht hatte widerstehen können und sie geküsst hatte. Das Gefühl ihrer Lippen hatte sich in sein Gedächtnis eingebrannt.

Der Schuss war nach hinten losgegangen. Was ihm als gute Idee erschienen war, um die Faszination, die die Ärztin auf ihn ausübte, endlich zu einem Ende zu bringen, hatte sich als Katalysator für einige nicht jugendfreie Fantasien erwiesen. Kein Wunder, denn innerhalb des Bruchteils einer Sekunde hatte sich der spielerische Kuss zu etwas sehr viel Machtvollerem entwickelt. Er hatte sich buchstäblich verselbstständigt. Als sie den Kuss notgedrungen unterbrochen hatten, um nach Luft zu schnappen, hatte er sie völlig geschockt angestarrt. Sein einziger Trost war, dass sie einen ähnlichen Ausdruck in den Augen gehabt hatte. Sie hatte ihn mit weit aufgerissenen Augen angesehen und unbewusst die Finger an die Lippen gelegt, die er eben noch geküsst hatte.

Nicht wissend, wie er die Situation handhaben sollte, hatte er irgendetwas davon gemurmelt, dass er seine Tochter Moira suchen müsse, und war geflüchtet. Diesen Modus Operandi hatte er die letzten drei Monate beibehalten. Nicht zum ersten Mal wünschte er sich, Jenny, seine verstorbene Frau und beste Freundin, würde ihm aus dem Jenseits mit Tipps zur Seite stehen. Schon damals, als sie sich kennengelernt hatten, war er ein hoffnungsloser Fall gewesen, was Frauen anging. Wenn sie nicht die Initiative ergriffen hätte, wären sie vermutlich nie ein Paar geworden. Nach ihrem Tod hatte er lange Zeit nicht das geringste Interesse daran gehabt, jemanden kennenzulernen. Ganz zu schweigen von der Tatsache, dass sein Leben als alleinerziehender Vater sich nicht dazu anbot, wieder in das Haifischbecken der Dating-Szene einzusteigen. Moira und ihre fragile Gesundheit waren das Wichtigste in seinem Leben. Da blieb keine Zeit, Frauen kennenzulernen. Zudem wollte er Moira keine endlose Reihe potenzieller Stiefmütter zumuten.

Letzteres hatte sich nicht geändert, auch wenn seine Libido aus ihrem Winterschlaf erwacht war und auf ihre Bedürfnisse pochte. Deshalb das Versteckspiel mit Kristina. Damit, dass ihm die Gefühle, die sie in ihm weckte, eine Scheißangst einjagten, hatte das gar nichts zu tun.

„Wenn du dich schon in den Eingang meines Ladens flüchtest, um Kristina zu entgehen, kannst du wenigstens ein Buch kaufen."

Erschrocken fuhr er herum und begegnete Charlies amüsiertem Blick. Die Besitzerin des Buchladens funkelte ihn verschmitzt an. Der Hund neben ihr, Blackbirds Servicedog Nelly, wedelte leicht, während er ihn misstrauisch betrachtete. Fremde, die im Hauseingang herumlungerten, waren Nelly wohl nicht ganz geheuer. Kluger Hund, dachte er und warf abermals einen Blick in Richtung Café *Sweets.*

„Ich hab mich nicht …"

Charlie hob herausfordernd eine Augenbraue.

„Okay. Vielleicht habe ich den Moment genutzt, um einer möglichen Konfrontation aus dem Weg zu gehen."

„Ich verstehe dich nicht", sagte sie kopfschüttelnd. „Hast du etwa Angst, dass sie sich auf dich stürzt, sobald sie dich sieht?"

„Eher umgekehrt", murmelte er und verfolgte Kristina, die eben aus dem Café trat, mit hungrigen Augen.

„Aaaah", antwortete Charlie, als wüsste sie genau, was in ihm vorging.

Himmel, dann wusste sie definitiv mehr als er selbst. Er selbst hatte keinen Plan. Was für einen erwachsenen Mann mehr als nur ein bisschen peinlich war.

„Ich bin sicher, dass ich in der Selbsthilfe-Abteilung einige Bücher zum Thema habe."

Verwirrt richtete er seine Aufmerksamkeit wieder auf Charlie.

„Zu welchem Thema?"

„Zurück ins Leben nach dem Tod eines geliebten Menschen?" Als sie sein Stirnrunzeln sah, fuhr sie fort mit: „Oder Dating als Single-Dad?" Wenn überhaupt möglich, wurden die Furchen auf seiner Stirn tiefer. „Das Wesen der Frauen für Dummies?" Der letzte, frei erfundene Titel entlockte ihm immerhin ein ersticktes Lachen. Solchermaßen ermutigt, fügte sie einen letzten Vorschlag hinzu: „Ein Handbuch für das erste Date?"

Kane schüttelte den Kopf.

„Auch wenn ich ziemlich sicher bin, dass das alles sehr hilfreiche Bücher sind, bräuchte ich wahrscheinlich eher einen Therapeuten, der mir das Chaos in meinem Kopf erklärt."

„In deinem Kopf? Oder in …", fragte Charlie listig.

Erneutes Lachen.

„Stimmt schon, ich fühle mich ein wenig wie ein Teenager, der einer aussichtslosen Schwärmerei verfallen ist."

„Wieso aussichtslos?"

Etwas hilflos hob er die Schultern.

„Mein Leben … es ist kompliziert. Und sie ist eine erfolgreiche Ärztin. Sie könnte es so viel besser treffen als mit einem

Rancher, der gerade so über die Runden kommt. Und dann habe ich noch eine Tochter. Uns gibt es nur im Doppelpack", schloss er in einem Tonfall, der schon fast etwas streitlustig klang.

Charlie ignorierte seine trotzige Haltung und erwiderte milde: „Kompliziert ist es doch immer. Das hat das Leben so an sich. Bezüglich deiner Meinung, dass sie es so viel besser treffen könnte – meinst du nicht, dass du diese Entscheidung ihr überlassen solltest? Ich kann dir versprechen, wenn wir Frauen eins nicht ausstehen können, sind es Männer, die denken, es wäre an ihnen, zu entscheiden, was das Beste für uns ist. Und was deine Tochter betrifft … Moira ist großartig. Vergiss nicht, ich war vor ein paar Jahren am selben Punkt wie du."

Charlie war vor ein paar Jahren mit Ethan, ihrem Sohn, auf der Flucht vor ihrem gewalttätigen Ex in Independence gelandet und geblieben. Hier hatte sie auch Blackbird kennen- und lieben gelernt. „Wenn ich damals nicht über meinen eigenen Schatten gesprungen wäre und meine Dämonen hätte gewinnen lassen, wäre das alles nicht möglich gewesen." Sie deutete mit dem Daumen hinter sich. Direkt im Eingang hing ein Bild, auf dem Blackbird, Ethan und Nelly zu sehen waren, wie sie beim Fischen zusammen am Fluss standen.

„Das ist ganz etwas anderes", konterte Kane. Seine Stimme hatte allerdings viel von ihrem Feuer verloren.

Charlie legte den Kopf schräg.

„Ist es das? Denk mal darüber nach. Und jetzt komm entweder rein und kauf ein Buch oder zieh deines Weges. Du schreckst meine Kunden ab, wenn du da so im Eingang rumhängst."

In Gedanken noch bei Charlies erstaunlich weisen Worten, folgte er ihr in die Buchhandlung. Erleichtert, dass alles seinen gewohnten Gang nahm, ging Nelly zu ihrem Platz neben der Kasse. Mit einem Seufzer ließ sie sich auf das dicke Hundekissen fallen.

„Das hätte ich jetzt nicht erwartet", zog Charlie ihn auf. „Du willst dir tatsächlich ein Buch zum Thema kaufen?"

„Ha, ha. Natürlich nicht. Aber Moira hat vor ein paar Tagen erwähnt, dass es ein neues Buch ihrer Lieblingsreihe gibt."

„Stimmt. Ich habe sogar bereits ein Exemplar für sie zur Seite gelegt."

Charlie eilte zum Durchgang, der das Lager vom Verkaufsraum trennte. Sie schlüpfte durch den Vorhang, nur um Sekunden später mit einem Taschenbuch in der Hand zurückzukehren.

„Hier. Das ist es."

„Danke."

Kane zog einige Scheine aus seiner Hosentasche und bezahlte das Buch. Immerhin hatte er nun nicht mehr das Gefühl, seine Zeit mit dem lächerlichen Versteckspiel verschwendet zu haben. Die Stimme in seinem Hinterkopf, die ihn hartnäckig darauf hinwies, dass diese Aktion nur einen Bruchteil seines Aufenthalts im Buchladen in Anspruch genommen hatte, schob er in eine dafür vorgesehene Schublade in seinem Hirn und brachte sie so zum Verstummen. In letzter Zeit war das verdammte Ding allerdings so voll geworden, dass er befürchtete, dass es irgendwann einfach platzen würde. Das emotionale Durcheinander, das darauf folgen würde, wollte er sich lieber gar nicht vorstellen. Aber darum würde er sich kümmern, wenn es so weit war. Er verabschiedete sich von Charlie und steuerte das Café an.

*

„Was ist denn mit dir los?", fragte Sunny, nachdem sie Kristina eine Viertelstunde zugesehen hatte, wie sie türenknallend und nicht wirklich leise vor sich hin schimpfend so getan hatte, als würde sie das Inventar kontrollieren.

„Nichts“, gab Kristina patzig zurück und stopfte eine Packung Watte zurück in den Schrank, aus dem sie sie eben herausgeholt hatte.

„Richtig. Nichts ist vermutlich der Grund, weshalb du die Wattepackung fast erwürgt hättest. Du weißt schon, dass wir sie so nur noch zu Demonstrationszwecken verwenden können?“

Kristina wirbelte herum, stemmte beide Hände in die Hüften und funkelte sie erbost an. Sunny war nur froh, dass sie zu neunundneunzig Prozent sicher war, dass der Ärger der Chefärztin nichts mit ihr zu tun hatte. Vermutlich der einzige Grund, weshalb sie nicht tot umfiel.

„Weißt du, was er heute gemacht hat?“

„Er?“

„Du weißt schon.“

Sunny hatte eine ziemlich genaue Vorstellung, hätte aber trotzdem gerne die Bestätigung gehabt. Allerdings hielt sie es für keine kluge Entscheidung, nachzuhaken, weshalb sie wohlweislich den Mund hielt. Auch wenn es ihr schwerfiel. Also nickte sie nur und wartete auf die Fortsetzung der Story.

„Er ist vor mir geflüchtet. Als hätte ich eine ansteckende Krankheit. Oder“, sie fuchtelte mit den Händen, während sie nach den treffenden Worten suchte, „als ob er es nicht aushalten könnte, dieselbe Luft zu atmen wie ich. Was ist eigentlich sein Problem? Ich habe ihn schließlich nicht dazu gezwungen, mir seine Zunge in den Hals zu stecken.“

„Natürlich nicht“, antwortete Sunny beruhigend.

Sie wusste tatsächlich auch nicht, weshalb Kane so ein Theater machte. Ein Kuss zwischen zwei erwachsenen Personen, noch dazu im Rahmen einer Feier, war nun wirklich nichts, weshalb man viel Aufheben machen musste. Wenn er die Erfahrung nicht wiederholen wollte, dann sollte er es einfach bleiben lassen. Der Aufwand, den er betrieb, um nicht in Kristinas Nähe zu landen, war wirklich lächerlich. Sunny hatte Kane eigentlich immer für einen super Typ gehalten. Ehrlich, ein guter Vater, ein hart arbeitender Rancher und gutaussehend. Doch so langsam ging ihr sein kindisches Verhalten auf die Nerven. Vor allem wenn sie aus erster Hand mitkriegte, wie sehr das Ganze ihrer Freundin zusetzte.

„Eben! Was zum Teufel ist also sein Problem?"

„Vielleicht solltest du ihn genau das mal fragen?"

Kristina schenkte ihr einen vernichtenden Blick.

„Dafür müsste er sich erst einmal in meine Nähe begeben."

„Oh. Stimmt. Das ist tatsächlich ein Problem." Sunny runzelte die Stirn. „Vielleicht schreibst du ihm einen Brief?"

Kristina schaute sie an, als hätte sie den Verstand verloren.

Was in einem gewissen Sinne auch stimmte. Wer schrieb heutzutage noch Briefe.

„Wie alt sind wir? Zwölf?", fragte sie sarkastisch. „Einen Brief. Mit Kästchen zum Ankreuzen. Willst du mit mir gehen? Ja, nein, vielleicht?"

Sunny zog den Kopf ein und rümpfte die Nase.

„Okay. Ich gebe zu, das war nicht gerade mein brillantester Vorschlag." Aber wenn eine Aussprache mit Kane außerhalb der Möglichkeiten lag, gab es nur eins. Eine Ablenkung musste her. Und vielleicht würde das auch dazu führen, dass Kane endlich aufwachte. Sie liebte es, wenn ihre Pläne das Potenzial hatten, zwei Fliegen mit einer Klappe zu schlagen. Um ein Haar hätte sie sich triumphierend die Hände gerieben, doch sie beherrschte sich. „Ich hab's!", rief sie aus.

Kristina musterte sie misstrauisch, schaute sie aber abwartend an, was definitiv für ihre Freundschaft sprach.

„Du brauchst einen Mann."

„Ist das nicht die Ursache all meiner Probleme?"

„Nicht diesen Mann. Das ist offensichtlich hoffnungslos", antwortete Sunny und machte eine wegwerfende Handbewegung. Dass Kristina bei ihren harschen Worten zusammenzuckte, ignorierte sie. Manchmal waren drastische Maßnahmen notwendig.

„Einen neuen.“

Sunny strahlte Kristina so erwartungsvoll an, dass sie nicht das Herz hatte, ihr zu erklären, dass sie keinerlei Interesse an einem anderen Mann hatte.

„Und wie soll ich den finden?“, antwortete sie deshalb, wenn auch nur halbherzig.

„Freitag ist Tanzabend im Diner. Ein Mädelsabend im Kreis deiner Freundinnen und ein wenig Flirten mit den Cowboys, das ist jetzt genau das Richtige.“

Kristinas Mundwinkel zuckten. Die Vorstellung, mit Sunny und den anderen auszugehen, war tatsächlich verlockend, wenn auch nicht aus den Gründen, die ihre Freundin im Sinn hatte.

„Und du bist darin Expertin?“

Sunny lachte.

„Glaub mir, das bin ich tatsächlich. Während all der Jahre, die Luke gebraucht hat, um endlich klarzukommen, musste ich mich öfter auf diese Weise trösten.“

„Ich sehe, wie gut das funktioniert hat“, antwortete Kristina trocken. Schließlich war Sunny seit Kurzem mit Luke, der Liebe ihres Lebens, verheiratet. Es hatte allerdings fast zehn Jahre gedauert, ihn davon zu überzeugen, dass das eine gute Idee war. Sie wusste nicht, ob sie ebenso viel Geduld aufbringen würde wie ihre Freundin.

„Und wenn schon. Immerhin habe ich die Jahre dazwischen nicht nur Trübsal geblasen.“

„Stimmt.“

Und sollte sie am Ende ebenso großes Glück haben wie Sunny und doch noch Kanes Aufmerksamkeit gewinnen, tja, dann würde sie nicht Nein sagen. Zumindest jetzt noch nicht. In zehn Jahren allerdings schon.

*

„Ich will nicht ins Krankenhaus“, jammerte Moira.

Verblüfft starrte Kane seine sonst so vernünftige Tochter an. Inzwischen fast dreizehn, zeigte sie keine der typischen Teenagerverhaltensweisen und war meist sehr umgänglich. Diesen Widerstand gegen die monatliche Vorsorgeuntersuchung hatte sie noch nie gezeigt. Er versuchte es mit Logik.

„Du weißt doch, dass mit deiner Erkrankung nicht zu spaßen ist."

Moira litt an Cystischer Fibrose, einer unheilbaren Erbkrankheit, die in ihrem Fall vor allem die Funktionen ihrer Lunge beeinträchtigte. Eine einfache Erkältung konnte für seine Tochter tödlich enden. Dieses Wissen begleitete ihn seit ihrer Geburt und hatte nichts von seinem Schrecken verloren.

„Aber ich hatte seit Monaten nicht einmal mehr einen Husten. Ich bin sogar gut im Sport", beharrte sie störrisch auf ihrer Meinung.

„Das weiß ich doch", antwortete er besänftigend und wollte ihr über die rotblonden Locken streichen, doch sie wich ihm aus. Wo war nur sein kleines Mädchen hingekommen? In letzter Zeit wusste er öfter nicht, was die richtige Vorgehensweise war. Sollte er strenger sein? Verständnisvoller? Ihr ihren Kopf lassen? Unbewusst schüttelte er den letzten Gedanken ab. Zumindest beim Thema Vorsorgeuntersuchungen war Letzteres keine Option, auch wenn es sehr verlockend war.

„Gibt es denn einen bestimmten Grund, weshalb du auf einmal beschlossen hast, dass die Untersuchungen doof sind?"

„Reicht es nicht, wenn ich einfach nicht will? Ist schließlich mein Leben!"

Bei diesem Schuss unter die Gürtellinie, hervorgebracht in patzigem Ton, zuckte er unversehens zusammen. Wenn er sie nicht so genau beobachtet hätte, wäre ihm vermutlich entgangen, dass sie gleichzeitig seinem Blick schuldbewusst auswich. Nicht zum ersten Mal war er heilfroh, dass er früher für das FBI gearbeitet und dabei seine Beobachtungsgabe geschult hatte. Das war das Einzige, das ihm in solchen Momenten dabei half, ruhig zu bleiben und ihre Äußerungen nicht persönlich zu nehmen. Er atmete tief durch.

„Es würde mir das Herz brechen, wenn dir etwas zustoßen sollte. Wenn es noch dazu etwas ist, was ich hätte verhindern können, indem ich dich zu einem Arztbesuch zwinge, würde ich mir ewig Vorwürfe machen. Also nein, deine Weigerung allein ist nicht genug. Ich muss schon wissen, warum du nicht mehr dahin willst“, entgegnete er ernst.

Moira schloss die Augen, bevor sie ihm einen listigen Seitenblick schenkte. Listig? Führte sie etwas im Schilde? Irgendwie bekam Kane langsam den Eindruck, Protagonist in einem Theaterstück zu sein, ohne das ganze Drehbuch zu kennen. Ein sehr beunruhigendes Gefühl, vor allem, wenn die eigene Tochter involviert war.

„Seit Kristina nicht mehr im Krankenhaus in Breckenridge arbeitet, ist es nicht mehr dasselbe“, teilte sie ihm mit kläglicher Stimme mit.

Froh, der Sache endlich auf die Spur zu kommen, beugte sich Kane vor und fasste nach der Hand seiner Tochter.

„Sind die anderen nicht nett? War jemand unfreundlich?“

Ihm war die letzten Male nichts Negatives aufgefallen. Aber was wusste er schon von den Nuancen der Gefühlswelt eines Teenies? Nichts. Das war das Problem.

„Nein.“ Sie starrte auf ihre Knie und begann, an einem unsichtbaren Fussel zu zupfen. „Es ist nur …“

„Was?“, hakte er nach und drückte ihr ermutigend die Hand.

„Die anderen Ärzte sind halt nicht Kristina.“

Dieses Gefühl hingegen konnte Kane nur zu gut nachvollziehen. Niemand war wie Kristina. Sie war einfach einzigartig, auch wenn er sich ziemlich sicher war, dass seine Tochter andere Kriterien hatte als er.

„Kristina ist schon was Besonderes“, antwortete er deshalb vorsichtig.

Moira schenkte ihm einen langjährig erprobten Augenaufschlag aus ihren goldgelben Augen und holte zum entscheidenden Schlag aus.

„Können wir nicht nach Independence in die Klinik fahren?"

„Äh …", war Kanes nicht sonderlich eloquente Antwort auf die überraschende Wendung, die dieses Gespräch genommen hatte. „Nur dieses eine Mal?"

„Hm", druckste Moira herum. „Ich meinte eigentlich eher … immer. Es gibt ja keinen Grund, so weit nach Breckenridge zu fahren, oder?" Sie hatte sich ihre Argumente sorgfältig zurechtgelegt. Zusammen mit Shauna, Paulas und Nates Tochter, hatte sie eine ganze Pro- und Kontraliste erarbeitet.

„Das ist richtig", gab Kane widerstrebend zu. „Allerdings ist die Straße nach Breckenridge besser."

Die Ranch lag recht abgelegen, direkt auf der anderen Seite eines Berggrats, der sie effektiv von Independence fernhielt. Auf direktem Weg führte nur ein Bergpfad nach Independence. Mit dem Auto musste man einen Umweg über eine schmale Passstraße fahren. In der gleichen Zeit war man auch in Breckenridge, konnte aber auf dem Highway fahren.

„Wenn es schnell gehen muss oder die Straßen schlecht sind, können wir ja ausnahmsweise nach Breckenridge fahren", schlug Moira hastig vor. „Aber an einem schönen Frühlingstag wie heute", sie gestikulierte in Richtung Fenster, „oder morgen, spricht doch nichts dagegen, nach Independence zu fahren. Der Schulbus fährt ja auch diese Strecke. All meine Freundinnen sind dort." Jetzt, wo sie erst einmal angefangen hatte, war sie nicht mehr zu bremsen.

Kane lehnte sich zurück und lächelte, während er ihrer Aufzählung zuhörte. Es war offensichtlich, dass sie sich ganz schön viele Gedanken zu dem Thema gemacht hatte. Anscheinend war ihr das Thema wichtig.

„Ich könnte anschließend auch bei Shauna übernachten. Dann hättest du sozusagen frei."

Das letzte Argument entlockte ihm ein ersticktes Lachen.

„Frei? Was soll ich denn mit plötzlicher Freizeit anfangen? So ganz ohne dich?"

Er beugte sich vor und kitzelte sie.

Moira kicherte.

„Hör auf, Dad! Du weißt schon. Erwachsenendinge."

Er zeigte Mitleid mit ihr und stellte die Attacke ein. Grinsend fragte er: „Du musst mir helfen. Ich habe anscheinend alles vergessen. Was sind denn Erwachsenendinge?"

„Du weißt schon", erwiderte sie altklug. „Bier trinken. Schmutzige Witze machen. Küssen."

Die Liste entlockte Kane ein ersticktes Lachen. Wie kamen Kinder nur auf solche Dinge? Er beschloss, sie ein wenig aufzuziehen.

„In dieser Reihenfolge?"

Völlig ernst zuckte sie mit den Schultern.

„Keine Ahnung. Das kannst du selbst entscheiden."

„Wie großzügig" murmelte er, als Moira noch etwas hinzufügte.

„Schau einfach, dass für das Küssen noch genug Zeit bleibt."

„Was?!"

Doch sie hatte sich schon vorgebeugt und ihn auf die Wange geküsst und war aus dem Raum gehüpft.

Sprachlos schaute er seiner Tochter, der Meistermanipulatorin, hinterher. Was führte sie bloß im Schilde?

Das leere Wohnzimmer bot leider keine Antworten. Vielleicht sollte er seine Hunde Olaf und Sven fragen. Doch die lagen draußen in der milden Wintersonne und machten Mittagsschlaf. Er seufzte und griff nach seinem Handy. Sah ganz so aus, als müsste er den morgigen Termin im Krankenhaus in Breckenridge absagen und versuchen, einen neuen in der Klinik in Independence zu kriegen.

Bei dem Gedanken, vielleicht gleich mit Kristina zu sprechen, wurde ihm ganz heiß. Bestimmt war für die Termine eine Rezeptionistin zuständig, beruhigte er sein aufgeregt pochendes Herz. Ein reiner Routineanruf also.

*

Moira stand oben an der Treppe und lauschte. Sie hätte nie gedacht, dass es so einfach sein würde, ihren Dad dazu zu bringen, nach Independence zu fahren. Aber es hatte geklappt. Am liebsten wäre sie an Ort und Stelle auf- und abgehüpft, doch das hätte ihren Lauscherposten gefährdet. Und wenn sie wollte, dass das Projekt „Eine-Frau-für-Dad“ Früchte trug, musste sie auf dem Laufenden bleiben. Seit Weihnachten war alles zum Stillstand gekommen. Dabei hatte es erst so gut ausgesehen. Shauna hatte ihr Live-Filmmaterial von der Weihnachtsfeier gezeigt. Ihr Dad hatte tatsächlich Kristina geküsst. In ihrer ersten Euphorie hatte sie gedacht, jetzt sei es nur noch eine Frage der Zeit, bis die hübsche Ärztin bei ihnen einzog und sie zusammen eine richtige Familie bildeten.

Moira liebte und vermisste ihre Mom, die vor zehn Jahren gestorben war, noch immer. Doch sie wusste auch, dass Mom nie mehr wiederkommen würde. Kristina war genau die Richtige, um ihre Familie zu vervollständigen. Aber Dad steht anscheinend auf der Leitung, dachte sie frustriert. Seit Weihnachten hatten sie Kristina kein einziges Mal mehr gesehen. Und seit sie nicht mehr in Breckenridge arbeitete, sondern die Leitung der Klinik in Independence übernommen hatte, fielen sogar diese sporadischen Treffen weg. So ging das nicht weiter!

Sie konnte es nicht erwarten, Shauna zu erzählen, wie glatt der erste Teil ihres Aktionsplans vonstattengegangen war. Wenn sie ehrlich war, war sie ein kleines bisschen stolz auf sich. Sie würde Shauna später eine Textnachricht schicken.

Vielleicht sollte sie ihrem Dad eine To-do-Liste schreiben? Sie runzelte die Stirn. Besser nicht. Sonst wurde er vielleicht noch wütend. Allerdings stellte er sich manchmal unglaublich kompliziert an. Ob wohl alle Erwachsenen so waren? Vielleicht sollte sie Kristina einweihen? Sie kaute auf ihrer Unterlippe. Erst mal würde sie abwarten. Wer wusste schon, wie kompliziert Kristina war? Hoffentlich nicht ganz so kompliziert wie ihr Vater. Sonst würde das eine anstrengende Sache werden.

Unvermittelt ging ihr die Puste aus. Erschrocken ließ sie sich auf die oberste Treppenstufe plumpsen. Das war ihr in letzter Zeit öfter passiert. Doch sie wollte nicht, dass ihr Dad davon erfuhr. Er war so glücklich, seit sie diese lange gesunde Phase hatte. Solange es nicht schlimmer wurde, wollte sie ihn nicht beunruhigen. Routiniert zog sie ihren Inhalator aus der Tasche ihres Sweatshirts und tat einen tiefen Zug. Die darin enthaltenen Medikamente öffneten die Gefäße in ihren Lungen, sodass ihr das Atmen sofort leichter fiel.

Froh, die Episode hinter sich gebracht zu haben, ohne ihren Dad zu alarmieren, stand sie auf und ging in ihr Zimmer, um mit Shauna zu schreiben.

2

Kristina parkte ihr Auto vor Sunnys und Lukes Haus. Nachdem sie beide meist zur gleichen Zeit anfingen zu arbeiten, fuhren sie gemeinsam zur Klinik und wechselten sich mit dem Fahren ab. Wie jeden Morgen hatte sie zuvor im *Sweets* Kaffee und zwei Brötchen geholt. Wenn Susan Montgomery, die einen Teil der Bäckerei gemietet hatte und dort leckere Kekse für Menschen und Tiere fabrizierte, schon da war, gab sie ihr immer auch eine Handvoll Hanf-Sticks für Sunnys speziellen vierbeinigen Freund mit.

„Für den kleinen Räuber", hatte sie auch heute gesagt.

„Ich bin ziemlich sicher, dass Sunny gut für ihn sorgt."

„Ach, von was Gutem kann man nicht zu viel haben", hatte Susan gemeint und ihr zugezwinkert.

Dem konnte Kristina nicht guten Gewissens widersprechen, weshalb sie die Kekse widerspruchslos eingesteckt hatte. Zudem musste sie so ihr Brötchen nicht teilen. An Tagen, an denen Sunny noch nicht auf der Veranda parat stand, verlangte der „kleine Räuber", der in Wahrheit ein ausgewachsener Waschbär war, der sich unerklärlicherweise an Sunny gebunden hatte, einen Wegzoll.

Sunny behauptete zwar immer, er wäre völlig harmlos. Doch bislang hatte sich Kristina noch nicht getraut, diese Theorie zu testen. Wenn Wolverine, wie Sunny den wilden Kerl getauft hatte, sich vor ihr zu seiner vollen Größe aufrichtete und sie anfauchte, verlor sie jedes Mal die Nerven und gab ihm lieber einen Teil ihres Frühstücks ab.

Sobald er seine Beute in der Hand hielt, verwandelte er sich in den umgänglichsten Frühstückspartner der Welt. In diesen Momenten konnte sie Sunnys Faszination für das halbwegs domestizierte Wildtier sogar verstehen. Die Art und Weise, wie er das Essen in seinen dunklen Pfoten hielt und hin und her drehte, bevor er sich für die beste Stelle entschied, um hineinzubeißen, war wirklich niedlich. Allerdings schien diese Taktik nicht nur bei ihr erfolgreich zu sein, sodass er in letzter Zeit sehr zugenommen hatte. Anscheinend hatte Nate, der örtliche Tierarzt, Sunny erst vor Kurzem eine Standpauke gehalten und sie darauf hingewiesen, dass sie ihn besser auf Diät setzte.

Shauna und Leslie, Nates Töchter, hatten daraufhin prompt einen Artikel auf Facebook gepostet, in dem sie die Wichtigkeit einer gesunden Ernährungsweise für Waschbären herausgestrichen hatten. Die Hoffnung war wohl, dass die lieben Bewohner in Zukunft mit einer Möhre in der Tasche herumliefen, anstatt Wolverine mit allerlei Unsinn vollzustopfen.

Kristina stieg aus. Bevor Wolverine sich daran erinnerte, sie anzufauchen, legte sie ihm bereits die Kekse vor die Nase. Misstrauisch beäugte er sie für einen Moment, bevor er blitzschnell zur Treppe flitzte und die Mitbringsel einsteckte. Bei seinem hastigen Rückzug übersah er einen einzelnen Schuh, der mitten auf der Veranda lag, und stolperte prompt drüber. Die Kekse flogen kreuz und quer durch die Luft. Der Waschbär kam flach auf dem Rücken zu liegen. Sunny, die in diesem Moment durch die Tür trat, hob die Augenbrauen.

„Frühsport?“

Kristina lachte.

„Ich habe ihn damit überfordert, dass ich ihm sein Frühstück ohne Aufforderung hingelegt habe. Das hat ihn so verwirrt, dass er offensichtlich nicht aufgepasst hat.“

„Nachdem das der Schuh ist, den Luke seit drei Tagen sucht, habe ich nicht allzu großes Mitleid mit ihm“, antwortete Sunny trocken.

Als hätte er sie verstanden, schenkte ihr Wolverine einen giftigen Blick, während er sich hastig aufrappelte. Erst dann machte er sich daran, seine heiß geliebten Kekse zusammenzusuchen.

„Sind das die Wunderkekse von Susan?“

Kristina nickte.

„Natürlich. Du hattest ja gesagt, dass Donuts von seinem Speiseplan gestrichen sind.“

„Leider, ja. Aber die Kekse mag er auch. Von denen wird er wenigstens nicht fett. Zumindest nicht, wenn er keine ganze Packung frisst.“

„Keine Angst, ich gebe ihm nur das absolute Minimum, um lebendig bis zu deiner Tür zu gelangen.“

„Das funktioniert bestens auch ohne …“

„… Bestechung, ich weiß“, beendete Kristina den Satz. „Aber morgens um sieben bin ich einfach zu wenig abenteuerlustig, um das zu wagen.“

„Eines Tages wirst du mit dem Racker kuscheln.“

Kristina schnaubte belustigt.

„Nein, danke. Da lege ich mir vorher einen Hund zu.“

Gemeinsam gingen sie zum Auto und stiegen ein.

Mit einem dankbaren Seufzer griff Sunny nach dem Kaffeebecher in der Mittelkonsole.

„Aaah. Vielen Dank!“

„Keine Ursache. Ich erhalte ja denselben Service von dir.“

„Trotzdem. Was ist los?“, fragte sie, als Kristina, die Hand am Startknopf, bewegungslos sitzen blieb. „Weshalb fährst du nicht los?“

„Schau mal in den Rückspiegel“, antwortet Kristina.

Beim seltsamen Klang ihrer Stimme drehte sich Sunny gleich in ihrem Sitz um, ohne zu versuchen, einen Blick in die nicht auf den Beifahrer ausgerichteten Spiegel zu werfen. Sie blinzelte.

„Ist das, was ich sehe, das, was ich denke?"

Kristina nickte.

Hinter dem Auto sah sie Merline, die Elchkuh, die vor allem in den Wintermonaten öfter mal Independence unsicher machte. Sie war freundlich, aber riesig. Und stur. Wenn sie sich nicht bewegen wollte, war es ziemlich schwierig, sie dazu zu überzeugen, aus dem Weg zu gehen.

„Rufen wir jetzt die Elchflüsterin an?", witzelte Sunny und bezog sich damit auf Zelda, die ganz zu Anfang, als sie zurück nach Independence gezogen war, einen berühmt-berüchtigten Zusammenstoß mit dem Tier gehabt hatte.

„Ich glaube, Susan wäre die bessere Wahl. Hat die nicht eine spezielle Freundschaft mit Merline?"

„Stimmt. Susan. Ich glaube allerdings, Merline steht primär auf Susans Kekse."

„Mist. Und ich habe meine letzten an deinen Waschbären verschwendet. Wenn ich jetzt wählen könnte, würde ich es eher mit Wolverine als mit der Elchkuh aufnehmen."

Sunny wühlte in ihrer Jackentasche.

„Ich hab noch welche", rief sie triumphierend und zog die Hand, gefüllt mit Keksen, hervor.

„Na dann, auf, auf."

„Du bist sicher, du willst nicht selbst …"

„Ich muss schauen, dass der Motor läuft", erklärte Kristina. „Sobald sie dir zur Seite folgt, fahre ich los und du springst in den Wagen."

„Du hast zu viele Action-Filme gesehen", grummelte Sunny, griff aber brav zum Türgriff.

Bevor sie jedoch aussteigen konnte, sprang ein grauschwarzer Schatten auf die Motorhaube, kletterte behände über die Windschutzscheibe aufs Dach und sprang der großen Elchkuh buchstäblich ins Gesicht. Erschrocken machte diese einen Satz rückwärts, bevor sie umkehrte und die Straße hinuntergaloppierte.

Die beiden Frauen starrten sich mit offenem Mund an.

„Hast du das gesehen?“, fragte Kristina schließlich ungläubig.

„Mein Ninja-Waschbär“, seufzte Sunny schwärmerisch.

„Belohn deinen Ninja lieber auf der Veranda, bevor er noch denkt, er könnte mitfahren. Ich habe schließlich keinen Pick-up wie du. Ich bin Wolverine zwar dankbar, dass er Merline weggejagt hat. Aber nicht sooo dankbar, dass ich ihn zu mir ins Auto einladen würde.“

„Das ist aber nicht nett“, murmelte Sunny mit einem Augenzwinkern. Sie stieg aus und legte die Kekse demonstrativ auf der Veranda aus.

Kristina sah im Rückspiegel, wie der Waschbär zwischen dem Verlangen nach der leckeren Belohnung und der Aussicht auf einen Ausflug mit dem Auto schwankte. Aber schließlich gewann seine gefräßige Natur die Oberhand und er kletterte auf den Boden. Kristina zog den Kopf ein, als sie das Kratzen seiner Krallen auf dem Metall hörte. Ob die Versicherung wohl Waschbärschäden übernahm? Irgendwie bezweifelte sie es.

*

Zwei Stunden später, als sie zwischen zwei Patientinnen durch den Korridor eilte, streckte ihr Sarah, die für die Patientenannahme zuständig war, einen aktualisierten Terminplan entgegen.

„Du hast Zeit für eine kurze Pause. In zehn Minuten geht es weiter in Behandlungsraum 3. Moria Evers.“

Kristinas Augenbrauen schossen hoch.

„Moira Evers? Ein Notfall?“

Sarah schüttelte den Kopf.

„Nicht dass ich wüsste. Der Vater hat gestern angerufen und um einen Termin gebeten. Und zwar hat er ausdrücklich nach dir verlangt." Sie warf ihrer Chefin einen berechnenden Seitenblick zu. „Du weißt nicht zufällig etwas darüber?"

Kristina schüttelte vehement den Kopf.

„Nein. Im Gegenteil. Es wundert mich, dass er sich unserer Klinik überhaupt nähert, nachdem er mich meidet wie der Teufel das Weihwasser", murmelte sie. „Deshalb hatte ich gleich die Befürchtung, es würde sich um einen Notfall handeln."

Sarah zuckte mit den Schultern.

„Er hat um einen Vorsorgetermin gebeten. Nachdem dein Zehn-Uhr-Termin abgesagt hatte, konnte ich ihm den Wunsch erfüllen."

Beflissen wie immer hielt sie der Oberärztin einen Apfel hin. Dankbar griff Kristina danach und biss hinein.

„Du bist die Beste", lobte sie mit vollem Mund.

„Ich erinnere dich bei der nächsten Lohnrunde daran."

„Mach das. Ich mein's ernst", versicherte ihr Kristina und schlüpfte in ihr Büro.

Gedankenverloren aus dem Fenster starrend, nagte sie den Apfel bis auf das Kerngehäuse ab. Verstehe einer die Männer. Erst küsste er sie, dann spielte er Verstecken und jetzt tauchte er in ihrer Klinik auf.

Mit einem letzten Blick auf die von der winterlichen Kälte braun gefärbte Landschaft drehte sie sich um und schmiss die Überreste des Apfels in den Papierkorb.

Nach einem gründlichen Schrubben ihrer Hände am Waschbecken, welches sie extra hatte installieren lassen, machte sie sich auf den Weg zum Wartezimmer. Gleich würde sie wissen, was Vater und Tochter hier wollten.

*

Moira saß mit kerzengeradem Rücken auf dem unbequemen Plastikstuhl und starrte schon seit geschlagenen zehn Minuten auf die Tür. Offenbar konnte sie es nicht erwarten, Kristina wiederzusehen. Er unterdrückte ein Lächeln. Wenn er ehrlich war, ging es ihm nicht anders. Zudem erkannte er, dass es ziemlich idiotisch gewesen war, jeglichen Kontakt zu Kristina abzubrechen. Vor allem mit dem Hintergedanken, Moira vor einer möglichen Enttäuschung zu bewahren, falls das zwischen ihm und Kristina zu nichts führte. Moira hatte schon längst eine eigenständige Beziehung zu ihrer langjährigen Ärztin. Eine Beziehung, völlig unabhängig von ihm. Eine sehr ernüchternde Erkenntnis. Wieder einmal dachte er, dass es für Eltern genauso Neuland war, wenn die Kinder groß wurden, und nicht nur umgekehrt.

„Dad", sagte Moira plötzlich und drehte sich zu ihm um.

„Ja?"

„Meinst du, du könntest …" Sie brach ab und verschränkte die Finger ineinander, nur um sie gleich wieder zu lösen. „Also, ich dachte … Vielleicht …"

Nach dem dritten Anlauf hielt es Kane nicht mehr aus. Er stand auf und ging vor ihr in die Knie. Ihre Hände sicher in den seinen, nickte er ihr zu.

„Was ist denn? Du weißt doch, dass du mich alles fragen kannst."

„Kann ich dieses Mal allein zur Untersuchung gehen? Also ohne dich?" Die Worte purzelten nur so aus ihr heraus, als hätten sie sich schon länger angestaut. Sie schaute ihn unsicher an, als wäre sie sich nicht sicher, wie seine Reaktion ausfallen würde.

Kane blinzelte, um seine erste spontane Reaktion, die „Nein, auf gar keinen Fall!" lautete, für sich zu behalten. Er wollte ihren Stress nicht noch verstärken. Gleichzeitig musste er zugeben, dass es ihm gerade schwerfiel, ihre Bitte nicht persönlich zu nehmen.

Moira schlug die Augen nieder.

„Ist schon okay, Dad. Du kannst mitkommen. Es war nur so eine Idee. Nicht, weil ich dich nicht mehr lieb habe."

Dieses Kind hat ein Herz aus Gold, dachte Kane bei sich. Offensichtlich hatte er mit seiner Antwort zu lange gewartet. Und jetzt machte sie sich Sorgen, dass er sich zurückgesetzt fühlte. Dabei war es doch seine Aufgabe, dafür zu sorgen, dass es ihr gut ging. Nicht umgekehrt.

Er nahm sie in den Arm.

„Wenn du das wirklich möchtest, kannst du gerne allein zur Untersuchung gehen. Du bist ja schon groß."

„Wirklich?"

„Wirklich."

„Du bist der Beste."

Kane lächelte.

„*Du* bist die Beste. Aber vorläufig wird mir Kristina noch alles erzählen, was ihr besprochen habt, okay? Bis sie das für sich behält, vergehen es noch einmal ein paar Jahre."

Für einen Moment sah sie nochmals besorgt aus, doch dann klärte sich ihr Blick.

„Okay."

In diesem Moment trat Kristina ins Zimmer. Für einen Moment trafen sich Kanes und Kristinas Blicke. Kurz blitzte Lust in ihren blauen Augen auf, bevor die Maske der Professionalität sicher an ihren Platz rutschte und sie sich seiner Tochter zuwandte. Sobald sie Moira sah, strahlte sie. Das unverfälschte Lachen verfehlte seine Wirkung nicht. Moira sprang auf und rannte auf die Ärztin zu.

„Kristina! Ich habe dir so viel zu erzählen."

„Das freut mich. Dann lass uns gehen." Fragend sah sie sich nach Kane um. „Kommst du auch?"

Er schüttelte den Kopf.

„Heute nicht. Moira hat mich gebeten, euch zwei allein zu lassen."

Als er ihr ungläubiges Stirnrunzeln sah, zuckte er innerlich zusammen. Aufgrund seines Verhaltens der letzten Wochen glaubte sie bestimmt, dass es sich um eine seiner Vermeidungstaktiken handelte. Das konnte er ihr nicht einmal übelnehmen, nachdem er sich das selbst eingebrockt hatte.

„Ich bin schon groß“, erklärte Moira in diesem Moment altklug. „Ich habe ihm gesagt, er müsse nicht mehr mitkommen.“ Verschwörerisch beugte sie sich zu Kristina. „Ich glaube, er ist ein wenig traurig, dass er nicht mitkommen darf. Aber er gibt es nicht zu.“

Kane begegnete dem nun verständnisvollen Lächeln, mit dem sie ihn flüchtig bedachte, mit einem verlegenen Grinsen.

„Na dann, junge Dame, auf zum Behandlungsraum Nummer drei.“

Kane sah den beiden nach, bis die Tür hinter ihnen ins Schloss fiel, bevor er sich mit einem tiefen Seufzer auf einen der Stühle fallen ließ. Man konnte es drehen, wie man wollte. Frauen waren wunderbar. Und ebenso rätselhaft.

*

„Hattest du in der letzten Zeit Beschwerden?“, fragte Kristina, während sie die Lunge des Mädchens abhörte.

Vehement schüttelte Moira den Kopf, doch ihre Augen wichen zur Seite aus.

„Gar keine?“, hakte sie deshalb nach. Die anschließenden Tests würden ihre eigene Sprache sprechen, doch um Moira die beste Behandlung zukommen zu lassen, brauchte sie das Vertrauen des Mädchens. Natürlich ging es auch anders. Irgendwie. Doch die Resultate waren in der Regel nicht zu vergleichen. Sei es, weil Anweisungen nicht richtig umgesetzt oder auch Medikamente nicht richtig eingenommen wurden, egal. Es war einfach nicht gleich gut. „Nicht einmal eine vorübergehende Kurzatmigkeit?“

Dazu erhielt sie ein Schulterzucken.

„Hast du den Inhalator immer dabei?“ Ihre Stimme blieb freundlich, aber bestimmt.

Moira wand sich ein wenig, bevor sie gestand: „Ich habe ihn immer dabei. Ab und zu benutze ich ihn auch. Aber bitte erzähl meinem Dad nichts davon."

„Aber … Es ist wichtig, dass er darüber Bescheid weiß", erinnerte Kristina sie, etwas strenger als noch eben. Neben dem Vertrauen in den behandelnden Arzt war der familiäre Support mindestens so wichtig. Besonders für Kinder.

„Aber er macht sich dann immer gleich solche Sorgen", hielt Moira stur an ihrem Entschluss fest. „Das will ich nicht."

„Es tut mir leid, aber ich muss …"

Moira hob das Kinn und sah ihre Ärztin herausfordernd an.

„Und was ist mit dem Arztgeheimnis?"

Beinahe hätte Kristina gelacht. Wohlweislich schluckte sie es hinunter. Auf keinen Fall wollte sie den Eindruck erwecken, das Mädchen nicht ernst zu nehmen.

„Das kommt dann, wenn du noch ein wenig älter bist."

Allen Mut zusammennehmend, schaute Moira sie unverwandt an.

„Soweit ich weiß, ist es in der Regel so, dass ein Kind bezüglich des Arztgeheimnisses als Erwachsener behandelt wird, wenn es reif genug ist, selbst den Arzttermin wahrzunehmen."

Kristina wollte gerne widersprechen, hatte auch schon zum Sprechen angesetzt, als sie den Mund wieder schloss. Moira erzählte nichts Unwahres. Das war tatsächlich so. Allerdings war es ein sehr schmaler Grat, auf dem sie als Ärztin da wandelte. Vor allem, wenn die Patientin erst zwölf – zugegeben, fast dreizehn – war. Schließlich sagte sie: „Ich schlage dir einen Kompromiss vor. Wenn ich etwas finde, was tatsächlich Anlass zur Sorge gibt, informiere ich deinen Dad. Vorher nicht."

„Und wenn ich damit nicht einverstanden bin?"

Kristina hob eine Augenbraue.

„Die andere Variante ist, dass ich ihm alles erzähle."

Die Kleine ließ theatralisch die Schultern nach vorn fallen und gab sich geschlagen.

„Also gut."

„Wollen wir jetzt mit den Tests weitermachen?"

„Gleich … Ich habe nur noch eine Frage."

„Schieß los", sagte Kristina und lächelte sie aufmunternd an.

„Wie findest du eigentlich meinen Dad?"

„Was?"

„Na, meinen Dad! Für einen Dad ist er doch ganz in Ordnung."

„Äh … Ja." Was wollte sie auch anderes sagen? Es war schlicht und einfach die Wahrheit. Zudem verdiente es jedes Mädchen, zu hören, dass ihr Vater großartig war. Vor allem, wenn es den Tatsachen entsprach.

„Nur *ja*? Oder *wow*?"

Moira ließ nicht locker.

„Ich finde deinen Dad großartig", gab sie schließlich zu.

Als sie das hoffnungsvolle Glitzern in Moiras Augen sah, machte sie schnell einen Rückzieher.

„Aber natürlich nicht für mich."

Sie wollte die Hoffnungen des Mädchens nicht umsonst schüren. Schließlich hatte Kane mehr als deutlich gemacht, dass er sie nicht als potenzielle Partnerin betrachtete.

Moira runzelte die Stirn.

„Wieso nicht? Er sieht gut aus. Also für einen Dad. Und du auch."

„Danke", antwortete Kristina trocken. Wann genau hatte sie eigentlich die Kontrolle über das Gespräch an eine Zwölfjährige verloren? Gedanklich schrieb sie Kane ein paar Pluspunkte gut. Der musste sich mit dieser Charmeuse, die noch dazu blitzgescheit war, tagtäglich auseinandersetzen. Das war bestimmt nicht immer ganz einfach.

„Und küssen geht auch gut." Als Kristina protestieren wollte, hob sie mahnend einen Zeigefinger in die Höhe, um sie zu stoppen. „Abstreiten ist sinnlos. Ich habe das Video gesehen."

Kristina klappte den Mund wieder zu. Verdammte Technik und verdammte Social Media.

„Du bist also nicht abgeneigt?"

„Nicht abgeneigt, was zu tun?"

„Na, das Küssen natürlich."

Kristina spürte, wie sie doch tatsächlich rot wurde. Das wortlose Zugeständnis schien Moira zu genügen. Sie sprang auf und klatschte vergnügt in die Hände.

„Dann können wir jetzt die Tests machen. Das war alles, was ich wissen wollte."

„Da bin ich aber froh", antwortete die Ärztin ironisch. „Was meint denn dein Dad zu deinen Kuppelversuchen?"

„Ach, der weiß nichts davon. Erst einmal wollte ich bei dir vorfühlen. Männer sind komplizierter. Da braucht es Fingerspitzengefühl."

„Wie wahr", murmelte Kristina, als sie ihr aus dem Zimmer ins Atemzentrum folgte. Seit wann waren Teenager so weise? Das war irgendwie an ihr vorbeigegangen, als sie in dem Alter gewesen war.

3

„Da bist du ja endlich!“, begrüßte Anabelle sie, als Kristina sich im Diner einen Weg durch die Gäste bahnte, um sich zu den anderen Frauen beim Billardtisch zu gesellen. Astrid und Vi lieferten sich ein schwesterliches Billard-Duell, während Sunny, Zoé, Paula und Tyler einander das Leben vor der Dartscheibe schwer machten. Paige, die ortsansässige Reporterin, und Kat saßen mit einem kleinen Rudel Hunden zu ihren Füßen in der Ecke und waren in ein Gespräch vertieft.

Ein warmes Gefühl stieg in Kristina auf, als sie reihum die anderen begrüßte. Sie war wirklich froh, hier so schnell Anschluss gefunden zu haben. Obwohl sie erst seit ein paar Monaten in Independence wohnte und arbeitete, hatte sie hier bereits mehr Freundinnen als in den letzten fünf Jahren, die sie in Breckenridge verbracht hatte. Vielleicht, weil Independence kleiner war. Doch sie bezweifelte, dass das der einzige Grund war. Sie war sich ziemlich sicher, dass es an den Personen lag. Die Leute hier waren einfach offener. Warmherziger. Ehrlich interessiert an anderen. Zugegeben, die wenigsten würden sich für einen diplomatischen Posten qualifizieren. Dafür waren sie viel zu direkt und hielten mit ihrer Meinung nicht hinter dem Berg. Paula war wahrscheinlich die Unerbittlichste in der Gruppe. Gleichzeitig war sie die loyalste Freundin, die man sich wünschen konnte, wenn man erst einmal zu ihrem inneren Kreis gehörte. Astrid und Zelda hingegen, die zusammen die örtliche Apotheke führten, und auch Paige – trotz ihres Berufes

–, waren ruhigere Typen. Aber wie hieß es so schön? Stille Wasser sind tief.

Suchend schaute sie sich nach einer der Disney Sisters um. Seit mehreren Jahrzehnten führten die beiden Schwestern Miss Minnie und Miss Daisy gemeinsam das Diner. Miss Minnie war für gewöhnlich mit der Betreuung der Gäste beschäftigt, während Miss Daisy in der Küche stand und nebenbei das angeschlossene Bed & Breakfast führte. Die beiden waren stolz darauf, am Puls von Independence zu sein. Jedes Gerücht, auch wenn es nur ein Flüstern war, kam ihnen zu Ohren. Kristina graute es vor dem Tag, an dem die beiden sich auf sie konzentrieren würden. Momentan genoss sie vermutlich noch Welpenschutz, so als Neuzugezogene und sehnlichst erwartete Klinikleiterin. Sie hoffte, das würde noch eine Weile so bleiben.

Doch jetzt war sie zu hungrig, um sich darüber Sorgen zu machen. Nicht mehr lange und die Tische würden zur Seite geschoben werden, um eine Tanzfläche zu schaffen. Die Zeit würde gerade noch reichen, um eine Portion von Miss Daisys sagenhaft scharfen Chicken Wings zu vertilgen und ein oder auch zwei Gläser Bier zu trinken.

Die Sitznischen an den Fenstern, ausgestattet mit uralten Vinylpolstern in verblichenem Rot, waren alle voll besetzt. Das Diner sah immer noch aus, als wäre es direkt den fünfziger Jahren entsprungen, was einen großen Teil seines Charmes ausmachte. Es hatte dieselbe Ausstrahlung wie eine gut erhaltene, wenn auch in die Jahre gekommene Lady. Wie es sich für die Gegend gehörte, hingen Jagdtrophäen an den Wänden. Sie war keine Jagdanhängerin, doch sie hatte sich an den Anblick gewöhnt. Wen sie nicht entdecken konnte, war Miss Minnie.

In der Erwartung, sie hinter der Bar zu finden, drehte sie sich zu der langen Holztheke um. Doch dort war nur Melissa damit beschäftigt, Gläser zu spülen. Die Anwaltsassistentin des Bürgermeisters Mr. Wilkinson half an zwei Abenden in der Woche im Diner aus. Was ursprünglich aus der Not entstanden war –

als ehemals alleinerziehende Mutter hatte sie damals einen zweiten Job annehmen müssen, um über die Runden zu kommen – hatte sie bis jetzt weitergeführt, obwohl sie inzwischen glücklich mit Toby, einem der Deputys, verheiratet war. Sie sagte, sie genoss die Zeit mit den Gästen. Kristina vermutete, dass es nicht immer ganz einfach war, für den Bürgermeister zu arbeiten, und sie deshalb den Ausgleich des Diners schätzte.

„Wenn man vom Teufel spricht", murmelte sie, als sie Miss Minnie gegenüber von Mr. Wilkinson entdeckte.

„Wen meinst du?", fragte Anabelle neugierig.

Kristina schnaubte belustigt.

„Unseren ehrenwerten Bürgermeister. Ich weiß tatsächlich nicht, wie es Miss Minnie mit ihm aushält."

„In kleinen Dosen, nachdem die beiden eine On-Off Beziehung führen, die tatsächlich mehr *off* als *on* ist, nehme ich an."

„Schlau", stellte Kristina bewundernd fest. „Vielleicht sollte ich das auch ins Auge fassen."

„Da bist du ja schon auf einem guten Weg", zog Anabelle sie auf. „Immerhin hast du Kane seit eurem berühmten Kuss nicht mehr zu Gesicht bekommen."

„Bis heute."

„Bis heute? Was? Erzähl!"

„Es gibt nichts zu erzählen. Moira ist für eine Routineuntersuchung vorbeigekommen. Ende der Geschichte."

Leider entsprach das den Tatsachen. Sie hätte gerne etwas zu verbergen gehabt, und wenn es nur ein weiterer verstohlener Kuss gewesen wäre. Doch Fehlanzeige. Da half auch das Wissen nicht, dass sie rein theoretisch offenbar Moiras Zustimmung hatte.

„Kommst du trotzdem morgen zum Reiten?", fragte Anabelle besorgt.

Kristina zuckte mit den Schultern. In einem Anfall jugendlicher Idiotie, vermutlich ein Überbleibsel aus ihrer Teenagerzeit, hatte sie sich eingebildet, es würde sie Kane näherbringen, wenn sie reiten lernen würde. Er besaß zwei Pferde, die er letztes Jahr von Anabelle gekauft hatte. Zwei schwarzweiße Rocky Mountain Gipsycobs, sprich Tinker. Die leichten Kaltblüter waren hervorragende Arbeitspferde mit einem ausgeglichenen Temperament und Moiras große Liebe. Die beiden hießen Jorinde und Joringel, wenn sie sich richtig erinnerte.

„Ich weiß nicht. Mein Plan war ziemlich idiotisch, nicht? Als würde er mich mehr mögen, wenn ich reiten gehe. Gaaah! Ich klinge wie eine Vierzehnjährige!"

„Die Gründe sind völlig egal", versicherte ihr Anabelle mit einem Lachen. „Hauptsache, du reitest. Glaub mir, sobald du damit angefangen hast, lässt es dich nicht mehr los. Nach ein paar Wochen kannst du dir nicht mehr vorstellen, weshalb du das erst in deinem fortgeschrittenen Alter angefangen hast."

Kristina warf ihr einen kalkulierenden Seitenblick zu.

„Der Werbespruch war ganz gut, bis du zum letzten Satz gekommen bist", kommentierte sie trocken.

„Ach, komm einfach vorbei. Vielleicht ist sogar Moira da."

„Moira?"

„Die Kleine reitet wie der Teufel. Manchmal besucht sie uns. Kanes Ranch liegt genau auf der anderen Seite des Berges", erwähnte Anabelle beiläufig.

„Wow. Das ist bestimmt ganz schön weit."

„Mit einem schnellen Pferd ist es nicht so schlimm. Vielleicht zwanzig Minuten. Sie ist ja schon groß."

„Das ist sie tatsächlich. Wundert mich, dass Kane ihr das erlaubt. Er behütet sie normalerweise sehr."

Anabelle zuckte mit den Schultern.

„Wenn sich die Kleine etwas in den Kopf gesetzt hat, zeigt sie ziemlich viel Durchsetzungsvermögen. Eines Tages hat sie sich einfach eines der Pferde geschnappt, gesattelt und ist losgeritten. Natürlich hat sie sofort zu Hause angerufen, sobald sie bei uns angekommen war. Das hat ihn wohl davon überzeugt, dass es besser ist, es ihr offiziell zu erlauben und dafür zu wissen, wann sie wo zu Pferd unterwegs ist."

„Wow", kommentierte Kristina beeindruckt.

Sie erinnerte sich an Moiras Absicht, sie mit ihrem Dad zu verkuppeln. Auf der einen Seite fühlte sie sich geschmeichelt. Auf der anderen Seite weigerte sie sich, weitere Gedanken an Kane zu verschwenden. Das war einfach nicht gesund.

Entschlossen, endlich zu ihrem Abendessen zu kommen, stieß sie sich von ihrem Platz an der Wand ab.

„Ich organisiere mir etwas zu essen. Sonst sind die Bierdeckel dort drüben ernsthaft in Gefahr. Ich habe heute wieder über zwölf Stunden gearbeitet." Sie rieb sich mit der Hand übers Gesicht. „Und wenn ich Bier trinken will, dann brauche ich vorher etwas im Magen."

Anabelle lachte und gab ihr einen Schubs in Richtung Theke.

„Beeil dich besser, sie fangen schon an, die Tische zurückzuschieben. Und vergiss Bier. Heute gibt es Whiskey oder Tequila."

„O-o, wieso denn das?"

„Sunnys Instruktionen. Sie ist fest entschlossen, dich auf andere Gedanken zu bringen."

Kristina entschlüpfte ein schnaubendes Lachen.

„Ich hoffe, sie ist auch bereit, meine Schicht morgen zu übernehmen."

„Du hast morgen frei."

„Stimmt. Hatte ich völlig vergessen." Sofort besserer Laune, machte sie sich auf die Suche nach etwas Essbarem. Sie brauchte jetzt etwas zu essen. Sofort. Und wenn sie dazu die Küche überfallen musste.

*

Etwas verloren betrat Kane das Diner. Er konnte sich gar nicht mehr daran erinnern, wann er das letzte Mal abends hier gewesen war. Geschweige denn an einem Tanzabend. Beinahe wäre er wieder umgekehrt. Nur der Gedanke an den endlosen Abend allein zu Hause schreckte ihn ab. Nach dem Klinikbesuch hatte er Moira in der Schule abgeliefert und war auf die Ranch zurückgekehrt. Er hatte gerade das Heu auf den oberen Weiden fertig verteilt gehabt, als seine Tochter angerufen hatte. Ob es in Ordnung sei, wenn sie bei Shauna Hausaufgaben machen würde? Um sechs, gerade als er abfahren wollte, um sie abzuholen, war der nächste Anruf gekommen. Paula hätte sie zum Essen eingeladen. Bitte, bitte, bitte? Da er froh war, dass sie sich so gut mit Shauna und Leslie verstand, hatte er selbstverständlich zugestimmt. Und weil er keine Lust hatte, für sich alleine zu kochen, war er nach Independence gefahren und hatte in der Pizzeria zu Abend gegessen. Er war auf dem Weg zum Auto gewesen, als abermals sein Handy geklingelt hatte.

„Darf ich bei Shauna und Leslie übernachten? Bitteeeee …"

Nach einer fünfminütigen Verhandlung, aus der Moira ganz klar als Siegerin hervorgegangen war, und einer kurzen Rücksprache mit Paula hatte er nun unerwartet einen freien Abend und wusste nicht so recht, was er mit sich anfangen sollte. Dass er sich ausgerechnet dazu entschieden hatte, das Diner aufzusuchen, war purer Zufall. Mit Paulas beiläufiger Bemerkung, dass eine gewisse Ärztin heute Abend dort anzutreffen sei, hatte das gar nichts zu tun.

Was war eigentlich aus seinem Vorsatz geworden, ihr aus dem Weg zu gehen? Offenbar hatte diese Absicht das Zeitliche gesegnet. Genau wie den Plan, jeden Tag joggen zu gehen und Moira dazu zu bringen, mehr Gemüse zu essen. Er wusste selbst nicht, weshalb er jedes Jahr dem Irrtum unterlag, dass es diesmal anders sein würde.

Sich am Rande der Tanzfläche haltend, um nicht zwischen die tanzenden Paare zu geraten, bahnte er sich einen Weg an die Bar. Er musste nicht mit ihr sprechen. Himmel, bei so vielen Leuten, wie heute da waren, bestand sogar die Möglichkeit, dass er sie nicht einmal sehen würde, redete er sich ein, während er

Kurt, dem bärtigen Biker hinter der Bar, seinen Wunsch nach einem Bier signalisierte.

„Hier“, brummte der und stellte eine Flasche vor ihn hin.

Als Kane danach greifen wollte, hielt Kurt sie fest.

„Was ist? Soll ich gleich bezahlen?“, fragte Kane verwundert.

„Nein. Wenn du mir meine Frage beantwortest“, erwiderte Kurt mürrisch.

Kane runzelte die Stirn und warf ihm einen misstrauischen Blick zu. Was wollte der andere bloß wissen? Ging es wieder um die leidigen Viehdiebstähle, die er begangen hatte, als er undercover für das FBI gearbeitet hatte? Er hatte gehofft, die Zeit würde das Interesse daran dämpfen. Doch so, wie es aussah, hatten die Einwohner von Independence ein Hirn, das schlimmer war als das jedes Elefanten! Als er Kurts Frage hörte, wünschte er sich jedoch plötzlich, über Kühe reden zu können. Gestohlen hin oder her.

„Wann werdet ihr euch wieder küssen?“, fragte Kurt mit einem erwartungsvollen Glimmen in den Augen.

„Ich wüsste nicht, was dich das angeht“, versuchte er das Gespräch zu beenden und probierte parallel, dem Barkeeper das Bier zu entwenden.

Doch Kurt lockerte seinen Griff nicht. Wenn sich überhaupt etwas veränderte, hielt er die Flasche noch kräftiger fest.

„Es wäre nett, wenn du schauen könntest, dass es heute Abend noch dazu kommt.“

„Heute Abend?“, wiederholte Kane.

„Ja. Sie ist sogar hier.“

Er deutete vage in Richtung Tanzfläche. Es kostete Kane alle Selbstbeherrschung, sich nicht wie ein pawlowscher Hund umzudrehen und nach ihr zu suchen.

Kurt beugte sich verschwörerisch vor.

„Ich habe nämlich auf heute Abend gesetzt, sobald ich dich in der Tür habe stehen sehen. Miss Daisy und ich könnten wieder einmal ein nettes Abendessen gebrauchen, das sie nicht selbst kochen muss. Sie arbeitet viel zu viel, die Arme."

Kurt machte sich öfter Sorgen um das Arbeitstempo seiner Liebsten. Schon häufiger war das ungleiche Paar für eine Woche überraschend verschwunden, weil er fand, sie würde eine Pause brauchen. Miss Minnie, die dann jeweils schauen konnte, wie sie ohne die Hilfe ihrer Schwester zurechtkam, schäumte jedes Mal vor Wut.

„Gesetzt?" Kane verstand überhaupt nichts mehr. Meinte der andere etwa eine echte Wette? Worüber? Und mit wem? Wer wusste alles davon?

„Sag bloß, du kennst das schwarze Wettbüchlein der Disney Sisters nicht!"

Kane schüttelte den Kopf. Woher auch? Die letzten Jahre hatte er sich in Arbeit vergraben. Wenn er mal ausging, was so ungefähr alle drei Jahre vorkam, war er fast nie nach Independence gekommen. Da seine Ranch auf der anderen Seite des Berges lag, konnte er ebenso gut nach Copper Mountain oder nach Breckenridge fahren. Die meiste Zeit hatte er damit verbracht, über seinem Bier zu brüten. Die örtlichen Gegebenheiten oder die Einwohner kennenzulernen hatte es nicht auf seine Prioritätenliste geschafft. Sah ganz so aus, als würde sich das jetzt rächen.

„Ihr schließt Wetten ab auf das Privatleben der Leute?", fragte er entrüstet, immer noch nicht sicher, dass er den anderen richtig verstanden hatte.

„Klar. Auf alles Mögliche. Schulabschlüsse, Heiratsanträge, Geburten, Häkelfortschritte. Was das Herz begehrt."

„Aber Glücksspiele sind doch verboten!"

Kurt lachte schallend.

„Ich wusste gar nicht, dass Viehdiebe so verklemmt sind, was Wetten angeht."

„Haha. Das waren andere Umstände. Wie du genau weißt!" Er machte eine Pause, doch dann konnte er es sich nicht verkneifen, nachzufragen: „Wie hoch sind die Einsätze?"

„Der Pott wird zuweilen ganz schön voll. Je nachdem, wie lange sich eine Angelegenheit hinzieht." Er warf Kane einen pointierten Blick zu. „Also komm mal in die Gänge, Junge."

„Nur um eure Taschen zu füllen?", fragte Kane ungläubig. „Nein, danke."

„Moment. Das Geld kommt auf ein spezielles Konto und wird für wohltätige Zwecke eingesetzt. Der Gewinner kriegt nur seinen Einsatz zurück und ein Abendessen für zwei im Diner, offeriert vom Diner."

Kane stöhnte gequält.

„Für einen guten Zweck? Das ist nicht fair. Dann kann ich es ja fast nicht mehr blöd finden."

Kurt grinste triumphierend.

„Siehste, hab ich's doch gesagt. Und jetzt trink dein Bier, bevor du dich aufmachst und dein Mädchen küsst!"

Kane warf ihm einen finsteren Blick zu.

„Nützt dir doch gar nichts. Wenn das Essen vom Diner gesponsert wird, muss Miss Daisy ja doch selbst kochen."

„Für die Disney Sisters gibt's 'ne Sonderregelung. Wenn eine der beiden Schwestern gewinnt, spendiert die Silver Lodge das Abendessen."

„Wow. Kein Wunder, dass dir so viel daran liegt, zu gewinnen."

Die Silver Lodge war ein neueres Lokal, das vor einigen Jahren aufgemacht hatte. In der Finanzkrise hatte der damalige Besitzer sein riesiges Blockhaus verloren. Die jetzigen Restaurantbesitzer, Jeff und Jarvis, hatten zugegriffen und dort ihren Traum von einem Sternerestaurant in den Bergen verwirklicht. Ihnen kamen nur Biozutaten in die Küche und sie achteten sehr darauf, dass die Tiere, von denen das Fleisch stammte, vor ihrem frühzeitigen Ende ein gutes Leben gehabt hatten und nicht mit Medikamenten und Hormonen vollgepumpt waren. Aus diesem Grund waren sie dankbare Abnehmer für Fleisch aus der Region. Auch Kane verkaufte Fleisch an sie.

Und die beiden konnten kochen, ein Traum! Zudem pflegten sie ein gutes Verhältnis mit ihrem Servicepersonal und bezahlten vernünftige Löhne, sodass im Restaurant immer eine gute Stimmung herrschte und die Bedienung tadellos war. All diese Pluspunkte führten allerdings dazu, dass die Preise in der Silver Lodge ziemlich hoch waren. Das schien aber niemanden zu stören, weil die Qualität stimmte. Eine Schießerei in dem Lokal vor einiger Zeit hatte ihm zusätzlich zu landesweiter Berühmtheit verholfen, sodass die blutrünstigen Touristen die Gästeliste unablässig füllten.

Er war einmal dort gewesen, als sie all ihre Lieferanten eingeladen hatten. Dieses Essen würde er nie mehr vergessen.

„Eben. Also los, hol dir dein Mädchen!"

Mit diesen Worten löste Kurt seinen Griff und drückte Kane das Bier in die Hand. Dankbar setzte der die Flasche an und trank einen großen Schluck. Als er sah, dass Kurt immer noch erwartungsvoll neben ihm stand, verdrehte er die Augen.

„Was denn, jetzt?"

„Na, worauf wartest du noch?"

Ungläubig starrte er Kurt an.

„Du erwartest doch nicht ernsthaft, dass ich mich jetzt auf die Suche nach Kristina mache und sie küsse, nur damit du deine Wette gewinnst?"

Kurts Bauch wackelte, als er schallend lachte.

„Das wäre nett." Mit einem listigen Ausdruck in den Augen fügte er hinzu: „Ich dachte allerdings, dass du vielleicht auch freiwillig dafür sorgen willst, dass dir niemand zuvorkommt." Er deutete auf die Tanzfläche. Ohne sich bewusst dafür zu entscheiden, wirbelte Kane herum.

*

Kristina tanzte selbstvergessen zum Rhythmus der Musik – der Mix aus Country und Rock gefiel ihr gut. Der Tequila hatte ihr geholfen, ihr die Angst vor dem Parkett zu nehmen. Es waren einige Cowboys und Biker hier, die auf dem Tanzboden eine gute Figur machten. Nicht, dass sie etwas von ihnen wollte. Leider hatte sie dafür eine viel zu monogame Einstellung. Solange sie es nicht schaffte, sich Kane ein für alle Mal aus dem Kopf zu schlagen, würde sie es bei harmlosem Flirten belassen. Aber das hieß ja nicht, dass sie die Komplimente und die anerkennenden Blicke nicht genießen konnte. Sunny hatte recht gehabt, das war genau das, was sie gebraucht hatte.

Sie lachte, als Spider, ein neueres Mitglied der lokalen Bikergang, ihr galant die Hand hinhielt und sie zum Tanzen aufforderte. Er war mindestens fünf Jahre jünger als sie. Doch das war heutzutage ja kein Problem mehr, oder?

Reiß dich zusammen, ermahnte sie sich im Stillen. *Der Mann will mit dir tanzen, nicht dich heiraten.* Sie schob die irritierenden Gedanken zur Seite und genoss das Zusammenspiel zwischen zwei Menschen, das das Tanzen zu einer so sinnlichen Angelegenheit machte. Spider ließ ihre Hand los, als er sie von sich wegwirbelte, als sich plötzlich ein anderer Mann dazwischenschob. Mit offenem Mund starrte sie Kane an. Was zum Teufel dachte er sich eigentlich?

Kane schenkte Spider seinen bedrohlichsten Blick, als er dem anderen Mann seine Tanzpartnerin abspenstig machte. Der Biker setzte zum Protest an, als er Kane erkannte. Offensichtlich hatte wirklich jeder das Video von dem Kuss zwischen ihm und Kristina gesehen. In diesem Moment war er richtiggehend dankbar dafür. Er wollte sich nicht um Kristina prügeln, war sich aber bewusst, dass es genau dazu gekommen wäre, wenn der andere seinen Platz nicht freiwillig geräumt hätte. Das machte ihn vermutlich zu einem echten Neandertaler, doch er hatte aktuell keine freien Hirnkapazitäten, um weiter darüber nachzudenken. Dafür war ihm Kristina viel zu nahe. Ihr Duft, der ihn immer an blauen Himmel, Sonnenschein und endlose Weiten erinnerte, stieg ihm in die Nase. Wieso hatte er gedacht, sich von ihr fernzuhalten wäre eine gute Idee?

„Was glaubst du eigentlich, wer du bist? Meinst du ernsthaft, du könntest einfach alle paar Wochen in mein Leben platzen, alles durcheinanderwirbeln und wieder verschwinden? Nicht mit mir, Mister!"

Kristina ließ ihn stehen und marschierte zum Ausgang. Überrascht starrte ihr Kane hinterher. Ihr Körper hatte gebebt. Ob vor Energie und Leidenschaft oder unterdrückter Wut, konnte er nicht sagen. Als ihm klar wurde, dass sie das Diner tatsächlich verlassen wollte, kam endlich Bewegung in ihn.

Er holte sie erst ein, als sie beinahe bei ihrem Auto war.

Sie wirbelte herum und funkelte ihn an.

„Du kannst ruhig wieder reingehen. Ich fahr nach Hause. Ich hoffe, das war es, was du wolltest."

Ohne ihren augenscheinlichen Ärger zu beachten, trat er einen Schritt näher. Als sie endlich eine Pause machte, um nach Luft zu schnappen, schloss er die Lücke zwischen ihnen und schlang die Arme um sie, ohne sie wirklich festzuhalten.

„Du hast völlig recht, mit allem, was du vorhin gesagt hast", gestand er und nahm ihr so den Wind aus den Segeln.

Was sollte sie nur mit einem Mann machen, der sofort sein Fehlverhalten eingestand? Zudem lenkten seine Nähe und die verführerische Wärme, die sein Körper ausstrahlte, sie ab, sodass sie keinen klaren Gedanken fassen konnte.

„Mein Leben ist kompliziert. Und du hast weiß Gott jemand Besseren verdient als einen einfachen Rancher, der keine Zeit hat."

„Aber?", hakte sie nach und hielt den Atem an, als sie auf seine Antwort wartete.

„Deshalb habe ich versucht, Abstand zu halten."

Ein Lachen entschlüpfte ihr.

„Abstand halten ist gut. Du bist regelrecht geflüchtet."

Peinlich berührt zog Kane den Kopf ein.

„Nicht mein bester Moment. Aber egal. Es hat ja sowieso nicht funktioniert."

Seine Stimme vibrierte vor Frustration und Ärger. Unwillkürlich bewegte sich seine Hand auf ihrem Rücken. Kristina folgte dem leichten Druck willig und rückte näher an ihn heran. Ihr Körper war nachgiebig unter seinen Fingern. Er konnte und wollte der Versuchung, die sie darstellte, nicht länger widerstehen. Neugierig erkundete er ihren Rücken und ließ seine Hand von ihrer Taille hinauf zu ihrem Nacken wandern, wo er sie in ihren Haaren vergrub. Ein leises Stöhnen schlüpfte über Kristinas Lippen. Der unbeabsichtigte Laut zerstörte die letzten Barrieren, an denen Kane bis eben noch krampfhaft festgehalten hatte. Zielstrebig überwand er die Distanz zu ihren Lippen und küsste sie.

4

Der Funke, der immer zwischen ihnen zu schweben schien, entzündete sich zu einem regelrechten Feuerwerk. Kanes Griff in Kristinas Haaren wurde fester. Alle Nervenenden ihrer Kopfhaut erwachten zum Leben, als er ihren Kopf etwas nach hinten bog, um besseren Zugang zu ihrem Mund zu haben. Sie genoss das Gefühl des Triumphs, des Wissens, ihn endlich dazu gebracht zu haben, seine eiserne Kontrolle fallen zu lassen. Nicht mehr die Einzige zu sein, die sich nach dem Kontakt sehnte. Nicht überraschend enthielt der Kuss nicht nur Begehren, sondern auch eine Spur Ärger. Sie nahm den Ärger gern in Kauf, wenn es bedeutete, dass er endlich die lächerliche Vermeidungstaktik beendete.

Ihre Hände verselbstständigten sich, stahlen sich seinen muskulösen Bauch entlang und packten unwillkürlich den Kragen seiner Jacke. Entschlossen zog sie ihn so nahe wie möglich an sich ran. Sie hatte nicht vor, diesen Moment ungenutzt verstreichen zu lassen. Wer wusste schon, wann sie wieder eine Gelegenheit haben würde, ihm so nahe zu sein. Vielleicht nicht sehr vernünftig. Doch sie musste schon den ganzen Tag während ihrer Arbeit einen kühlen Kopf bewahren. Privat wollte sie verdammt noch mal den Moment genießen. Kane genießen …

Autoreifen knirschten auf dem Kies. Das Geräusch lichtete den Nebel in Kanes Kopf genug, dass sich ein winziger Splitter, eine Mischung aus Zweifel und Vernunft, einen Weg in sein Bewusstsein bahnen konnte. Wie zum Teufel war er in dieser

Situation, genau der Situation, die er so krampfhaft vermieden hatte, gelandet? Er sollte damit aufhören, und zwar sofort. Doch während sein Verstand die Notwendigkeit einsah, mit dem Küssen aufzuhören, war sein Körper ganz und gar nicht seiner Meinung. Viel zu sehr genoss dieser das Gefühl, wie sich ihre zarten Kurven gegen seine Kanten und Ecken pressten. Jede Faser seines Körpers protestierte vehement, als er sich widerwillig von ihr löste. Beide Hände an ihre Schultern gelegt, schob er sie etwas von sich weg, um sie besser anschauen zu können.

Nein, nein, nein, jammerte Kristina innerlich, als sie die Veränderung in Kanes Körperspannung spürte. Jeden Moment würde er auf Distanz gehen und den Kuss erneut als Fehler bezeichnen. Das würde ihr das Herz brechen. Widerwillig löste sie den Klammergriff, mit dem sie den Kragen seiner Jacke festhielt.

Kane beobachtete sie genau. Lust verschleierte ihren Blick, bis sie sich zusammenzureißen schien. Er konnte sehen, wie ihre Abwehrmechanismen an ihren Platz rutschten, als würde sich ein Rollladen schließen. Verständlich. Das hatte er sich selbst zuzuschreiben.

„Das war…", begann er, nur um von Kristina unterbrochen zu werden.

„Wenn du es wagst, diesen Kuss als Fehler zu titulieren oder mir erneut einen langen Vortrag mit all deinen absurden Gründen, weshalb wir das nicht tun sollten, halten willst, trete ich dir in die Eier. Und glaub bloß nicht, dass ich das nicht kann. Ich besuche regelmäßig Pats Selbstverteidigungskurse."

Herausfordernd sah sie ihn an, als könnte sie es nicht erwarten, ihm eine reinzuhauen. Irgendwie konnte er das sogar verstehen. Bislang hatte er ihr keinerlei Anlass gegeben, etwas anderes zu erwarten.

Er hob seine rechte Hand und legte sie leicht an ihre Wange. Regungslos wartete sie ab. Was jetzt wohl kommen würde?

„Ich wollte nur sagen, dass dieser Kuss … dass du wunderbar warst.“

Immer noch misstrauisch legte sie den Kopf schräg. Nicht gegen seine Handfläche, sondern weg davon, als wollte sie sich vor seiner Berührung in Sicherheit bringen.

Autsch. Kein sehr angenehmes Gefühl. War das das Gefühl, das er ihr nach der Weihnachtsparty vermittelt hatte? Kein Wunder, dass sie ihm nicht über den Weg traute.

„Ich war ein Idiot, nicht?“, murmelte er leise.

Kristinas rechter Mundwinkel hob sich zu einem Lächeln und sie zuckte mit einer Schulter.

Als Kane das Aufblitzen ihres Humors sah, hob sich seine Hoffnung. War es vielleicht doch möglich, dass sie ihm vergab?

„Ich merke, du hast es nicht eilig, mich vom Gegenteil zu überzeugen.“

„Ich nenne die Dinge gerne beim Namen“, sagte sie und grinste. „Nichts zu sagen ist mein Versuch von Diplomatie.“

Sie fröstelte in der kühlen Nachtluft. Auch wenn der Frühling quasi bereits hinter der nächsten Ecke wartete, waren die Nächte nach wie vor ziemlich kalt. Ihr Sweatshirt bot wenig Schutz dagegen. Sofort schlüpfte er aus seiner mit Plüschfell gefütterten Jeansjacke und hängte sie ihr über die Schultern. Dankbar schlüpfte sie hinein. Während sie darauf wartete, dass er weitersprach, vergrub sie ihre Nase im Kragen der Jacke und sog seinen Geruch in sich auf. Unauffällig natürlich. Ob er irgendwann noch weitersprechen würde? Oder war das schon alles gewesen, was er heute zu sagen hatte? Hoffentlich nicht. Die Sekunden zogen sich in die Länge. Schließlich hielt sie es nicht länger aus.

„Was passiert jetzt?“

Kane rieb sich mit der Hand übers Gesicht. Das wollte er auch gerne wissen.

„Ich habe keine Ahnung“, gab er zu. „Ich möchte dich gerne besser kennenlernen.“ Als ihr Blick auf seine Lippen fiel, nur um gleich tiefer zu wandern, grinste er. „Das natürlich auch. Aber ich meinte eigentlich auch außerhalb des Schlafzimmers."

Als Kristinas Augen wieder auf die Höhe seiner Sichtlinie wanderten, hatten sie einen hungrigen Ausdruck.

„Wie wär's denn, wenn wir ausnahmsweise die Reihenfolge umdrehen würden?", fragte sie mit heiserer Stimme.

„Reihenfolge?"

„Du weißt schon, erst das Vergnügen und dann das ernsthafte Gespräch. Denn wenn ich ehrlich bin, weiß ich nicht, ob wir umgekehrt überhaupt zum Vergnügen kommen würden. Was verdammt schade wäre."

„Bin ich so abschreckend? Oder etwa du?"

Wenn Kristina ihn mit dieser Intensität musterte, hatte er Mühe, einen klaren Gedanken zu fassen.

Sie schnaubte amüsiert.

„Das nicht. Aber bevor das Abendessen um ist, hast du vermutlich wieder tausendundein Gründe gefunden, weshalb der vergnügliche Teil des Abends eine schlechte Idee ist."

Er stieß einen Laut aus, der wie eine Mischung aus Lachen und Knurren klang, bevor er blitzschnell einen Arm ausstreckte, ihn um ihre Hüfte schlang und sie an sich zog.

„Ich nehme an, den Spruch habe ich verdient. Lass uns am …" Er brach ab und zog leicht den Kopf ein. „Hier kommt schon der Teil, wegen dem ich mich gescheut habe, den Kuss mit dir fortzusetzen. Leider, leider kann ich dir nicht gleich einen Termin für unser erstes Date vorschlagen. Ich muss erst schauen, wann Moira das nächste Mal bei einer Freundin übernachten kann."

Er hielt den Atem an, während er darauf wartete, wie sie darauf reagieren würde.

„Kein Problem", sagte Kristina leichthin. „Die nächste Woche ist nicht so gut, da habe ich für eine andere Mitarbeiterin den Spätdienst übernommen. Aber in der Woche danach bin ich ziemlich flexibel."

Erleichtert nickte Kane.

„Okay. Gut. Du bist nicht wütend?“

Sie schaute ihn an, als hätte er den Verstand verloren.

„Wieso sollte ich wütend sein?“

Etwas hilflos zuckte er die Schultern.

„Keine Ahnung. Weil du nicht meine ungeteilte Aufmerksamkeit hast?“

Kristina konnte nicht anders, als laut zu lachen.

„Glaub mir, ich habe ein sehr ausgefülltes Leben, auch wenn ich keine Kinder habe. Ich habe es jetzt beinahe vierzig Jahre geschafft, mich selbst zu unterhalten. Zwei Wochen auf ein Date zu warten ist keine große Sache.“

Kane nickte erleichtert, als er ihrer kleinen Rede zuhörte. Natürlich. Nicht umsonst machte sie einen so selbstständigen und zufriedenen Eindruck. Zwei der unzähligen Qualitäten, die ihn unglaublich faszinierten. Plötzlich registrierte er die Bedeutung ihres letzten Satzes und runzelte die Stirn.

„Zwei Wochen? Das ist ja noch ewig.“

„Siehst du, jetzt bin ich die komplizierte Partei von uns beiden. Die Arbeitszeiten von Ärztinnen fördern das Sozialleben nicht gerade.“ Als sie seinen überraschten Gesichtsausdruck sah, lachte sie. „Hättest du gar nicht gedacht, was?“

Kane grinste schief.

„Nein. Wirklich nicht. Kommt davon, wenn man sich selbst zu wichtig nimmt.“ Er schob die Hände in die Hosentaschen und wippte auf den Füßen vor und zurück.

Kristina schlüpfte aus seiner Jacke und händigte sie ihm aus. Auf einmal fühlte sie sich seltsam verlegen. Trotz des Kusses und der Handvoll Gespräche, die sie über die Jahre geführt hatten, wenn er mit Moira in die Klinik gekommen war, waren sie im Prinzip zwei Fremde. Das merkte sie nicht zuletzt daran, dass sie nicht so recht wusste, was jetzt als angemessene Verabschiedung durchging. Ein Kuss auf die Wange? Der war eigentlich Freunden vorbehalten. War er ein Freund? Vielleicht. Das würde sich herausstellen. Aber jetzt fühlte es sich seltsam an. Die Hand schütteln? Irgendwie zu förmlich, nachdem sie ihn vor nicht mal drei Minuten geküsst hatte, als hinge ihr Leben davon ab.

Schließlich beschränkte sie sich darauf, ihm unbeholfen zuzuwinken, bevor sie sich abrupt umdrehte und zum Diner zurückging. Himmel, was war nur falsch mit ihr? Wie alt war sie denn? Zwölf? Ein Abschiedswinken? Sie stöhnte innerlich über ihr Unvermögen, solche Begegnungen mit dem anderen Geschlecht selbstsicher und schlagfertig bis zum Ende durchzuziehen. Anfangs war es ja noch ganz gut gegangen. Aber bei der Verabschiedung hatte sie irgendwie versagt.

Immerhin hatte sie jetzt eine Erinnerung, die sie in nächster Zeit immer wieder hervorholen und ein Date in Aussicht, auf das sie sich freuen konnte.

*

Moira hob triumphierend die Faust in die Luft, als sie ein Wort mit besonders hoher Punktzahl auf das Scrabble-Brett legte.

„Yes!"

Leslie kniff die Augen zusammen und studierte den Begriff misstrauisch. Mukoviszidose.

„Gibt es dieses Wort überhaupt?"

„Natürlich! So heißt die Krankheit, die ich habe", antwortete Moira seelenruhig.

Hinter ihr piepste ein Handy. Shauna, die darauf wartete, dass sie wieder drankam, streckte sich quer übers Sofa zur Armlehne und zog es zu sich hin.

„Oh", antwortete Leslie, die sich augenblicklich schlecht fühlte.

„Schau mich nicht so an", bat Moira. „Es ist keine große Sache. Gewisse Leute haben Bluthochdruck, ich habe halt das."

„Ihr werdet es nicht glauben“, rief Shauna dazwischen. Beide Mädchen drehten sich sofort zu ihr um.

„Was werden wir nicht glauben?“, fragte Leslie. Sie war es schon gewohnt, dass ihre Schwester gerne um alles ein Drama machte.

„Unser Plan hat funktioniert!“

„Was?“, fragte Moira und griff nach dem Telefon.

Shauna zog es aus ihrer Reichweite und fing stattdessen an, vorzulesen.

„*Ist der gutaussehende Witwer endgültig vom Markt?*, titelt die Überschrift. *Zuverlässige Quellen* …“

Leslie lachte.

„Zuverlässig sind die Disney Sisters tatsächlich immer, das muss man ihnen lassen.“

Shauna ignorierte ihre Unterbrechung und fuhr fort.

„… *berichten, dass Kane Evers seine Ansprüche auf Kristina Mertens, die hübsche Ärztin, klargemacht hat. Eben noch in den Armen des charmanten Bikers Spider, wurde sie kurz darauf von dem Rancher nach draußen entführt. Augenzeugen bestätigen, dass sie sich auf dem Parkplatz geküsst hätten. Leider liegt der Redaktion zum jetzigen Zeitpunkt noch kein Video vor. Sollte jemand zufällig das romantische Intermezzo gefilmt haben, freuen wir uns über eine Zusendung.*“

„Wow. Das heißt, ich habe ein Abendessen gewonnen“, stellte Moira staunend fest.

Leslies Augen wurden groß.

„Du hast gewettet?“

„Na klar“, antwortete Moira, als wäre das selbstverständlich.

„Darauf, wann dein Vater und Kristina sich wieder küssen werden?“

Moira nickte und grinste, als sie Leslies ungläubigen Tonfall hörte. Sie bewunderte Shaunas große Schwester. Sie einmal beeindrucken zu können, war ein tolles Gefühl.

„Krass“, stellte Shauna staunend fest. „Meinst du, sie geben uns das Essen auch zu dritt? Schließlich haben sie das Spektakel uns zu verdanken.“

„Ist das überhaupt legal?“, fragte Leslie kritisch.

„Keine Ahnung“, antwortete Moira fröhlich.

Altklug wie immer mischte sich Shauna in die Diskussion ein.

„Glücksspiele und Wetten auf privater Basis sind grundsätzlich nicht erlaubt. Schließlich will der Staat gerne ein Stück davon abhaben. In der Regel in Form von Steuern. Aber nachdem Independence nicht gerade eine Großstadt ist und die Einnahmen noch dazu der Allgemeinheit zugutekommen, kümmert das niemanden. Selbst der Sheriff und sein Team wie auch der Bürgermeister platzieren regelmäßig ihre Wetten.“

Moira und Leslie starrten sie an.

„Woher weißt du solche Sachen?“, fragte Leslie schließlich ungläubig. „Ich meine, das hast du ja bestimmt nicht in der Schule gelernt! Ich zumindest habe nie etwas darüber gehört.“

„Natürlich nicht. Aber ich muss doch informiert sein, wenn ich eine ernstzunehmende Enthüllungsreporterin werden will.“

„Wenn du mit dem gleichen Enthusiasmus für deine Matheprüfungen büffeln würdest …“

Leslie ließ den Satz unbeendet, doch es war klar, was sie damit meinte. Shauna rümpfte die Nase.

„Wer braucht schon Mathe!“

„Können wir jetzt zum eigentlichen Thema zurückkehren?“, unterbrach Moira die beiden ungeduldig.

„Du hast doch erreicht, was du wolltest. Die beiden haben sich wieder geküsst. Ende der Geschichte.“

Leslie verstand wirklich nicht, was es da noch zu besprechen gab.

„Jetzt müssen wir natürlich dafür sorgen, dass sich die beiden bald wiedersehen. Nicht, dass wieder mehrere Wochen verstreichen und mein Dad alle Fortschritte zunichtemacht.“

„Hat Kristina da eigentlich nicht auch was zu sagen?“, erkundigte sich Leslie trocken.

„Das habe ich heute schon abgeklärt.“ Moira kicherte. „Sie ist sogar rot geworden.“

„Aaaah“, kam es unisono von den Schwestern, während sie beeindruckt nickten. „Dann lass uns mal mit der Planung beginnen.“

„Braucht Kristina ein Haustier?“

Diese Frage kam von Leslie. In ihren Augen brauchte jeder Mensch mindestens einen geliebten Vierbeiner. Sie selbst konnte sich ein Leben ohne Tiere nicht vorstellen.

Moira legte den Kopf schräg, während sie überlegte.

„Ich weiß es nicht.“

„Vielleicht könntest du deinen Dad überreden, ihr eins zu schenken.“

Shauna schnaubte amüsiert und ließ sich auf den Rücken fallen.

„Was will sie denn mit einem Kälbchen?“ An Moira gewandt fragte sie: „Oder habt ihr auch andere Tiere? Kätzchen? Hunde? Hasen?“

Moira schüttelte den Kopf.

„Wir haben noch die Pferde. Aber die gebe ich nicht her.“ Sie runzelte die Stirn. „Ich hätte gerne einen Hund. Oder eine Katze. Aber bislang hat sich mein Dad nicht erweichen lassen.“

„Pferde sind natürlich großartig“, erwiderte Leslie, die jede freie Minute auf dem Pferderücken verbrachte.

„Nur nicht geeignet, um im Bett mit ihnen zu kuscheln. Leslie“, verkündete Shauna, die Augen weit aufgerissen. „Das ist fürchterlich! Ein Notfall. Moira braucht mehr Tiere.“

Leslie nickte ernst.

„Das ist es tatsächlich.“

Genervt sprang Moira auf.

„Klar hätte ich gerne mehr Tiere. Aber können wir mal beim Thema bleiben? Kristina und mein Dad?“

„Wer sagt denn, dass wir nicht beides machen können? Wir müssen nur beide dazu bringen, dich zu Kat zu begleiten."

Kat Orlow und ihr Partner Sam Carter führten den *Safe Haven*, das örtliche Tierheim. Die beiden suchten immer händeringend nach einem neuen Zuhause für immer für ihre Schützlinge. Der allgemeine Konsens war, dass man dem Tierheim besser fernblieb, wenn man nicht mit einem unerwarteten vierbeinigen Partner nach Hause zurückkehren wollte.

Moira war noch immer nicht überzeugt, doch sie setzte sich zumindest wieder hin.

„Ich verstehe immer noch nicht, was das bringen soll."

Shauna und Leslie warfen sich einen Blick zu. Moira beneidete sie um die wortlose Kommunikation, die sich vor ihren Augen abspielte. Wie es wohl wäre, wenn sie auch eine Schwester oder einen Bruder bekäme? Allerdings wäre es kaum das Gleiche. Mit einem Altersunterschied von vierzehn oder mehr Jahren wären die Gemeinsamkeiten wohl klein. Sie seufzte und wartete ungeduldig darauf, dass die anderen ihre Idee erklärten.

„Du willst doch, dass sich dein Dad und Kristina möglichst oft sehen. Ein gemeinsamer Besuch im Tierheim wäre da schon mal ein Anfang." Shauna schaute sie erwartungsvoll an.

Moira nickte langsam. Das stimmte. Dieser Teil des Plans war gut.

„Zudem ist es dein Langzeitziel, wenn ich dich richtig verstanden habe, dass Kristina und dein Dad dauerhaft zusammenkommen, sie also vermutlich irgendwann bei euch wohnen wird. Stell dir vor, sie schafft sich in der Zwischenzeit einen unmöglichen Hund an."

„Es gibt keine unmöglichen Hunde", protestierte Leslie. Sie mochte einfach alle Tiere. Punkt.

Shauna warf ihr einen vorwurfsvollen Blick zu.

„Gibt es wohl. Solche, die immer kläffen. Oder zu klein sind."

„Auch kleine Hunde sind toll“, verteidigte Leslie ihre heimliche Schwäche für Chihuahuas. Es stimmte schon, sie waren keine nützlichen Hunde. Zur Arbeit waren sie nicht zu gebrauchen. Trotzdem fand sie sie niedlich. Auch Ians Hund Speedy, ein dreibeiniger Terrier-Mix und ein kleiner Terrorist, der klaute wie ein Rabe, hatte einen Platz in ihrem Herzen. Eben einfach alle.

„Auf jeden Fall“, nahm Shauna den Faden wieder auf und ignorierte Leslie, „wäre es doch gut, wenn du gleich mit aussuchen könntest.“

Moira legte den Kopf schräg und überlegte.

„Irgendwie wird es plötzlich wahnsinnig real.“

„Hast du es dir etwa anders überlegt?“, fragte Leslie alarmiert. „Irgendwann gewinnt das Ganze nämlich eine Eigendynamik, auf die du keinen Einfluss haben wirst.“

„Nein. Das nicht.“ Sie schüttelte den Kopf, um ihre Worte zu bekräftigen. „Trotzdem ist es ganz schön aufregend, wenn man beginnt, in die Zukunft zu planen.“

„Hat nicht Leonie, die Hündin von Lara und Hank, Welpen?“

Die Pyrenäenberghündin war ein Hund ganz nach Shaunas Geschmack. Groß und stark und gleichzeitig sehr lieb und umgänglich zu Familienmitgliedern. Möglich, dass Shauna durch Nessie, ihre große Neufundländerhündin, entsprechend geprägt war. Das schwarze, liebenswerte Monster lag aktuell vor dem Kamin und schnarchte vor sich hin. Paulas Arbeitshunde Roo und Barns hatten sich auf die Veranda verzogen, um ihre Ruhe zu haben. Sie schliefen meist draußen, wenn nicht gerade ein Schneesturm herrschte.

Leslie rollte mit den Augen.

„Nur weil du große Hunde lieber magst, willst du gleich den ganzen Plan über den Haufen werfen?“

„Ein Besuch auf der Lone Wolf Ranch wäre mindestens ebenso romantisch. Schließlich ist dort auch die Wildtierstation."

Moira rollte mit den Augen.

„Safe Haven oder Wildtierstation, das ist doch egal. Solange die beiden nur am gleichen Ort sind."

Das Thema machte sie auf einmal doch nervös. Zwar freute sie sich immer noch, dass ihr Plan aufgegangen war. Auf der anderen Seite war ihr bei der Diskussion bewusst geworden, dass auch auf sie große Veränderungen warten würde, sollten sich ihr Dad und Kristina wirklich ineinander verlieben. In der Theorie eine wunderbare Vorstellung. Aber ob sich das im echten Leben auch so wunderbar anfühlen würde, da war sie sich nicht so sicher.

Aber wie Leslie – oder war es Shauna gewesen? – bereits gesagt hatte, war es jetzt zu spät, sich darüber Sorgen zu machen. Anscheinend hatte es nicht viel gebraucht, bis die beiden wieder mit der Küsserei angefangen hatten.

Sie stand auf und setzte sich neben Nessie auf den Boden. Erfreut über die Aufmerksamkeit, klopfte die große Hündin ein paar Mal mit ihrer Rute auf den Holzboden. Moira lächelte und legte sich vorsichtig zu Nessie auf den Boden. Ein Hund wäre schon eine coole Sache, dachte sie. Vielleicht brachte sie ihren Dad ja so endlich dazu, sich einen anzuschaffen.

„Leslie, Shauna, Moira! In der Küche steht heißer Kakao für euch", ertönte Paulas Stimme.

Die drei Mädchen rappelten sich hoch.

„Wer zuerst in der Küche ist, kriegt die Tasse mit den meisten Marshmallows", verkündete Shauna und rannte los.

Moira und Leslie grinsten sich an und folgten ihr etwas langsamer. Freundschaft bedeutete, jemand anderem mehr Marshmallows zu überlassen. Das war ganz okay.

5

Als Kane am nächsten Morgen bei Paula und Nate auf der Ranch eintraf, um seine Tochter abzuholen, traf er eine Gruppe völlig überdrehter Mädchen an. Sie kicherten in einem fort. Wenn es schien, als hätten sie sich endlich beruhigt, brauchte es nur einen Blick und das Gelächter ging von vorne los. Roo und Barns hielten das Ganze für ein großartiges Spiel und sprangen kläffend um sie herum.

„Was habt ihr denn denen gefüttert? Eine Diät aus Energydrinks und Zuckerkeksen?“, fragte Kane, überrascht, seine ruhige Tochter so ausgelassen zu sehen.

„Ach, Teenager halt“, antwortete Paula leichthin. „Willst du für einen Moment reinkommen? Ich habe gerade frischen Kaffee gekocht.“ Als sie sah, dass Kane zögerte, fügte sie hinzu: „Vielleicht beruhigen sie sich in der Zwischenzeit.“

„Okay, gute Idee.“

Er zog sich seine Mütze vom Kopf und folgte Paula in das große Farmhaus.

„Ist warm heute“, versuchte er Konversation zu machen.

Ein belustigtes Lächeln auf den Lippen, reichte ihm Paula eine Tasse dampfenden Kaffee.

„Meinst du wirklich, du kannst mich mit einem Gespräch übers Wetter davon ablenken, dass du das Tagesgespräch bist?“

Die Tasse auf halbem Weg zum Mund, hielt Kane inne.

„Tagesgespräch?“, fragte er verständnislos.

„Ich vergesse immer, dass du zwar ganz in der Nähe wohnst, aber eben doch kein waschechter Independencler bist."

„Ich verstehe tatsächlich nur Bahnhof", versuchte er auf Zeit zu spielen.

Insgeheim dämmerte es ihm allerdings allmählich, worauf Paula anspielte. Diese verflixten Klatschmäuler. Nicht einmal ein harmloses Zusammentreffen auf einem Parkplatz war heilig. *An diesem Kuss war nichts, aber auch gar nichts heilig. Ganz im Gegenteil,* lästerte seine innere Stimme.

„Dann haben sich die über fünfundzwanzig Augenzeugen also geirrt?", neckte sie ihn.

Seine Ohrenspitzen wurden heiß. Verdammt, er war zu alt für solche Spielchen. Vielleicht sollte er die Sache mit Kristina beenden, bevor sie richtig angefangen hatte. Er war sich ziemlich sicher, dass sie nicht gerne im Scheinwerferlicht stehen wollte. Der Gedanke, ihr wieder aus dem Weg zu gehen, verursachte ihm allerdings sofort ein seltsames Ziehen in der Brust.

Er gab sich geschlagen und lehnte sich an die Kühlschranktür.

„Also gut. Ja, Kristina und ich haben uns geküsst. Ja, es hat mir gefallen. Sonst noch Fragen?"

„Ach, das wusste ich alles schon aus dem Facebook-Post. Jemand hat sogar einen ziemlich guten Schnappschuss von euch eingefangen."

Kane blinzelte.

„Facebook-Post?"

Paula hielt ihm ihr Handy vor die Nase. Unwillkürlich entschlüpfte ihm ein Lächeln, als er das Foto erblickte. Seine Bauchmuskeln zogen sich zusammen und er verspürte mehr von diesem Ziehen in der Brust.

Seine Gastgeberin lachte.

„Du bist ziemlich hin und weg von Kristina, stimmt's?"

Sein erster Reflex war, alles abzustreiten. Etwas hielt ihn jedoch davon ab. Er seufzte und gab zu: „Ja, ziemlich. Auch wenn ich nicht den geringsten Schimmer habe, wie es jetzt weitergehen soll. Moira, meine Ranch, Kristinas Job …" Er zog eine Grimasse. „Nicht die besten Voraussetzungen, um eine Beziehung aufzubauen."

„Ach was. Das sind doch nur Ausreden", konterte Paula unverblümt. „Was deine Tochter angeht, die ist hocherfreut. Soweit ich mitgekriegt habe, ist sie hellauf begeistert von der Aussicht, dass Kristina deine Freundin wird. Das ist ja schon einmal das Wichtigste."

„Meine Tochter weiß davon? Hat sie dieses Foto gesehen?"

„Nachdem sie nicht unter einem Stein wohnt, gehe ich mal davon aus." Aufmunternd klopfte sie ihm auf die Schulter. „Du gewöhnst dich daran. Immerhin hast du deiner Tochter zu einem Abendessen verholfen."

„Abendessen?"

Paulas Augen wurden groß, als sie realisierte, dass er nichts von der Wette wusste.

„Ach nichts. Vergiss es."

Kane schnellte herum und schaute nach draußen, wo die drei Mädchen nun friedlich nebeneinandersaßen und quatschten.

„Du willst mir sagen, meine eigene Tochter hat darauf gewettet, dass ich Kristina küsse?"

Paula zog den Kopf ein und nickte.

„Die Kleine …", begann er, doch dann lachte er schallend. „Vielleicht sollte ich bei ihr einen Kurs besuchen. Wie navigiere ich durch die unbekannten Gewässer des Soziallebens von Independence."

Erleichtert, dass Kane nicht allzu wütend auf seine Tochter zu sein schien, atmete Paula auf. Sie hatte Moira nicht in Schwierigkeiten bringen wollen. Vor allem nicht, da sie sich ziemlich sicher war, dass ihre beiden Mädchen einen nicht unerheblichen Anteil an Moiras Plänen gehabt hatten.

„Das ist eine sehr gute Idee. Ich leih dir auch gerne Shauna für ein Wochenende aus. Sie ist normalerweise die treibende

Kraft hinter sämtlichen Storys und Videos auf Facebook. Zugegeben, gestern war sie nicht beteiligt, sie war ja hier. Aber wenn einer die internen Mechanismen des Klatsch- und Tratschverhaltens der Einwohner von Independence versteht, dann sie."

Kopfschüttelnd stieß sich Kane vom Kühlschrank ab und reichte Paula die nunmehr leere Kaffeetasse.

„Danke für den Kaffee. Und dass Moira hier schlafen durfte."

„Jederzeit."

*

„Wir müssen noch in die Futtermittelhandlung", teilte Kane seiner Tochter mit, als sie endlich in seinem Truck saßen. Wer hätte auch gedacht, dass sich eine Verabschiedung unter Freundinnen so lange hinziehen konnte?

„In Ordnung. Gibt es dort auch Sachen für Hunde?"

„Für Hunde? Wir haben gar keinen Hund", antwortete Kane.

„Eben", war Moiras Antwort, die von einem leidenden Seufzer begleitet wurde. „Wäre es nicht schön, wenn wir einen hätten? Stell dir vor, der würde dann das Haus bewachen."

Besorgt musterte Kane seine Tochter.

„Würdest du dich dann sicherer fühlen?"

„Bestimmt", rief Moira aus, die spürte, dass ihr Vater immerhin über ihren Wunsch nachdachte. „Vielleicht sollten wir mal bei Kat im Safe Haven vorbeifahren?" Als ihr Dad nicht gleich antwortete, fügte sie listig hinzu: „Das wäre bestimmt ein Ausflug, zu dem Kristina auch gerne mitkommen würde."

„Dieses Thema vermeidest du besser", ermahnte er sie trocken, „außer du bist bereit, deinen Wetteinsatz im Diner zu diskutieren."

„Ach schau mal, wir sind da", entgegnete sie mit ihrem unschuldigsten Gesichtsausdruck und wich damit seiner Frage geschickt aus. Wie der Blitz löste sie den Sicherheitsgurt und sprang aus dem Auto.

Kane nahm sich einen Moment Zeit, um ihr zuzuschauen, wie sie voller Energie zum Laden rannte. Es schien ihr wirklich sehr gut zu gehen. Er bedauerte, dass sie bislang ein ziemlich isoliertes Leben geführt hatte. Doch mit ihrer fragilen Gesundheit hatte er einfach keine Risiken eingehen wollen. Und das war für ihn gleichbedeutend damit gewesen, sie nicht aus den Augen zu lassen. Für ihn war es eine Tortur gewesen, als sie ins schulpflichtige Alter gekommen war und auf einmal mehrere Stunden außer Haus verbracht hatte. Gezwungenermaßen hatte er sich irgendwann daran gewöhnt. Doch kaum war die Schule vorbei gewesen, hatte er sie in der Regel direkt selbst abgeholt und nach Hause verfrachtet. Spieltreffen mit anderen Kindern waren die Ausnahme gewesen. Dass ihre Ranch so abgelegen war, hatte das zusätzlich begünstigt.

Vielleicht war tatsächlich der Zeitpunkt gekommen, das zu ändern. Er nahm sich vor, dafür zu sorgen, dass solche Aktivitäten wie das Treffen mit Shauna und Leslie in Zukunft häufiger stattfanden.

Er folgte seiner Tochter in den Baumarkt-Schrägstrich-Futterhandel. Fred Jones, den die meisten Jones nannten, ein gemütlicher Mann in den Siebzigern, führte den Laden und wusste genau, was auf einer Ranch benötigt wurde. Obwohl er schon so alt war, dachte er gar nicht dran, in Rente zu gehen. Zwar ging immer wieder das Gerücht um, er würde einen Nachfolger suchen, doch entweder hatte er noch immer keinen passenden gefunden oder seine Ansprüche waren zu hoch. Kane vermutete, dass eher Letzteres zutraf. Der Laden lief nicht umsonst so gut. Jones betrieb ihn mit Leib und Seele. Teilte jemand diese Leidenschaft nicht, war er bei ihm vermutlich sofort unten durch.

Er führte Bretter, Schrauben, Werkzeug, Kanister, Maschinen, Geräte, Futter für verschiedene Tiere, sprich alles, was das

Herz beziehungsweise eine Ranch begehrte. Es gab sogar eine Haustierabteilung. Dort fand er Moira, wie sie vor den verschiedenen Hunde- und Katzennäpfen saß und die Unterschiede studierten.

„Meinst du nicht, wir sollten erst noch einmal darüber sprechen, ob wir tatsächlich einen Hund brauchen?"

„Oder eine Katze", fügte Moira schnell hinzu.

„Oder eine Katze", bestätigte er mit einem Nicken. „Das müsste dann allerdings eine Kampfkatze sein, damit du dich sicher fühlst", murmelte er.

Sie hörte es trotzdem und boxte ihn freundschaftlich in die Schulter.

„Dad!", kicherte sie. „Du bist witzig."

„Ich mach nur meinen Job", wiederholte er einen Insiderwitz zwischen ihnen.

„Und was ist dein Job?", fragte sie pflichtbewusst, obwohl sie die Antwort natürlich kannte.

„Dich glücklich zu machen", gab er die erwartete Antwort und drückte einen Kuss auf ihren Scheitel.

„Schafft ihr euch einen Hund an?", fragte eine Stimme hinter ihnen.

Kane und Moira wandten sich zu Jones um, der zu ihnen getreten war.

„Hallo Jones. Vielleicht." Er warf seiner Tochter einen schiefen Blick zu. „Wir sind noch in der Verhandlungsphase."

Der ältere Mann lachte leise.

„Dann wissen wir ja bereits, was da rauskommt", bemerkte er und zwinkerte Moira zu.

„Wir fahren bald zum Safe Haven", steuerte seine Tochter eifrig bei.

Jones runzelte die Stirn.

„Zum Safe Haven?", fragte er zweifelnd. „Ich glaube nicht, dass die was in der richtigen Größe für euch haben. So abgelegen, wie eure Ranch liegt, würde ich mir einen richtigen Hund anschaffen. Hanks Leonie hatte gerade einen Wurf", fügte er hilfreich hinzu.

„Paula hat mir das vorhin erzählt", antwortete Kane nachdenklich.

„Nur weil ein Hund nicht die richtige Größe hat, heißt das nicht, dass er kein liebevolles Zuhause verdient hat", protestierte Moira.

Jones, den Moiras Widerspruch nicht im Geringsten störte, fragte: „Würdest du nicht gerne die Welpen sehen?"

Hin- und hergerissen zwischen dem Wunsch, zu ihrem Standpunkt zu stehen und der Aussicht auf tapsige Welpen, schaute sie unsicher zu ihrem Vater.

Kane zuckte mit den Schultern.

„Lass uns doch beides tun. Wir müssen uns ja nicht sofort entscheiden."

Bei dieser Idee hellte sich ihre Miene sofort auf.

„Ja. Das sind schon zwei mögliche Dates mit …"

„Moira!"

„Was?", fragte sie und schenkte ihm ihren besten Hündchenblick.

Kane hob seine rechte Hand in Höhe des Mundes und imitierte das Zuziehen eines Reißverschlusses, während er mahnend den Kopf schüttelte.

Neben ihnen begann Jones schallend zu lachen.

„Falls du dir Sorgen machst, deine Kleine würde Geheimnisse ausplaudern, vergiss es. Die Spatzen pfeifen es bereits von den Dächern."

„Was ist eigentlich mit dem Konzept der Privatsphäre passiert", grummelte Kane.

„Wenn dir Privatsphäre wichtig ist, solltest du dir vielleicht etwas weniger öffentliche Plätze als den Weihnachtsmarkt oder den Gemeindeparkplatz aussuchen, wenn du deine neue Freundin küssen willst."

„Sie ist nicht meine …"

Jones hob herausfordernd die Augenbrauen.

„Nicht?“

Kane schielte zu Moira hinüber. Seine Tochter verfolgte den Austausch mit ungeteilter Aufmerksamkeit und sog jede Nuance davon auf. Er griff sich mit zwei Fingern an die Nasenwurzel und atmete tief durch. Ein. Aus. Ein … Shit! Es wurde höchste Zeit, dieses Gespräch zu beenden.

„Wie auch immer. Eigentlich brauche ich folgende Dinge.“ Er zog eine Liste aus seiner Hosentasche und reichte sie Jones.

Nachdem dieser sie überflogen hatte, nickte er.

„Haben wir alles da. In einer halben Stunde kannst du es an der Rampe abholen.“

„Danke.“ Zu Moira sagte er: „Lass uns in der Zwischenzeit ins Café *Sweets* gehen.“

„Au ja“, rief Moira aus und hüpfte zum Ausgang.

Kopfschüttelnd schaute er seiner Tochter nach. Sie hatte es faustdick hinter den Ohren.

„Wenn du nicht aufpasst, organisiert sie dein Dating-Leben für dich“, sprach Jones aus, was Kane sich eben gedacht hatte. Der alte Mann amüsierte sich prächtig.

„Sieht ganz so aus“, murmelte er.

„Immerhin hat sie einen guten Geschmack.“

Dem hatte Kane nichts hinzuzufügen. Den hatte sie tatsächlich. Vermutlich sollte er froh sein, dass seine Tochter die Frau als seine zukünftige Partnerin auserkoren hatte, an der er tatsächlich interessiert war. Doch momentan war er so überwältigt von allem, was rund um ihn passierte, dass er schlicht und einfach keine Kapazitäten hatte, das wertzuschätzen. Später, wenn er sein Leben und seine galoppierenden Gefühle wieder unter Kontrolle hatte, würde er das bestimmt tun. Aktuell konnte er nichts tun, außer sich bei der Achterbahnfahrt festzuhalten.

*

Als sie beim Café *Sweets* ankamen, war alles dunkel. An der Tür hing ein Schild: *Heute geschlossen.*

„Seltsam. Das Café hat doch sonst nie zu?"

Moira drückte die Nase ans Glas und spähte hinein.

„Vielleicht brauchen Aileen und Lily mal einen freien Tag."

„Gut möglich. Was machen wir jetzt?"

„Ich bin sicher, Miss Minnie hat auch was Leckeres für uns."

Nur ein paar Minuten später erreichten sie das Diner. Miss Minnie begrüßte sie mit einem verschmitzten Lächeln.

„Moira! Wolltest du deinen Gewinn einkassieren?"

Nach einem verstohlenen Seitenblick auf ihren Dad schüttelte Moira den Kopf.

„Nein. Noch nicht. Wir wollten Sie fragen, ob das Abendessen auch auf drei Personen ausgedehnt werden kann."

Miss Minnies Gesicht leuchtete auf.

„Aber selbstverständlich. Ein richtiges Familienessen." Sie klatschte in die Hände. „Da hätte ich auch selbst draufkommen können. Selbstverständlich darf Kristina mit dabei sein."

„Äh …", stotterte Moira und warf ihrem Vater einen hilfesuchenden Blick zu.

„Ich glaube, Moira wollte gerne mit Shauna und Leslie essen kommen", rettete er seine Tochter aus der unangenehmen Situation.

„Aber ich dachte …"

„Das wäre wahrscheinlich etwas verfrüht", unterbrach Kane sie. „Kristina und ich hatten noch nicht einmal unser erstes Date."

Miss Minnie nickte verständnisvoll.

„Bin gleich zurück", ließ sie die beiden wissen.

Moira und Kane schauten sich an.

„Was macht sie jetzt? Uns etwas zu essen holen?", fragte Moira hoffnungsvoll.

Kane zuckte mit den Schultern.

„Keine Ahnung. Ich hoffe es."

Doch anstatt durch die Schwingtüren hinter dem Schankraum in die Küche zu verschwinden, ging sie zur Kasse und sperrte eine Schublade auf. Als sie sie nach einigem Geruckel endlich offen hatte, zog sie ein schwarzes Notizbuch hervor. Kane stöhnte gequält. Er konnte sich denken, was das war.

„Dad?"

„Das ist das Wettbüchlein. Da, wo sie auch deinen Wetteinsatz hineingeschrieben hat", erklärte er ihr trocken.

„Oh. Und was schreibt sie jetzt da hinein?"

„Vermutlich eröffnet sie eine Wette, wann ich mein erstes Date mit Kristina haben werde."

„Toll! Dann kann ich wieder gewinnen!"

Kane warf ihr einen strengen Blick zu.

„Du weißt schon, dass Glücksspiele süchtig machen können?"

„Ach, Dad! Doch nicht diese", wischte sie seine Bedenken beiseite. „Zudem machen alle mit."

„Alle?", fragte er alarmiert.

Sie nickte.

Kurt steckte den Kopf aus der Küche und gestikulierte zu dem Tisch, an dem Kane und Moira Platz genommen hatten. Miss Minnie schüttelte den Kopf, was Kurt dazu veranlasste, die Augen zu verdrehen und wieder in der Küche zu verschwinden. Kurze Zeit später tauchte er wieder auf, diesmal mit zwei Tellern in der Hand.

Mit einer schwungvollen Bewegung stellte er einen Teller vor Kane hin. Den zweiten Teller behielt er in der Hand.

Moira schaute sehnsüchtig auf den Teller, der auf dem Tisch stand. Leider nicht auf ihrer Seite.

„Sind das Brownies?" Sie hob den Blick und schaute Kurt bittend an. „Bekomme ich auch welche?"

„Hm", erwiderte der bärtige Biker, als müsste er überlegen. „Ich habe gehört, dass du deine Essenseinladung auf eine dritte Person erweitert hast. Ich nehme an, das bin ich."

„Du?“, fragte Moira ungläubig. Als ihr bewusst wurde, wie unhöflich das klingen musste, stotterte sie: „Also nicht, dass ich dich nicht dabei haben will …“ Ihre Stimme brach und sie runzelte die Stirn. „Aber warum?“

„Weil du mich meinen Gewinn gekostet hast, junge Dame.“

Das ungeschriebene Gesetz besagte, dass die Leute, die im Diner arbeiteten, zwar mitwetten konnten, aber den externen Gewinnern den Vortritt lassen mussten, falls sie auf den gleichen Tag gesetzt hatten.

Kane räusperte sich.

„Da du deine Wette erst platziert hast, als Kristina und ich im selben Raum waren, würde ich sagen, das ist nur recht.“

Er warf dem Mann einen Blick zu, der klar besagte, dass er es nicht duldete, dass er Moira schikanierte.

Moira senkte den Blick und studierte intensiv die Tischplatte. Erst jetzt ging Kane das ganze Ausmaß der Planung seiner Tochter auf. Der Tag, an dem sie bei Shauna und Leslie gewesen war, dann dort noch zu Abend essen und schlussendlich übernachten wollte, war sorgfältig orchestriert gewesen. Er wusste nicht, ob er entsetzt oder beeindruckt sein sollte, dass sie ihn so gut kannte. Für seinen Seelenfrieden beschloss er, es erst einmal mit dem Beeindrucktsein zu versuchen. Er konnte nur hoffen, dass sie später beruflich etwas machte, wo ihr Genie auch entsprechend zur Geltung kam.

Kurt grinste.

„Ich mach doch nur Spaß. Hier, deine eigenen Brownies. Kaffee?“, fragte er in die Runde.

„Gerne“, antwortete Kane.

Moira schüttelte den Kopf und biss in einen der Brownies, als Kurt den Tisch verließ.

„Mmh. Karamell. Salz. Und …“ Sie pickte an dem dunklen Gebäckstück herum, bis sie fragend zu ihrem Dad schaute. „Kaffee?“

Mit Kauen beschäftigt, nickte er. Die Dinger waren köstlich.

„Vielleicht gibt Miss Daisy mir das Rezept“, spekulierte Moira.

Sie war die Bäckerin in der Familie. Kane konnte ganz leidlich kochen. Doch backen hatte er nie richtig gelernt. Nach dem ersten halben Dutzend missglückter Versuche hatte Moira erklärt, sie würde es ohne ihn probieren. Damals war sie acht gewesen. Seither beglückte sie ihn und manchmal auch ihre Klassenkameraden des Öfteren mit frischen Cookies und Ähnlichem.

„Viel Glück dabei“, wünschte ihr Kurt, der ihren letzten Satz mitangehört hatte, weil er Kane gerade seinen Kaffee brachte. „Die Frau hütet ihre Rezepte besser als ein Drache seinen Schatz.“

„Aber ich bin einer ihrer Lieblingsgäste“, entgegnete Moira mit einem kecken Grinsen.

Kurt lachte leise.

„Würde mich nicht überraschen. Genießt eure Brownies.“

Kane wunderte sich über ihre Aussage. Die Male, die sie im Diner gewesen waren, konnte er an einer Hand abzählen.

„Du kennst Miss Daisy?“

Moira nickte.

„Sie unterrichtet manchmal in der Highschool. Letztes Jahr, als es mir nicht so gut gegangen ist und ich keinen Sport machen konnte, habe ich da doch einen Kurs besucht.“

Irgendwie war das an ihm vorbeigegangen. Oder er hatte es verdrängt. Er seufzte und lehnte sich in seinem Stuhl zurück. Dabei stieß er beinahe gegen den Sheriff, der in diesem Moment an ihm vorbeiging.

„Kane“, sagte er zur Begrüßung. „Dich habe ich gesucht.“

Fragend sah Kane ihn an.

„Tatsächlich? Sind wieder irgendwo Kühe abhandengekommen?“, witzelte er angestrengt und spielte damit auf seinen letzten FBI-Einsatz an. Seine Tarnung als Viehdieb hatte bedingt, dass er tatsächlich seines Nachbarn Kühe stehlen musste.

Jerome hatte seine Tiere inzwischen wieder zurückerhalten. Das hatte es ihnen ermöglicht, einen vorsichtigen Waffenstillstand zu schließen. Trotzdem plagte ihn immer noch das schlechte Gewissen.

Als er sah, wie groß Moiras Augen wurden, als sie seine Aussage hörte, hätte er sich am liebsten auf die Zunge gebissen. Zu dem Zeitpunkt war sie noch jünger gewesen, weshalb er ihr nur das Nötigste erzählt hatte.

„War nur ein schlechter Scherz", versicherte er ihr hastig.

Jakes Augen glitten zwischen ihm und seiner Tochter hin und her. Schließlich sagte er: „Es kann auch bis morgen warten. Ich wollte dich nur etwas fragen. Ruf mich an, wenn du Zeit hast."

„Mach ich", versicherte Kane ihm. Offensichtlich war das, was der Sheriff besprechen wollte, nicht für Kinderohren bestimmt. Er war dankbar, dass Jake die Geistesgegenwart besaß, nichts zu sagen. Moiras Fantasie war so schon aktiv genug. Irgendwelche Gangstergeschichten waren das Letzte, was sie brauchte.

Als er gegangen war, schob sich Kane das letzte Stück des Brownies in den Mund.

„Komm, lass uns gehen. Bestimmt hat Jones schon unsere Sachen bereitgestellt."

Moira sah so aus, als wollte sie nochmals nachhaken, was Jake gewollt hatte. Glücklicherweise piepte in diesem Moment ihr Handy. Sie zog es aus ihrer Jackentasche. Mit flinken Fingern entsperrte sie den Bildschirm und las die Textnachricht. Strahlend schaute sie zu Kane auf.

„Kristina kommt mit in den Safe Haven."

„Na großartig", murmelte er.

„Freust du dich nicht?"

„Doch, doch", beeilte er sich ihr zu versichern. „Es ist nur … alles so neu", gestand er schließlich. Und gewöhnungsbedürftig, dass seine Tochter sich als Kupplerin betätigte.

„Veränderungen sind gut für dich, Dad“, erklärte sie altklug und tätschelte seinen Arm. „Das trainiert die Synapsen und hält jung. Komm“, forderte sie ihn auf, bevor ihm eine adäquate Antwort einfiel. „Wer zuerst beim Laden ist.“

6

„Jake", begrüßte Kristina den Sheriff in ihrem Büro. „Was machst du denn hier?"

„Dasselbe könnte ich dich fragen. Hast du nicht heute frei?"

„Ach, ich musste noch ein paar Dinge erledigen. Ich bleib nur ein paar Stunden."

Dass sie die ganze Nacht wach gelegen hatte, weil ihr Hirn und vor allem ihr Körper in einer Endlosschlaufe den Kuss abgespielt hatten, würde sie ihm nicht erzählen. Erst in den frühen Morgenstunden war es ihr gelungen, einzuschlafen. Nur damit sie um sechs Uhr vom schrillen Läuten ihres Weckers geweckt wurde. Sofort waren ihre Gedanken wieder zu Kane zurückgekehrt. Also war sie aufgestanden.

„Geht es dir gut? Brauchst du irgendetwas?"

Mit einer Handbewegung wischte er ihre Besorgnis um seine Gesundheit beiseite.

„Ja, ja, alles gut. Ich bin nicht wegen mir hier. Sondern um euch auf dem Laufenden zu halten. Hast du von dem Banküberfall gehört, der sich vor ein paar Tagen in Denver zugetragen hat?"

Kristina kam hinter ihrem Schreibtisch hervor und nickte.

„Ist noch etwas passiert? Wurden die Bankräuber gefasst?", fragte sie besorgt.

Jake schüttelte den Kopf.

„Es ist nichts weiter passiert. Noch nicht. Denn bislang sind die Räuber flüchtig. Das Denver Police Department tritt mit den Ermittlungen auf der Stelle."

„Und du machst dir Sorgen, weil …?"

Er zuckte mit den Schultern.

„Nenn es Intuition, aber … Ich habe einfach ein schlechtes Gefühl bei der Sache. Klar, vielleicht sind sie bereits irgendwo an der Westküste. Aber ich kann den Verdacht nicht abschütteln, dass sie in die Berge geflüchtet sind."

„Glaubst du wirklich? Bei den Temperaturen? Ich kann mir nicht vorstellen, dass jemand freiwillig in den Rockies Zuflucht sucht."

„Bei den leerstehenden Jagdhütten in der Region kann es durchaus sein, dass sie ihr Glück in dieser Richtung suchen."

„Was hat denn das mit der Klinik zu tun?"

„Einer der Gangster wurde angeschossen. Gut möglich, dass er in der Zwischenzeit seinen Verletzungen erlegen ist. Aber falls nicht, besteht die Chance, dass sie ihn hierherbringen. Oder der Klinik einen Besuch abstatten, um an Medikamente zu kommen."

„Oder vielleicht auch der Apotheke", mutmaßte Kristina und griff zum Telefon auf ihrem Schreibtisch.

„Die Apotheke ist mein nächster Stopp", versicherte Jake ihr.

Kristina zog die Hand wieder zurück.

„Oh. Gut. Und was schlägst du jetzt vor? Wir haben natürlich Sicherheitsmaßnahmen." Sie stoppte ihre Ausführungen. In erster Linie, weil sie keine Ahnung hatte, was sie sonst noch sagen sollte. Die Vorstellung von Bankräubern in ihrer Klinik überforderte sie ein bisschen. Eine blutige Operation? Jederzeit. Aber Kriminelle? Nein, danke.

„Wer ist dafür zuständig?"

Diese Frage konnte sie immerhin leicht beantworten.

„Carter Securities, wer sonst."

„Wer sonst“, kommentierte Jake und grinste. Cole war sein Bruder und leistete gute Arbeit mit seinen Leuten. Er und seine Frau Avery hatten zusammen mit ihren ehemaligen Partnern vom FBI die Sicherheitsfirma gegründet. „Sag Cole einen Gruß von mir, wenn du ihn informierst.“

„Mach ich. Jake“, rief sie ihm hinterher.

Er hielt im Türrahmen inne und drehte sich nochmals zu ihr um.

„Wie besorgt sollte ich sein?“, fragte sie.

„Ich weiß es nicht. Die Rockies sind groß. Zwischen hier und Denver erstrecken sich zig Quadratkilometer. Aber es schadet sicher nicht, ein paar Wochen extra aufmerksam zu sein.“ Er zog die Stirn in Falten. „Was die Gefährlichkeit der Bande angeht, scheiden sich die Geister. Es kursieren Gerüchte über brutales Vorgehen. Doch wenn ich die Berichte der offiziellen Polizeikanäle lese, findet sich dafür eigentlich kein Beweis. Die einzige Waffe, die im Spiel war, war die des Sicherheitsmannes. Die Videoaufnahmen zeigen keine Waffen bei den Räubern. Aber das heißt noch lange nicht, dass sie keine haben. Zudem kann sich ihr gewaltfreies Benehmen im Nu ändern, wenn sie sich unter Druck gesetzt fühlen. Ein angeschossener Kumpel ist eine ziemliche Belastung.“

Kristina nickte.

„Verstanden. Dann informiere ich Cole und sein Team.“

Jake salutierte mit zwei Fingern und ging.

Kristina griff nach einigen Unterlagen, die auf ihrem Schreibtisch lagen, ohne sie wirklich zu sehen. Sie hoffte wirklich, dass sich Jakes Befürchtungen als unbegründet erweisen würden. Ihre Freundinnen hatten alle im letzten Jahr gefährliche Situationen erlebt. Sie hatte nicht den Wunsch, es ihnen gleichzutun. Sie wollte nichts weiter als ein ruhiges Leben führen.

Ihre Mundwinkel wanderten nach oben. Okay, wenn ein gewisser Cowboy und seine Tochter ein wenig Abwechslung in ihr Leben bringen wollten, hatte sie nichts dagegen. Moiras

Einladung, mit ihnen den *Safe Haven* zu besuchen, hatte sie ziemlich überrascht. Eigentlich hatte sie erwartet, dass sich Kane bei ihr melden würde. Nachdem sie seine Tochter schon länger behandelte, hatte er ihre private Handynummer für Notfälle. Aber nein, Kane war stumm geblieben. Erst als Moiras Vorschlag für den gemeinsamen Ausflug gekommen war, war kurz darauf eine Nachricht von ihm gefolgt.

Tut mir leid für die überfallartige Anfrage. Falls du keine Zeit oder keine Lust hast, gib Bescheid. Dann erfinde ich eine Ausrede für dich.

Als sie das gelesen hatte, war sie ziemlich konsterniert gewesen. Wollte er sie etwa nicht dabeihaben? Oder war es tatsächlich nur der Versuch, ihr eine Möglichkeit zu bieten, höflich abzulehnen, ohne Moiras Gefühle zu verletzen? Am Ende hatte sie beschlossen, dass es ihr egal war, wie er es gemeint hatte oder was seine Beweggründe gewesen waren. Den *Safe Haven* hatte sie schon lange besuchen wollen. Die Aussicht, einen Nachmittag mit Moira zu verbringen, versetzte sie ebenfalls in beste Laune. Sie mochte das Mädchen wirklich gern. Kanes Anwesenheit war ein unverhoffter Bonus. Falls er in der Zwischenzeit schon wieder einen Sinneswandel durchlaufen hatte, würde sie ihn einfach ignorieren – und heimlich anschmachten, wenn er nicht hinsah. Das war schließlich nicht verboten. Vielleicht nicht sonderlich gesund für ihren Seelenfrieden, aber das war ihr egal.

*

Wenn Jake gewusst hätte, wie akkurat seine Ahnung war, hätte er wahrscheinlich sofort sämtliche verfügbare Deputys zusammengetrommelt und mit Unterstützung der State Troopers eine Suche organisiert. So aber konnten Lennard und seine Kumpels unbehelligt in der Nähe von Breckenridge die Hintertür eines aktuell nicht besetzten Ferienhauses aufbrechen.

Lennard spähte durch eines der Panoramafenster ins Tal hinunter, während Clancy und John sich mit Gary herumplagten. Der Bastard war nicht schnell genug gewesen und hatte eine Kugel abbekommen. Es war wirklich ein dummer Zufall gewesen, dass dieser unerfahrene Security-Mann überhaupt irgendetwas getroffen hatte, so, wie seine Hände gezittert hatten. Dabei hatte es gar keinen Grund gegeben. Wirklich nicht. Nach mühevoller Kleinarbeit hatten sie die beste Zeit für ihren Coup recherchiert. Sie hatten genau gewusst, an welchen Tagen die Geldtransporte stattfanden und das Datum des Überfalls entsprechend gewählt. Zudem hatten sie für mehrere Wochen alle Mitarbeiter überwacht und herausgefunden, wer erpressbar war, wessen IQ nicht besonders hoch war und wer am ehesten Widerstand leisten würde.

Die Lösung hatte sich überraschend in der Gestalt einer der Bankangestellten präsentiert. Der Erpressungsgrund war eigentlich völlig lächerlich, wenn man es ernsthaft betrachtete. Die junge Frau namens Lena Chance hatte eine Katze in ihrer Wohnung. Eine Katze, die laut Mietvertrag nicht erlaubt war, wie sie dank der Fülle an Informationen, die im Netz zu finden war, wussten. Gary war ihr zufällig auf die Schliche gekommen, als er sie dabei beobachtet hatte, dass sie Katzenfutter und Katzenstreu kaufte und ins Haus schmuggelte. Es war ihm seltsam vorgekommen, dass sie alles doppelt und dreifach in dunkelbraunes Papier wickelte. Charmant wie er war, hatte er das nächste Mal, als er sie beschattet hatte, ein Gespräch mit ihr angefangen und sie direkt darauf angesprochen. In der Annahme, mit einem gut aussehenden, aber harmlosen Fremden zu sprechen, hatte sie ihm prompt ihr Herz ausgeschüttet.

Bei der Erinnerung daran schüttelte Lennard amüsiert den Kopf. Gary hatte irgendetwas an sich, das Leute ins Vertrauen zog. Ein unbezahlbares Talent als Betrüger. Von da an war es ein Leichtes gewesen, die Abläufe an ihren drei Arbeitstagen pro Woche herauszufinden und mit einem der Geldtransporte abzustimmen. Während er und der Rest der Bande unauffällig außerhalb der Bank und somit der Videoüberwachung gewartet hatten, war Gary in seine Verkleidung geschlüpft. Polster in den Backen und ein leichter Plastilinhöcker auf der Nase verhinderten, dass die Gesichtserkennungssoftware, die ohne Zweifel von der Polizei eingesetzt werden würde, etwas mit den unvermeidlichen Aufnahmen von ihm anfangen können würde.

Gary war an den Schalter getreten und hatte Lena informiert, dass das Geheimnis ihrer Katze nicht länger sicher sei. Außer, sie würde ihnen das Geld aushändigen. Was sie auch prompt getan hatte. Leise und unauffällig. Nur dass ihr dabei Tränen wie ein Sturzbach übers Gesicht gelaufen waren. Und das, obwohl nirgends eine Waffe in Sicht gewesen war. Vermutlich war es ein Fehler gewesen, ihre geliebte Katze zu involvieren. Doch wenn man auf Waffengewalt verzichten wollte, wie sie es immer taten, musste man auf andere Mittel zurückgreifen. In diesem Fall eben auf freundliche, aber bestimmte Erpressung. Lennards Meinung nach eigentlich ein humanitärer Akt, wenn die Alternative eine Kugel im Kopf war. Lena hatte das ganz offensichtlich nicht so gesehen.

Das war dem Mann von der Sicherheitsfirma aufgefallen, der den Videofeed aus der Schalterhalle überwachte. Der Typ war wohl ausgerechnet in diese Mitarbeiterin verschossen. Vermutlich machte er den ganzen lieben langen Tag nichts anderes, als sie via Sicherheitskamera zu stalken, der Perversling. Lennard machte ein finsteres Gesicht. Die Chance ergreifend, vor seiner Angebeteten als Held dazustehen, war der Security in die Schalterhalle gestürmt. Sogar ohne den Alarmknopf zu drücken, der die Bank direkt mit der Polizei verband. Wahrscheinlich hatte der Dummkopf vermeiden wollen, dass ihm jemand den Heldentitel abspenstig machte, dachte er mit einem spöttischen Grinsen. Das war aber auch das Einzige gewesen, das zu ihren Gunsten gelaufen war.

Sobald sie über Funk den Typen „Hände hoch!“ hatten schreien hören, waren Clancy und er in die Bank gestürmt, während John den Motor ihres Fluchtautos gestartet hatte. Da sie nun gezwungen waren, die verhassten Skimasken übers Gesicht zu ziehen, war das Chaos innerhalb der Bank schnell perfekt gewesen. Bei ihrem Anblick hatten sich die restlichen Besucher schreiend zu Boden geworfen und den Kopf mit ihren Händen bedeckt. Lennard hatte auf einen Blick den Möchtegern-Sheriff gesehen und war auf ihn zu gerannt. Im Angesicht des sich entfaltenden Chaos hatte sich die ohnehin nur spärlich vorhandene Impulskontrolle des Sicherheitsmannes in Luft aufgelöst. Bevor er ihn daran hindern konnte, hatte er bereits abgedrückt. Eine Sekunde, nachdem Garys Bein nachgegeben hatte, hatte er sich auf den Typen gestürzt und den Helden des Tages entwaffnet. Völlig im Schock war die Bankangestellte wie angewurzelt dagestanden, die Tasche mit dem Geld bereits vor sich auf dem Tresen. Clancy, geistesgegenwärtig wie immer, hatte ihr ein entschuldigendes Lächeln geschenkt, sich mit der rechten Hand die Tasche geschnappt und mit der linken Hand den leise vor sich hin fluchenden Gary auf die Beine gezogen.

Kurze Zeit später waren sie mitsamt dem Geld auf der Flucht. Obwohl es ihnen wie eine Ewigkeit vorgekommen war, hatte die ganze Aktion nur Minuten gedauert. So schnell konnte es gehen. Wochen der Planung gingen innerhalb von Sekunden den Bach runter.

Die Tatsache, dass Gary sein Bein nicht gebrauchen konnte und blutete wie ein Schwein, hatte ihre Flucht ziemlich eingeschränkt. Eigentlich hatten sie geplant, bereits in Houston zu sein und in ein paar Tagen weiter nach Brasilien zu fliegen.

Aber nachdem sie Gary nicht ins Krankenhaus bringen konnten – Krankenhäuser waren verpflichtet, Schusswunden jeglicher Art zu melden –, war dieser Plan ins Wasser gefallen. Also hatten sie Garys Wunde notdürftig verbunden und waren geflüchtet. Um sicherzugehen, dass ihnen niemand auf der Spur war, hatten sie drei Tage damit verbracht, in verschiedenen Autos, die sie sich *borgten*, quer durch den Staat zu fahren. Dann waren sie nach Westen abgebogen und in die Rockies gefahren. Hier würden sie eine Pause einlegen. Lennard hoffte, dass Garys Wunde mit ein paar Tagen Ruhe besser heilen würde. Je schneller, desto besser.

Gary einfach zurückzulassen war nie eine Option gewesen. Diese Männer waren seine Familie, so verrückt das auch klang. Er hatte keine Ahnung, wie es dazu gekommen war. Er hatte aufgehört, sich zu fragen, wieso er sich für die anderen verantwortlich fühlte. Aber es war eine Tatsache. Die anderen teilten diese Einstellung.

Mit dem Geld aus diesem Raub konnten sie sich zur Ruhe setzen. Damit ihnen nicht langweilig werden würde, hatten sie in Brasilien bereits eine Bar erworben. Eine Strandbar. Seine düstere Laune hob sich ein wenig bei der Vorstellung, schon bald den ganzen Tag hübschen Frauen in knappen Bikinis Drinks auszuschenken.

Lennard drehte sich um und schaute sich in der riesigen Blockhütte um. Die Besitzer hatten wirklich keine Mühe gescheut, um ihr Feriendomizil zu einem Juwel auszubauen. Panoramafenster. Ein Jacuzzi im Außenbereich. Duschen mit Massagedüsen und Regenwaldbrausen. Eine riesige Küche mit genügend Vorräten, dass sie es einige Zeit hier aushalten würden. TV-Empfang und WLAN, dessen Passwort netterweise in großen Buchstaben auf dem Router stand.

Immerhin konnte Gary sich in großem Stil erholen. Der einzige Nachteil war die Lage. Es war ziemlich abgelegen. Der nächste Ort war ein Kaff namens Independence. Ein Blick auf eine der im Netz auffindbaren Umgebungskarten zeigte ihm die ungefähre Größe. Ein einzelner schwarzer Punkt in ihrer Nähe, gleich auf der anderen Seite des Berges, verriet ihm die Lage ihres nächsten Nachbarn. Vermutlich eine Ranch oder eine Wildtierstation. Besonders groß sah es nicht aus.

Nicht wissend, ob diese Information irgendwann noch nützlich sein würde, speicherte er alles in seinem Gedächtnis ab.

John kam aus einem der Zimmer und zeigte mit dem Daumen hinter sich.

„Er hat eine Scheißlaune. Vielleicht sprichst du mal mit ihm.“ Er rieb sich übers Gesicht. „Ich glaube allerdings, dass er einfach teuflische Schmerzen hat. Wenn sich das nicht bald ändert, müssen wir irgendwo mehr Schmerzmittel auftreiben.“

Als Zeichen, dass er ihn verstanden hatte, hob Lennard das Kinn, bevor er in das Zimmer trat, aus dem John gekommen war.

Clancy stand neben dem Bett, die Arme kampfeslustig in die Hüften gestemmt.

„Wieso zum Teufel hast du dich nicht weggeduckt?“

„Wo hätte ich denn hinsollen? Du hast dich ja hinter mir versteckt. Hätte ich einen Schritt zur Seite machen sollen, damit die Kugel dich trifft?“

Clancy schnaubte.

„Erzähl mir nicht, dass das der Grund war. Du warst einfach zu sehr damit beschäftigt, mit unserem Opfer Mitleid zu haben.“

„Du bist doch bloß neidisch, dass ich so erfolgreich bin bei den Ladys!“

„Als ob …“

Lennard kniff die Augen zusammen und fasste sich genervt an die Nasenwurzel. Die beiden zankten sich ständig. Normalerweise fand er das ganz amüsant, doch ihre aktuelle Situation war zu ernst, als dass er darüber hätte lachen können. Gary hielt tapfer die Fassade aufrecht, doch an den tiefen Linien um seinen Mund ließ sich deutlich erkennen, dass er starke Schmerzen hatte. Dass er überhaupt in der Lage war, mit Clancy zu streiten, war nur seinem Sturschädel zu verdanken.

„Habt ihr euren Ehestreit jetzt dann beendet?“

„Er hat angefangen!“, war Garys schwache Replik.

„Ich sagte doch nur, er hätte der Kugel ausweichen sollen!"

Lennard rollte die Augen in Richtung Decke und zählte langsam bis zehn. Und dann gleich noch einmal. Nur um sicherzugehen, dass er den beiden Streithähnen nicht kurzerhand den Hals umdrehte.

„Gary braucht Ruhe", stieß er schließlich mit zusammengebissenen Zähnen hervor. Er schaute Clancy an und schickte ihn mit einer Kopfbewegung aus dem Zimmer. „Schaut, ob ihr in den Schränken Medikamente findet. Oder Verbandsmaterial. Einfach alles, was wir gebrauchen können. Danach erkundet ihr die anderen Gebäude und schreitet die Gegend rund ums Haus ab. Wir können es uns nicht leisten, überrascht zu werden."

Clancy nickte knapp, bevor er sich an Gary wandte.

„Schlaf schön, Dornröschen", sagte er spöttisch.

Gary zeigte ihm den Mittelfinger.

„Kinder …!", bellte Lennard, worauf Clancy sich beeilte wegzukommen, während Gary ihm einen finsteren Blick schenkte.

Lennard ignorierte diesen.

„Wie fühlst du dich wirklich?", fragte er Gary. Seine fahle Haut war von einer dünnen Schicht Schweiß überzogen. Dunkle Schatten lagen unter seinen Augen.

„Als hätte ich eine Kugel im Bein."

„Deine Klugscheißerei leidet offensichtlich nicht darunter", erwiderte Lennard trocken.

Gary drehte den Kopf zur Seite. Für einen Moment verrutschte seine sorgfältig aufrechterhaltene Maske, sodass Lennard die Angst in seinem Blick lesen konnte.

„Ihr hättet mich zurücklassen sollen. Dann würdet ihr schon in Brasilien sitzen. Ich halte euch nur auf."

„Hör auf mit dem Unsinn. Natürlich lassen wir dich nicht im Stich. Glaub mir, ob wir eine Woche früher oder später im Paradies ankommen, spielt nun wirklich keine Rolle", versuchte er ihn aufzumuntern.

Gary hätte ihm gerne geglaubt. Doch sein Bein, eigentlich seine ganze linke Seite, brannte wie Feuer. Er hatte kein gutes Gefühl bei der Sache. Er wusste nicht, wie lange er das noch aushalten würde.

„Ich schau mal, was alles an Essen da ist. Sobald ich gekocht habe, bring ich dir was vorbei."

Gary hatte keinerlei Appetit, doch es war ihm zu anstrengend, darüber zu diskutieren. Das Hickhack mit Clancy hatte ihn mehr Energie gekostet, als er wahrhaben wollte. Besser, er ließ die anderen einfach machen. Falls er ihnen vor die Füße kotzte, würden sie es schon merken. In der Zwischenzeit würde er sich etwas ausruhen. Vielleicht geschahen ja noch Wunder und das Bein entschloss sich endlich dazu, wieder gesund zu werden. Tief drin wusste er aber, dass es nicht so einfach sein würde.

*

Am Nachmittag stand Kristina in Anabelles Scheune und schaute ihr über die Schulter, während diese mit routinierten Handgriffen eines ihrer Pferde sattelte. Laut Anabelle war Joris eines ihrer zuverlässigsten Pferde. Er war ein Rocky Mountain Gipsy Horse. Diese stammten ursprünglich von den Tinkern aus Irland ab. Die Zigeuner dort hatten die gescheckten großen Ponys als zuverlässige Zugpferde gezüchtet.

„Joris ist auch eingefahren. An Weihnachten holt er mit uns den Weihnachtsbaum. Aber in erster Linie ist er ein super Arbeitspferd mit einer Engelsgeduld für Anfänger", erzählte Anabelle gerade.

„Da bin ich aber froh", murmelte Kristina, während sie wie gebannt auf die vielen Riemen und Schnallen schaute. „Das werde ich nie lernen", stöhnte sie.

„Ach, das ist gar nicht so schwer. Reine Übungssache."

„Du meinst, in ungefähr zwanzig Jahren kann ich das auch? Oder wie lange machst du das schon?"

Anabelle lachte.

„Es sind etwas mehr als zwanzig Jahre. Aber wenn ich das als Kind lernen konnte, wirst du das bald raushaben.“

„Na, hoffen wir’s. Aber die nächste Zeit überprüfst du besser alles doppelt und dreifach. Sonst lande ich mitsamt Sattel am Bauch deines Pferdes.“

Joris wählte diesen Moment, um seinen langen Hals zu wenden und ihr direkt ins Gesicht zu schauen. Kristina kniff verlegen die Augen zusammen, während sie vorsichtig seine Nase streichelte.

„Verstanden“, murmelte sie ihm zu. „Du findest, das ist eine schlechte Idee.“

„Bestimmt“, antwortete Anabelle für ihn. „Aber du hast Glück. Selbst wenn so etwas passieren sollte, würde er einfach geduldig stehen bleiben, bis du dich wieder organisiert hast. Deshalb ist er ein so gutes Lehrpferd. Komm“, forderte sie Kristina auf. „Lass uns zum Reitplatz gehen.“

Als sie dem schmalen Pfad folgte, stellte Kristina die Frage, die sie schon lange hatte stellen wollen.

„Geht es dir eigentlich gut?“

Ein Schatten fiel über Anabelles Gesicht und sie lächelte etwas traurig.

„Ein Kind zu verlieren ist schrecklich. Das Traurige ist, bis zu dem Zeitpunkt, als ich die Fehlgeburt hatte, war mir gar nicht klar, wie sehr ich mich auf sie – oder ihn, das wusste ich damals ja noch nicht – gefreut hatte. Dass es so eine Tragödie braucht, um sich dessen bewusst zu werden …“ Sie seufzte. „Es fühlte sich tatsächlich an, als wäre mit Angelina ein Teil von mir gestorben. Tut es immer noch.“ Sie biss sich auf die Lippen. „Aber es ist nicht mehr ganz so extrem.“ Sie griff nach Kristinas Hand. „Ich bin unglaublich dankbar, dass ihr uns ein paar Tage Zeit gegeben habt, uns von ihr zu verabschieden. Jerome und ich haben das sehr geschätzt. Die Aktion Sternenkinder ist unbezahlbar.“

„Ich bin froh", antwortete Kristina mit belegter Stimme. Seit ein paar Jahren war es im Krankenhaus in Breckenridge, wie jetzt auch in der Klinik hier, möglich, von seinem toten Kind Abschied zu nehmen. Zudem gab es inzwischen die Möglichkeit, das Kind auf dem Friedhof bestatten zu lassen, was früher nicht möglich gewesen war. Das Angebot war eine Herzensangelegenheit von ihr.

„Ich habe lange gebraucht", nahm Anabelle das Gespräch wieder auf, „bis ich es akzeptieren konnte, dass uns so etwas geschehen ist." Sie blieb stehen und schaute Kristina an. „Es erschien mir so unfair. Erst kurz zuvor musste ich meinen geliebten Onkel gehen lassen. Und dann das." Sie schluckte. „Aber auch dank vieler Gespräche mit Jerome, der übrigens genauso gelitten hat wie ich, sehe ich es inzwischen als einen Teil des Kreislaufs des Lebens. Das verringert nicht meine Traurigkeit, aber meine Bitterkeit. Und", fügte sie fast scheu hinzu, „wir werden es noch einmal wagen."

„Wie schön!", rief Kristina aus und umarmte Anabelle spontan. „Das freut mich sehr. Ich nehme an, du hast mit deiner Gynäkologin darüber gesprochen?"

Anabelle nickte und führte Joris auf den Sandplatz.

„Das war das Erste, was ich gemacht habe. Sie gefragt, wie hoch sie das Risiko einschätzt, das so etwas noch einmal passiert. Sie konnte mir natürlich keine Garantien geben. Aber rein aus medizinischer Sicht spricht nichts dagegen." Sie räusperte sich. „Lass uns loslegen. Wird Zeit, dass du aufs Pferd kommst."

Zweifelnd schaute Kristina auf Joris' Rücken, wo der Sattel thronte.

„Wieso habe ich das Gefühl, dass dein Pferd auf dem Weg zwischen Stall und Reitplatz eine Handbreit in die Höhe gewachsen ist?"

„Eine lebhafte Fantasie?", schlug Anabelle vor und zeigte ihr, wie sie sich auf der Aufstiegshilfe, die eigentlich ein kleines

Podest war, positionieren und von da ihren Fuß in den Steigbügel stellen sollte.

Während Kristina versuchte, ihre Anweisungen umzusetzen, wechselte Anabelle auf die andere Seite von Joris und fasste den Sattel mit beiden Händen, um ihn an Ort und Stelle zu halten.

„Ich zähle jetzt bis drei. Bei drei stößt du dich leicht ab und schwingst das Bein über den Sattel. Denk dran. Das Gewicht sanft in den Sattel gleiten lassen. Und nicht zu viel Schwung. Sonst landest du in meinen Armen."

Kristina schnaubte selbstironisch.

„Ich kann's kaum erwarten."

„Jetzt stell dich nicht so an. Stell dir vor, wie romantisch es sein wird, wenn du mit Kane ausreiten kannst. Eins. Zwei. Drei."

Wenig graziös schwang sich Kristina in den Sattel. Immerhin schaffte sie es, dem armen Pferd nicht in den Rücken zu plumpsen. Verlegen strich sie dem Pferd über das samtene Fell am Hals.

„Prima", lobte Anabelle.

„Und jetzt? Was muss ich jetzt tun?"

„Jetzt musst du erst einmal gar nichts tun außer genießen. Ich führe dich mal ein paar Runden, sodass du dich in aller Ruhe an das Gefühl gewöhnen kannst."

„Führen klingt nach einer großartigen Idee", antwortete Kristina erleichtert und entspannte sich ein wenig.

Anabelle lachte leise.

„Keine Angst. In wenigen Wochen reitest du wie ein Profi."

Joris setzte sich unter ihr in Bewegung. Reflexartig hielt sich Kristina am Horn fest. War das Pferd in den letzten fünf Sekunden gewachsen? Und wieso wackelte das Ding so?

„Wow. Das schwankt ja."

„Atmen hilft. Und den Klammergriff am Sattel aufgeben. Wenn deine Muskeln nicht fest, sondern locker sind, kann die Bewegung des Pferdes durch deinen Körper hindurchlaufen."

Sie beobachtete ihre Freundin genau. „Ja, besser“, bestätigte sie, als Kristina hörbar die Luft ausstieß und ihre Schultern kreisen ließ. „Und? Wie findest du es?“

Kristina ließ sich Zeit mit ihrer Antwort. Schließlich sagte sie: „So weit, so gut. Allerdings solltest du dir wirklich überlegen, kleinere Pferde anzuschaffen. Wie heißen die? Shetlandponys? Mit den Beinen am Boden würde ich mich sehr viel sicherer fühlen. Du weißt schon, wie Stützräder.“

„Ach komm schon. Joris ist nicht groß. Im Gegenteil. Er ist ein sogenanntes Endmaßpony. Aber lass ihn das Wort *P-o-n-y* bloß nicht hören“, buchstabierte sie in verschwörerischem Flüsterton. „Er ist etwas empfindlich, was seine Größe angeht.“

„Keine Angst“, antwortete Kristina lachend. „Von mir erfährt er es nicht.“ In einem Anfall von Größenwahn löste sie eine Hand vom Leder und beugte sich etwas vor, um seinen Hals zu tätscheln.

Besorgt um den neuen Menschen auf seinem Rücken, blieb Joris abrupt stehen, als er spürte, wie sie sich unsicher auf ihm bewegte. Prompt verlor Kristina das Gleichgewicht und fiel kopfüber auf seinen Hals. Das Horn drückte ihr unangenehm in die Bauchhöhle.

„Ugh“, murmelte sie, als sie es geschafft hatte, sich wieder aufzurappeln. „Das war jetzt nicht sehr elegant. Dieses Pferd müsste mit Warnblinkleuchten ausgestattet werden. Oder einem Piepton, wenn er plant, anzuhalten.“

„Sei froh, dass er das nur im Schritt gemacht hat. Stell dir vor, ihr wärt schneller unterwegs gewesen.“

„Schneller? Auf keinen Fall! Dieses Tempo ist wunderbar“, versicherte Kristina ihr eilig. Doch nachdem sie mehrere Runden um den Platz absolviert hatten, musste sie zugeben, dass sie langsam, aber sicher Freude am Reiten bekam. Oder zumindest daran, auf dem Pferd zu sitzen. Es anders zu bezeichnen wäre schlicht und einfach gelogen.

Nach ungefähr einer halben Stunde verkündete Anabelle, es sei jetzt genug.

„Was, schon?"

Anabelle nickte.

„Das war lange genug. Glaub mir, wenn du morgen aufstehst, denkst du dankend daran, dass ich dich zum Aufhören gezwungen habe", neckte Anabelle sie.

„O-o, das klingt ominös. Muskelkater?"

Sie hatte zwar nicht das Gefühl, sich wirklich angestrengt zu haben. Sie hatte nur Passagier auf dem Pferdetaxi gespielt. Doch als Ärztin war ihr sehr wohl bewusst, dass allein der ungewohnte Einsatz normalerweise nicht gebrauchter Muskulatur ziemlich schmerzhaft werden konnte.

„Muskelkater", bestätigte Anabelle mit einem Nicken, während sie geduldig wartete, bis Kristina abgestiegen war. „Ich muss gestehen, ich war überrascht, als du heute aufgetaucht bist. Als wir das letzte Mal darüber gesprochen haben, warst du nicht mehr so enthusiastisch."

Kristinas Wangen röteten sich.

„Ach, zwischenzeitlich hatte ich die Idee schon wieder in Frage gestellt. Ich meine, wenn der Mann bereits Reißaus nimmt, wenn er mich von Weitem sieht, ist die Wahrscheinlichkeit verschwindend klein, dass er mit mir ausreiten will. Aber …"

Ein wissendes Leuchten trat in Anabelles Augen.

„… nachdem er offenbar zumindest für die Zeit eines Kusses das Versteckspiel beendet hat, hatte die Idee plötzlich wieder etwas für sich." Sie grinste, als sie Kristinas Erstaunen sah. „Facebook."

Eine Grimasse schneidend, nickte Kristina.

„Du triffst den Nagel auf den Kopf. Ich finde es zugegebenermaßen ein wenig peinlich, dass ich meine Entscheidungen vom Verhalten eines Mannes abhängig mache. Nicht sonderlich emanzipiert von mir, oder? Manchmal glaube ich, Kane lässt mich in mein Teenager-Ich zurückfallen. Das sollte mich eigentlich warnen."

Herrje, sie war ein einziges Durcheinander, was diesen Mann anging. Vielleicht sollte sie ihre idiotische Vorstellung, die sie von ihnen als Familie entwickelt hatte, einfach vergessen. Sie hatte eine erfüllende und anspruchsvolle Arbeit. Freunde. Was wollte sie mehr? Familie, dachte sie sehnsüchtig.

„Ach, ich weiß nicht. So lange er dich dazu bringt, aus deiner Komfortzone herauszutreten, würde ich das nicht so kritisch betrachten. Irgendeinen Impuls braucht jeder von uns. Natürlich wäre es ideal, wir würden alle nur von reiner, innerer Motivation getrieben werden. Aber ich glaube, wenn wir ehrlich sind, ist das bei den wenigsten von uns der Fall. Und das ist auch völlig okay."

„Hm", war das Einzige, was Kristina spontan zu so viel Weisheit einfiel. „Und die Klinik? Gilt das nicht als Verlassen meiner Komfortzone?"

„Doch, natürlich. Allerdings vielleicht nicht so sehr für dich."

Fast etwas irritiert starrte Kristina Anabelles Rücken an.

„Wie soll ich jetzt das verstehen?"

„Na, die Übernahme der Leitung der Klinik hier in Independence war der nächste logische Schritt auf der Karriereleiter. Du warst unzufrieden mit dem Maß an Bürokratie im Krankenhaus in Breckenridge. Obwohl du leitende Chefärztin warst, konntest du vieles nicht verwirklichen, weil dir der Vorstand permanent Steine in den Weg gelegt hat. Hier bist du viel unabhängiger. Beruflich weißt du ganz genau, was du willst und wie du es willst. Privat nicht so sehr", ergänzte sie und warf einen vorsichtigen Blick über die Schulter.

Kristina dachte über ihre Worte nach, bis sie schließlich sagte: „Ist das die Regel, dass du für deine Kunden auch gleich noch eine Motivationsrede vorbereitest?"

Anabelle lachte.

„Ach, du weißt ja, wie es ist …“, ihre Augen blitzten verschmitzt, „es ist immer leicht, anderen gescheit klingende Ratschläge zu erteilen. Frag mich nur nichts über mein eigenes Leben!“

7

„Komm schon, Dad“, gellte Moiras Stimme vom Erdgeschoss herauf. Das Knarren der alten, hölzernen Dielen verriet, dass sie ungeduldig an Ort und Stelle hüpfte. „Sonst kommen wir zu spät.“

Kane stand vor seinem Kleiderschrank, in jeder Hand ein Hemd. Blau? Wie Kristinas Augen? Oder doch lieber klassisch weiß?

„Dad!“

Ach, egal, beschloss er und hängte das blaue Hemd zurück in den Schrank. Was spielte es schon für eine Rolle, was für eine Farbe sein Hemd hatte. Gar keine. Vermutlich konnte er froh sein, wenn Kristina ihm überhaupt einen Blick schenkte. Wer konnte schon mit pelziger Niedlichkeit konkurrieren. Das Attribut pelzig konnte er vielleicht noch erfüllen. Niedlich auf keinen Fall. Zum Glück konnte seine Tochter keine Gedanken lesen. Die würde sich gar nicht mehr beruhigen, wenn sie den Unsinn hören könnte, der durch seinen Kopf schoss.

Er knöpfte sich das Hemd zu, während er zwei Stufen auf einmal nehmend die Treppe hinuntereilte.

„Ich bin fertig“, verkündete er und schlüpfte in seine abgetragenen, heiß geliebten Stiefel. Die dicke, gefütterte Jacke klemmte er sich unter den Arm. Routiniert ließ er seinen Blick von Kopf bis Fuß über seine Tochter schweifen.

„Wo ist dein Schal?“

„Es ist viel zu warm für einen Schal.“

„Moira, du kennst die Regeln“, erinnerte er sie streng. Sobald die Temperaturen unter zehn Grad fielen, waren Schal und Mütze Pflicht. Eine simple Erkältung konnte sich für sie schnell zu einer ernstzunehmenden Bedrohung entwickeln. Damit war nicht zu spaßen.

Seine Tochter verdrehte die Augen, griff aber nach ihrem Schal und der Mütze.

Erleichtert atmete Kane auf. Offensichtlich war sie der Meinung, dass sie keine Zeit für lange Diskussionen übrighatten. Dankbar dafür hielt er ihr die Tür zur Rückbank des Trucks auf. Voller Vorfreude hüpfte seine Tochter hinein.

„Bist du aufgeregt, Dad?“

„Was?“, fragte er abgelenkt.

„Na, wegen deines ersten Dates.“ Als er nicht gleich etwas sagte, fuhr sie fort: „Du kannst sie ruhig küssen. Ich schaue in der Zeit weg, versprochen.“

Bei ihren Worten hätte Kane beinahe den Schluck Kaffee, den er in seinem To-Go-Cup genommen hatte, quer über die Windschutzscheibe gespuckt.

„Dad? Alles gut?“

Er hustete ein letztes Mal und drehte sein Gesicht etwas zur Seite.

„Keine Angst, es wird nicht geküsst.“

„Ach“, antwortete sie betrübt und schaute aus dem Fenster. „Schade.“

Kane biss die Zähne zusammen. Das würde ein langer Nachmittag werden.

*

Kristina rieb sich die feuchten Handflächen an ihrer Jeans trocken. Sie wusste gar nicht, was sie nervöser machte. Die Aussicht, Kats Schützlinge kennenzulernen, die zur Adoption standen und dabei in Versuchung zu geraten, oder bald wieder Kane gegenüberzustehen. In dem Versuch, ihr wild klopfendes Herz zu beruhigen, atmete sie tief ein und wieder aus. Nach drei oder vier eher hektischen Atemzügen stoppte sie. Wenn sie so weitermachte, würde sie gleich anfangen zu hyperventilieren. Sie lachte ein wenig über sich selbst. Blau angelaufene Lippen waren nicht der Look, den sie vorhin mit ihrem Make-up hatte erreichen wollen. Das Knirschen von Kies ließ sie einen Blick in den Rückspiegel werfen. Kanes Truck bog in die Einfahrt auf den großen Parkplatz ein. Unwillkürlich lächelte sie. Sie dachte einfach zu viel nach. Dabei stand ihr nichts Weiteres als ein entspannter Nachmittag mit netten Menschen und freundlichen Tieren bevor. Ein Klacks also. Etwas ruhiger stieg sie aus und wartete darauf, dass die anderen ausstiegen.

Ihre temporäre Entspanntheit, die auf diese vernünftigen Gedanken folgte, nahm ein abruptes Ende, als ihr Kane ein breites, glückliches Grinsen schenkte, sobald er sie erblickte. Hatte der Kerl etwa tatsächlich Grübchen in den Wangen? So was sollte verboten sein! Entschlossen, sich von ihm nicht noch mehr aus dem Konzept bringen zu lassen, konzentrierte sie sich auf Moira, die dick eingepackt aus dem Fahrzeug sprang.

„Meinst du, wir finden beide einen Hund? Einen für dich und einen für uns? Oder sollen wir uns einen Hund teilen? Oh, vielleicht magst du lieber Katzen? Ich bin sicher, Kat hat auch hundetaugliche Katzen. Soll der Hund groß sein? Oder klein? Nimmst du ihn dann ins Krankenhaus mit? Dann wäre einer gut, der sich als Therapiehund eignet. Kat kann uns bestimmt helfen, den Hunden Tricks beizubringen."

Ziemlich erschlagen von dieser Flut an Fragen und Informationen schielte Kristina Hilfe suchend zu Kane hinüber, nur um seinem intensiven Blick zu begegnen. Sie hatte nicht damit gerechnet, dass er so auf sie konzentriert sein würde. Für einen Moment schien die Zeit stillzustehen. Moiras Geplapper war nicht mehr als ein Rauschen im Hintergrund. Erst als sie auf einmal ruhig war, schien der Bann gebrochen.

Ertappt wandten beide ihre Aufmerksamkeit dem Mädchen zu, das mit verschränkten Armen dastand und sie mit einem berechnenden Blick musterte. Nachdem Kane keinerlei Anstalten machte, das unangenehme Schweigen zu brechen, räusperte sich Kristina.

„Wollen wir Kat suchen? Uns die verschiedenen Hunde und Katzen anschauen?"

„Ich kann auch allein schauen gehen", antwortete Moira gedehnt.

Wie aus der Pistole geschossen antworteten Kane und Kristina mit einem entschiedenen „Nein!"

Moira hob beschwichtigend beide Hände.

„Herrje. Kein Grund zur Aufregung. Ich dachte bloß, ihr hättet gerne einen Moment für euch. Himmel, da versucht man Rücksicht zu nehmen und dann das."

Mit diesen Worten stapfte sie los, in Richtung der flachen Bauten, in denen die Tiere untergebracht waren. Kat und ihr Partner Sam hatten neben dem Wohnhaus, zu dem eine große Scheune gehörte, zwei flache, langgestreckte Gebäude erstellt, als der Platz immer knapper wurde. Es war leider eine Tatsache, dass die Zahl der Hilfe suchenden Tiere nie nachließ. An der Längsseite schlossen direkt große Ausläufe an, in denen die Hunde einzeln oder in Gruppen ihren Auslauf genossen.

„Kommen alle Hunde auf Anhieb gut miteinander aus?", wunderte Kristina sich laut.

„Ich glaube nicht. Das kann ich mir zumindest nicht vorstellen."

Moira, die ihren Ärger bereits wieder vergessen zu haben schien, drehte sich zu ihr um und lief rücklings weiter.

„Kat ist sehr erfolgreich darin, selbst die schwierigsten Hunde zu vergesellschaften. Aber für diejenigen, die tatsächlich eine unsoziale Ader haben, gibt es Einzelausläufe."

„Warst du schon einmal hier?", fragte Kane, beeindruckt von ihrem Wissen.

„Nein. Aber Shauna und Leslie erzählen viel vom Safe Haven. Zudem hat Kat einen eigenen YouTube-Kanal. Dort erfährt man auch allerlei."

Kristina hatte Moira so aufmerksam zugehört, dass sie erst im letzten Augenblick realisierte, dass zwei schwarze Schatten hinter dem Mädchen in hohem Tempo unaufhaltsam näherkamen.

Im selben Moment, als Kane murmelte: „Was zum Teufel ist denn das?", rief Kristina „Achtung!" und stürzte sich auf Moira. In einem Haufen fliegender Arme und Beine stürzten sie gemeinsam zu Boden.

„Uff", stöhnte Moira.

Kristina grunzte. Um nicht auf das Mädchen zu fallen, hatte sie sich im Fall gedreht, sodass sie auf dem Rücken lag und Moira auf ihr gelandet war.

„Was war denn das?"

„Du wärst beinahe umgerannt worden."

„Ja, von dir!"

Kristina zog eine Grimasse.

„Tut mir leid. Für eine langatmige Erklärung war keine Zeit."

Sie rollte Moira von sich runter, sodass sie neben ihr zu liegen kam. Über ihnen stand Kane, der besorgt auf sie herunterblickte. Neben seinen goldgelben Augen starrten zwei weitere Augenpaare auf sie hinunter, diese in dunkelbraun.

Moira fand als Erste ihre Sprache wieder.

„Waren das die Monster, vor denen du mich gerettet hast?"

„Ihr Tempo ließ sie größer erscheinen", verteidigte sich Kristina und schob ihre Ellbogen unter sich, sodass sie nicht mehr ganz flach am Boden lag.

Erschrocken sprang das kleinere der beiden Monster einen Schritt nach hinten.

Kane kratzte sich am Kopf.

„Monster-Ziegen? Gibt's so was überhaupt?"

Kristina ignorierte ihn und rappelte sich auf. Bevor sie ihm antwortete, versuchte sie den letzten Rest ihrer Würde zusammenzukratzen. Das stellte sich allerdings als schwieriger heraus als gedacht. Die Ziegen hatten den Schock über ihre unerwartete Bewegung bereits überwunden und waren wieder nähergetreten. Jetzt kaute die eine an ihrem Schnürsenkel, während die andere hingebungsvoll an ihrer Hand nuckelte.

„Ich habe mich vertan, okay?“

Versuchsweise zog sie ihren Fuß zurück. Die Ziege ließ sich davon jedoch nicht beirren, sondern behielt den Schnürsenkel stur zwischen ihren Zähnen.

Kane lachte leise.

„Die Killer-Ziege arbeitet sich langsam zu deinem Bein vor. Pass besser auf, bevor noch ein essentielles Körperteil fehlt.“

„Ha ha!“

Moira kicherte und streichelte den beiden Zwergziegen über den Rücken.

„Das ist Schicksal“, behauptete sie. „Die beiden wollen bestimmt zu dir.“

Nach einem hartnäckigen Kampf gelang es Kristina endlich, sich von den kleinen Teufeln zu befreien.

„Ich hatte mir ehrlich gesagt etwas Kuschligeres vorgestellt“, brummte sie. „Ein niedliches Kätzchen oder so.“

„Hallo zusammen! Wie ich sehe, habt ihr bereits die Bekanntschaft von Mephisto und Diavolo gemacht.“

Kane lachte.

„Das teuflische Duo. Wie passend.“

Natürlich, grummelte Kristina innerlich. Es reichte ja nicht, dass er gut aussah, einen Sinn für Humor hatte und ein guter Vater war. Jetzt stellte sich heraus, dass er auch noch eine klassische Bildung genossen hatte. Wie sollte sie dieser Kombination nur widerstehen?

Wieso solltest du auch?, meldete sich ihre Libido ungefragt zu Wort.

Ja, wieso eigentlich?

Moiras Arme schlossen sich um ihre Taille und drückten sie, bis ihr die Luft wegblieb.

„Uff. Wofür war denn das?“

„Na, dafür, dass du mich gerettet hast. Offensichtlich lagst du mit deiner Monster-Einschätzung richtig.“

Moiras Augen funkelten vergnügt.

„Stimmt. Verzeihst du mir also, dass ich dich zu Boden geworfen habe?“

„Sowieso. Zumindest …“

Kristina hob die Augenbrauen.

„Zumindest was?“

„Na, wir können sie doch nicht hier im Tierheim lassen.“ Moiras goldgelbe Augen füllten sich mit Tränen. „Die Armen vegetieren hier nur vor sich hin.“

„Ähem“, räusperte sich Kat. „Auch wenn ich natürlich für alle meine Schützlinge dringend ein Plätzchen suche, einfach nur um neuen, hilfsbedürftigen Kreaturen Platz zu machen, verwehre ich mich doch der Unterstellung, dass irgendein Tier bei mir ein schlechtes Leben hat.“

Moira besaß den Anstand, verlegen zur Seite zu blicken.

„Ich wollte doch nur …“

„Ich weiß“, beruhigte Kat sie. „Trotzdem.“

Das Mädchen nickte schuldbewusst. Kat beäugte sie spekulativ.

„Zudem bist du es, die auf einer Ranch wohnt, nicht? Bei Kristina würden sie vermutlich innerhalb von fünf Minuten das ganze Haus auf den Kopf stellen.“

Moiras Augen leuchteten auf.

„Stimmt. Dad! Wir müssen die beiden mit nach Hause nehmen.“ Sie schielte berechnend zu Kristina. „Dann kann Kristina ihre Schätze immer besuchen.“

Kane hob abwehrend die Hände.

„Jetzt mal langsam. Wir sind auf der Suche nach einem Wachhund. Nicht nach zwei Ziegen."

„Aber …"

„Nichts aber", unterbrach er ihren kurz bevorstehenden Feldzug für die zwei Ziegen. Diavolo kaute inzwischen am Saum seiner Hose, während Mephisto versuchte, in Kristinas Hosentasche zu kriechen.

Kat erbarmte sich und schaltete sich ein.

„Kommt mit. Dann zeig ich euch den Rest meiner Menagerie."

„Und die beiden hier?"

„Die laufen frei rum. Nachdem wir zwei Tage damit verbracht haben, sie ständig wieder einzufangen, haben wir es aufgegeben, sie in ihrem Gehege zu behalten. In der Nacht sind sie im Stall eingesperrt. Aber tagsüber lassen wir sie frei rumlaufen."

Nach einem letzten sehnsüchtigen Blick auf die niedlichen Ziegen folgte Moira den Erwachsenen.

„Wenn du tatsächlich einen Wachhund suchst, wirst du vielleicht eher bei Hank fündig. Seine Hündin Leonie hatte gerade Junge", erklärte Kat Kane, während sie das erste Gehege öffnete.

„Da wollte ich ursprünglich auch hin, aber …" Er seufzte vielsagend.

Kat und Kristina tauschten einen Blick aus, bevor sie voller Zuneigung zu Moira schauten.

Für Moira hingegen gab es kein Halten mehr, als sie in einer Ecke des Auslaufs die rote, langhaarige Katze und den kleinen weißen Hund mit den schwarzen Ohren erblickte, die sich ein Kissen teilten. Wie eine kleine Schlange wand sie sich zwischen den Erwachsenen hindurch. Kaum war sie an ihnen vorbei, verlangsamte sie ihre Schritte und näherte sich dem ungleichen Paar vorsichtig.

Der Terrier hob kurz den Kopf, musterte die Neuankömmlinge und wandte sich wieder ab. Die Katze tat weiterhin so, als würde sie schlafen. Moira ließ sich von dem offensichtlichen Desinteresse der Tiere nicht beirren. Eine Armlänge von ihnen entfernt hockte sie sich auf den Boden und streckte dem Hund ihre Hand entgegen. Der weiße Hund schien Erbarmen mit ihr zu haben und schnupperte an ihren Fingern. Ermutigt durch diese freundliche Geste rutschte sie ein wenig näher und strich ihm über das struppige Fell.

Jetzt hob auch die Katze den Kopf. Nach einem abschätzenden Blinzeln stand sie auf, stolzierte zu Moira und setzte sich mitten auf ihren Schoß.

Moira hob den Kopf und strahlte ihren Vater an.

Amüsiert fing Kat den Blick auf und begann die beiden Tiere vorzustellen.

„Das wären unsere beiden Unzertrennlichen – die gibt es nur im Doppelpack. Die rote Katze heißt Zora, natürlich nach der roten Zora, und der Hund heißt Struppi."

„Sieht nicht gerade nach einem gefährlichen Wachhund aus", stellte Kane resigniert fest.

„Struppi ist nicht zu unterschätzen. Immerhin ist er ein Terrier. Zumindest um Ratten musst du dir keine Sorgen mehr machen, wenn er bei euch auf dem Hof wohnt", verteidigte Kat den kleinen Hund. „Zudem kannst du dir immer noch einen Welpen von der Lone Wolf Ranch holen. Struppi hier wird dir keine Arbeit machen. Er ist bereits sechs Jahre alt, stubenrein und gut erzogen. Zumindest für einen Terrier", schränkte sie ihre Aussage ein wenig ein.

Kane schnaubte.

„Du könntest auch Moskitos in Florida verkaufen, stimmt's?"

Kristina musste sich auf die Innenseite der Wange beißen, um nicht laut loszulachen.

Kat ließ sich von Kanes Argument nicht beirren. Im Gegenteil, sie schaute ziemlich selbstzufrieden drein.

„Jeder hat so seine Talente", meinte sie und zwinkerte Kristina zu.

„Ich sehe schon", meinte Kane resigniert, „ich bin überstimmt."

„Juhu", jubelte Moira.

In diesem Moment stieß etwas oder jemand gegen Kristinas Kniekehle. Erschrocken stolperte sie einen Schritt nach vorn, direkt in Kanes Arme.

„Mephisto! Raus mit dir", schimpfte Kat.

Ihre Worte verhallten wirkungslos. Kopfschüttelnd packte Kat die beiden Ziegen am Halsband.

„Ihr habt wohl was an den Ohren!"

„Nicht schimpfen", bat Moira und setzte behutsam die Katze zur Seite, bevor sie sich schützend neben die Ziegen stellte. „Sie haben bestimmt Angst, dass sie nicht mitdürfen."

Kane hörte nur mit halbem Ohr zu. So unverhofft Kristinas warmen Körper an sich gepresst zu spüren, beanspruchte seine ganze Aufmerksamkeit.

„Tut mir leid", murmelte sie und versuchte, sich von ihm loszumachen.

Kane war nicht bereit, sie gleich wieder gehen zu lassen. Sie faszinierte ihn viel mehr als sämtliche Vierbeiner. Eine leichte Röte überzog ihre Wangen, als ihre Lider sich senkten. Starrte sie seinen Mund an? Erinnerte sie sich ebenfalls an den Kuss, den sie vor ein paar Tagen geteilt hatten? Unwillkürlich wurde sein Griff um ihre Oberarme fester.

„Mir tut es gar nicht leid", murmelte er dicht an ihrem Ohr. Überrascht stellte er fest, dass er das tatsächlich so meinte. Noch in der Nacht hatte er mit der Entscheidung, zu diesem Treffen eingewilligt zu haben, gehadert. Doch jetzt, wo er hier war, merkte er nur, wie wohl er sich in ihrer Gegenwart fühlte. Wie natürlich es sich anfühlte, mit ihr und Moira einen Ausflug zu machen. Und okay, sie in den Armen zu halten, war ein unerwarteter Bonus.

Als Kanes Atem auf ihren Nacken traf, breitete sich Gänsehaut wie ein Lauffeuer auf ihrer Haut aus. Ihr Herzschlag beschleunigte sich zu einem rapiden Stakkato. Wäre sie ein Laie, hätte sie sich vielleicht Sorgen um ihren Gesundheitszustand gemacht. Aber leider, leider, wusste sie nur zu gut, was diese Symptome bedeuteten. Es handelte sich um einen Anfall purer Lust. Ganz einfach. Ihr einziger Trost war, dass sein Herz genau dieselben Kapriolen schlug. Immerhin war sie nicht allein mit diesen überwältigenden Gefühlen.

„Meinst du, sie küssen sich gleich wieder?“, raunte Moira, die die zwei Erwachsenen gebannt anstarrte, Kat zu.

„Ich weiß nicht … Vielleicht sollten wir sie allein lassen“, kam Kats amüsierte Antwort.

Im Gegensatz zu Moira gab sie sich keine Mühe, ihre Stimme zu dämpfen, sodass ihre Worte zu Kristina durchdrangen. Was war eigentlich mit ihr los? Wollte sie sich tatsächlich direkt vor den Augen seiner Tochter auf ihn stürzen? Bevor sie offiziell ein Paar waren? War sie nicht ganz bei Trost? Das arme Kind brauchte vermutlich sofort eine Therapie. Und das nach nur einem, dem ersten, gemeinsamen Ausflug. Als hätte sie sich verbrannt, ließ sie Kane los und trat hastig einen Schritt zurück.

Kane musste sich bemühen, ihre Reaktion nicht persönlich zu nehmen. Wieso musste sie sich auch so abrupt von ihm losmachen? Er verstand schon, dass es ihr peinlich war, von Moira in so einer Situation ertappt zu werden. Ihm erging es ähnlich. Aber musste sie deswegen so agieren, als hätte er eine ansteckende Krankheit? Moira war schließlich fast dreizehn und kein kleines Kind mehr. Himmel, nach dem Facebook-Video war es ein wenig spät, so zu tun, als wäre nichts zwischen ihnen.

„Vorsicht“, warnte Kane.

Er versuchte noch, nach ihrem Arm zu greifen, doch es war zu spät. Mephisto, der nach wie vor von Kristina fasziniert zu sein schien, hatte sich dicht hinter sie gestellt, sodass sie bei ihrer Flucht nach hinten prompt über den kleinen Ziegenbock stolperte. Mephisto blökte erschrocken und flüchtete aus der immer noch offenstehenden Tür, während Kristina unsanft auf dem Hintern landete.

„Kristina!“, rief Moira erschrocken. „Hast du dir wehgetan?“

Kristina stöhnte gequält.

„Nicht wirklich. Höchstens mein Stolz ist verletzt.“

Erlöst kicherte das Mädchen.

„Diese Ziegen sind gemeingefährlich“, brummte Kristina, um von ihrer Verlegenheit abzulenken.

Froh um jede Ausrede, sie zu berühren, hielt Kane Kristina eine Hand hin, um ihr auf die Füße zu helfen. Erleichterung durchströmte ihn, als sie nicht zögerte, sie zu ergreifen. Sie schenkte ihm sogar ein kleines, dankbares Lächeln, als sie sich aufrappelte.

„Ach, ich finde, die kleinen Teufel stellen sich ganz geschickt an.“ Als er den ungläubigen Blick auffing, den sie ihm zuwarf, schmunzelte er. „Zumindest als Mitverschwörer.“

Kristina konnte nicht anders, als zu lachen. Auch wenn sie immer noch etwas verlegen war, dass sie ihn fast in Anwesenheit seiner Tochter geküsst hätte, freute es sie sehr, dass er sein Interesse an ihr so offen zeigte. Allerdings traute sie seinem plötzlichen Sinneswandel nicht zu hundert Prozent. Was, wenn er sich genauso plötzlich wieder umentscheiden würde? Sie wusste nicht, ob ihr Herz, das schon viel zu lange involviert war, was diesen Mann anging, das überleben würde.

„Wenn du dich mal entschieden hast, hält dich nichts zurück. Nicht einmal Publikum, was?“

Sie konnte nicht verhindern, dass ein gewisser Sarkasmus in ihrer Stimme mitschwang. Dem scharfen Blick zufolge, den er ihr auf ihre Bemerkung hin zuwarf, war ihm das nicht entgangen. Moira hingegen schien es nicht bemerkt zu haben.

„Dad macht keine halben Sachen“, erklärte sie altklug, bevor sie ihren Vater am Ärmel zupfte.

„Dad, sag den Ziegen, dass sie zu uns kommen können. Biiiitteeee.“

Kane stöhnte innerlich. Nachdem er Moira aus gesundheitlichen Gründen so viele Aktivitäten untersagen musste, fiel es ihm doppelt schwer, ihr einen erfüllbaren Wunsch abzuschlagen.

Moira, die ihre Chance witterte, doppelte nach.

„Vielleicht verhelfen sie dir ja zu einem weiteren Beinahe-Kuss?“, flüsterte sie verschwörerisch.

Kane gab sich geschlagen. Was sollte er solch einem Argument auch entgegensetzen, wenn er nichts mehr wollte, als den Beinahe-Kuss in einen wirklichen Kuss zu verwandeln? So wie es aussah, konnte er alle Hilfe gebrauchen. Kristina schien noch nicht ganz überzeugt zu sein, dass es ihm ernst war.

„Also gut. Die beiden Teufel kommen mit.“

„Du bist der Beste!“

Kane deutete mit dem Zeigefinger auf seine Tochter und fixierte sie mit einem strengen Blick. „Aber du bist für sie verantwortlich!“

„Natürlich.“ Sie nickte ernsthaft.

„Das heißt auch, dass du dafür sorgen musst, dass sie in ihrem Gehege bleiben.“

„Oje“, ließ sich Kat vernehmen. „Dann lasst ihr sie lieber gleich hier. Das wird euch nämlich kaum gelingen.“

„Doch, doch“, behauptete Moira schnell.

Kat ließ sich davon nicht beirren. Sie hatte nicht die Absicht, die Ziegen zu Kanes Ranch zu fahren, nur um sie zwei Wochen später dort wieder abzuholen, weil sich herausstellte, dass sich die Racker tatsächlich nicht bändigen ließen. Das war nur viel Arbeit für sie und unnötiger Stress für Mephisto und Diavolo.

„Nein. Wenn ihr ihnen auf der Ranch keinen Freilauf bieten könnt, vergesst ihr die Sache lieber.“

„Was können die Ziegen auf der Farm schon groß anrichten?“, fragte Kristina. „Wäre es wirklich so ein Problem, wenn sie frei rumlaufen könnten? Gibt es eine Straße in der Nähe?“

Kane schüttelte den Kopf.

„Nein. Die Zufahrt zu unserer Ranch ist über eine Meile lang. Ich glaube kaum, dass sie sich so weit von ihrem Stall entfernen.“

„Na dann?“ Kristina schaute ihn fragend an und zuckte mit den Schultern.

Offensichtlich konnte sie sich nicht vorstellen, was sonst zu Problemen führen könnte. Zugegeben, Kane konnte auf Anhieb auch keine konkreten Beispiele nennen. Er wusste nur, dass Ziegen nicht umsonst den Ruf hatten, im Handumdrehen Chaos zu stiften. Schlau waren sie ja, die Biester. Das musste man ihnen lassen. Und niedlich, wie er zugab, als er sah, wie Kristina und Moira neben Diavolo knieten und ihn am Hals und am Rücken kraulten.

Er seufzte und wandte sich zu Kat um, die mit strenger Miene auf seine endgültige Entscheidung wartete.

„Wir nehmen sie mit. Und bringen sie auch nicht wieder. Versprochen.“

Sie musterte ihn einen Moment. Anscheinend stellte sie das, was sie in seinem Blick las, zufrieden und sie nickte.

„Dann bringe ich euch die beiden morgen am späteren Nachmittag vorbei.“

Moira klatschte in die Hände.

„Was für ein erfolgreicher Morgen! Jetzt haben wir einen Hund, eine Katze und zwei Ziegen. Jetzt brauchen wir nur noch ein Tier für Kristina.“

Kristina wurde blass, als sie sich vorstellte, wie Moira mit der gleichen Effizienz nach einem vierbeinigen Begleiter für sie suchen würde.

„Ach, ich weiß nicht. Vielleicht verschieben wir das lieber auf ein anderes Mal?“

„Nichts da“, beendete Kane ihren Protest. „Jetzt, wo wir schon mal hier sind … Wäre doch schade, diese Gelegenheit ungenutzt verstreichen zu lassen.“

Kat grinste. Moira grinste. Kane grinste.

Kristina bedachte alle drei mit einem bösen Blick.

„Komm, Moira. Wir schauen mal, wen wir da noch alles haben.“

Als Kane die widerspenstige Kristina mit sich zog, zischte sie ihm zu: „Du bist schuld, wenn ich mit einem Krokodil nach Hause gehe.“

„Das wäre selbst für Kat ein sehr exotischer Schützling“, versuchte er sie zu beruhigen.

„Dann halt eine Klapperschlange. Oder, noch schlimmer, ein Stinktier!“

„Stinktiere sind niedlich“, rief Moira von vorn, die offensichtlich Ohren wie ein Luchs hatte.

Kristina stöhnte und murmelte etwas, das verdächtig nach „Ich bin so am Arsch …“ klang.

Kane lachte leise und schob sie freundlich, aber bestimmt vorwärts.

8

Kristina stemmte die Arme in die Hüfte und starrte den Kater an, der irgendwie bei ihr gelandet war. Sie hatte sich nach einigem Hin und Her ihrerseits bei dem Besuch im *Safe Haven* bereit erklärt, dem schon älteren Kater eine Pflegestelle zu bieten. Nicht bereit, die permanente Verantwortung für ein Tier zu übernehmen, hatte Kat sie schließlich gefragt, ob sie sich vorstellen könnte, ihm übergangsweise ein Zuhause zu bieten. So lange, bis sie einen neuen Besitzer für ihn fand.

Leonidas, wie sie ihn getauft hatte, war durch und durch unsozial und fühlte sich in dem Katzengehege des Tierheims überhaupt nicht wohl. Sein Schwanz wies ein Knick auf. Vermutlich war er mal gebrochen gewesen und nicht wieder richtig zusammengewachsen. Mit seinem linken Auge stimmte ebenfalls etwas nicht. Zumindest sah es so aus, da er es permanent zusammenkniff. Vielleicht konnte er es auch gar nicht öffnen. Kristina wusste es nicht. Nate, der Tierarzt, der ihn untersucht hatte, wusste auch nicht recht, was mit dem Auge nicht stimmte. Doch es war nicht entzündet und schien ihn in keiner Weise zu beeinträchtigen.

Moira hatte den Namen Grumpy vorgeschlagen. Doch Kristina hatte das Gefühl gehabt, dass der Kater noch nicht viel Glück gehabt hatte in seinem Leben und sich deshalb für den bedeutungsvollen Namen des Königs von Sparta entschieden. Wer wusste schon, was ein wenig liebevolle Pflege bewirken würde? Vielleicht würde er in seinen königlichen Namen noch hineinwachsen. Das hoheitsvolle Gebaren schien ihm jedenfalls keine Schwierigkeiten zu bereiten.

„Du musst doch etwas essen“, umschmeichelte sie ihn und schob ihm den Napf näher vor die Pfoten. Er ließ sich dazu herab, den Kopf zu senken. Hoffnungsvoll schaute sie zu, wie er an dem hochwertigen Katzenfutter schnupperte. Enttäuschung machte sich in ihr breit, als er den Kopf abrupt wieder hob, die Nase in der Luft, und demonstrativ in die andere Richtung schaute. Frustriert nahm sie den Napf weg und schob ihn in den kalten Backofen.

Sah ganz so aus, als wären enttäuschte Hoffnungen an der Tagesordnung. Nach dem so vielversprechenden Tag zusammen mit Kane und Moira war sie sich sicher gewesen, dass er sich bei ihr melden würde. Wie schon so oft in den letzten drei Tagen versuchte sie sich seine Worte in Erinnerung zu rufen. Er hatte sie doch gefragt, ob sie mit ihm ausgehen würde. Inzwischen war sie sich schon nicht mehr sicher, ob sie sich diesen Teil des Gesprächs nur eingebildet hatte. Oder hatte er etwa den Ausflug ins Tierheim als Date angesehen und festgestellt, dass es doch nicht das war, was er wollte? Dann hatte er aber eine seltsame Art, das zu zeigen.

Sie würde ihn auf jeden Fall nicht anrufen. Sie hatte ihm mehr als genug Hinweise gegeben, dass sie an ihm interessiert war.

Ihr Blick fiel wieder auf den Kater, der aufs Fensterbrett gesprungen war. Sein Schwanz hing herunter und schwang vor und zurück, während er nach draußen schaute. Neugierig, was er da draußen sehen mochte, trat sie zu ihm hin. Schnee. Es schneite tatsächlich. Und das im April. In solchen Momenten fragte sie sich ernsthaft, wieso sie ihre Klinik nicht in Florida eröffnet hatte. Oder Hawaii. Na ja. Vielleicht hatten sie Glück und der Schnee war morgen wieder weg.

Zögernd streckte sie die Hand aus und strich Leonidas leicht übers Fell. Der Kater drehte ein Ohr in ihre Richtung. Der Rest seiner Aufmerksamkeit blieb auf das Schneetreiben draußen gerichtet.

Kristina seufzte und ging zum Küchentisch, auf dem ihr Handy lag. Leonidas war mager genug. Sie musste einen Weg finden, seinen Hungerstreik zu unterbrechen. Kat hatte gesagt, sie könnte sich jederzeit melden, falls Probleme auftauchen sollten. Dann würde sie das jetzt auch tun. Sie schnitt eine Grimasse. Zu schade, dass es nicht eine gleichwertige Hotline für Männerprobleme gab.

*

„Dad, mir geht es gut!“, protestierte Moira, als er sie ins Bett verfrachtete und ihr den Inhalator in die Hand drückte.

Als hätte sie sie gerufen, sprang Zora mit einem Satz aufs Bett und kuschelte sich an ihre Seite. Keine Sekunde später folgte Struppi und rollte sich am Fußende der Matratze zusammen. Die beiden hatten sich sehr gut eingelebt. Kane musste zugeben, dass es sich anfühlte, als wären sie seit Ewigkeiten Teil der Familie. Ganz im Gegensatz zu Mephisto und Diavolo. Die beiden hatten es zu ihrem erklärten Lebensziel gemacht, sämtliche Grenzen der Ranch zu testen. Zäune, Türen, Kisten, nichts war vor ihnen sicher. Einzig nachts, wenn sie in ihrem Stall eingesperrt waren, gaben sie Ruhe. Moira betrachtete die beiden als ihr persönliches Unterhaltungsteam. Wenigstens etwas.

„Ich habe dich schon lange nicht mehr so oft husten gehört. Also wird zusätzlich inhaliert. Wenn es in den nächsten Tagen besser wird, können wir wieder reduzieren. Andernfalls gehen wir ins Krankenhaus.“

Moira, die selbst etwas erschrocken war über das rasselnde Geräusch in ihren Lungen, griff nach dem kleinen Spraygerät.

„Ich muss bestimmt nicht ins Krankenhaus“, protestierte sie, als sie fertig war.

„Das wird sich zeigen“, entgegnete ihr Vater stoisch.

Sie musterte ihn und fragte dann listig: „Hast du eigentlich Kristina angerufen?"

Kane wandte sich ab, um ihrem prüfenden Blick auszuweichen.

„Noch nicht. Ich war beschäftigt."

Er spürte regelrecht, wie Moira bei seiner lahmen Ausrede mit den Augen rollte.

„Dann sollte ich vielleicht doch ins Krankenhaus zu einem Kontrolltermin. Dann kannst du dich wenigstens nicht davor drücken, mit ihr zu reden", murmelte sie trotzig.

Kane wusste selbst nicht, was ihn auf einmal wieder daran hinderte, zum Telefonhörer zu greifen. Sie hatten einen so schönen Nachmittag zusammen verbracht. Und dann? Es schien fast so, als würde er dem Erlebten nicht trauen. So einfach konnte es doch nicht sein? Oder doch? Wahrscheinlich hatte er Angst, dass er das Ganze völlig aufgebauscht hatte in seiner Erinnerung. Und weiter? Glaubte er, dass Kristina eigentlich eine oberflächliche Gans war? Das war völlig ausgeschlossen. Er kannte sie schließlich seit Jahren. Nein. Das Problem war definitiv er. Er wurde das dumpfe Gefühl nicht los, dass das auch seiner Tochter klar war. Keine sehr angenehme Erkenntnis.

Als Moira begriff, dass ihr Vater nicht antworten würde, beschloss sie, die Taktik zu ändern.

„Mein Geburtstag ist nächsten Samstag", stellte sie im Plauderton fest.

Erleichtert, dass Moira zu einem anderen, ungefährlichen Thema gewechselt hatte – manchmal hatte die kurze Aufmerksamkeitsspanne von Teenagern auch etwas Gutes –, drehte Kane sich zu ihr um.

„Stimmt. Du wolltest doch ein paar Leute einladen. Hast du das schon getan?"

„Nein. Mach ich noch. Wie viele Leute dürfen denn kommen?"

Kane zuckte mit den Schultern.

„So viele, wie du willst. Hatten wir doch abgemacht. Lass mich einfach wissen, falls ich irgendwen abholen soll. Essen und Getränke habe ich im Griff.“

Moira strahlte und fiel ihm um den Hals.

„Danke. Du bist der beste Dad der Welt.“

*

Lennard zurrte die Tasche auf dem Schneemobil fest.

„Glaubst du, das ist wirklich nötig?“, fragte John, die Hände tief in den Hosentaschen vergraben.

Lennard nickte.

„Wir wissen nicht, wann Garys Zustand es nötig macht, dass wir jemanden zur Hütte bringen. Sobald das geschieht, müssen wir damit rechnen, dass früher oder später die Bullen hier auftauchen. Ich weiß nicht, wie es dir geht, aber ich habe nicht vor, meine Rente auf Staatskosten zu verbringen. Das Schlimmste, was sie uns zu diesem Zeitpunkt anhängen können, ist eine Hausbesetzung.“

„Hast du das klitzekleine Detail mit dem Banküberfall vergessen?“, fragte John. „Die haben Aufnahmen.“

„Von Gary. Nicht von uns.“

Entrüstet machte John einen Schritt auf ihn zu.

„Du willst doch nicht Gary …“

„Nein. Natürlich nicht. Wenn wir es schaffen, Garys Anwesenheit zu vertuschen, und dafür sorgen, dass unsere Beute nicht auffindbar ist, dann haben wir eine Chance, davonzukommen.“

„Also gut. Du bringst das Geld wie abgemacht auf die Ranch?“

„Klar.“ Er klopfte John auf die Schultern. „Jetzt hör auf, dich wie eine Glucke zu benehmen.“

John stieß ein schnaubendes Lachen aus.

„Das sagt der Richtige. Pass auf dich auf.“

Lennard nickte und startete den Motor des Schneemobils.

*

Mitten in der Nacht schreckte Kane hoch. Im ersten Moment wusste er nicht, was ihn geweckt hatte. Dann hörte er das Bellen. Struppi.

Sofort hellwach, sprang Kane aus dem Bett und zog sich seine Jogginghosen über, die er vor dem Schlafengehen auf den Boden fallen gelassen hatte. Vom Haken an der Tür schnappte er sich ein Sweatshirt und schlüpfte hinein. Im Gang schaltete er das Licht an, um nicht die Treppe hinunterzufallen. Der Geräuschkulisse folgend, die der Terrier von sich gab, landete er in der dunklen Küche. Der Hund stand auf der Bank, die unterm Fenster stand, die Vorderpfoten auf das Fensterbrett gestützt, und starrte in die Nacht. Um besser nach draußen schauen zu können, ignorierte er den Lichtschalter in der Küche und trat neben den Hund.

„Hey, Kumpel", begrüßte er ihn und strich glättend über die zu einer Bürste aufgestellten Nackenhaare. „Ist der Fuchs vorbeigekommen?"

Er spähte hinaus. Dicke, weiße Flocken fielen vom Himmel. Ausnahmsweise hatte der Wetterbericht recht gehabt. Typisch. Immer dann, wenn man hoffte, dass er sich irrte. Die Schneeflocken verhinderten, dass er viel sah. Aber alles war ruhig. Nicht wirklich beunruhigt zuckte er mit den Schultern. Es war anzunehmen, dass Struppi eine Weile brauchen würde, um mit allen nächtlichen Geräuschen vertraut zu sein.

Ein letzter Schauder lief über den Körper des Terriers, bis seine Anspannung plötzlich nachzulassen schien. Mit einem Seufzer ließ er sich auf die Bank zurückfallen und fixierte Kane mit einem erwartungsvollen Blick.

„Jetzt willst du einen Mitternachtssnack für geleistete Dienste?", vermutete Kane.

Prompt sprang Struppi von der Bank und setzte sich vor die Schranktür, hinter der sie das Hunde- und Katzenfutter aufbewahrten.

Kane lächelte schief und holte einen Hundezwieback hervor. Zora suchte sich genau diesen Zeitpunkt aus, um verschlafen blinzelnd in der Küche aufzutauchen.

„Du hast ja gar nichts gemacht“, protestierte er.

Zora schien seine Vorbehalte nicht zu verstehen und strich ihm laut schnurrend um die Beine. Natürlich dauerte es keine fünf Sekunden, bis er sich erweichen ließ und auch ihr ein paar Kügelchen Trockenfutter vor die Nase legte.

Nachdem alle fertig waren mit Fressen, folgte er den beiden ungleichen Freunden in den oberen Stock. Dort trennten sich ihre Wege. Die beiden Tiere schlüpften in Moiras Zimmer. Kane war erleichtert, als er hineinspähte und seine Tochter friedlich schlafen sah. Sie hatte von der ganzen Aufregung nichts mitbekommen. Sehr gut. Er wollte nicht, dass sie sich Sorgen machte. Davon hatte sie in ihrem jungen Leben bereits genug gehabt. Liebe für seine starke, wunderbare Tochter durchströmte ihn. Er ging zum Bett und stopfte unter dem wachsamen Blick von Zora und Struppi die Decke hinter ihrem Rücken fest. Nach einem Kuss auf ihre Stirn verließ er leise das Zimmer.

*

Lennard atmete erleichtert auf, als das Licht im Haus ausging. Er hatte nicht mit einem Hund gerechnet. Dieser musste ihn gehört haben, als er die Leiter zum Heuboden erklommen hatte. So schnell er konnte, hatte er die Tasche tief im Heu versteckt und war die Leiter wieder heruntergerutscht. Dann hatte er sich im Schatten der Scheune versteckt und gehofft und gebetet, dass niemand den Hund hören würde.

Dumm. Wirklich, wirklich dumm von ihm, die Anwesenheit von Wachhunden nicht zu bedenken. Praktisch auf jeder Ranch gab es Hunde. Er konnte von Glück reden, dass hier der Hund über Nacht offenbar im Haus war. Das war lange nicht überall so.

Lennard zwang sich, eine halbe Stunde in der Kälte auszuharren, bevor er sich völlig steif gefroren zu Fuß auf den Weg zurück zu seinem Schneemobil machte. Das war verdammt knapp gewesen. Immerhin würde der unablässig fallende Schnee sicherstellen, dass seine Fußspuren bis zum Morgen verschwunden waren.

Er wusste wirklich nicht, weshalb ihnen das Schicksal plötzlich solche Steine in den Weg legte. Verdammt, sie waren schließlich auf dem besten Weg dazu, ein anständiges Leben anzufangen. War es da zu viel verlangt, zu hoffen, dass alles glattgehen würde? Wenn es wenigstens Gary besser gehen würde. Aber danach sah es leider nicht aus.

*

Als er zwei Stunden später wieder in ihrem vorübergehenden Zuhause ankam, warteten Clancy und John auf ihn.

„Du hast dir ja ganz schön Zeit gelassen“, stellte John fest.

„Da war ein Hund“, gab Lennard mürrisch zurück.

Er hatte keine Lust, lang und breit darüber zu reden. Er wollte nur einen starken Drink, vorzugsweise Whiskey, und eine heiße Dusche, bevor er ins Bett fiel.

Clancy grinste wissend.

„Wie ich gehört habe, eine richtige Bestie.“

Misstrauisch schielte er zu seinem Kumpel, während er das Garagentor herunterzog.

„Was weißt du über den Hund? Und warum zum Teufel höre ich erst jetzt davon? Das Vieh hat mir mit seinem Gebell fast einen Herzinfarkt beschert.“

John lachte schallend.

„Geschieht dir recht. Wenn du uns öfter in deine Pläne einweihen würdest, wäre das nicht passiert.“

Lennard brummte etwas Unverständliches. Es stimmte. Er hatte den anderen nur sehr vage erzählt, was er vorhatte. Eigentlich untypisch für ihn. Und gefährlich. Ihr Zusammenhalt basierte auf dem Wissen, dass jeder dem anderen den Rücken freihielt. Das funktionierte nur, wenn jeder dem anderen vertraute. Wenn einer plötzlich auf eigene Faust handelte, ohne die anderen einzuweihen, war das der beste Weg, dieses Vertrauen zu zerstören. Nicht gut. John hatte völlig recht, ihn dafür zur Rechenschaft zu ziehen. Er war vielleicht so etwas wie die Vaterfigur der Bande aufgrund seines Alters. Aber eigentlich befanden sie sich alle auf Augenhöhe.

Clancy bedeutete ihm mit einer Handbewegung, reinzukommen.

„Komm rein. Dann erzähl ich es dir."

Als sie endlich gemeinsam am Tisch saßen und Clancy nur selbstgefällig grinste, klopfte Lennard mit der Hand auf die Holzplatte.

„Raus mit der Sprache. Was ist mit dem Hund?"

„Der Hund ist nicht wichtig", begann Clancy mit einer wegwerfenden Handbewegung.

John grinste.

„Ich wette, das hat Lennard ein wenig anders gesehen, als er dem Biest unverhofft gegenübergestanden hat. Hat er dich gebissen?"

„Ha, ha. Ich hatte Glück. Der Hund war im Haus. Trotzdem, es war knapp. Jemand im Haus ist aufgewacht. Ich habe Blut und Wasser geschwitzt, bis das Licht wieder ausgegangen ist. Hätte genauso gut sein können, dass jemand rauskommt, um nachzusehen, was den Hund alarmiert hat."

„Der Hund ist ein Terrier und gehört dem Besitzer der Ranch. Offensichtlich haben sie den Köter erst vor Kurzem adoptiert."

„Das könnte erklären, weshalb die Leute nicht beunruhigt waren", vermutete Lennard. Amüsiert schüttelte er den Kopf.

„Ein Terrier. Klein, aber oho“, stellte er mit Zuneigung in der Stimme fest. „Das erklärt aber nicht, woher du das weißt?“

Er fixierte Clancy mit einem strengen Blick.

„Ich bin ins nächste Kaff gefahren, nachdem mir John verraten hat, dass du ans Weiterziehen denkst. Ich weiß ja nicht, wie es euch geht, aber dieses planlose Flüchten passt mir überhaupt nicht. Wir waren immer so erfolgreich, weil wir gut im Planen waren. Und jetzt, wo es Gary so schlecht geht, ist ein guter Plan wichtiger denn je.“ Er zuckte mit den Schultern. „Es hat sich herausgestellt, dass das lokale Diner eine wahre Fundgrube an Informationen ist.“

„In Bezug auf Hunde?“, fragte Lennard trocken.

„Das auch. Aber vor allem in Bezug auf die Ranch, wo du unsere Beute versteckt hast.“

„Müssen wir über die Leute etwas wissen? Ein Plan ist schön und gut. Doch wenn es nach meinem Plan geht …“

„Den du nicht für nötig gehalten hast, mit uns zu teilen …“, unterbrach John ihn scharf.

Lennard hob beschwichtigend die Hände.

„Damit hast du völlig recht. Das versuche ich gerade nachzuholen.“ Er wartete einen Moment, bis John ihm mit einem widerstrebenden Nicken andeutete, weiterzusprechen. „Aus meiner Sicht werden die Leute von der Ranch nie wissen, dass wir je da waren. Wenn die Zeit reif ist, holen wir uns die Tasche wieder ab. Ende der Geschichte.“

„Wenn sie die Tasche nicht vorher entdecken.“ John war ganz offensichtlich nach wie vor nicht von der Notwendigkeit überzeugt, die Beute zu verstecken.

„Glaub mir, da, wo sie versteckt ist, findet sie vor dem nächsten Frühjahr niemand.“

„So oder so habe ich mir erlaubt, für jeden uns einen Notgroschen auf die Seite zu tun, bevor du mit unserem Lottogewinn abgehauen bist.“

John erwiderte Lennards harten Blick, ohne zu blinzeln. Schließlich war es Lennard, der als Erster zur Seite schaute.

„Vielleicht gar keine dumme Idee", gab er schließlich zu.

„Umso wichtiger, dass es Gary bald besser geht", warf Clancy ein. „Ich glaube, wir sind uns alle einig, dass wir nur zusammen nach Brasilien gehen. Dazu muss aber jemand den Rest der Kugel herausholen, der in seinem Bein steckt."

„Du glaubst wirklich, dass da noch ein Stück drinsteckt?"

Clancy nickte.

„Bei der Menge an Antibiotika, die wir in ihn reingepumpt haben, kann ich es mir nicht anders erklären, dass er nach wie vor so hohes Fieber hat."

„Scheiße!"

John nickte, seine Miene voller Sorge um den gemeinsamen Freund.

„Deshalb wird es dich freuen, was ich herausgefunden habe. Die Freundin des Ranchbesitzers ist Ärztin", verkündete Clancy.

Lennards Gesichtsausdruck blieb unverändert skeptisch.

„Und was bringt uns das? Sie ist wie jeder andere Arzt dazu verpflichtet, Schusswunden zu melden."

John legte seine Fingerspitzen aneinander und schürzte die Lippen.

„Ich glaube, sie könnte davon überzeugt werden, niemandem von ihrem Arztbesuch zu erzählen."

Abwehrend schüttelte Lennard den Kopf.

„Du kennst meine Einstellung in Bezug auf Gewalt." Angewidert fügte er hinzu: „Noch dazu gegen Frauen."

John verdrehte die Augen.

„Wie du genau weißt, ist das auch unsere Einstellung. Aber sie weiß das nicht."

Jetzt endlich doch interessiert, beugte sich Lennard vor.

„Du meinst, du willst ihr Druck machen? Sie bedrohen?"

„Indirekt. Soweit ich weiß, hat der Rancher eine Tochter. Wenn man ihr deutlich machen würde, dass es der Gesundheit der Tochter zuträglich ist, wenn sie den Mund hält …“

Lennard lehnte sich zurück.

„Ein Kind bedrohen? Ich weiß nicht … Mir hat es besser gefallen, als wir noch gierige Reiche über den Tisch gezogen haben.“

„Natürlich“, mischte Clancy sich ein. „Es gefällt keinem von uns. Aber Fakt ist, dass Gary Hilfe braucht. Er stirbt sonst.“

Die nüchternen Worte hatten den gewünschten Effekt. Schließlich sagte Lennard: „Also gut. Es gefällt mir zwar nicht, aber irgendetwas müssen wir tun. Ihr beiden organisiert in den nächsten Tagen die Ärztin. Viel Zeit haben wir nicht zu verlieren. Ich schaue inzwischen, wo wir unterkommen können, während Gary sich erholt. Hier können wir nach ihrem Besuch nicht bleiben. Bedrohung hin oder her. Das Risiko ist zu groß, dass sie zum Sheriff geht und unseren Aufenthaltsort verrät.“

„Geht in Ordnung, Boss.“

Clancy grinste, als er das sagte.

Lennard zog eine Grimasse.

„Nennt mich nicht so. Ihr macht ja sowieso, was ihr wollt.“

John ließ seine Hand schwer auf Lennards Schulter fallen.

„Wenn du mehr delegieren würdest und nicht so ein Kontrollfreak wärst, würde man das Team-Arbeit nennen.“

„Ja, ja. Schau lieber nach Gary.“

9

„Du willst also sagen“, fasste Paula grinsend zusammen, „dass dein Pflegekater drei Tage lang nichts gefressen hat.“

Kristina schluckte den Bissen hinunter. Nach einer schlaflosen Nacht hatte sie beschlossen, sich bei einem Frühstück im Diner Energie zu holen. Die mit Butter und Ahornsirup getränkten Waffeln würden ihr hoffentlich helfen, bis zum Mittag durchzuhalten.

„Nein. Gar nichts.“

Sie trank einen Schluck Kaffee.

„Außer du zählst die paar Bissen Hühnchen, die ich ihm in meiner Verzweiflung gefüttert habe. Und die kleinen Stückchen meines Steaks.“

Paula lachte laut los.

„Den Kater muss ich kennenlernen. Keine zweiundsiebzig Stunden und er hat dich fest im Griff.“

Verwirrt schaute Kristina sie an.

„Was meinst du damit?“

„Na, immerhin hat er dich dazu gebracht, ihm mehrere Gourmet-Mahlzeiten zu füttern.“

„Gourmet?“

„Wie würdest du denn Bio-Hühnchen und Weiderind sonst nennen? Und jetzt erwartest du ernsthaft, dass er sich mit Dosenfutter zufriedengibt?“

„Oh. Aber ich esse ja auch nicht jeden Tag Steak, sondern durchaus auch Dinge aus der Dose.“

Paula schnaubte schadenfroh.

„Viel Glück dabei, das deinem Kater zu erklären."

„Habt ihr schon gehört?"

Atemlos ließ sich Paige neben sie plumpsen, während ihre Schipperke-Hündin Maybellene scheu an Kristinas Hand schnupperte. Der intensive Buttergeschmack ließ sie alle Vorsicht vergessen. Gierig leckte sie die Finger ab. Kristina, die damit nicht gerechnet hatte, zog die Hand erschrocken zurück. Maybellene duckte sich bei der abrupten Bewegung hastig unter Paiges Stuhl.

„Sorry, sie hat mich nur überrascht", entschuldigte sich Kristina, als sie den Rückzug der kleinen schwarzen Hündin beobachtete.

„Keine Sorge. Sie beruhigt sich schon wieder", versicherte ihr Paula. An Paige gewandt meinte sie: „Was schon gehört?"

„Die Bankräuber sollen in Breckenridge gesichtet worden sein."

„Tatsächlich?", fragte Paula skeptisch, während Kristinas Magen einen nervösen Purzelbaum schlug.

„Das habe ich mich ehrlich gesagt auch gefragt", gestand Paige. „Die gesamte Berichterstattung in diesem Fall stinkt zum Himmel."

Paige war eine unabhängige Journalistin. Sie nahm den Pressekodex sehr ernst, auch wenn sie inzwischen nur noch selten ausgedehnte Reportagen schrieb, sondern recht zufrieden damit war, im Wechsel Beiträge für die winzige Zeitung von Independence und für Werbekunden zu schreiben.

„Wie meinst du das?"

Die Frage war ernst gemeint. Kristina verstand nicht, worauf Paige hinauswollte.

„Na, es wird überall erzählt, wie gefährlich die Bankräuber seien."

„Stimmt. Der Sheriff ist sogar extra vorbeigekommen und hat mich gewarnt."

„Eben."

Paula runzelte die Stirn. Der Sheriff war ihr Bruder. Während es eines ihrer Hauptvergnügen war, ihn zu ärgern, war sie sehr heikel, wenn andere Jake kritisierten. Und auch wenn sie Paige inzwischen verziehen hatte, war ihr nur zu deutlich in Erinnerung, wie diese vor ein paar Jahren mit einer Reportage vielen das Leben schwer gemacht hatte. Wie sich herausgestellt hatte, war sie hereingelegt worden. Doch die Tatsache blieb bestehen, dass ihr Artikel die damaligen Schwierigkeiten überhaupt erst möglich gemacht hatte. In Momenten wie diesen konnte sie das einfach nicht vergessen.

„Das ist schließlich sein Job. Wenn er es nicht tut und es passiert was, ist der Aufschrei groß. Besonders von der Presse", fügte sie spitz hinzu.

„Stimmt", pflichtete Paige hastig bei. „Trotzdem stellt sich die Frage, wieso die allgemeine Meinung herrscht, sie seien so gewaltbereit."

„War nicht von einer Schießerei die Rede?"

Paula warf Kristina einen fragenden Blick zu. Diese zuckte die Schultern. Wahrscheinlich hätte sie die News aufmerksamer verfolgen sollen. Aber neben ihrem anstrengenden Job und dem Gefühlschaos um Kane hatte sie keinerlei Kapazitäten für die täglichen Nachrichten.

„Es ist nur ein Schuss gefallen", verriet ihnen Paige. „Ich habe die Polizeiprotokolle gelesen. Und dieser Schuss stammte aus der Waffe des Security-Manns. Glaubt ihr nicht auch, sie hätten zurückgeschossen, wenn sie das gekonnt hätten?"

Paula zuckte mit den Schultern.

„Vielleicht hatten sie keine Zeit. Oder eine Ladehemmung. Oder was weiß ich. Die Tatsache bleibt bestehen, dass aufrechte Bürger keine Banken überfallen."

Paige lächelte schwach.

„Das ist typisch du."

„Was soll denn das heißen?"

Paige zuckte mit den Schultern.

„Nur, dass du alles so stark in schwarz und weiß siehst. Grautöne haben bei dir selten Platz."

Paula warf die Serviette auf den Tisch und legte einige Geldscheine obenauf.

„Das ist, weil etwas entweder richtig oder falsch ist. Aber ich wünsche euch noch einen schönen Tag beim Besprechen der Nuancen eines Banküberfalls. Denkt nur daran, wenn ihr erwischt werdet, werde ich bestimmt keine Kaution stellen."

Kristina schielte zu Paige.

„Äh, was war denn das?"

„Ach, das war nur Paulas und meine wöchentliche Meinungsverschiedenheit", antwortete Paige leichthin. „Siehst du das auch so?"

„Was?"

„Na, was die Bankräuber angeht."

„Ich bin nicht sicher, ob es in meinem Interesse ist, meine Meinung dazu zu äußern", erwiderte Kristina mit einem humorvollen Funkeln in den Augen.

Paige lachte.

„Ich gebe zu, ich vertrete die Graubereiche mindestens so leidenschaftlich wie Paula ihre Schwarz-Weiß-Sicht der Dinge." Sie rümpfte die Nase. „Vermutlich eine Berufskrankheit. Als Journalistin ist man immer dazu angehalten, alle möglichen Seiten zu beleuchten."

Sie signalisierte Miss Minnie, dass sie auch gerne eine Tasse Kaffee hätte, bevor sie sich wieder Kristina zuwandte.

„Apropos alle möglichen Seiten ... Wie sieht es denn an der Dating-Front aus? Steht schon ein Datum fest?"

Miss Minnie, die mit der Kaffeekanne in der Hand bei ihrem Tisch ankam, fiel in das Gespräch mit ein.

„Das würde ich auch gerne wissen. Das Wettbüchlein läuft richtiggehend heiß."

„Glaubt mir“, seufzte Kristina, „die Antwort auf diese Frage interessiert mich genauso brennend wie euch.“

Miss Minnie drehte eine der auf dem Tisch bereitstehenden Tassen um und füllte sie für Paige. Beim Geräusch der Türglocke drehte sie den Kopf. Ein breites Grinsen erschien auf ihrem Gesicht.

„Dann fragen wir ihn doch einfach.“

„Ihn?“

Von einer dunklen Vorahnung erfüllt schaute Kristina auf und folgte Miss Minnies Blick.

Kane. Ein Dutzend widersprüchlicher Gefühle durchströmte sie. Passend, wenn man bedachte, dass sie nach wie vor nicht wusste, wo sie standen. Er ließ seinen Blick durch den Gastraum schweifen. Schließlich entdeckte er sie. Ein Lächeln geisterte über sein Gesicht, bevor es von einem ernsten Nicken abgelöst wurde. Er setzte sich in Bewegung und kam zielstrebig auf sie zu.

Sie hob das Kinn und straffte unbewusst ihre Schultern. Sie war ja mal gespannt, was jetzt kommen würde.

*

Verdammt, sah Kristina gut aus. Wie jedes Mal, wenn Kane ihr gegenüberstand, vergaß er auf der Stelle, was es eigentlich gewesen war, das ihn hatte zögern lassen, sie anzurufen. Er wusste, dass es nicht gerade die feine Art war, sich mehrere Tage nicht zu melden, nachdem er ihr durch die Blume zu verstehen gegeben hatte, dass er ihr gemeinsames Date nicht erwarten konnte. Widersprüchlichere Signale konnte *Mann* kaum senden. Wenn er nicht den Auftrag von Moira bekommen hätte, Kristina zu ihrem Geburtstagsfest einzuladen, hätte er sich wahrscheinlich auch heute nicht gemeldet. Er war wirklich ein Angsthase. Das ließ sich nicht beschönigen.

Und jetzt war er hier. Persönlich. Nachdem er sich so lange nicht gemeldet hatte, war es keine Option gewesen, ihr nur eine

Textnachricht zu schicken. Selbst schuld. Bei ihrem Anblick empfand er allerdings nur große Freude und nicht die erwarteten Vorbehalte. Okay, Schiss hatte er auch ein wenig. Schiss, die Einladung zu vermasseln. Das würde ihm Moira nie verzeihen. Und er sich auch nicht, wenn er ehrlich war.

So, wie sie leicht das Kinn anhob und ihn direkt anschaute, würde sie es ihm nicht leicht machen. Er bewunderte ihre selbstbewusste Haltung. Gleichzeitig flößte sie ihm Respekt ein.

Sein Herz leistete wieder einmal Überstunden, oder besser gesagt, es arbeitete doppelt so schnell, wie es eigentlich sollte, als er an ihren Tisch trat.

„Kristina."

„Kane."

Er schluckte und schaute erst zu Paige, dann zu Miss Minnie, die ihn beide erwartungsvoll anschauten, und schließlich wieder zurück zu Kristina.

„Ich wollte dich etwas fragen."

Kristina machte eine einladende Handbewegung.

„Klar."

Wieder schielte er zu den anderen beiden. Schließlich wurde es Kristina zu bunt.

„Nun frag schon. Das Diner ist so oder so kein Ort für private Unterhaltungen. Ganz egal, ob die beiden direkt am Tisch stehen oder sitzen. Für wirklich private Gespräche kann ich Telefone empfehlen", konnte sie sich nicht verkneifen, hinzuzufügen.

Kane zuckte leicht zusammen.

„Autsch. Aber das habe ich vermutlich verdient."

Kristina grinste schief und hob eine Schulter.

„Vermutlich. Also, was ist?"

Miss Minnie schob sich zwischen die beiden.

„Machst du jetzt endlich ein Date mit ihr aus?"

„Das wäre nett", mischte sich nun auch Paige ein. „Ich hätte auch einen Vorschlag, was das Datum betrifft. Ace und ich …"

„Ich weiß, ich weiß“, murmelte Kane, „ihr könntet wieder einmal ein Abendessen im Diner gebrauchen. Am besten sollten wir Kristinas und meine Pläne gleich auf Facebook stellen, dann fühlt sich niemand benachteiligt.“

„Und ich wüsste vielleicht auch endlich, wann unser sagenumwobenes Date stattfinden wird. Noch in diesem Jahrhundert? Oder doch erst im nächsten?“, kommentierte Kristina trocken.

„Das weiß ich selbst noch nicht“, gestand Kane.

Drei Augenpaare und vermutlich hinter ihm noch unzählige mehr starrten ihn ungläubig an. Oje. Er war auf dem besten Weg, die Einladung zu vermasseln. Moira würde in absehbarer Zeit kein Wort mehr mit ihm sprechen.

„Moira würde sich freuen, wenn du diesen Samstag zu ihrer Geburtstagsparty kommen könntest.“

„Geburtstagsparty?“

„Ich musste ihr versprechen, nicht locker zu lassen, bis du Ja sagst“, fügte er hinzu.

Obwohl sie immer noch kein Date in Aussicht hatte und Kane sich auch nicht entschuldigt hatte, hoben sich Kristinas Mundwinkel. Moira war vielleicht ihre stärkste Verbündete, wie sie langsam, aber sicher erkannte.

„So eine Einladung kann ich nicht abschlagen. Was soll ich mitbringen?“

Erleichtert erwiderte Kane ihr Lächeln.

„Nur dich. Das reicht völlig.“

„Kane! Ich kann doch nicht mit leeren Händen zum Geburtstag deiner Tochter auftauchen!“, entrüstete sie sich.

„Hm. Okay. Vielleicht etwas zu essen? Keinen Kuchen. Den machen wir zusammen. Fürs Mittagessen ist ebenfalls gesorgt. Vielleicht Eiscreme?“

Kristina nickte.

„Das kann ich machen.“

„Danke. Trinkst du noch einen Kaffee mit mir?“ Er warf einen bedeutungsvollen Blick in Richtung ihrer Zuhörer. „Aber vielleicht im Café *Sweets*?“

Bedauernd schüttelte sie den Kopf.

„Tut mir leid. Ich muss los zur Arbeit. Vielleicht ein andermal?“ Sie legte den Kopf schräg. „Das würde allerdings bedeuten, dass du dich bei mir melden müsstest.“

Kane grinste und nickte verlegen.

„Mach ich. Tut mir echt leid, dass es so lange gedauert hat. Ich verspreche, mich zu bessern.“

„Tu das“, riet ihm Kristina mit einem Augenzwinkern. Sie langte nach ihrer Tasche unterm Tisch und begann geschäftig ihre Sachen zusammenzupacken. Unnötig, da sie nicht wirklich etwas ausgepackt hatte. Aber wenn sie sich nicht mit irgendetwas beschäftigte, würde sie noch etwas Unüberlegtes tun. Wie ihm um den Hals fallen und ihn küssen. Doch dass sie kompatibel waren, was das Küssen anbelangte, hatten sie hinlänglich bewiesen. Jetzt war es an ihm, zu beweisen, dass sie auch in anderen Bereichen gut funktionierten.

Kane bemerkte ihren subtilen Rückzug. Während er natürlich wusste, weshalb sie so reagierte, kam er nicht umhin, die plötzliche Distanz zwischen ihnen zu bedauern. Im *Safe Haven* waren sie sich so nahe gewesen. Das war nun dahin, nachdem er sich wie ein Idiot benommen hatte. Er schwor sich, nicht aufzugeben, bis er ihre inneren Mauern wieder bezwungen hatte.

*

Wie einer der unzähligen Wanderer und Biker gekleidet, schlenderte John durch die Straßen von Independence. Der Schnee vom gestrigen Abend war bereits wieder geschmolzen. Dünne Rinnsale Schmelzwasser liefen auf beiden Seiten der Straße entlang. Ab und an lag noch ein Fleckchen Schnee, das sich der schwachen Frühlingssonne noch nicht ergeben hatte.

Er hatte bereits dem Krankenhaus einen Besuch abgestattet, herausgefunden, wie der Arbeitsplan der leitenden Ärztin aussah und war jetzt auf dem Weg zur Feuerwehr. Irgendwer hatte irgendwem erzählt, dass es neben dem nigelnagelneuen Ambulanzfahrzeug ein anderes, älteres Modell geben würde. Anscheinend war es kleiner, nur ein umgebauter Jeep oder Pick-up, so genau wusste er es nicht. Bis vor Kurzem war es scheinbar das einzige Fahrzeug gewesen, um die Leute ins Krankenhaus zu bringen.

Dieses Teil wollte er sich einmal ansehen. Vielleicht war es ja dazu geeignet, um Gary zu behandeln. Andererseits, wenn es wirklich so eine Notlösung war, wie es geklungen hatte, wohl eher nicht. Aber auskundschaften schadete nichts. Je mehr Informationen, desto besser.

Als hätte er ein bestimmtes Ziel, marschierte er zügig an der Feuerwehrstation vorbei. Aus dem Augenwinkel sah er die erwarteten Aktivitäten. Zwei Leute putzten das große Feuerwehrauto. Etwas dahinter sah er ein weiß lackiertes Fahrzeug mit dem international gültigen, roten Kreuz für Ambulanzfahrzeuge. Schade, dass er nicht einfach in die große Garage marschieren und verlangen konnte, dass sie das Fahrzeug herausrückten. Ohne anzuhalten, setzte er seinen Weg fort.

Augenscheinlich war es ein ruhiger Nachmittag. Zu schade, dass sie nicht unterwegs waren, Leute retten oder etwas ähnlich Heldenhaftes. Himmel, sogar mit einer Übung wäre ihm gedient, überlegte er, während er seine Wanderung durch Independence fortsetzte. Moment. Unwillkürlich blieb er stehen. Was, wenn er ihnen eine Übung auf dem silbernen Tablett servieren würde? Natürlich ohne jemanden in Gefahr zu bringen. Ein alter, baufälliger Schuppen am Rande der Straße kam ihm in den Sinn. Daran war er auf seinem Weg hierher vorbeigefahren.

Froh, endlich einen konkreten Plan zu haben, beeilte er sich, zu seinem Fahrzeug zu kommen, das er auf dem Gemeindeparkplatz abgestellt hatte. Er liebte das Kleinstadtleben. Hier musste er sich wenigstens nicht an jeder Ecke Sorgen machen, gefilmt zu werden!

*

Luke nahm den Anruf der Notrufleitstelle entgegen, als der Alarm bereits heulte. Ein Feuer am Rand von Independence. Ace war heute nicht da, sodass die Einsatzleitung ihm zufiel. Ohne Zeit zu verlieren, gab er die Informationen an seine Leute nach dem erprobten System weiter, bevor er ebenfalls in seine Schutzkleidung schlüpfte und als einer der Letzten ins größere der beiden Einsatzfahrzeuge sprang.

„Chief, brauchen wir das Rettungsfahrzeug auch?“, fragte Bull.

„Nein. Ich habe die Klinik verständigt. Unsere neue Ambulanz ist bereits unterwegs zur Brandstelle.“

Bull tippte sich an die Stirn und grinste.

„Stimmt. Unser schickes, glänzendes, neues …“

Luke verdrehte die Augen.

„Ja, ja. Wir wissen alle, dass du begeistert bist vom Zuwachs unserer Fahrzeugflotte.“

Natürlich gehörte das Ambulanzfahrzeug rein buchhalterisch der Klinik. Doch die Feuerwehrleute, Sanitäter und Polizisten kannten sich und betrachteten alle Einsatzfahrzeuge als Gemeingut.

„Rein mit dir. Wir haben ein Feuer zu löschen, schon vergessen?“

Das ließ sich Bull nicht zweimal sagen. Mit einem Satz hievte sich der große Mann ins Fahrzeug. Spider trat aufs Gas. Die beiden aktiven Mitglieder der *True Warriors* waren Neuzugänge. Nach einem endlos scheinenden Papierkrieg hatte Ace es geschafft, dass zwei weitere Stellen finanziert wurden. Jetzt waren sie insgesamt zehn Feuerwehrleute. Gerade genug, um einen halbwegs funktionierenden Schichtbetrieb aufrechtzuerhalten und die meisten Feuer erfolgreich zu bekämpfen.

Trat der seltene Fall ein, dass zur gleichen Zeit zwei Einsätze nötig waren, standen zusätzlich Freiwillige im Einsatz. In ruhigen Zeiten funktionierte das hervorragend. Nur während der extrem trockenen Sommer, wenn ringsum überall der Wald brannte, war es keine ideale Situation. Andererseits konnten sie froh sein, dass sie überhaupt eine Berufsfeuerwehr hatten und sich nicht ausschließlich über Freiwillige organisieren mussten, wie es in vielen anderen Kleinstädten der Rockies der Fall war.

Als sie an der Brandstelle ankamen, qualmte es fürchterlich. Doch ein richtiges Feuer war nicht zu sehen. Verwundert sprang er aus dem Fahrzeug und näherte sich mit seinen Mitarbeitern dem qualmenden Haufen Bretter. Was zum Teufel ging hier vor?

*

Versteckt hinter ein paar Büschen wartete John ab, bis die Feuerwehrsirenen verklungen waren. Soweit er das beurteilen konnte, waren alle zum Einsatz mitgefahren. Sicher sein konnte er sich allerdings nicht. Die Zeit, um abzuwarten, ob sein Eindruck richtig war, hatte er leider nicht. Dank des Schnees und des darauffolgenden Tauwetters war das Holz zu feucht gewesen, um es anzuzünden. Oder ihm hatten die richtigen Brandstifter-Utensilien gefehlt. Er hasste das, wenn er seine Komfortzone verließ und sich in neuen Dingen versuchte. Das führte unweigerlich dazu, dass man sich seiner eigenen Unzulänglichkeiten bewusst wurde. Immerhin war er gut im Improvisieren. Er hatte einige alte Zeitungen und Lappen, die er im Inneren der Hütte gefunden hatte, angezündet, bevor er so schnell wie möglich zurückgefahren war und in unmittelbarer Nähe der Station die Notrufnummer gewählt hatte.

Die Feuerwehr würde nicht lange brauchen, das Feuer, falls es überhaupt noch brannte, zu löschen. Aber er brauchte auch nur ein paar Minuten. Maximal drei, für den Fall, dass er es kurzschließen musste. Die Feuerwehr würde länger beschäftigt sein. Zehn Minuten für den Weg, eine halbe Stunde, bis sie sicher sein konnten, dass das Feuer kein richtiges Feuer war und nichts mehr schwelte, dann wieder zehn Minuten zurück.

Zügig ging er in die große Garage, die sie netterweise hatten offenstehen lassen. Nach einem letzten beiläufigen Blick über die Schulter schlüpfte er hinein. Ein kurzer Blick durchs Fenster bestätigte ihm, dass heute tatsächlich sein Glückstag war. Die Schlüssel steckten in der Zündung. Wurde auch Zeit, nach all dem Pech, das sie in letzter Zeit gehabt hatten. Vor allem Gary.

Gedanken an seinen verletzten Kameraden ließen ihn weitermachen. Obwohl er ziemlich sicher war, dass er allein war, öffnete er verstohlen die Tür. Kein Grund, unnötigen Lärm zu verursachen. Kaum hatte er diesen Gedanken zu Ende gedacht, kam ihm eine Dose entgegen, die offenbar zwischen Tür und Sitz gerutscht war. Mit einer zirkusreifen Drehung langte er nach unten und fing sie im letzten Moment auf, bevor sie laut klappernd auf dem Boden aufprallen konnte.

Der Adrenalinschub brachte sein Herz zum Rasen. Diese spontanen Live-Einsätze waren nichts für ihn. Als der Panzerknacker der Bande hatte er in der Regel seine Opfer monatelang ausspioniert und bis auf die Sekunde gewusst, wer wo wann auftauchen könnte. Dank der Tatsache, dass die meisten Menschen absolute Gewohnheitstiere waren, war das Risiko, entdeckt zu werden, meist gegen Null gegangen.

Als sich sein Puls wieder beruhigt hatte, setzte er sich ins Fahrzeug und fuhr los. Jetzt brauchten sie nur noch die Ärztin. Er hoffte, Clancy war auf seiner Tour erfolgreich gewesen und hatte ihre Gewohnheiten in Erfahrung bringen können, sodass sie sie so bald wie möglich abholen konnten.

*

Luke stand vor dem Haufen schief zusammengenagelter Bretter, aus dem immer noch schwarzer Rauch quoll, und kratzte sich am Kopf. Den Helm hatte er abgenommen, sobald klar wurde, dass es sich bei dem Alarm um nichts anderes handelte als ein Campingfeuer, das am falschen Ort errichtet worden war.

„Kinder?"

Bull sah genauso verwirrt aus, wie er sich fühlte.

„Ich weiß nicht. Kinder, oder Jugendliche suchen sich im Normalfall Orte aus, die leichter zugänglich sind."

„Schwierig ist es ja nicht, hierherzukommen. Liegt ja direkt an der Straße", gab Spider zu bedenken.

„Schon. Aber sie müssten extra hierher fahren. Anhalten. Aussteigen. Hinüberlaufen. Anzünden. Wieder gehen. Das erfordert einen Plan. Vandalismus geschieht meistens spontan. Zumindest in diesem Alter."

„Du hast mich in dem Alter nicht gekannt", murmelte Spider mit einem Grinsen, während er sich an seine Graffitizeiten erinnerte.

„Vielleicht sind sie hierhergekommen, um zu kiffen? Verlassen genug wäre es ja."

Luke schüttelte den Kopf.

„Auch das erfordert ein Auto. Wo hätten sie parken sollen?"

„Ich habe Spuren von einem Fahrzeug gefunden", rief ein anderer.

„Klar. Irgendwer wird schon hier gewesen sein. Aber ich bezweifle, dass es ein Kifferversteck ist. Ist doch viel zu feucht hier. Es ist ein Wunder, dass überhaupt irgendetwas gebrannt hat."

„Chief, das Feuerchen ist gelöscht", ließ ihn Bull wissen, der seinen Kopf kurz in die Hütte gesteckt hatte.

„Dann lasst uns gehen. Ich werde Ace informieren. Vielleicht hat er eine Idee, womit wir es hier zu tun haben."

„Ein Möchtegern-Brandstifter fehlt uns gerade noch, jetzt, wo der Frühling kommt“, brummte Spider. „Ich will meine freien Tage auf meinem Motorrad verbringen und nicht auf der Suche nach einem Kerl, der nicht mal weiß, wie man ein richtiges Feuer macht.“

*

Luke befand sich in seinem Büro und füllte den nötigen Papierkram aus, völlig überflüssig in einem Fall wie diesem, als Bull in seiner Tür erschien.

„Chief …“

Luke schaute hoch und hob fragend die Augenbrauen.

„Unser Ambulanzfahrzeug ist weg.“

„Bitte was?“

„Das Ambulanzfahrzeug. Es ist weg.“

10

Kristina trug gerade Mascara auf, als ihr Telefon klingelte. Ohne aufs Display zu schauen, nahm sie den Anruf an und stellte das Telefon auf Lautsprecher.

„Mertens."

„Hallo. Hier Kane. Störe ich gerade?"

Sie hielt mitten in der Bewegung inne und starrte ungläubig das Handy an, das neben ihr auf dem Waschtisch lag. Ihr Herzschlag beschleunigte sich.

„Du rufst tatsächlich an", rief sie erfreut aus. „Und nein, du störst nicht." Er musste ja nicht wissen, dass sie nur halbbekleidet vor dem Spiegel stand und sich gerade fertig machte, auch wenn die Vorstellung, dass er sie dabei sehen könnte, ihr einen Kick verpasste. Hitze schoss durch ihre Adern. Im Bauch und zwischen ihren Beinen prickelte es erwartungsvoll. „Hast du gelernt, wie Telefone funktionieren?"

Vielleicht ein wenig fies. Aber irgendwie musste sie ihre Nerven und ihre Libido beruhigen. Eine Portion Sarkasmus war dabei immer hilfreich.

Kane nahm ihren Seitenhieb locker.

„Natürlich."

Sein tiefer Bariton brachte den Schwarm Schmetterlinge in ihrem Bauch zum Flattern.

„Das freut mich. Und was verschafft mir die Ehre? Wünscht sich Moira ein Pony zum Geburtstag und ich soll's mitbringen?"

„Den Seitenhieb habe ich vermutlich verdient", antwortete er mit einem leichten Lachen. „Aber ich wollte dich eigentlich fragen, ob du Lust hast, heute Abend mit mir auszugehen?"

Ihr Herz begann schneller zu schlagen.

„Du meinst, ein richtiges Date?"

Gespannt wartete sie auf seine Antwort.

„Jein. Vielleicht ein halbes?"

Ihr überaktives Herz kam zu einem abrupten Stopp. Zumindest fühlte es sich so an. Offensichtlich funktionierte der Notbetrieb, da sie nicht sofort tot umkippte. Nichtsdestotrotz fühlte es sich so an.

„Ein halbes", wiederholte sie etwas ungläubig. Lag es an ihr? War sie kein richtiges Date wert? Oder einen normalen Anruf? Wo er sie nicht mit einer halbherzigen Einladung abspeiste?

„Es ist nicht so, wie du denkst", fuhr er eilig fort. Anscheinend war ihm der fehlende Enthusiasmus in ihrer Stimme aufgefallen. „Das richtige Date ist in Planung. Versprochen. Aber damit würde ich dich nicht so kurzfristig überfallen. Gleichzeitig wollte ich nicht so lange warten, bis Moira wieder ganz gesund ist, ihren Übernachtungstermin hat und du nicht spät arbeiten musst. Das ist ungefähr so, als wenn man darauf warten würde, dass Sonnen- und Mondfinsternis zusammenfallen."

Bei seinem erklärenden Schwall an Worten nahm Kristinas Herz langsam, aber stetig wieder seinen Dienst auf. Vorsichtig fragte sie: „Du willst damit sagen, du hast mich vermisst?"

Kane stieß ein ersticktes Lachen aus.

„Ja. Das wäre die zusammengefasste Version. Ehrlich, ich bin völlig aus der Übung. Hab Geduld mit mir", bat er. „Nur noch ein wenig. Ich gebe mir wirklich Mühe. Nicht mehr lange und ich habe diese Dating-Geschichte im Griff." Nach einer kleinen Pause fügte er hinzu: „Zumindest etwas besser im Griff als bis jetzt."

Seine direkte Ehrlichkeit zauberte ein Lächeln auf ihre Lippen. Vielleicht, vielleicht konnte das zwischen ihnen doch funktionieren. Geduld war nicht ihr Problem.

„Gern“, antwortete sie simpel. „Solange du nicht rücksichtslos mit meinen Gefühlen umgehst …“

„Nein! Das ist das Letzte, was ich will! Wenn du diesen Eindruck bekommen hast, tut es mir wirklich leid. Es ist nur … beängstigend.“

„Für mich auch“, gab sie zu. „Meine letzte ernsthafte Beziehung ist auch schon ein paar Jahre her. Sie hat ein ziemlich spektakuläres Ende genommen. Das mit dir, uns … ist für mich auch Neuland.“

„Wow. Und da suchst du dir ausgerechnet jemanden wie mich aus, der für seinen emotionalen Ballast ein Kamel braucht?“

Der Vergleich brachte Kristina zum Lachen.

„Ich mag Kamele. Also komme ich heute Abend gern.“

Kane stieß hörbar die Luft aus.

„Du hast tatsächlich Ja gesagt.“

„Warst du besorgt?“

„Nach dem, wie ich mich bisher aufgeführt habe, ja. Könnte es dir auch nicht verdenken. Dieser Meinung ist sogar Moira.“

„O-o. Dann reißt du dich wohl besser zusammen“, zog sie ihn auf.

„Sieht ganz so aus“, antwortete er mit einer gesunden Portion Selbstironie.

„Dann heute Abend um sechs im *Bounty*?“

„Wow, gleich im *Bounty*?“

Gregory Dumont, ein ehemaliger Sternekoch und der Mann von Vi Stone, der Schwester von Anabelle und Astrid Stone, hatte vor etwas über einem Jahr das Lokal hier eröffnet. Neben der hervorragenden Küche war er auch für seinen guten Weinkeller bekannt.

„Na, wenn schon, denn schon." Er machte eine Pause. „Zudem habe ich keine Lust, dich schon wieder mit den Disney Sisters und der Hälfte der Einwohner von Independence zu teilen."

Kristina entschlüpfte ein ersticktes Lachen.

„Das ist ein hervorragendes Argument. Geht mir auch so."

„Und das, obwohl sie sich immer auf deine Seite schlagen", zog er sie auf.

„Ich war ja auch die geschädigte Partei", schoss sie halb scherzend, halb ernst zurück.

„Ich weiß, ich weiß. Also, was sagst du?"

„Bis heute Abend."

„Ich freu mich."

Kristina ertappte sich dabei, wie sie versonnen lächelnd ins Leere starrte, nachdem er aufgelegt hatte. Sie freute sich auch. Definitiv. Auch wenn die Aussicht auf das Halbdate sie mit Aufregung erfüllte. Sollte sie zwischen Arbeit und Bounty noch nach Hause, um sich umzuziehen? Hatte sie jetzt noch Zeit, ihre Beine zu rasieren? In den Wintermonaten wiesen ihre Schenkel oft eine beängstigende Ähnlichkeit mit einem Mammut auf.

„Er wird deine Beine heute nicht zu sehen kriegen", schalt sie sich laut.

Schade, meldete sich eine freche, übermütige Stimme – ihre eigene? – in ihrem Hinterkopf.

Sie schüttelte den Kopf über ihre wirren Überlegungen. Erst einmal musste sie ihren Arbeitstag hinter sich bringen. Irgendwie hatte sie das Gefühl, dass dieser sich heute ewig in die Länge ziehen würde. Ein Blick auf die Uhr zeigte ihr, dass sie sich beeilen musste, wenn sie noch beim Café *Sweets* vorbeigehen wollte, bevor sie Sunny abholte

*

John trommelte ungeduldig mit den Fingern auf das Lenkrad des Rettungsfahrzeuges. Er wartete auf Clancy, der darauf beharrt hatte, dass er dringend Kaffee bräuchte. Aus seiner Sicht war jetzt nicht der Zeitpunkt, seine Koffein-Sucht zu pflegen, aber sein Kumpel hatte damit argumentiert, dass die Ärztin und Sunny, die Leiterin der Notaufnahme, sowieso erst in einer Viertelstunde zur Arbeit fahren würden.

Sie hatten gestern lange hin und her diskutiert, was wohl der beste Weg wäre, Gary zu helfen. Die Lösung, auf die sie gekommen waren, war nicht völlig narrensicher und hatte mehr als einen Schwachpunkt, doch es war die beste, die sie in so kurzer Zeit realisieren konnten.

Gary hatte nicht mehr viel Zeit. Es ging ihm immer schlechter. Seit gestern war er in eine Art Delirium gefallen und seither nicht mehr daraus aufgewacht. Er hoffte nur, dass sie nicht zu lange gewartet hatten und Gary noch geholfen werden konnte. Aus diesem Grund hatten sie auch sämtliche Erpressungs- und Einschüchterungspläne fallengelassen. Die Klinik war der einzige Ort, an dem Gary die nötige Hilfe erhalten würde. Nachdem er eine Schusswunde hatte, war das Risiko groß, dass es nicht lange dauern würde, bis die Polizei eins und eins zusammenzählte und zum Schluss kam, dass ihnen einer der Bankräuber ins Netz gegangen war.

Aber das war egal, solange Gary wieder gesund wurde. Wenn die Zeit kam und seine Genesung weit genug fortgeschritten war, würden sie ihn einfach aus dem Krankenhaus entführen, bevor die Polizei ihn in Gewahrsam nehmen konnte. Ein Kinderspiel, da sie ja einige Wochen Zeit hatten, seinen Ausbruch vorzubereiten. Aber erst musste er wieder gesund werden.

Endlich tauchte Clancy auf. Wie besprochen fuhr er am Ambulanzfahrzeug vorbei, weiter ins Dickicht hinein. Dort verborgen würden sie abwarten, bis sie sicher waren, dass Gary in guten Händen war.

Erleichtert prüfte John ein letztes Mal das Innere der Fahrerkabine und wischte mit einem Lappen sämtliche Oberflächen ab, die sie vielleicht angefasst hatten. Rückspiegel. Schalthebel.

Steuerrad. Türöffner. Die Steuerung für die Sitzposition. Das ganze Armaturenbrett. Als er sicher war, nichts vergessen zu haben, stieg er nach hinten und wiederholte dort die ganze Prozedur.

Gary atmete rasselnd ein und aus. Seine Haut hatte einen ungesunden, bleichen Schimmer. Spontan legte er ihm eine Hand an die Wange.

„Halt durch, Kumpel! Ohne dich fliegen wir nicht nach Brasilien."

Ein warnender Pfiff ließ ihn wissen, dass sich jemand ihrem Standort näherte. Nach einem letzten Blick zurück sprang er aus dem Ambulanzfahrzeug und schlug sich nach hinten in die Büsche, wo Clancy auf ihn wartete. Eigentlich überhaupt nicht religiös, ertappte er sich dabei, dass er ein kurzes Gebet an den Schutzpatron der Diebe sandte. Gab es den überhaupt? Egal.

Das Motorengeräusch kam immer näher, bis es abrupt verstummte. Sehr gut. Offenbar war das Rettungsfahrzeug, das am Straßenrand stand, entdeckt worden. Wortlos schlüpfte er neben Clancy in die Büsche. Er blinzelte, als er sah, wie dieser in ein Plundergebäckstück biss.

„Konnte das nicht warten?", flüsterte er irritiert.

„Tiefer Blutzucker", gab Clancy, begleitet von einem Schulterzucken, gleichmütig zurück.

John atmete tief durch und bezwang den Impuls, seinen Freund zu würgen. Um sich abzulenken, zog er sein Fernglas hervor und spähte durch die kahlen Äste, die sie umgaben. Da März war, bot das Dickicht keine besonders gute Deckung. Aber es war unwahrscheinlich, dass sich irgendjemand für die Umgebung interessieren würde, wenn sie das vermisste Fahrzeug plus einen Verletzten fanden.

*

„Hast du schon gehört?", fragte Sunny als Erstes, als sie die Tür zu Kristinas Auto öffnete.

„Was gehört“, fragte sie, abgelenkt von dem pelzigen Bündel, das an Sunny vorbei ins Auto geschlüpft war und sich zielsicher einen der Donuts aus der Mittelkonsole schnappte.

„Gib das her“, schimpfte Sunny und packte den Missetäter am Kragen. „Das alte Rettungsfahrzeug wurde gestern gestohlen.“

Wolverine fauchte und versuchte sie zu kratzen, doch da hatte sie ihn schon nach draußen bugsiert.

„Kann es sein, dass er immer frecher wird?“

Kristina schielte nach draußen und sah betrübt zu, wie er ihr Lieblingsgebäck verzehrte, bevor ihr einfiel, dass sie sich besser aus dem Staub machten, bevor der kleine Kerl auf die Idee kam, einen Nachschlag zu verlangen. Sie stieg aufs Gas und fuhr los.

Sunny schnaubte.

„Definitiv frecher, um nicht zu sagen, unverschämter. Und süchtig nach allem, was Zucker drin hat. Eigentlich sollte ich ihn auf Diät setzen. Aber es ist ja nicht so, dass ich ihm die Leckereien vor die Nase setzen würde. Bei mir kriegt er immer nur waschbärentaugliches Futter.“

Kristina lachte.

„Ich sehe schon, wenn dein pelziger Freund ein Diabetes vom Typ 2 entwickelt, ist es meine Schuld.“

„Natürlich“, stimmte ihr Sunny fröhlich zu. „Aber ich sollte vermutlich schauen, dass er eine Gefährtin findet.“

„Hast du es schon im Wildtierreservat von Lara versucht?“

Sunny räusperte sich und schaute aus dem Fenster.

„Dort sind wir Personae non gratae.“

„Wow. Latein? Und das so früh am Morgen?“

„Haha. Das war auch schon mein komplettes Wissen dieser toten Sprache, wenn man mal von den lateinischen Knochennamen absieht.“

„Immerhin korrekt in den Plural gesetzt“, neckte Kristina sie. „Aber erzähl mal die Geschichte.“

„Welche Geschichte“, stellte Sunny sich doof.

Kristina verdrehte die Augen.

„Na, die, weshalb du und Wolverine nicht mehr willkommen seid."

„Also, ich schon. So lange ich den Waschbären zu Hause lasse, ist alles gut. Lara und Hank sind in dieser Hinsicht sehr fair. Aber da ich nicht immer mitkriege, wenn der blinde Passagier mitfährt … Auf jeden Fall waren wir ganz am Anfang unserer Bekanntschaft dort, um zu sehen, ob er sich vielleicht mit den anderen Waschbären, die dort ihren Aufenthalt genießen, zusammenschließen würde."

„Und?"

„Er war ein Assi. Er hatte keinerlei Interesse, Freundschaft zu schließen. Dafür hat er die Zeit genutzt, alle anderen zu korrumpieren. Dort wissen jetzt alle, wie man ausbricht, Dinge klaut und Hunde verhaut."

„Autsch."

„Ja. Ich wünschte mir, ich hätte ein einfaches Haustier. Apropos Haustier, wie geht es deinem Kater? Frisst er endlich?"

Jetzt war Kristina an der Reihe, sich zu räuspern.

„Kommt drauf an, was du unter Fressen verstehst", murmelte sie.

Sunny, die bereits mitbekommen hatte, wie der Kater Kristina um seine Pfote gewickelt hatte, fing laut an zu lachen.

„Sprich, er verschmäht immer noch das Dosenfutter und bettelt dich um Essen von deinem Teller an."

„Er bettelt nicht. Er schenkt mir nur bedeutungsvolle Blicke", murmelte Kristina verlegen. „Und Lachs soll ja so gesund sein …"

Sunny lachte schallend.

„Vermutlich Wildfang aus Alaska."

„Natürlich. Aber was hast du da von dem Rettungsfahrzeug erzählt?", wechselte sie geschickt das Thema. „Ich hoffe, du sprichst nicht von unserem Glanzstück?"

„Nein. Das ehemalige Teil, das inzwischen mehrheitlich im Ruhestand ist.“

Kristina stutzte.

„Was will denn jemand mit einem Rettungsfahrzeug? War das nicht im Feuerwehrgebäude eingesperrt?“

„Eigentlich schon. Allerdings waren alle zu einem Einsatz gefahren. Einem Scheineinsatz noch dazu.“

„Also war der Diebstahl geplant?“

Sunny zuckte mit den Schultern und leckte sich Puderzucker von den Fingern.

„Sieht fast so aus.“

„So was passiert auch nur in Independence“, murmelte Kristina und nahm die erste Kurve, die zur Klinik führte.

Als die Bäume am Rand weniger wurden und den Blick auf die weiteren Kurven freigaben, runzelte sie die Stirn. Was war das für ein Fahrzeug? Etwa das alte Rettungsfahrzeug? Da sie während der Zeit, als es im Einsatz gewesen war, noch im Krankenhaus in Breckenridge gearbeitet hatte, konnte sie sich nicht sicher sein.

„Sag mal, sprichst du von diesem hier?“

Sunny hob den Kopf.

Überwältigt nickte sie.

„Tatsächlich. Siehst du den Fahrer?“

Kristina schüttelte den Kopf und nahm den Fuß vom Gas. Wachsam fuhr sie langsam weiter, bis nur noch einige Meter von dem ehemaligen Rettungsfahrzeug entfernt waren.

„Was zum Teufel…“, murmelte sie, als sie den Schalthebel in die Parkposition schob und den Sicherheitsgurt löste. Aus dem Reflex heraus griff sie sich ihre Arzttasche und stieg aus. Auf der anderen Seite tat Sunny es ihr gleich. Gemeinsam eilten sie zu dem Fahrzeug. Die Fahrerkabine war leer. Quer über die Kühlerhaube hinweg tauschten sie einen Blick aus.

„Was meinst du? Hat sich hier einfach jemand einen Streich erlaubt?“

Ebenso ratlos zuckte Sunny die Schultern.

„Keine Ahnung. Lass uns im hinteren Teil des Fahrzeugs nachsehen."

Ein mulmiges Gefühl machte sich in Kristinas Magen breit.

„Eigentlich würde ich lieber auf die Polizei warten", protestierte sie, doch da hatte Sunny bereits die Tür geöffnet. „Oder auch nicht", murmelte sie, als sie hörte, wie ihre Freundin scharf die Luft einsog und ohne abzuwarten ins Innere des Krankenwagens kletterte.

„Kristina, schnell, hier liegt ein Verletzter."

„Was?!"

So schnell sie konnte, rannte sie um das Auto herum und spähte hinein. Sunny war bereits dabei, den Blutdruck des Patienten zu messen.

„Was fehlt ihm?"

„Keine Ahnung. Person ist nicht ansprechbar. Fieber. Blutdruck tief. Zu tief für meinen Geschmack. Wir müssen ihn so schnell wie möglich ins Krankenhaus bringen."

„Geht klar."

Sie schlug die Kofferraumtüren zu, und eilte zur Fahrerkabine.

Alle Fragen, die sich ihr stellten, beiseiteschiebend, sprang sie ins Auto. Schlüssel? Wo waren die verdammten Schlüssel? Fieberhaft ließ sie ihren Blick durchs Innere der Fahrerkabine gleiten, bis sie sie in der Zündung entdeckte. Wer auch immer zu diesen extremen Mitteln gegriffen hatte, hatte an alles gedacht. Ihr sollte es recht sein. Je schneller sie den Mann in die Klinik brachten, desto schneller würden sie Antworten haben.

*

Erleichtert ließen John und Clancy die Schultern fallen, als sich das Rettungsfahrzeug schwerfällig in Bewegung setzte und in Richtung Krankenhaus rollte.

„Das wäre geschafft. Jetzt können wir nur hoffen, dass er einen fähigen Arzt bekommt. Keine Ahnung, ob das in so einem Kaff möglich ist."

„Die Klinik gibt es noch nicht lange. Aber die Bewertungen auf Google sind gut."

„Die Klinik hat Google-Bewertungen?"

„Na klar!" Clancy klang entrüstet. „Meinst du etwa, ich würde zulassen, dass Gary bei einem Quacksalber landet?"

„Ist ja gut", beschwichtigte John ihn, obwohl er innerlich mit den Augen rollte. Clancy war manchmal aber auch empfindlich. „Lass uns gehen."

Nach wenigen Metern blieb John stehen.

„Siehst du auch, was ich sehe?"

Clancy schob sich das letzte Stück seines Plunders in den Mund.

„Was?"

John deutete in Richtung Auto.

„Na, das Ding da."

Tatsächlich. Direkt vor dem Fahrzeug lag ein riesiges Tier.

„Ist das ein Reh?"

„Keine Ahnung", erwiderte John genervt. „Sehe ich aus wie ein Zoologe?"

Unbeeindruckt von dem Gemotze seines Kumpels ging Clancy in die Knie und musterte das Tier mit den großen, braunen Augen.

„Ich glaube, es handelt sich um eine Elchkuh."

„Schön. Und was jetzt?"

Clancy zuckte mit den Schultern.

„Na, sag ihr Hallo."

John starrte ihn an, als hätte er den Verstand verloren.

„Hallo sagen?"

„Höflichkeit hat noch nie geschadet."

John biss die Zähne zusammen und betete zum zweiten Mal innerhalb der letzten Viertelstunde. Diesmal bat er um Geduld, um seinem Freund nicht eins über den Kopf zu ziehen.

„Verzeih, wenn mir die nötige Geduld für Smalltalk mit einem Elch fehlt", antwortete er sarkastisch. „Nachdem ich nicht auf eine positive Bewertung auf Google angewiesen bin, werde ich ihn einfach ignorieren."

„Sie", korrigierte ihn Clancy fröhlich. „Und eine positive Bewertung auf Google brauchst du vielleicht nicht, ihre Kooperation hingegen schon."

„Ihre Kooperation?"

„Na, solange sie nicht aufsteht, sitzen wir hier fest", antwortete er, unbeeindruckt von Johns schlechter Laune.

„Oh." John studierte das Wildtier einige Sekunden. Dann gestikulierte er in einer scheuchenden Bewegung in Richtung Clancy. „Nun mach schon. Worauf wartest du noch?"

„Ich?", fragte Clancy erstaunt. „Was soll ich denn tun?"

„Sie bezirzen natürlich. Du bist schließlich derjenige, der offenbar ein heimlicher Biologe ist."

„Äh … das war nicht Teil der Discovery Channel Reihe."

„Hast du nicht was von deinem Gebäck übrig? Vielleicht kannst du sie weglocken."

„Leider nicht", antwortete Clancy langsam. „Außer – warte!"

Einen großen Bogen um die Elchkuh machend, schlich er zur Beifahrertür, öffnete sie und nahm etwas heraus. Stirnrunzelnd auf die Beschriftung der Packung konzentriert, drehte er sich um. Und fand sich Auge in Auge mit dem Elch wieder.

„Whoa. Äh. Ja." Sich so weit zurücklehnend, wie es mit dem Rahmen des Autos im Rücken möglich war, um dem feuchtwarmen Atem und den großen gelben Zähnen auszuweichen, drehte er sich zu John um. Dieser schien die Situation auf einmal zu genießen. „Hättest du mich nicht warnen können?"

„Und dein Gesicht verpassen, wenn du merkst, dass dich ein Elch stalkt? Auf keinen Fall." John schüttelte es vor Lachen.

Logisch. Jetzt, wo er sich sicher sein konnte, dass das große Tier auf jemanden anderen konzentriert war und er nicht in Gefahr war, zertrampelt zu werden, fand er die Situation auf einmal lustig.

Die Elchkuh stupste ungeduldig die Schachtel mit ihrer Nase an. Durch ihre Kraft wurde der Karton eingedrückt und Clancy verlor für einen Moment die Fähigkeit zu atmen.

„Ja, ja. Ist ja gut", murmelte er zwischen zusammengepressten Zähnen und öffnete die Packung. Kaum hatte er den Deckel entfernt, angelte die Elchkuh sich mit spitzen Lippen einen Keks. Während sie zufrieden kaute, starrte er erst auf die Schachtel, dann auf das Vieh, das praktisch auf seinen Zehen stand. Eine Idee formte sich in seinem Kopf. Als sie fertig war und ihre Aufmerksamkeit wieder auf ihn richtete, schüttelte er die Verpackung, dass die Kekse klapperten. Ein hungriger Ausdruck trat in ihre Augen. Entschlossen, ihren Fokus auszunutzen, holte er mit dem Arm aus und warf die ganze Keksschachtel in hohem Bogen übers Auto.

Die Elchkuh schnaubte verärgert.

„Ugh. Die Dusche wäre nicht nötig gewesen", murmelte er.

Sie schenkte ihm einen weiteren bösen Blick, dann kehrte sie um und galoppierte am Auto vorbei in Richtung ihrer Beute.

Endlich frei von der beunruhigenden Nähe des Tieres, atmete Clancy erleichtert auf, während er ihr bewundernd nachschaute.

„Na los, worauf wartest du noch. Steig ein."

Gute Idee. Das war nämlich sein letztes Bestechungsmaterial gewesen. Eilig schlüpfte er ins Auto. Noch bevor er die Tür zugezogen hatte, trat John aufs Gas.

„Kein Freund von großem Wild?", fragte Clancy, während er sich mit dem Ärmel die Elchspucke aus dem Gesicht wischte.

Immer noch grinsend, schüttelte John den Kopf.

„Zugegeben, der Unterhaltungsfaktor war groß. Aber ich will lieber nicht in der Nähe sein, wenn sie feststellt, dass die Kekse alle sind."

„Gutes Argument."

11

Wie das eingespielte Team, das sie waren, luden Kristina und Sunny den bewusstlosen Mann im Notfallbereich aus und schoben ihn in den Untersuchungsraum, wo sie ihn sofort gemeinsam auf den mobilen OP-Tisch transferierten. Der Notfallkrankenpfleger, Samson, der aussah wie ein Linebacker der Denver Broncos, assistierte Sunny, während sie dem Patienten einen Infusionszugang legte und Kristina sämtliche Parameter durchgab. Blutdruck: 60/40. Fieber: 40,6 Grad.

„Samson, schau zu, dass du ihn aus seiner Kleidung bekommst."

Samson hob die Decke an, die den regungslosen Mann bedeckte. Als er die roten Striemen auf der Haut des Beins entdeckte, die sich ober- und unterhalb der Bandage entlangzogen, zog er scharf die Luft ein.

„Ich glaube, ich habe die Ursache seiner Probleme gefunden."

Sunny eilte an seine Seite und begann den Verband abzuwickeln. Das Bein fühlte sich hart und heiß an. Als sie die letzte Gaze, die darunter lag, entfernte, wurde ihr auch klar, wieso. Ein schwarzer Krater, aus dem gelber Eiter quoll, verunstaltete das Bein.

„Holy Shit!", entfuhr es ihr.

Kristina, die die Anweisung gegeben hatte, einen der zwei Operationssäle vorzubereiten, schaute quer durch den Raum zu ihr.

„Schlimm?"

Sunny nickte.

„Er hat eine Verletzung. Schon einige Tage alt, nach dem, wie es aussieht. Mögliche Stich- oder auch Schussverletzung."

Als Feuerwehrfrau und Sanitäterin hatte sie oft genug solche Wunden gesehen, um diese Einschätzung abzugeben. Zugegeben, dadurch, dass die Wunde schon älter war und sich entsprechend verändert hatte, war es nicht ganz eindeutig, doch sie war sich ziemlich sicher, dass sie richtiglag.

Mit einem sorgenvollen Ausdruck in den Augen trat Kristina an Sunnys Seite und begann vorsichtig den Bereich rund um die Wunde abzutasten.

„Ich will ein Röntgen, anschließend Ultraschall, um herauszufinden, womit genau wir es zu tun haben", sagte sie schließlich und zog sich die Handschuhe von den Fingern. Durch die Entzündung, die in dem Bein tobte, war der ganze Bereich stark geschwollen und ließ keinerlei Rückschlüsse zu, außer, dass es höchste Zeit war, etwas zu unternehmen.

„Wird erledigt", bestätigte Samson mit einem Nicken. Auf sein Zeichen trat eine andere Krankenpflegerin ans andere Ende der Transportliege. Gemeinsam schoben sie ihn aus dem Raum, in Richtung Radiologie.

Sunny und Kristina blieben zurück und tauschten einen betroffenen Blick aus.

„Denkst du auch, was ich denke?", fragte Sunny besorgt.

„Gut möglich, dass es sich bei dem Mann um einen der Bankräuber handelt", bestätigte Kristina grimmig. „Andererseits könnte es auch ein Jagdunfall gewesen sein und niemand will die Verantwortung übernehmen."

„Soll ich den Sheriff informieren?"

Kristina überlegte. Klar mussten sie Jake Bescheid geben. Allerdings war ihr das, was Paige beim letzten Mal gesagt hatte, noch sehr präsent. Was wussten sie schon über die Bankräuber? Offiziell galten sie als äußerst gefährlich, obwohl alles an ihrem

Verhalten dagegensprach. Sie wollte sie nicht romantisieren. So naiv war sie nicht. Trotzdem zögerte sie, gleich das Gesetz zu involvieren. In erster Linie hatten sie einen Patienten vor sich. Einen Patienten, von dem sie noch nicht einmal wussten, ob er den heutigen Tag überleben würde.

„Ich gebe ihm später Bescheid." Sie zog die Nase kraus. „Am liebsten würde ich es bis morgen herauszögern. Aber die Tatsache, dass das gestern entführte Notfallmobil bei uns in der Klinik steht, lässt sich kaum verheimlichen."

„Wieso willst du es hinauszögern?"

„Weil die Gesundheit des Patienten an erster Stelle steht. Die Polizei mit ihren unzähligen Fragen kann erst einmal warten", antwortete sie resolut.

„Gute Idee."

„Ich bereite den Ultraschall vor. Anschließend werde ich gleich operieren. Was auch immer in dem Bein steckt, muss raus. Dabei können wir den Rest der Wunde spülen und abgestorbenes Gewebe entfernen."

„Gib mir Bescheid, wenn du fertig bist."

„Mach ich."

*

Eine Stunde später wusch sich Kristina erschöpft die Hände. Tief im Oberschenkelknochen vergraben, hatte sie das Fragment einer Kugel entdeckt. Um es herauszubekommen, hatte sie rundherum etwas von dem Knochen entfernen müssen. Anschließend hatten sie die Wunde peinlich genau gesäubert. Dem Patienten fehlte jetzt ein ganz schönes Stück seines Oberschenkels. Aber wenn er es schaffte, gegen die Infektion anzukämpfen, standen seine Chancen auf eine vollständige Heilung nicht schlecht. Mit der richtigen Physiotherapie würde er vermutlich nicht einmal ein Hinken zurückbehalten.

Sarah, die wie immer genau zu wissen schien, wann sie eine Pause brauchte, kam die Treppe hinunter und hielt ihr einen Becher heißen Tee hin.

„Danke."

„Gerne. Einer muss ja auf dich aufpassen. Du tust es jedenfalls nicht."

„Yes, Mom", flachste Kristina, bevor sie dankbar das heiße Getränk schlürfte. „Was steht als Nächstes an?"

Sie ließ den Kopf von links nach rechts und wieder zurück kreisen. Diverse Gelenke knackten.

„Himmel, noch nicht mal elf Uhr und ich fühle mich schon wie nach einer Zwölf-Stunden-Schicht."

„Deine Patientenrunde hat Mia für dich übernommen. Ich habe ihr erklärt, dass du einen Notfall behandelst."

Mia Bright war Allgemeinärztin. Normalerweise arbeitete sie in ihrer Praxis in Independence, die sie zusammen mit ihrem Bruder Lee, dem örtlichen Kinderarzt, und seiner Frau Bertha, einer Physiotherapeutin, führte. Wenn es ihr eigener Terminkalender erlaubte, half sie manchmal in der Klinik aus.

„Super Idee, sie zu fragen. Und sehr nett von Mia, dass sie es möglich gemacht hat."

Sie wusste nur zu gut, dass Mia dafür ihre eigenen Patienten hatte verschieben müssen.

Sarah strahlte bei dem Kompliment. Ein wenig verlegen konsultierte sie ihre Liste, die sie dabeihatte.

„Als Nächstes warten einige regulären Patienten auf dich. Und der Sheriff will dich sprechen."

Kristina warf Sarah über den Rand ihres Bechers einen fragenden Blick zu.

„Was wollte er?"

„Wissen, wie das Notfallmobil bei uns gelandet ist."

„Was hast du ihm geantwortet?"

„Dass es sich um eine Übungseinheit unserer Sanitäter gehandelt hätte."

Kristina entschlüpfte ein Lachen, bei dem sie beinahe ihren Tee wieder ausgespuckt hätte.

„Und das hat er dir geglaubt?“

Sarah grinste, hob dann aber entschuldigend die rechte Schulter und ließ sie wieder fallen.

„Nachdem er ausdrücklich verlangt hat, dass du ihn so bald wie möglich zurückrufst, wohl eher nicht.“

„Trotzdem danke für den Aufschub. Ich werde ihn anrufen. Später. Wenn ich eine Pause habe.“

„Ausgezeichnete Idee. Zu blöd, dass du nie Pause machst.“

*

Lennard saß im Diner an der Bar vor einem inzwischen lauwarm gewordenen Rest Bier und gab sich den Anschein, betrunkener zu sein, als er es war. Das Lokal war das bestorganisierte Informationsnetzwerk in ganz Amerika, wenn nicht auf dem ganzen Planeten. Das FBI würde gut daran tun, seine Agenten hier zu einer Weiterbildung zu schicken. Die konnten hier noch etwas lernen.

Für sie war es ein Glücksfall. Nun, da sie keinen verletzten Kameraden mehr hatten, den sie verstecken mussten, hatten sie das Ferienhaus verlassen und waren ins Bed & Breakfast umgezogen. Niemand kannte sie hier. Ideal, um in Garys Nähe zu bleiben und ein Auge auf ihn zu haben.

Wenn er die Qualität der Arbeit der örtlichen Spione korrekt einschätzte, würde er es innerhalb von fünf Minuten wissen, sollten sich Neuigkeiten in Bezug auf Gary ergeben.

Als das Wort Krankenhaus und Bankräuber in einem Satz fiel, setzte er sich etwas aufrechter hin und spitzte die Ohren. Während er noch angestrengt zu verstehen versuchte, was gesprochen wurde, ließ sich jemand neben ihm auf den Stuhl fallen. Misstrauisch warf er einen Blick zur Seite. Ein älterer Mann, förmlich in einen wollenen Wintermantel gekleidet, hob die Hand und signalisierte dem Barkeeper, dass er etwas bestellen wollte.

„Kannst du nicht woanders sitzen?“, fragte er unfreundlich. Er wollte jetzt keine Gesellschaft.

Der Fremde zuckte lässig mit den Schultern.

„Können schon. Wollen nicht.“

Lennard rollte mit den Augen und kehrte dem anderen demonstrativ den Rücken zu. Er wusste es besser, als dass er anfangen würde, mit alten Sturköpfen zu diskutieren. Dem Alten war wahrscheinlich langweilig.

„Weißt du, es gab eine Zeit, da habe ich dasselbe gemacht, was du gerade tust.“

„Was?“

Wovon zum Teufel sprach der Typ? Sie waren vorsichtig gewesen und hatten neue Identitäten angenommen, um sich im Bed & Breakfast anzumelden.

„Na, so getan, als ob ich trinken würde. Nur um sicherzustellen, dass sie mich nicht rausschmeißen. Früher, da war es echt. Und nachher, als ich aufgehört hatte, wusste ich nicht, wo ich hinsollte. Also habe ich weiterhin den Alkoholiker gespielt.“

„Willst du mir mit diesem Trauerspiel etwas Bestimmtes sagen?“

„Ach, ich will dir nur zeigen, dass dir hier nicht jeder deinen Akt abnimmt“, erklärte der Mann im Plauderton. „Ich bin übrigens Dagobert.“

Er hielt ihm die Hand hin und schaute ihn erwartungsvoll an. Lennard starrte erst die Hand an, dann den Mann und seufzte.

„Lennard“, murmelte er und schüttelte die Hand des anderen.

„Was machst du wirklich hier, nachdem wir jetzt eruiert haben, dass du nicht zum Trinken hier bist?“

„Das geht dich nichts an.“

Listig legte Dagobert den Kopf schräg.

„Deine schlechte Laune und dein verzweifeltes Bedürfnis, allen Gesprächen zu lauschen, hat nicht zufällig etwas mit dem unbekannten Patienten in der Notaufnahme zu tun? Dem Patienten, der sich praktischerweise gleich selbst eingeliefert hat? Mit dem gestern erst abhandengekommenen Notfallfahrzeug?“

Verschwunden war die gespielte Freundlichkeit in der Stimme des Alten. Stattdessen ließ sie stählerne Stärke erkennen. Misstrauisch beobachtete Lennard ihn. Dieser Mann war es gewohnt, zu bekommen, was er wollte. Und wenn man es ihm nicht freiwillig gab, fand er Mittel und Wege, es trotzdem zu bekommen. Nur gut, dass er sich aus praktisch jeder Situation rausbluffen konnte.

Gespielt interessiert lehnte er sich nach vorn. Dass sein Interesse echt war, half ihm dabei, in die richtige Rolle zu schlüpfen.

„Es gibt hier eine Notaufnahme?“ Er runzelte die Stirn. „Reden wir über das Krankenhaus in Breckenridge?“

Dagobert setzte an, zu antworten, doch Lennard hielt die Hand hoch, um ihn zu stoppen.

„Warte. Sag nichts. Jemand hat sich einen Scherz erlaubt und hat sich selbst ins Krankenhaus gefahren? Ist das so eine Art Initiationsritus der Schüler?“

Als ihn Dagobert nur weiterhin unverwandt anstarrte, schüttelte er scheinbar amüsiert den Kopf.

„Kein Schüler? Dann sonst irgendein Tunichtgut? Ich meine“, er breitete die Handflächen seitlich aus, „wer sonst würde so etwas Idiotisches tun, wie einen Krankenwagen zu stehlen?“

Dagobert beugte sich bedrohlich vor.

„Bankräuber zum Beispiel, die wollen, dass ihr Kumpel medizinisch versorgt wird.“

Lennard traf fast der Schlag, als er diese Worte hörte. Nur seine jahrelange Übung als Pokerspieler hielt ihn davon ab, sich seine Bestürztheit anmerken zu lassen. Stattdessen lachte er schallend.

„Der war gut“, lobte er, als er sich einigermaßen beruhigt hatte. „Hast du noch mehr davon?“

Dagoberts Augen verengten sich, als er sein Gegenüber mit einem berechnenden Blick maß.

„Natürlich. War nur ein Scherz. Was sonst.“ Er deutete mit dem Kinn auf das Bierglas mit der Pfütze darin. „Cheers.“

Lennard hob das Glas.

„Cheers!“

Mit angehaltenem Atem schaute er dem alten Mann nach. Puh. Das war knapp gewesen. Die Einwohner hier waren ganz schön auf Trab. Damit hatte er nicht gerechnet. Er wollte gerade erleichtert aufatmen, als sich Dagobert in bester Colombo-Manier noch einmal umdrehte und mit dem Zeigefinger auf ihn deutete.

„Nur für den Fall, dass der Scherz ein Körnchen Wahrheit enthalten sollte: Der Patient hat die Operation gut überstanden. Wenn alles gut geht, wird er in ungefähr einer Woche entlassen.“

Lennard zwang sich, skeptisch die Augenbrauen zu heben. Jeglicher Anschein von Erleichterung wäre an diesem Punkt der seltsamsten Unterhaltung, die er je geführt hatte, ein Fehler.

„Tatsächlich. Was für ein Glück für den imaginären Patienten.“

Nach einem weiteren prüfenden Blick drehte sich Dagobert um und ging.

Lennard setzte sein Glas an und leerte es in einem Zug. Prompt verzog er das Gesicht, als das lauwarme Gesöff seine Kehle traf. Brrrr. Bier musste kalt sein. Er signalisierte dem Barkeeper, dass er noch eines wollte. Der hünenhafte Mann stellte das frische Bier vor ihn hin, bevor er sich lässig an die Theke lehnte. Das verblichene T-Shirt, auf dem der Name einer Rockband aus den achtziger Jahren prangte, spannte sich über den muskulösen Oberarmen, die aus der speckigen Bikerweste ragten.

„Was ist?“, schnappte Lennard nach einer Minute.

Sobald die Worte seinen Mund verließen, wusste er, dass er einen Fehler begangen hatte. Es war nie gut, sich seinen Ärger anmerken zu lassen. Aber das Gespräch mit dem Unbekannten hatte ihn ziemlich durchgerüttelt. Es war zu erwarten gewesen, dass die Polizei die Verbindung zwischen Gary und den Bankräubern herstellte. Doch sie hatten nicht damit gerechnet, dass jemand sie mit dem Patienten in der Notaufnahme in Verbindung bringen würde. Sie waren Touristen. Nichts weiter.

„Scheint so, als wärst du auf Dagoberts schwarzer Liste gelandet. Fragt sich nur, warum.“

„Nachdem du offenbar mit dem Tattergreis per Du bist, frag ihn doch.“

„Keine Angst“, sagte der Biker und schenkte ihm ein wildes Lächeln. „Das werde ich.“

„Ich kanns kaum erwarten“, grunzte Lennard.

Ernsthaft. Was stimmte bloß mit den Leuten hier nicht? Hatten sie keine eigenen Sorgen?

Der Biker beugte sich vor und maß ihn mit einem bedrohlichen Blick.

„Ich bin übrigens Kurt. Bis dahin lass ich dich nicht aus den Augen! Wir passen hier aufeinander auf.“

„Wie berührend“, spottete Lennard und fasste sich in einer theatralischen Geste ans Herz. „Viel Spaß dabei. Nachdem ich im Bed & Breakfast Gast bin, sollte dir das leicht fallen.“

Überrascht musterte der Barkeeper ihn.

„Tourist?“

„Der Kandidat hat hundert Punkte“, ließ sich die ältere, energiegeladene Frau vernehmen, die eben durch die Schwingtür gerauscht war und Kurt einen Hieb mit ihrem Kochlöffel verpasste.

„He, wofür war das denn?“, beschwerte sich Kurt.

„Miss Daisy“, begrüßte Lennard die Inhaberin des Bed & Breakfast. „Gut sehen Sie heute wieder aus!“

Miss Daisy strahlte, als sie das Kompliment hörte. Sie beugte sich über die Bar und drückte sein Gesicht an ihren wogenden Busen, der von ihrer roten Schürze bedeckt war.

Beim Anblick des Schauspiels verengten sich Kurts Augen zu schmalen Schlitzen. Zumindest nahm Lennard das an. Sehen konnte er es nicht. Zu sehr war er damit beschäftigt, nicht in der gut gemeinten Umarmung zu ersticken.

„Er sieht nicht aus wie ein Tourist“, knurrte er und zog die widerstrebende Miss Daisy von ihrem neusten Opfer fort. Natürlich nicht, weil er eifersüchtig war. Nein. So ein dahergelaufener Nicht-Tourist war keine Bedrohung für ihn. Auch wenn das gehörnte, grüne Monster auf seiner Schulter etwas von der Attraktivität charmanter Fremder in sein Ohr flüsterte.

„Ist er aber“, verteidigte ihn die Patronin stur. „Er ist auf der Durchreise und will sich ein paar Tage Zeit nehmen, die Schönheiten der Gegend zu genießen.“

„Ich hoffe, damit meint er die Berge und den Schnee“, grummelte Kurt unter seinem Bart. „Und nicht unsere Frauen und Bankkonten.“

Er zuckte zusammen, als ihn abermals der Kochlöffel traf. Diesmal am Kopf.

Lennard hatte genug, auch wenn das Scharmützel zwischen Kurt und Miss Daisy einen hohen Unterhaltungswert hatte. Er zog ein paar Dollarscheine hervor und ließ sie auf die Theke fallen.

„Am besten, du stellst eine Liste zusammen, wie ein Tourist auszusehen hat, und lässt sie mir bei Gelegenheit auf mein Zimmer liefern“, riet er Kurt sarkastisch.

Er setzte das Bier an, immerhin kalt diesmal, und trank es aus.

„Viel Spaß noch beim Vergraulen der Gäste.“

„Siehst du, was du getan hast", sagte Miss Daisy anklagend zu ihrem Partner und eilte um die Theke herum, um Lennard aufzuhalten.

„Kurt ist eigentlich ein Teddybär. Er meint es nicht so."

Hinter ihrem Rücken machte Kurt das universale Zeichen für *Ich behalte dich im Auge* und fügte zur Sicherheit einen mörderischen Blick hinzu. Richtig. Ein Teddybär. Vermutlich im Grizzlyformat und mit lebensechten Funktionen. Wie Touristen fressen und Ähnliches.

„Danke, Ma'am. Gut zu wissen", antwortete er der Frau, die zu seiner Verteidigung gesprungen war. Er war schließlich höflich.

Als sie sich umdrehte, zufrieden, dass sie den Gast besänftigt hatte, salutierte Lennard mit seinem Mittelfinger in Richtung Kurt, bevor er durch die Verbindungstür hinüber ins Bed & Breakfast verschwand.

*

Wieder einmal saß Kristina in ihrem Büro dem Sheriff gegenüber.

„Schusswunde", wiederholte er, um sicherzugehen, dass er sie richtig verstanden hatte. „Und du denkst, dass es einer der Bankräuber sein könnte?"

Sie nickte.

„Das ist zumindest meine Vermutung."

„Aber gesprochen hast du nicht mit ihm."

„Nein. Das sagte ich doch bereits. Er war nicht bei Bewusstsein. Du wirst ihn heute auch nicht befragen können. Obwohl die Wirkung der Anästhesie schon lange abgeklungen ist, ist er bis jetzt nicht aufgewacht."

„Aber …"

Ihr Blick wurde hart.

„Nichts aber! Der Patient braucht Ruhe. Die kriegt er, solange er unter meiner Obhut ist. Sobald ich der Meinung bin, dass sein Gesundheitszustand es zulässt, dürft ihr ihn verhören."

„Dir ist schon bewusst, dass das eine offene Ermittlung ist?", fragte Jake streng.

„Dir ist schon bewusst, dass ich einen hippokratischen Eid geschworen habe?"

„Vergleichen wir jetzt die Wichtigkeit unserer Eide?", fragte er trocken.

Kristinas Mundwinkel zuckten, doch sie bezwang den Impuls zu lachen erfolgreich. Es stand ein Menschenleben auf dem Spiel.

„Natürlich nicht. Aber in Anbetracht der Tatsache, dass es keinerlei Anzeichen gibt, dass die Bankräuber gefährlich sind", sie warf ihm einen bedeutungsschweren Blick zu, „entgegen der Warnung, die du vor ein paar Tagen ausgesprochen hast ..."

„Sagt wer", fragte er skeptisch.

„Paige. Und ich muss ihr rechtgeben. Hier."

Sie schob ihm die aktuelle Ausgabe der *Independence Post* über den Tisch.

„Der Einzige, der verletzt wurde, ist einer der Bankräuber selbst. Anstatt ein Blutbad anzurichten, sind sie geflüchtet. Das sagt für mich einiges über ihren Charakter aus."

„Das kannst du nicht wissen. Ein Banküberfall ist keine Kleinigkeit. Das sind abgebrühte Kriminelle", erinnerte Jake sie frustriert. „Zudem ist Paige nicht die zuverlässigste Quelle."

„Unglaublich", verteidigte Kristina die Journalistin. „Paige hat vor ein paar Jahren einen Fehler gemacht. Soviel ich weiß, hat sie alles darangesetzt, den wiedergutzumachen. Seither arbeitet sie unermüdlich als Journalistin und Werbetexterin und hat sich hier ein Zuhause geschaffen. Dass ihr das immer noch vorgeworfen wird, ist ein Armutszeugnis für Independence! Wird es bei mir auch ewig dauern, bis ihr mich als eine der euren anerkennt? Oder werde ich für die nächsten zwanzig Jahre die Fremde, die Zugezogene sein?"

Ehrlich. Sie liebte Independence mit seinen skurrilen Bewohnern, die größtenteils das Herz am richtigen Fleck hatten. Aber in mancher Hinsicht verhielten sie sich wie die typischen Bergbewohner, die sie waren. Stur. Unbeweglich. Und sehr langsam im Akzeptieren von Veränderungen.

„Tut mir leid", antwortete der Sheriff betroffen. „Du hast völlig recht. Paige hat sich bei allen geschädigten Parteien entschuldigt und sogar Wiedergutmachung geleistet. Natürlich gehört sie zu uns. Du auch." Er griff sich mit zwei Fingern an die Nasenwurzel und kniff die Augen zusammen. „Diese Bankräuber sind ein großer Fall. Der Druck, ihn zu lösen, ist unglaublich hoch. Zudem würde ich es mir nie verzeihen, wenn dir oder jemand anderem etwas zustoßen würde, nur weil ich zu nachlässig war. Das ist keine Entschuldigung. Aber immerhin eine Erklärung für mein unangebrachtes – und falsches – Argument."

Als sie seine ehrlich gemeinte Entschuldigung hörte, ließ Kristinas Ärger etwas nach. Sie stand auf. Kane wartete auf sie und sie wollte nach Hause. Zudem war aus ihrer Sicht alles gesagt, was es zu dem Thema zu sagen gab.

„Möglich. Doch momentan ist der Verdächtige in erster Linie mein Patient und untersteht somit meiner Verantwortung."

„Ich werde einen Deputy vor seinem Zimmer postieren", erwiderte Jake steif.

Kristina rollte mit den Augen.

„Geh nach Hause, Jake, und lass deine Deputys zufrieden. Der Verdächtige wird in den nächsten Tagen nirgendwo hingehen. Ihr seid sowieso schon unterbesetzt."

Sichtlich hin- und hergerissen, grummelte der Sheriff schließlich: „Also gut."

Er stand auf. Bevor er sich verabschiedete, hielt er inne und zeigte mit dem Finger auf sie. „Aber wenn er aufwacht, informierst du mich unverzüglich. Verstanden?"

Kristina seufzte.

„Natürlich."

Jake warf ihr einen prüfenden Blick zu.

„Ich mein's ernst!"

„Ja. Ich habe dich verstanden."

Himmel. Jake konnte ganz schön nervig sein, wenn er so offiziell daherkam. Natürlich verstand sie den Stress, unter dem er stand. Trotzdem war es nicht in Ordnung, dass er ihre Einschätzung einfach als irrelevant abtat. Während er für die Sicherheit zuständig war, trug sie die Verantwortung für ihre Patienten. Daran änderte auch sein Sheriff-Stern nichts.

12

„Sorry, sorry, sorry“, sprudelte es aus ihr heraus, als sie mit einer Viertelstunde Verspätung im Restaurant *Bounty* auftauchte.

Kane lächelte, als er ihr dabei zusah, wie sie sich ihm gegenüber auf den Stuhl fallen ließ.

„Keine Sorge, ich bin noch nicht verhungert. Zudem freue ich mich so, dass sich all meine Sorgen von der letzten Viertelstunde als unbegründet erwiesen haben, dass du gar nichts falsch machen kannst.“

„Sorgen?“, fragte sie perplex.

„Natürlich. Ich habe mir ausgemalt, du hättest mich vergessen. Oder noch schlimmer, absichtlich sitzen gelassen.“ Er zuckte lässig mit einer Schulter. „Nicht, dass ich es nicht verdient hätte, aber es wäre ein ernsthafter Dämpfer gewesen.“

Das Lachen, das in ihr aufstieg, half, die Anspannung des Tages zu vertreiben. Zu wissen, dass er sich ähnliche Sorgen machte wie sie sich manchmal, war beruhigend.

„Das menschliche Hirn hat schon ein Talent, uns Probleme vorzugaukeln, wo gar keine sind.“

Kane lehnte sich zurück und studierte sie.

„Wow. Das war ja richtig philosophisch.“

Amüsiert schüttelte sie den Kopf.

„Nicht wirklich. Mir ist nur ein Meme im Kopf geblieben, welches behauptet, Sorgen seien verschwendete kreative Energie. Das ist hängengeblieben.“

Kane dachte einen Moment darüber nach und nickte schließlich.

„Da ist viel Wahres dran. Aber leichter gesagt als getan."

Kristina zog eine Grimasse.

„Wie immer. Das erstreckt sich auch auf gut gemeinte Pflegetipps, was wählerische Kater angeht."

Kane konnte das Grinsen nicht zurückhalten, das sich auf seinem Gesicht auszubreiten drohte.

„Sprichst du vom Gourmet-Kater?"

Kristina verengte die Augen.

„Du weißt bereits davon?"

„Es könnte sein, dass Shauna via Paula davon Wind bekommen und darüber einen Artikel auf Facebook gepostet hat."

„Na großartig!" Sie verbarg das Gesicht hinter ihren Händen und murmelte gedämpft: „Jetzt weiß auch der Allerletzte, dass ich eine schreckliche Katzenmutter bin."

„Keine Angst. Der Beitrag über unsere Ziegen hat viel mehr Kommentare. Und glaub mir, die Bilder, die den Artikel begleiten, sind nicht gerade schmeichelhaft."

„Moira?"

„Moira", bestätigte er mit einem schiefen Lächeln. „Bevor sie mir geholfen hat, die beiden Teufel wieder einzufangen, musste sie unbedingt noch ein paar Fotos schießen, wie ich die kleinen Racker verfolge. Das war zumindest der Plan. Geendet hat es damit, dass mich Mephisto von hinten gerammt hat, sodass ich kopfvoran im Misthaufen gelandet bin."

„Klingt anstrengend", sagte Kristina und versuchte, ernst zu bleiben. Vergeblich. Sie kicherte. Es juckte sie in den Fingern, ihr Handy hervorzuholen und die Bilder zu suchen.

Kane schüttelte den Kopf.

„Lach ruhig. Im Nachhinein kann sogar ich die Komik der Situation erkennen. Aber erzähl lieber von deinem Tag. Du hattest auch einiges an Aufregung, wie ich gehört habe."

Dass er von ihrem mysteriösen Patienten gehört hatte, wunderte Kristina hingegen nicht. Diese Neuigkeit hatte sich wie ein Lauffeuer durch die enge Gemeinschaft verbreitet. Es widerstrebte ihr, schon wieder in die komplizierte Welt ihres Jobs zurückzukehren, wenn auch nur gedanklich.

„Können wir erst bestellen? Ich bin am Verhungern."

„Klar. Sorry. Ich habe ja gesagt, ich bin schrecklich in diesem Pärchenritualdingsbums."

„Spinnst du?", entschlüpfte es ihr. „Ich meine", holte sie zu einer Erklärung aus, als es offensichtlich wurde, dass er nicht verstand, worauf sie hinauswollte. „Du trägst es mit Fassung, dass ich zu spät komme. Du erzählst etwas von dir. Aber nicht zu lange, sondern fragst dann, wie es mir geht und wie mein Tag war", zählte sie an den Fingern auf. „Dass du beim Zuhören das Essen vergisst, spricht eher für dich, zeigt es doch dein Interesse an mir."

„Oh." Er schenkte ihr ein erfreutes Lächeln. „Okay. Danke. Das Essen bestellen wir jetzt trotzdem. Soll ja niemand sagen, ich lasse mein Date verhungern."

Nachdem sie bestellt hatten und aufs Essen warteten, erzählte Kristina von ihrem ereignisreichen Tag. Als sie fertig war, wechselten sie zu allgemeineren Themen. Unauffällig ließ sie ein, zwei Fragen zu Moiras Gesundheitszustand einfließen.

Zumindest dachte Kristina, sie hätte es unauffällig gemacht. Doch als hätte er einen inneren Radar, setzte Kane sich aufrechter hin, kaum hatte sie die Fragen gestellt.

„Wieso? Ist etwas nicht in Ordnung?"

„Nein, nein", versicherte ihm Kristina eilig und mit schlechtem Gewissen.

Schließlich hatte sie Moira ihr Wort gegeben, ihm nicht zu sagen, dass sie in letzter Zeit wieder öfter Probleme mit der Atmung hatte. Andererseits war ihr auch nicht wohl dabei, diese Schwierigkeiten Kane vorzuenthalten. Es war eine Gratwanderung, die sie schon öfter durchgemacht hatte, wenn ihre kleinen

Patienten älter geworden waren. Dass sie sich inzwischen auch privat nähergekommen waren, verkomplizierte die Sache allerdings beträchtlich. Ein klein wenig erleichtert ließ er sich im Stuhl zurücksinken.

„Sie inhaliert mehr als in den Monaten vorher. Aber immerhin ist sie nicht krank. Ihre Übungen macht sie auch zuverlässig.“ Er sah sie etwas ratlos an. „Alles in allem ist es besser, als wir je gewagt hatten zu hoffen. Aber die Sorge um sie ist natürlich immer da.“

„Das verstehe ich. Ginge mir genauso. Gleichzeitig wird sie immer älter und versucht, mehr mit sich selbst auszumachen. Und das beinhaltet auch ihre Gesundheit. Das ist völlig normal und hat nichts mit dir zu tun.“

Kane runzelte die Stirn.

„Das klingt aber schon so, als würde sie – beziehungsweise du – mir etwas verheimlichen.“

Kristina schüttelte den Kopf.

„Wirklich nicht.“ Was ja auch stimmte, nachdem er offenbar inzwischen wusste, dass sie öfter inhalierte. „Ich meinte das ganz allgemein, weil sie mich das letzte Mal ohne deine Begleitung sehen wollte.“

„Stimmt. Daran muss ich mich wohl gewöhnen.“

Gregory erschien persönlich an ihrem Tisch. Während er ihnen die verschiedenen Taco-Variationen servierte, erkundigte er sich nach dem geheimnisvollen Patienten.

„Sehr subtil“, merkte Kristina an.

Gregory grinste.

„Das Wort *subtil* verliert völlig an Bedeutung, wenn du mit zwei Papageien zusammenwohnst, die das Vokabular eines betrunkenen Seemanns haben. Zudem dachte ich, dass die Chance größer ist, dass du meine Fragen beantwortest, wenn ich dein Abendessen als Geisel halte.“

„Gib schon her“, knurrte Kristina und langte nach dem Teller. Gregory schaffte es im letzten Moment, den Teller aus der Gefahrenzone zu entfernen. Aber es war knapp.

Kane nahm sich in diesem Moment vor, nie zwischen Kristina und ihr Essen zu geraten. Wie er gerade merkte, war das eine ganz dumme Idee.

„Der Patient lebt, wir mussten ihn operieren, jetzt schläft er. Ende der Durchsage.“ Sie machte mit ihrem Zeigefinger eine fordernde Geste in Richtung Teller. Gregory hatte Mitleid mit ihr und stellte das Essen vor sie hin.

„Guten Appetit“, wünschte er ihnen. „Details kann ich mir ja dann im Diner abholen.“

Kristina nahm nur am Rande wahr, wie Kane und Gregory miteinander über den Witz lachten. Sie war damit beschäftigt, genüsslich die Augen zu schließen und tief einzuatmen. Für alles andere war sie zu beschäftigt. Schließlich standen dampfende, wohlschmeckende Tacos vor ihrer Nase. Der Duft nach Kreuzkümmel und Koriander kitzelte sie in der Nase. Die darin verarbeiteten Mangowürfel verliehen dem Gericht eine süße Note. Ein Traum. Auch wenn das eigentlich ein sehr simples Gericht war, schaffte es Gregory, die Tacos in ein kulinarisches Erlebnis zu verwandeln. Der Mann verdiente eine Medaille. Oder vielleicht hatte sie auch einfach nur Hunger.

„Besser?“, fragte Kane belustigt, als Kristina sich schließlich mit einem genussvollen Seufzer in ihrem Stuhl zurücklehnte.

Kristina grinste selbstbewusst.

„Viel besser. Als Ärztin weißt du nie, wann du das nächste Mal Zeit hast, eine volle Mahlzeit zu essen. Nicht sehr ladylike, ich weiß“, fügte sie selbstironisch hinzu. „Aber wenn ich Hunger habe, ist mir das völlig egal.“

Kane schnaubte amüsiert.

„Das will ich auch hoffen.“

Sein Blick glitt bewundernd über ihre schlanke Gestalt, bevor er verlegen den Kopf etwas duckte und ihr wieder in die Augen schaute.

Kristina stupste ihn unterm Tisch leicht mit dem Fuß am Bein an.

„Es ist ein schönes Gefühl, zu wissen, dass ich dir gefalle. Solange du nicht anfängst, nur noch mit meinen Brüsten zu kommunizieren, gibt es keinen Grund, so ein Gesicht zu machen."

Kanes Ohrenspitzen färbten sich rot.

„Ich sag doch, ich bin außer Übung. Mir fehlt eine gewisse Abgeklärtheit", erklärte er trocken.

Kristina lachte und beugte sich verschwörerisch über den Tisch.

„Ich weiß gar nicht, ob dieses Halbdate so eine gute Idee war."

Fasziniert beugte sich Kane ebenfalls vor.

„Wie meinst du das?"

Kristina senkte ihren Blick, bis er auf seinen Lippen ruhte, während sie an den letzten Kuss dachte, den sie ausgetauscht hatten.

„Ach, nur, dass du offensichtlich zu viel nachdenkst … und weniger … spontan bist", ließ sie ihn wissen. Ihre Stimme klang rauchig, fast sexy, selbst in ihren eigenen Ohren.

Kane schluckte. Die Bilder, die sie heraufbeschwor, ließen die Spannung immer dicker werden. Elektrische Funken schienen zwischen ihnen zu knistern.

„Du hast recht", antwortete er heiser. „Ich folge einfach weiterhin meinem Bauchgefühl und vertraue darauf, dass du mir schon Bescheid gibst, falls ich irgendwelche unsichtbaren Grenzen überschreite."

Hitze schoss durch Kristinas Körper in Richtung Unterleib, als Kanes Atem auf ihr Gesicht traf. Ein wohliger Schauder jagte Gänsehaut über ihren Rücken.

„Versprochen. Können wir jetzt zum guten Teil übergehen?"

Kane hob eine Augenbraue, langte über den Tisch und griff nach ihrer Hand.

„Hier? Ernsthaft? Liegt dir etwas daran, schon wieder unser Foto auf Facebook zu sehen?"

Kristina blinzelte, dann wurde sie rot und setzte sich aufrecht hin. Sie hatte tatsächlich völlig vergessen, wo sie eigentlich waren. Das war ihr schon länger nicht mehr passiert. Genau genommen seit ihrer Teenagerzeit nicht mehr.

Kane vermisste ihre Nähe sofort. Trotzdem bereute er es nicht, die Notbremse gezogen zu haben. Das nächste Mal, wenn er sie küsste, wollte er sie ganz für sich allein haben.

Er signalisierte dem Kellner, dass sie bezahlen wollten. Gregory, der aus der Küche gekommen war, um andere Gäste zu begrüßen, kam zu ihnen hinüber. Beide Hände auf die Tischplatte gestützt, schüttelte er den Kopf.

„Jetzt hatte ich schon geglaubt, ihr würdet den nächsten Kuss in meinem Lokal austauschen. Wisst ihr, wie ich damit vor den Disney Sisters hätte angeben können?" Gespielt enttäuscht schüttelte er den Kopf. „Nun muss ich mir wieder endlos anhören, dass das Diner Amors zweites Zuhause ist."

„Sorry", antwortete Kane grinsend und ohne Reue. „Aber Kristinas Privatsphäre ist mir wichtiger als deine Ambitionen für die Hall of Fame in Independence."

„Ha! Kristinas Privatsphäre. Du meinst wohl eher deine eigene!", grummelte Gregory. „Dann macht schon, dass ihr rauskommt. Dann kann ich wenigstens den Tisch noch einmal verkaufen."

„Schlecht geschlafen?", fragte Kristina milde. Sie wusste von Vi, dass ihr Sohn Bear nachts immer noch oft aufwachte und seine Eltern ganz schön auf Trab hielt.

Gregory ließ die Schultern nach vorne fallen.

„Der Kleine ist ein Vampir. Das Konzept von Tag und Nacht sagt ihm so gar nichts."

Kristina legte ihm eine Hand auf den Arm.

„Sprich endlich mal mit Zelda. Die hat ganz viele Naturheilprodukte im Angebot. Vielleicht hat sie einen Tipp für euch."

„Knoblauch wäre gut", grummelte Gregory.

*

Als Kane und Kristina das Lokal ein wenig später verließen, umspielte ein kleines Lächeln seinen Mund.

„Was ist?", fragte Kristina neugierig.

„Das ist nur die Erleichterung, dass Moira aus dem Alter draußen ist."

Kristina musterte ihn von der Seite. Hieß das etwa, dass er keine Kinder mehr wollte? Und falls dem so war, würde das für sie etwas ändern? Sie wusste es nicht. Bislang hatte sie sich nicht viele Gedanken dazu gemacht, da ihr immer der passende Partner gefehlt hatte. Würde sich das ändern, wenn sie mit Kane zusammen wäre? Die biologischen und hormonellen Prozesse waren nicht zu unterschätzen. Tief in ihre Gedanken versunken, kaute sie auf ihrer Unterlippe, während sie neben Kane zu ihrem Auto ging.

„Wohin bist du eben verschwunden?", unterbrach Kane ihre Gedankenspirale.

„Ach, nach überall und nirgends", wich sie seinem prüfenden Blick und der Frage aus. Das war definitiv nicht der richtige Gesprächsstoff für ein erstes halbes Date. Vor allem nicht, wenn sie keine Ahnung hatte, wie sie selbst zu dem Thema stand.

„Aha", antwortete Kane verständnisvoll. Er glaubte ihr kein Wort, doch er respektierte, dass es Themen gab, die sie vielleicht erst zu einem späteren Zeitpunkt besprechen wollte. Ging ihm ja auch nicht anders. Es war aufregend und furchteinflößend zugleich, mit Kristina Zeit zu verbringen und sich vorzustellen, dass daraus etwas werden könnte. Vielleicht hätte er in den letzten zehn Jahren tatsächlich ab und zu eine Auszeit nehmen und in Bars herumhängen sollen. Dann wäre er nicht so schrecklich aus der Übung. Andererseits, das Küssen funktionierte hervorragend. Das war tatsächlich so ähnlich wie Fahrradfahren. Apropos Fahrradfahren … Sie waren fast bei ihrem Auto angelangt. Entschlossen fasste er sie am Arm und drehte sie zu sich um. Ihre blauen Augen wirkten wie bodenlose dunkle Teiche. Kristina hatte irgendetwas, das ihn tief im Herzen berührte.

Er hob eine Hand und strich ihr mit dem Handrücken leicht über die Wange.

„Leider wieder ein Parkplatz …"

„Kommst du nicht …"

„Ich muss Moira abholen", sagte er entschuldigend.

„Stimmt. Tut mir leid. Ist ja logisch."

„Glaub mir, ich würde nichts lieber tun, als zu dir nach Hause zu kommen. Herauszufinden, ob wir auch in anderen Dingen so kompatibel sind wie beim Küssen."

Seine Hand vergrub sich in ihren Haaren. Nervenenden, von denen sie gar nicht mehr gewusst hatte, dass sie existierten, erwachten prickelnd zum Leben. Seine Stimme wob sich in der Dunkelheit verführerisch um ihre Sinne.

Kane küsste sie. Hinter Kristinas Augenlidern explodierten Feuerwerke, während er ihren Gleichgewichtssinn auf eine Achterbahnfahrt entführte.

„Das war filmreif", stellte sie fest, als sie nach Atem ringend voneinander abließen.

Kane grinste.

„Sollte es wohl besser auch. Schließlich befinden wir wieder einmal auf öffentlichem Grund. Einem Parkplatz. Irgendwer hat uns bestimmt wieder gefilmt."

„Dann hätte ich ja gar nicht so lange warten müssen", zog Kristina ihn auf.

„Stimmt. Aber hier draußen vermittelt die Nacht uns wenigstens die Illusion, dass wir alleine sind."

Kristina schob ihn einen Schritt zurück.

„Du gehst jetzt besser, bevor du deiner Tochter mitteilen musst, dass dich ihre Ärztin gekidnappt hat."

„Die würde sich wahrscheinlich mit dir verbünden." Er warf ihr einen bedeutungsvollen Blick zu. „Du weißt schon, dass meine Tochter dein größter Fan ist?"

„Ich weiß. Ich auch von ihr, sie ist ein wunderbares Mädchen. Ganz egal, wie das mit uns weitergeht, das wird immer so bleiben."

„Darüber bin ich sehr froh", gestand er erleichtert.

Kristina lächelte. Gab es etwas Attraktiveres als einen Cowboy, der das Wohl seiner Tochter über sein eigenes stellte? Wenn ja, fiel es ihr gerade nicht ein.

„Bis bald."

„Bis Samstag? Geburtstagsparty?", erinnerte er sie.

„Stimmt. Du schuldest mir noch eine Liste mit Vorschlägen von passenden Geburtstagsgeschenken."

„Du musst ihr nichts schenken."

„Ich möchte aber gerne. Falls du also nicht willst, dass ich mit einem lebendigen Streichel-Krokodil auftauche, schickst du mir besser besagte Liste."

„Das würdest du nicht …" Er studierte das verschmitzte Leuchten in ihrem Blick, „Okay. Ich probiere es lieber nicht aus. Du kriegst deine Liste."

Zufrieden, wenn auch mit prickelnden Lippen und einem sehnsüchtigen Ziehen in ihrem Bauch, stieg sie in ihr Auto.

*

Lennard schritt in seinem Zimmer auf und ab, während er auf John und Clancy wartete. Das Zimmer war hübsch renoviert. Ein bisschen zu verspielt für seinen Geschmack, doch für die paar Tage würde es reichen. Gestresst rieb er sich den

Nacken. Er hoffte zumindest, dass es sich nur um ein paar Tage handeln würde. Falls nicht, würden ihn die Rüschen-Vorhänge in den Wahnsinn treiben. Oder die Sorge um Gary. Falls das stimmte, was der nervige, alte Knacker gesagt hatte, war er noch nicht aufgewacht, seitdem er operiert worden war. Kein gutes Zeichen. Ein leichtes Klopfen ließ ihn herumwirbeln. Seine Ruhe und Gelassenheit, auf die er immer so stolz war, glänzten durch Abwesenheit.

„Kommt rein“, brummte er.

Die Tür ging auf, und John und Clancy traten ins Zimmer.

„Wo habt ihr nur so lange gesteckt?“, fuhr er sie an.

„Auf der Straße“, antwortete John irritiert. „Das weißt du doch. Die Gegend auskundschaften. Den Bewohnern auf den Puls fühlen. Und du?“

Clancy schaute sich in dem blau-weiß dekorierten Raum um.

„Gehäkelt?“, schlug er vor.

Lennard schenkte ihm einen bösen Blick.

„Glaubst du etwa, dass es passend ist, Scherze zu machen, während Gary um sein Leben kämpft?“

„Wir sollten besser zusehen, dass wir hier verschwinden“, meinte John zu Clancy. „Die Rüschen beherbergen offenbar den gefährlichen *Bazillus Dramaticus.*“

„Macht ihr euch etwa keine Sorgen?“, wollte Lennard frustriert wissen.

Clancy ließ sich auf das uralte Sofa fallen, das fast unter den vielen gehäkelten Decken verschwand.

„Doch, natürlich. Nur geht es ihm nicht magischerweise besser, wenn wir uns gegenseitig an die Gurgel gehen.“

John nickte zustimmend und meinte achselzuckend: „Die Leute hier scheinen nett zu sein. Nicht der schlechteste Ort, um ein paar Tage auszuspannen.“

„Nett?“, fragte Lennard ungläubig. „Ich vermute, dass spätestens morgen jemand den Sheriff auf uns hetzt. Wundert mich sowieso schon, weshalb er noch nicht hier ist.“

Kurz fasste er seine Zusammenstöße mit Dagobert und Kurt zusammen.

Unbeeindruckt bemerkte Clancy: „Diese Miss Daisy würde ich zu gern kennenlernen. Im Diner war ich noch nicht."

„Hast du nicht zugehört? Zwei Leute verdächtigen uns bereits, die Bankräuber zu sein."

„Na und? Es gibt keine Beweise, dass wir es waren, das weißt du doch."

„Hmpf. Natürlich. War auch mein Plan."

„Siehst du", meinte John beruhigend. „Es gibt gar keinen Grund, sich unnötig Sorgen zu machen. Während Gary im Krankenhaus gut aufgehoben ist, machen wir hier ein paar Tage Ferien. Und sobald er wach und munter ist, holen wir ihn da raus."

„Was, wenn er nie mehr aufwacht?", äußerte Lennard laut seine größte Angst. Die Vorstellung von einer Welt ohne Gary war … Er war doch Teil der Familie! Ohne ihn machte die Aussicht, nach Brasilien zu gehen, nur noch halb so viel Spaß.

„Hey", murmelte Clancy, und beugte sich vor. „Wir stehen das zusammen durch." Er sprang auf. „Ich weiß, was wir brauchen."

Zwei Augenpaare richteten sich auf ihn. Eines misstrauisch, das andere interessiert.

„Wir müssen ein paar Aktivitäten planen. Hier gibt's bestimmt massenhaft Angebote. Wandern, River Rafting und so weiter. Wenn wir beschäftigt sind, haben wir nicht so viel Zeit, herumzusitzen und uns Sorgen zu machen."

John und Lennard nickten langsam. Etwas zu unternehmen klang richtig gut.

„Der Bonus ist, dass sich die Leute daran gewöhnen werden, uns hier zu sehen. Mit jedem Tag, der vergeht, gehören wir mehr dazu."

John schnaubte.

„Das ist wohl eher Wunschdenken. Aber solange sie uns für legitime Touristen halten, ist schon viel gewonnen!"

„Wie zum Teufel die überhaupt darauf kommen, dass wir was mit Gary zu tun haben?", wunderte sich Clancy.

„Keine Ahnung. Ich bin nicht abergläubisch. Aber es war definitiv unheimlich, als Dagobert im Plauderton die Verbindung zwischen uns hergestellt hat."

Interessiert hob John beide Augenbrauen.

„Dagobert? Echt jetzt? Ist er etwa verwandt mit den Disney Sisters oder tatsächlich reich wie Krösus?"

„Bei dem ist alles möglich", antwortete Lennard düster. „Ich hoffe nur, er setzt seine telepathischen Kräfte für das Gute ein."

John zog leicht den Kopf ein.

„Ich weiß nicht, ob das wünschenswert ist", gab er zu bedenken und verzog das Gesicht. „Faktisch sind wir ja Kriminelle. Zumindest nach der allgemein gültigen Auffassung."

„Papperlapapp. Die Bank ist versichert. Und wenn wir erst einmal in Brasilien sind, unterstützen wir die lokale Wirtschaft", entrüstete sich Clancy.

„Viel Glück, wenn du das dem Sheriff erzählst", gab Lennard mit einem leisen Lachen zurück.

Er fühlte sich bereits etwas besser. Optimistischer. Auf seine selbst gewählte Familie war eben Verlass. Jetzt musste nur Gary noch gesund werden, dann war alles wieder in bester Ordnung.

13

Irgendetwas piepste unablässig in einem regelmäßigen Rhythmus. Etwas leiser war ein stetiges Summen zu hören. Mit geschlossenen Augen bewegte Gary genervt den Kopf hin und her. Wieso war hier so viel Lärm? Hatten seine Kumpels noch nie was davon gehört, dass man leise zu sein hatte, wenn jemand krank war? War doch nicht zu viel verlangt, ihn schlafen zu lassen! Er war schließlich derjenige, der als Zielscheibe hatte hinhalten müssen.

Draußen auf dem Gang schepperte etwas. Erschrocken zuckte er zusammen. Das Piepsen beschleunigte sich zu einem raschen Stakkato. Abrupt schlug er die Augen auf und blinzelte mehrmals rasch, als das helle Licht auf seine Augen traf. Wo zum Teufel war er? Auf jeden Fall nicht mehr in der Ferienwohnung, die Lennard organisiert hatte. War er in einem Krankenhaus? Er hob die Hand und betrachtete die Infusionsnadel, die in seinem Handrücken steckte. Er verfolgte den daran befestigten Schlauch, bis er die Infusionsbeutel an ihrem Ständer entdeckte. Definitiv ein Krankenhaus. Aber was bedeutete das für die anderen? Waren sie etwa erwischt worden? Kalter Schweiß brach auf seiner Stirn aus. Das durfte nicht sein.

Das Piepsen wurde immer unerträglicher, während er mit einer Panikattacke kämpfte. Ich muss hier raus, dachte er und wollte sich aufsetzen.

So entdeckte ihn Sarah, die an diesem Nachmittag als Krankenschwester arbeitete, während jemand anders den Empfang betreute.

„Gut, du bist wach", stellte sie vergnügt fest. „Wir haben uns schon Sorgen gemacht. Das heißt aber noch lange nicht, dass du gleich aufstehen kannst." Sie legte ihm freundlich, aber bestimmt die Hand auf die Schulter und übte leichten Druck aus.

Obwohl sie ihn nicht fest anpackte, kam Gary nicht gegen ihre Kraft an. Erschöpft gab er den Widerstand auf und ließ sich zurück in das große Kissen fallen.

„Dachtest du wirklich, du könntest nach so einer Operation einfach aufstehen?", fragte sie neugierig.

Noch nicht bereit, irgendwelche Fragen zu beantworten, krächzte er: „Wo bin ich?"

Erstaunt hob sie beide Augenbrauen, während sie seine Temperatur maß.

„Und kann einer vielleicht mal diese Höllenmaschine abstellen?", fügte er schlecht gelaunt hinzu.

„Die Höllenmaschine misst deinen Blutdruck und informiert uns, dass du noch am Leben bist. Sei froh, dass sie piepst. Für eine Weile hat es ganz so ausgesehen, als würde dein Herz den Geist aufgeben." Sie warf ihm einen prüfenden Blick zu, dem er geflissentlich auswich. „Du bist im Krankenhaus in Independence", bestätigte sie ihm schließlich. „Weißt du nicht, wie du hierhergekommen bist?"

Langsam schüttelte er den Kopf. Das wusste er tatsächlich nicht. Dieser Teil war ihm egal. Nicht egal war ihm, dass er nicht wusste, was mit den anderen los war. Bis er das herausgefunden hatte, würde er den Amnesie-Patienten spielen. Sein Gehirn war noch nicht in der Lage, eine plausible Geschichte zu erfinden. Momentan vernebelte ihm der verführerische Duft, der von seiner Betreuerin ausging – Minze und etwas anderes, das er nicht benennen konnte – zusätzlich die Sinne.

„Egal", versicherte ihm seine viel zu peppige Krankenpflegerin. „Jetzt bist du jedenfalls hier und unter den Lebenden. Das ist ein enormer Fortschritt zu letztem Donnerstag."

„Donnerstag?", wiederholte er ungläubig. „Was für ein Tag ist denn heute?"

„Samstag. Du warst zwei Tage außer Gefecht." Ohne Atem zu holen fuhr sie fort: „Wie fühlst du dich auf einer Skala von eins bis zehn?"

Noch völlig überwältigt von der Erkenntnis, dass er drei Tage seines Lebens buchstäblich verpasst hatte, drehte er den Kopf in ihre Richtung. „Was?"

„Wie es dir geht, wollte ich wissen. Wenn die Schmerzen zu stark sind, kann ich deine Schmerzmittel erhöhen", erklärte sie ihm geduldig.

Wie er sich fühlte? Gute Frage. Die Erkenntnisse der letzten Minuten hatten ihn so aus der Bahn geworfen, dass er noch gar keine Zeit gehabt hatte, eine Bestandsaufnahme zu machen. Er spürte in sich hinein.

„Besser", stellte er schließlich überrascht fest. Versuchshalber bewegte er ein Körperteil nach dem anderen. Das Bein schmerzte nach wie vor, doch wo vorher ein unablässiges Pochen zu spüren gewesen war, herrschte jetzt eher ein dumpfer Schmerz. Wenn er sich bewegte, ziepte es ganz ordentlich. Offenbar hatte ihn jemand zusammengeflickt. „Im Vergleich zu vor – was hattest du gesagt? Vor drei Tagen? Glaube ich zumindest." Er runzelte die Stirn, als müsste er sich sehr anstrengen, sich zu erinnern. „Ehrlich gesagt, weiß ich es schlicht und einfach nicht."

Seine betretene Miene sprach Bände. Sarah fühlte mit ihm. Das musste fürchterlich sein, sich an nichts zu erinnern. Entschlossen, wenigstens seine Laune zu heben, bemühte sie sich um einen fröhlichen Tonfall.

„Das freut mich. Also nicht mehr Schmerzmittel?"

„Nein“, antwortete er knapp und schaute aus dem Fenster. Wenn er rausfinden wollte, was hier vor sich ging, musste er einen klaren Kopf behalten.

„In Ordnung. Wenn etwas ist, drück einfach den Knopf.“

Sie deutete auf die Ruftaste über seinem Kopf.

„Okay.“ Seine Augen fielen zu. Ein Gedanke nagte an seinem Unterbewusstsein. Doch jedes Mal, wenn er glaubte, ihn zu haben, entzog er sich ihm wieder. Die Krankenschwester hatte das Zimmer schon fast verlassen, als er seine Augen abrupt wieder aufriss. „Warte!“

„Ja?“

„Wer hat mich gebracht?“

„Ins Krankenhaus, meinst du?“

„Ja.“ Er deutete auf das Bein unter der Bettdecke. „Ich bin wohl kaum aus eigener Kraft in die Klinik spaziert“, fügte er mit einem selbstironischen Lächeln hinzu.

Fasziniert beobachtete Sarah, wie das Lächeln das eher harte Gesicht des Unbekannten völlig verwandelte. Er wirkte beinahe jungenhaft und sehr, sehr charmant. Sie spürte, wie seine Frage ihr ans Herz ging. Wie es wohl sein mochte, völlig allein in einem Krankenhaus aufzuwachen? Ohne Freunde oder Familie?

„Du wurdest gefunden.“

„Gefunden?“, wiederholte er etwas dümmlich.

„Ja“, bestätigte sie ihm nüchtern. „In unserem ausrangierten Ambulanzmobil, das am Tag zuvor gestohlen worden war.“

Neugierig, wie er auf diese Neuigkeit wohl reagieren würde, beobachtete sie ihn genau. Soweit sie wusste, hatte ihn der Sheriff immer noch im Verdacht, zu den Bankräubern zu gehören. So ganz konnte sie das nicht glauben. Er sah so hilflos aus. Trotzdem.

Etwas blitzte in seinen Augen auf. Es war aber so schnell wieder verschwunden, dass sie nicht sicher sein konnte, ob sie es sich nur eingebildet hatte. Seine nächsten Worte ließen sie all ihre detektivischen Ambitionen vergessen.

„Du meinst, wie vom Storch gebracht? Nur dass ich per Auto anstatt in einem Stoffsack geliefert wurde?", fragte er mit einem entwaffnenden Grinsen.

Sie stieß ein überraschtes Lachen aus.

„Du bist etwas groß geraten für eine Lieferung des Storchs." Sie ließ einen anerkennenden Blick über seine breiten Schultern gleiten, bevor sie ihm wieder in die Augen schaute. „Aber ja, das Prinzip war das Gleiche. Du erinnerst dich tatsächlich an nichts?"

Langsam schüttelte er den Kopf.

„Nein. Ich habe keinen blassen Schimmer."

Sie verengte die Augen.

„Aber was für eine Verletzung du hast, ist dir schon klar?"

Panik stieg in ihm auf, als er merkte, dass sie eine Antwort erwartete. Was sollte er dazu sagen? Weiterhin auf einen kompletten Gedächtnisverlust beharren? Vergaß jemand tatsächlich, dass er angeschossen worden war? So viele Entscheidungen. Völlig überwältigt beschloss er, vorerst Vogel Strauß zu spielen und sich quasi tot zu stellen.

Seine Augen flatterten und fielen ihm zu, während sich darauf konzentrierte, ruhig zu atmen.

Sarah beobachtete ihn kritisch. Sein Brustkorb hob und senkte sich regelmäßig. Wie praktisch, dachte sie misstrauisch und kein bisschen überzeugt davon, dass er wirklich eingeschlafen war. Andererseits spielte es keine Rolle. Die Antwort auf diese Frage konnte auch noch ein Weilchen warten. So schnell würde er nirgendwo hingehen. Vorläufig war er so hilflos wie ein neugeborenes Kätzchen, Bankräuber hin oder her. Wenn auch viel attraktiver. Sie grinste, als sie sich bei dem nicht sehr professionellen Gedanken ertappte. Immerhin würde es ihr die nächsten Tage nicht langweilig werden.

*

Kristina war im Stress. Sie war bereits bei Anabelle gewesen. Ihre fünfte Reitstunde. Heute hatte sie zum ersten Mal das Gefühl gehabt, es irgendwann doch noch zu lernen. Sie hatte Joris selbständig antraben lassen und wieder zum Schritt durchpariert. Durchpariert. Amüsiert schüttelte sie den Kopf. Wer hätte gedacht, dass zum Reiten ein ganz eigenes Vokabular gehörte? Da sie sich mit Anabelle so gut verstand, waren sie nach der Stunde noch eine Runde ins Gelände gegangen. Buddy, der winzige Hund von Anabelle, war wegen des frisch gefallenen Schnees in die Satteltasche verfrachtet worden, während Jeromes große Hütehunde, Jack und Jones, vorausgerannt waren. Buddy hatte sich mit den Vorderpfoten auf den Rand des Sattels gestützt und immer mal wieder kläffend seinen Kommentar abgegeben. Ganz offensichtlich fand er, es war eine Frechheit, dass er nicht mittendrin sein durfte.

„Er kommt mir vor wie einer dieser Sportmoderatoren, die kein gutes Haar an dem Spiel der gegnerischen Mannschaft lassen“, hatte Kristina irgendwann lachend festgestellt.

„Oder wie ein Komiker“, war Anabelles trockene Antwort gewesen.

Auf jeden Fall war sie viel zu lange geblieben und musste sich nun beeilen, um rechtzeitig zu Moiras Geburtstagsparty zu kommen. Sie hoffte, sie fand die Ranch auf Anhieb. Für zeitintensive Umwege war sie definitiv zu spät dran.

Immerhin hatte sie Moiras Geschenk schon parat. Ein paar weiche und vor allem warme Reithandschuhe, die sie sich offenbar schon länger wünschte. Sie hatte es sich nicht verkneifen können, auch noch ein Krokodil zu kaufen. Aus Stoff natürlich und sehr niedlich. Sie konnte es nicht erwarten, Kanes Gesicht zu sehen, wenn er es entdeckte. Sie hoffte, dass auch Moira Gefallen daran fand. Eigentlich war sie über das Alter hinaus, in dem Stofftiere ein passendes Geschenk waren. Aber als Gag, wenn sie ihr erklärte, was sie zu ihrem Vater gesagt hatte … Ein Lächeln spielte um ihre Lippen, während sie sich suchend in ihrem Zimmer nach dem Pullover umsah, den sie tragen wollte. Sie hatte ihn doch …

Das Läuten ihres Handys unterbrach ihre Suche. Verdammt und zugenäht. Natürlich klingelte das blöde Ding ausgerechnet dann, wenn sie bereits zehn Minuten ihrem Zeitplan hinterherhinkte. Sie warf einen Blick auf das Display. Das Krankenhaus. Sie stöhnte. Diesen Anruf konnte sie leider nicht auf ihren Anrufbeantworter umleiten.

„Wieso bin ich bloß nicht Kindergärtnerin geworden? Oder ins Labor arbeiten gegangen? Alles Berufe, wo man keinen Bereitschaftsdienst hat“, grummelte sie vor sich hin, während sie den Button nach oben schob, um den Anruf anzunehmen.

„Ja?“

„Sarah hier. Ich wollte dich nur kurz wissen lassen, dass unser unbekannter Patient aufgewacht ist.“

„Der mit der Schusswunde?“, fragte Kristina abgelenkt. Ihr Blick war auf Leonidas gefallen. Die Unterlage, die er sich ausgesucht hatte, um sich darauf zusammenzurollen, sah verdächtig ähnlich aus wie der Pullover, den sie suchte.

„Nein, einer der anderen fünfzehn unbekannten“, antwortete Sarah ironisch.

„Sorry. Ich bin nicht ganz bei der Sache. Mein Kater hat gerade meinen Pulli annektiert.“

„Hat er seinen Feldzug von deinem Teller auf deinen Kleiderschrank ausgeweitet?“

„Sieht ganz so aus.“

Kristina versuchte, das Kleidungsstück unter dem Kater hervorzuziehen. Leonidas fauchte sie an und bohrte seine Krallen in den Stoff.

„Oder es ist eine territoriale Angelegenheit, ich bin mir nicht sicher.“

Ihr Blick fiel auf den Wecker, den sie in ihrem Badezimmer stehen hatte. Himmel, inzwischen war sie definitiv zu spät! Sie gab den Kampf um den Pullover auf. Dann würde sie halt etwas anderes anziehen.

„Geht es dem Patienten gut?“

„Das Fieber ist praktisch weg. 38,2. Der Blutdruck ist gut und er meinte, die Schmerzen seien zum Aushalten.“

„Vor der Operation waren sie wahrscheinlich viel schlimmer“, vermutete Kristina.

„Das denke ich auch. Das Einzige, was wir beobachten müssen, ist sein Kopf. Er kann sich offenbar nicht erinnern, wie er ins Krankenhaus gekommen ist.“

„Hm. Nicht ungewöhnlich nach einer solchen Infektion. Er ist ja tatsächlich auf den letzten Drücker zu uns gelangt. Lange hätte er es nicht mehr gemacht. Lass es uns einfach beobachten. Vermutlich ist es temporär.“

„In Ordnung. Viel Spaß auf der Party“, fügte sie noch hinzu.

„Woher …“, fing sie an und stoppte sich gleich wieder. „Vergiss die Frage. Ich kann's mir denken. Stand vermutlich auf Facebook.“

Sarah lachte.

„Natürlich. Aktuell tobt eine erbitterte Debatte darüber, ob das als Date gilt oder nicht.“

„Gute Frage“, stimmte Kristina zu. „Date oder nicht Date, ich bin viel zu spät dran. Danke fürs Anrufen. Melde dich, wenn irgendetwas ist. Ich bin erreichbar.“

„Ich glaube nicht, dass das nötig sein wird. Genieß dein Wochenende.“

„Mach ich.“

Als sie das Gespräch beendet hatte, zeigte sie mit dem Zeigefinger auf Leonidas. „Wenn du nicht lernst, was meins und deins bedeutet, wird das nie was mit der Adoption.“

Leonidas blinzelte, schloss die Augen und begann zu schnurren. Ihm war das egal. Hier gefiel es ihm hervorragend. Er hatte sein eigenes Königreich und eine treue Bedienstete, was wollte Kater mehr?

„So langsam habe ich das Gefühl, dass diese Pflegestelle-Geschichte ein Trick war“, murmelte sie und kraulte ihn liebevoll hinter den Ohren, bevor sie sich einen anderen Pullover schnappte und sich endlich fertig machte.

*

„Du bist gekommen“, rief Moira und stürzte sich in Kristinas Arme, kaum war sie aus dem Auto ausgestiegen.

„Äh ja, klar. Habe ich doch versprochen“, erinnerte sie das Mädchen. „Willst du dein Geschenk gleich?“

Moira schüttelte den Kopf.

„Die Geschenke packe ich erst später aus. Du kannst es auf den Küchentisch legen. Bis später“, rief sie und rannte zurück ins Haus. Viele Füße, die über hölzerne Treppenstufen trampelten, waren zu hören. Gelächter ertönte. Eine Tür knallte.

„Was war denn das?“, fragte Kristina Kane, der lässig am Pfosten der Veranda lehnte. „Ein Wirbelsturm?“

„So ähnlich.“

„Und wo sind sie hin?“

Kane schloss die Augen und kniff sie zusammen.

„Wenn ich die Situation richtig einschätze, hat sich Moira mit ihren Freundinnen für die nächsten zwei Stunden mit zwei 10-Liter-Eimern Popcorn und mehreren Litern Getränken in unserem Dachboden verbarrikadiert. Meine Tochter besitzt manchmal die Subtilität eines Elefanten im Porzellanladen. Sie hat mir unmissverständlich zu verstehen gegeben, dass wir auch küssen dürfen, wenn wir wollen.“

Kristina schüttelte es vor Lachen, als sie zum Haus ging. Aus dem Augenwinkel nahm sie hinter den Dachfenstern eine Bewegung wahr. Aaah. Publikum. Als sie auf einer Höhe mit Kane auf der Veranda stand, beugte sie sich zu ihm und meinte verschwörerisch: „Wenn wir schon die ausdrückliche Genehmigung haben, sollten wir das Beste daraus machen.“

Ohne auf seine Antwort zu warten, ging sie rückwärts und zog ihn dabei mit sich, bis sie einander mitten auf der Einfahrt gegenüberstanden. Als er sie nur verständnislos anschaute, hob sie unmerklich das Kinn in Richtung Dachstock, wo sich mehrere jugendliche Gesichter an die kleine Scheibe drückten.

„Wir haben Zuschauer. Wir sollten sie nicht enttäuschen."

Kane schielte in die Höhe. Ein ersticktes Lachen entschlüpfte seiner Kehle.

„Sieht ganz so aus. Also gut. Aber lass es uns jugendfrei halten."

„Natürlich! Wofür hältst du mich denn!", entrüstete sie sich. Sie stellte sich auf die Zehenspitzen und drückte ihm mit geschlossenen Lippen einen zurückhaltenden Kuss auf den Mund. Das Knistern lud zum Verweilen ein, doch sie riss sich zusammen. Später würde sich bestimmt eine ungestörte Gelegenheit ergeben. Zögernd unterbrach sie den Kontakt, als sie von hinten gestoßen wurde und mit dem Gesicht voran gegen Kane fiel.

Kane fing sie auf. Natürlich genoss er das Gefühl ihres Körpers an seinem. Trotzdem unterdrückte er einen farbenfrohen Fluch und murmelte etwas von Ziegenbraten, während Kristina versuchte, ihre und Kanes Körperteile zu entwirren. Gedämpftes Kichern drang aus dem Dachstock.

„Immerhin bieten wir einen hohen Unterhaltungswert. Oder besser gesagt: die Ziegen. Geborene Entertainer", kommentierte sie trocken, das Gesicht immer noch an seine Schulter gedrückt. Wenn es nach ihr ginge, würden sie die nächsten Stunden in dieser Umarmung verbringen. Er war warm und kuschelig. Sooo kuschelig. Der Duft von frischem Heu und eine schwache Erinnerung eines dezenten After-Shaves, das er vermutlich am Morgen nach dem Duschen aufgetragen hatte, stiegen ihr in die Nase.

„Das ist aber auch alles, was für die Biester spricht", grummelte Kane und schob sie zögerlich von sich. Am liebsten hätte er sie nicht wieder losgelassen. Doch ihre jungen, leicht zu beeindruckenden Zuschauer verlangten, dass er sich wie ein Erwachsener benahm. In gewissen Momenten war dieses Erwachsensein richtig nervig.

Sobald er sie losließ, vermisste Kristina den Kontakt. Sie konnte einfach nicht genug von ihm bekommen. Zu schade, dass sie vernünftig sein mussten. Ausgerechnet dann, wenn sie zum ersten Mal ihre unvernünftige Seite entdeckte.

„Ach, die sind doch süß!", widersprach sie ihm und kratzte Mephisto am Hals. Oder war es Diavolo? Sie konnte die beiden noch nicht unterscheiden. Zumindest boten sie ihr die dringend benötigte Ablenkung von dem Cowboy, der vor ihr stand. Wenn sie nicht aufpasste, würde sie noch etwas Leichtsinniges tun, wie sich auf ihn zu stürzen, anwesende Kinder hin oder her.

„Ich verstehe gar nicht, wie sie es immer schaffen, einen umzurennen", wunderte sie sich, als sie die kleinen Biester bewunderte. „Sie sind so klein", staunte sie, „und trotzdem so kraftvoll. Klingt fast wie etwas, was in einem dieser Glückskekse stehen könnte."

Ein Lachen, das mehr wie ein prustendes Schnauben klang, entschlüpfte Kane.

„Ich seh schon den Titel des nächsten Bestsellers vor mir. *Mach es wie die Ziegen und erobere die Welt.*" Er schüttelte den Kopf und wandte seine Aufmerksamkeit wieder der Frau an seiner Seite zu. „Komm. Wir gehen rein, bevor du erfrierst", schlug er vor, als er sah, wie sie in dem kalten Wind fröstelte. „Ich scheuche nur die zwei Störenfriede schon mal in ihren Stall."

Er zog zwei Karotten aus der Tasche. Die letzten Tage hatte er einiges dazugelernt, was das Ziegenhüten anging. Mit seinem Bestechungsmaterial in der Hand lockte er sie in Richtung Scheune.

Ihr war tatsächlich kalt, stellte Kristina fest, während sie darauf wartete, dass Kane die Tiere einsperrte. War ja klar, nachdem ihr warmer Pullover, den sie eigentlich hatte anziehen wollen, aktuell als Katzenkissen diente. Leonidas wusste schon, was er tat. Immerhin würde er nicht frieren. Sie seufzte und bückte sich, um das in buntes Papier eingeschlagene Geschenk, das dem Ziegenzwischenfall zum Opfer gefallen war, vom Boden aufzuheben. Zum Glück war es nichts Zerbrechliches, dachte sie erleichtert.

Sie schaute Kane entgegen, als er das Scheunentor hinter sich zuzog und zu ihr zurückkam. Sie zuckte zusammen, als sie das herzzerreißende Meckern der Ziegen hörte. Offensichtlich waren sie unglücklich über ihre unvermittelte Gefangenschaft.

„Susans Chillax-Kekse würden vielleicht noch besser funktionieren“, schlug sie vor.

„Chillax-Kekse?“, fragte er und hängte sich bei ihr ein. Natürlich nur, weil sie zitterte wie ein Windhund am Nordpol. Die Tatsache, dass er seine Finger nicht von ihr lassen konnte, hatte nichts damit zu tun.

„Ja, die Kekse für Tiere, die Susan zusammen mit Ian produziert. Ian Greene? Kennst du ihn? Marleys Partner?“

Kane schüttelte den Kopf und klopfte sich den Schnee von den Schuhen.

„Nicht, dass ich wüsste.“ Die beiden letzten Namen sagten ihm nichts. Susan kannte er natürlich. Schon oft hatte er von ihr Kekse bestellt. Moira liebte sie.

„Ursprünglich ist er ein Army Ranger, und vor einigen Jahren hat er wohl begonnen, Hanf anzupflanzen.“

„Ha! Ich bin nicht sicher, ob die Ziegen besser zum Aushalten sind, wenn sie high sind.“

„Das ist es ja. Der spezielle Hanf, den er züchtet, hat wohl keine berauschende Wirkung.“

„Was soll es dann bringen?“

„Anscheinend unterstützt es das Nervensystem, wirkt schmerzstillend, entzündungshemmend und beruhigend.“

„Wow. Und du glaubst, sie würden sich dadurch besser benehmen?“

Kristina zuckte mit den Schultern.

„Bei hyperaktiven Hunden, die Konzentrationsschwierigkeiten haben, scheint es laut Kat recht gut zu funktionieren, sofern es mit dem richtigen Training kombiniert wird." Sie lächelte verschmitzt. „Natürlich innerhalb der Möglichkeiten des betreffenden Tieres. Ihr Charakter verändert sich nicht grundsätzlich."

Kane rollte die Augen himmelwärts und grinste wissend.

„Wusste ich's doch, dass es zu gut klingt, um wahr zu sein."

„Probier's doch einfach aus", schlug Kristina vor, während sie ihre Mütze ausschüttelte, um den Schnee draußen zu lassen. „An solchen Tagen frage ich mich tatsächlich, weshalb ich mich nicht für Florida entschieden habe. Ich meine, wir haben April und immer noch Schnee", grummelte sie und folgte ihm ins Haus.

Er warf ihr über die Schulter einen verschmitzten Blick zu.

„Dafür haben wir Grizzlys und Kaminfeuer."

Amüsiert schüttelte sie den Kopf.

„Ich bin mir jetzt nicht sicher, ob Grizzlys und Kaminfeuer gegen Delfine und Palmen ankommen."

„Dafür gibt's dort auch Alligatoren", gab er mit einem gespielten Schaudern zu bedenken.

Sie grub die Zähne in ihre Unterlippe und verbiss sich ein Lachen.

„Warte, bis du Moiras Geschenk siehst."

*

„Sind sie reingegangen oder einfach unter dem Vordach der Veranda verschwunden?", wollte Shauna in verschwörerischem Flüsterton wissen.

„Woher soll Moira das denn wissen!"

Leslie rollte mit den Augen. Manchmal stellte ihre Schwester die unmöglichsten Fragen.

„Ich habe die Tür gehört. Sie sind drinnen."

Moira kannte die Geräusche der alten Farm zur Genüge.

„Sind sie jetzt offiziell ein Paar?", bohrte Shauna weiter.

Moiras Brust zog sich zusammen. Waren sie ein Paar? Sie hoffte es. Sie hoffte es so sehr. Kristina war perfekt für ihren Dad. Sie machte ihn glücklich. Jedes Mal, wenn er sie sah, leuchteten seine Augen auf. Sie mochte Kristina auch. Sie kannte sie schon so lange als Ärztin, dass sie das Gefühl hatte, sie wären gute Freundinnen. Wenn ihr Dad eine neue Partnerin wählte, war es doch nur von Vorteil, wenn sie bereits gut mit ihr auskam.

„Sie werden bald heiraten", verkündete sie mit mehr Sicherheit, als sie empfand.

Shauna schnaubte.

„Soviel ich weiß, hatten die beiden noch nicht einmal ein richtiges Date. Und du hörst schon die Hochzeitsglocken läuten?"

„Ich kenn meinen Dad schließlich besser als du", entgegnete Moira hitzig.

Leslie schaute zwischen den beiden hin und her.

„Wieso bist du denn so negativ?", fragte sie ihre Schwester schließlich. „Das ist sonst doch eher mein Job."

Schuldbewusst schielte Shauna zu Moira.

„Du hast recht. Es tut mir leid. Ich weiß auch nicht, weshalb ich so schlechte Laune habe."

Dieser Steilvorlage konnte Leslie nicht widerstehen. Shaunas Schwärmerei für Charlie Tritons Sohn Ethan war ein offenes Geheimnis.

„Das hat nicht zufällig etwas damit zu tun, dass Ethan eine Klasse übersprungen hat?"

„Wieso soll das mit Ethan zu tun haben! Es interessiert mich überhaupt nicht, was der macht. Der sitzt sowieso immer nur vor seinen Computern."

„Mh-hm", antwortete Leslie, während Moira breit grinste.

„Feiern wir jetzt endlich Geburtstag?"

Shauna schaute die anderen beiden herausfordernd an.

„Na klar!“, rief Leslie und klatschte in die Hände. „Mulan wartet auf uns, oder etwa nicht?“

„Und Butterpopcorn“, verkündete Moira und ließ sich auf das Sofa plumpsen, das sie gestern erst zusammen mit ihrem Dad aus ein paar Paletten und einer alten Matratze gebastelt hatte. Der Aufprall löste prompt einen Hustenanfall aus. Verzweifelt sog sie in den viel zu kurzen Pausen zwischen den Anfällen pfeifend die Luft ein.

„Moira!“, rief Leslie erschrocken aus.

„Inhalator“, stieß sie keuchend hervor und deutete auf ihre Jacke, die sie nachlässig bei der Tür zu Boden hatte fallen lassen.

Wie der Blitz schoss Shauna zu der Jacke und brachte sie gleich mit. Mit zittrigen Fingern griff Moira nach dem Inhalationsspray, setzte es an ihre Lippen und atmete tief ein. Einmal. Zweimal. Endlich ließ das Gefühl der Enge in ihrer Brust nach. Verdammt. Das war ein ernsthafter Anfall gewesen. Falls das nicht bald besser wurde, würde sie wieder täglich mit Sauerstoff inhalieren müssen.

„Sollen wir deinen Dad rufen?“

„Nein!“, rief sie aus. Als sie die verwunderten Blicke ihrer Freundinnen sah, wiederholte sie ihre Aussage. Ein weniger leiser, aber nicht mit weniger Nachdruck.

„Nein. Bitte nicht! Es geht mir wieder gut. Ich möchte jetzt meinen Geburtstag genießen.“

Leslie und Shauna tauschten einen unbehaglichen Blick aus. Schließlich zuckte Leslie mit den Schultern.

„Du weißt am besten, wie es dir geht. Aber versprich uns, dass du uns sofort sagst, wenn du etwas brauchst.“

„Mach ich“, antwortete Moira wie aus der Pistole geschossen.

Sie wollte *Mulan* schauen, Popcorn essen, bis ihr schlecht wurde und mit ihren Freundinnen rumblödeln. Zudem wollte sie ihrem Dad die Möglichkeit geben, Zeit mit Kristina zu verbringen. Das würde nicht geschehen, wenn er sich um sie

Sorgen machte. Davon hatte er schon genug, dachte sie wehmütig. Es wurde Zeit, dass auch er ein bisschen Spaß im Leben hatte.

Sie war okay. Ihre Krankheit war besser geworden, das hatte sogar Kristina gesagt. Das würde auch so bleiben. Trotzdem konnte sie nicht verhindern, dass es sich ein kleiner Splitter ihrer Sorge in ihrem Hinterkopf bequem machte und blieb.

14

Eine unerwartete Befangenheit ergriff Kristina, als sie Kane ins Haus folgte. Im Vorraum hingen Jacken verschiedenster Größen und Funktionen. Aus einer hohen Kommode, deren Schubladen halb offenstanden, quollen Schals, Mützen und Handschuhe. Schmutzige Schuhe türmten sich auf einer Plastikablage. Auf der anderen Seite standen saubere Schuhe in Reih und Glied. Es war nicht schwer zu erkennen, welche öfter zum Einsatz kamen. Eigentlich auch nicht verwunderlich, schließlich befanden sie sich auf einer Farm, erinnerte sie sich. Als sie keinen freien Haken entdecken konnte, hängte sie ihre Jacke kurzerhand über eine andere.

Sie war noch dabei, ihre Stiefel auszuziehen, als der kleine Jack-Russell-Rüde ins Foyer galoppierte. Als er auf dem Flickenteppich abbremste, schlitterte er prompt mitsamt seiner Unterlage bis zu ihren Füßen.

„Hallo Struppi", begrüßte sie ihn amüsiert, froh, dass ihr sein Name noch eingefallen war.

Freudig drehte er sich auf den Rücken und hielt ihr den Bauch entgegen, während das Klopfen seiner Rute ein richtiges Konzert auf dem alten Dielenboden veranstaltete.

„Einmal kraulen, bitte", kam Kanes trockener Kommentar vom Flur. „Ich beneide ihn ja um seine hemmungslose Art, sein Glück einzufordern."

Sie hob eine Augenbraue.

„Auch streichelbedürftig?"

„Natürlich. Eigentlich immer, wenn du in der Nähe bist."

Als hätte ihn seine eigene Ehrlichkeit überrascht, duckte er verlegen den Kopf und drehte sich abrupt um. Kristina grinste. Gut zu wissen. So viel hatte er ihr wahrscheinlich gar nicht verraten wollen. Etwas langsamer folgte sie ihm. Im Flur fielen ihr die unzähligen Fotos ins Auge, die an der Wand willkürlich aufgehängt waren. Oder vielleicht folgten sie auch einem bestimmten Muster, das sie bloß nicht erkannte. Auch gut möglich.

Sie trat näher, um die Bilder genauer zu betrachten. Moira in den verschiedensten Altersstadien. Moira als Baby. Moira bei den Kälbchen. Sie lächelte, als sie genauer hinschaute und entdeckte, dass die Baby-Kuh praktisch den ganzen Arm des Mädchens verschluckt hatte. Und immer wieder Moira im Krankenhaus. Der Anblick versetzte ihr einen Stich und erinnerte sie daran, wie flüchtig und fragil das Leben doch sein konnte. Klar, es ging Moira momentan relativ gut. Doch das konnte sich jederzeit ändern. Sie würde ihr Leben lang gegen die Erbkrankheit ankämpfen müssen.

Sie ließ ihren Blick weiterschweifen. Auf den Bildern, auf denen Moira noch jünger war, war sie oft in Begleitung einer hübschen jungen Frau mit hellbraunen Locken und Moiras Gesichtszügen. Jenny, Moiras Mom, die gestorben war, als das Mädchen ungefähr drei oder vier Jahre alt gewesen war. Sie biss sich auf die Unterlippe, als sie sich die tragische Geschichte in Erinnerung rief. Jenny war bei einer Routineuntersuchung mit Gebärmutterkrebs diagnostiziert worden. Keine vier Monate später war sie gestorben. Eine harte Zeit für Kane und Moira.

Sie musterte das Foto der lebensfrohen jungen Mutter. Es war nicht Eifersucht, die sie bei ihrem Anblick verspürte. Das wäre auch mehr als idiotisch. Schließlich hatte sich das alles zugetragen, lange bevor sie Kane kennengelernt hatte. Und das Resultat dieser Beziehung war das wunderbare Geburtstagskind. Sie konnte jedoch nicht bestreiten, dass sie eine gewisse Unsicherheit verspürte, wenn sie ihr Bild betrachtete.

Unsicherheit darüber, welchen Stellenwert Jennys Erinnerung in Kanes Leben einnahm. Aber wie sollte sie das herausfinden? Ihn fragen?

Wieso eigentlich nicht? Vielleicht war es an der Zeit, dass sie auch über schwierige oder unangenehme Themen sprachen. Prickelnde Küsse auszutauschen oder sich einen verbalen Schlagabtausch zu liefern war ja ganz lustig. Aber am Ende waren die ernsthaften Diskussionen nur aufgeschoben, nicht aufgehoben. Sie beschloss, den Stier bei den Hörnern zu packen und Kane einfach zu fragen. Was konnte schon groß passieren? Entschlossenen Schrittes ging sie in die Küche.

„Whoa! Wo brennt's denn?", fragte er überrascht, als sie praktisch in die Küche stürzte, so eilig hatte sie es. Sorgfältig füllte er heißes Wasser in Tassen. Der Duft nach frischem Kakao hing in der Luft.

„Gibt's dazu auch Marshmallows?", fragte sie hoffnungsvoll.

„Na klar! Keine heiße Schokolade ohne die Marshmallow-Minis! Das ist ein eisernes Gesetz!" Er hob den Kopf und schenkte ihr einen prüfenden Blick. „Aber das war vermutlich nicht der Grund, weshalb du so in die Küche gestürmt bist."

„Nein", gab sie zu. Der unverhoffte Funken Mut war allerdings gerade dabei, sich wieder in Luft aufzulösen.

„Sondern?"

„Ich sag's dir gleich." Sie deutete auf die Tassen. „Aber verteil ruhig erst die heiße Schokolade. Die Mädchen werden sich freuen."

Erleichtert sah sie ihm zu, wie er die drei Tassen auf ein Tablett stellte und in Richtung Treppe losging. Das verschaffte ihr immerhin eine kurze Atempause, in der sie hoffentlich ihre Courage wiederfand.

„Nur drei Mädchen?", fragte Kristina beeindruckt, als ihr die Anzahl der Tassen bewusst wurde. „Vorhin hörte sich das an, als wäre eine fünfzehnköpfige Elefantenherde unterwegs."

„Wie sagt man so schön? Klein, aber oho. Hatten wir doch bei den Ziegen eben auch schon.“ Er zwinkerte ihr zu und verschwand nach oben. Sie entspannte sich ein wenig.

Feigling!

Mit einem Kopfschütteln brachte sie die nervige Stimme in ihrem Kopf zum Schweigen. Es fühlte sich an, als hätte man seine beste Freundin dabei, die zu allem ihren Senf dazugeben musste, ganz egal, ob man es hören wollte oder nicht.

Als ihr bewusst wurde, wie sich das anhören würde, wenn sie es laut aussprechen würde, wandte sie sich eilig der roten Katze zu, die ausgestreckt auf einem großen Lehnsessel lag und lautstark vor sich hin schnarchte.

„Dir ist wohl nichts peinlich. Sehr gesund, diese Einstellung!“

„Was ist denn dir peinlich?“, fragte Kane, der von seiner Getränkezustellung zurückgekehrt war, ohne dass sie es gemerkt hatte.

Sichtlich nervös ließ sich Kristina auf der Armlehne des Sessels nieder, während sie fortfuhr, Zoras weiches Fell zu streicheln. Die samtene Textur unter ihren Fingern hatte einen beruhigenden Einfluss auf sie.

Kane studierte ihren angespannten Gesichtsausdruck einen Moment. Schokolade. Sie brauchte Schokolade. Schokolade machte alles besser. Hoffte er zumindest. Diese seltsam angespannte Stimmung, die plötzlich zwischen ihnen herrschte, gefiel ihm gar nicht. Er hatte sich einen gemütlichen Nachmittag gemeinsam mit Kristina auf der Couch vorgestellt. Lockere Unterhaltung vor dem Kaminfeuer, unterbrochen nur von dem einen oder anderen Kuss. Das würde ganz klar nicht passieren. Zumindest nicht, bevor sie nicht über den unsichtbaren Elefanten im Raum sprachen, den Kristina unbemerkt ins Haus gebracht hatte. Er lächelte schief über die erneute Elefanten-Analogie, während er in der Küche zwei Tassen mit heißer

Schokolade für sich und Kristina einschenkte. Vielleicht sollte er sein Zuchtprogramm von Kühen auf Elefanten umstellen.

„Hier", sagte er und reichte ihr eine Tasse mit dem verlockend duftenden Gebräu.

„Danke", antwortete sie und schenkte ihm ein winziges Lächeln.

Als er darauf mit einem breiten Grinsen regierte, konnte sie nicht widerstehen.

„Was ist? Hab ich bereits Schlagsahne an der Nase?"

Er lachte.

„Nein, nein", beruhigte er sie. Nach kurzem Zögern entschied er sich, ihr seine Gedanken mitzuteilen. Wenn er schon erwartete, dass sie ihm ihr Herz ausschüttete, konnte er auch gleich den Anfang machen. Vielleicht würde es ihr dann leichter fallen, sich ihm anzuvertrauen.

„Tut mir leid, wenn die Situation etwas seltsam ist. Ich weiß tatsächlich nicht, was die empfohlenen Schritte sind und in welcher Reihenfolge sie dran sind. Ich weiß nur, dass ich mich freue, dass du hier bist und wir ungestört ein wenig Zeit miteinander verbringen können. Sobald ich dich sehe, ist mir das sonnenklar." Er zog eine Grimasse. „Ich gebe zu, wenn ich alleine bin, meldet sich oft der Kopf mit all seinen Zweifeln zu Wort." Er warf ihr einen Blick zu. „Und jetzt scheint es dir ebenso zu gehen."

„Oh, war das so offensichtlich?", war ihre betroffene Antwort.

Kane zuckte lässig mit einer Schulter.

„Ein bisschen. Nachdem die Unterhaltung zwischen uns in der Regel sehr mühelos fließt, zumindest empfinde ich das so …" Nach Bestätigung suchend, warf er ihr einen fragenden Blick zu.

Sie nickte.

„Das ist auffallend richtig. Erstaunt mich immer wieder, wenn ich ehrlich bin."

„Und jetzt?"

„Jetzt ausnahmsweise nicht und das ist definitiv meine Schuld."

Sie schloss verlegen die Augen. So lange sie ihn nicht anschauen musste, war es einfacher, zu sagen, was sie zu sagen hatte.

„Okay, ich sag's dir. Aber bitte, bitte, fass das nicht falsch auf. Das ist absolutes Neuland für mich und ich habe keine Ahnung, was hier das Protokoll ist."

Kanes Augenbrauen schossen nach oben. Das klang ziemlich bedeutungsschwer.

„In Ordnung. Ich versuche es. Ohne zu wissen, um was es geht, ist es allerdings ziemlich schwierig vorauszuahnen, wie ich reagieren werde. Ich meine, was, wenn du mir offenbarst, dass du Ziegenbraten zum Abendessen haben möchtest?", witzelte er, um die Stimmung etwas aufzuheitern.

Ein Lächeln schlich sich auf ihre Lippen und sie öffnete ihre Augen einen Spalt. Kane saß auf dem Sofa. Neben ihm der kleine Terrier. Die beiden boten einen süßen Anblick, auch wenn das der Cowboy vermutlich nicht hören wollte.

„Dann darfst du guten Gewissens Struppi auf mich hetzen." Sie holte tief Luft. „Ich habe eure Fotos studiert." Sie brach ab, unsicher, wie sie fortfahren sollte. Weshalb, verdammt noch mal, gab es hierfür keinen Leitfaden?

„Im Flur, die an der Wand?"

„Genau. Darauf ist unter anderem auch Jenny zu sehen."

„Ja. Und?" Seine Stimme klang verwirrt, als wüsste er nicht, worauf sie hinauswollte.

Hastig fuhr sie fort: „Ich habe mich gefragt, ob sie vielleicht der Grund ist, weshalb du dir so unsicher bist, was uns zwei angeht? Ich meine, mir ist völlig klar, dass sie immer ein Teil von dir sein wird. Sie war deine Frau. Ihr habt eine wunderbare Tochter zusammen. Du wirst sie immer lieben. Aber ist es mehr als das? Fühlst du dich schuldig, wenn wir uns küssen?

Miteinander eine gute Zeit verbringen?" Beschämt schloss sie die Augen. „Das klingt so egoistisch von mir. Aber während ich mir gut vorstellen kann, die Erinnerung an sie mit dir und natürlich auch Moira zu teilen, will ich wirklich nicht mit einem Geist konkurrieren."

Einen Moment lang war Kane sprachlos. Nicht, weil er Kristinas Frage als unpassend empfand. Gar nicht. Sondern eher, weil es so weit von der Realität entfernt war, dass es schon fast nicht mehr lustig war.

Als er so lange nichts sagte, öffnete sie die Augen, um seine Reaktion besser einschätzen zu können. Er sah nachdenklich aus. Nicht wütend. Das war ja schon mal etwas, beschloss sie und wartete ab, was er antworten würde.

„Nein."

Er schüttelte den Kopf, um seinen Worten mehr Gewicht zu verlieren. „Das war nicht der Grund. Versteh mich nicht falsch. Ich habe Jenny sehr geliebt. Und wie du richtig festgestellt hast, haben wir eine gemeinsame Tochter, in der Jenny täglich ein Stück weiterlebt. Auch habe ich stark um sie getrauert. Mit dem Schicksal gehadert. Aber Tatsache ist, sie ist tot und ich bin es nicht." Unsicher hob er eine Schulter und ließ sie wieder fallen. „Das klingt vielleicht kaltherzig. Ich nenne es lieber pragmatisch." Er lachte verlegen und rieb sich den Nacken. „Jetzt hältst du mich vermutlich für einen herzlosen Bastard."

„Überhaupt nicht. Ehrlich. Ich bin diejenige, die mit dem Thema überhaupt angefangen hat", beeilte sie sich, ihm zu versichern. „Ich fand, es wäre vielleicht an der Zeit, auch über die schwierigen Themen zu sprechen."

„Das ist auf jeden Fall gut und richtig." Er nickte bestätigend. „Allerdings ist es nicht wirklich meine Stärke", gab er zu. „Ich bin ja mehr der Macher als der große Redner."

„Stimmt", gab sie ihm recht und linste zu ihm hinüber. „Mit dem Küssen hattest du nie Probleme. Mit dem Rest allerdings schon."

„Aber ich bin dabei, mich zu bessern. Ein halbes Date, ein Kindergeburtstag und ein Ziegendate. Alles innerhalb der letzten zehn Tage …“

„Ein richtiger Datingspezialist“, witzelte sie. Dann wurde sie wieder ernst. „Wenn es nicht die Erinnerung an Jenny ist, was ist es dann, was dich zurückhält?“

„Das sagte ich doch schon. Moira …“ Seine Stimme verlor sich. „Ich wollte nicht, dass sie sich falsche Hoffnungen macht und …“

„Bullshit!“, unterbrach ihn Kristina freundlich, aber bestimmt. „Das sind doch alles Ausreden! Wenn es nach Moira geht, sind wir morgen verheiratet.“

Als sie sah, wie Kane fast die Augen aus dem Kopf sprangen, grinste sie.

„Weißt du das etwa nicht?“

„Aber … das kann doch nicht … wie kommst du darauf?“, stotterte er, sichtlich aus der Fassung geraten.

Kristina legte den Kopf schräg.

„Möglich, dass mir ein Vögelchen verraten hat, was die laufenden Wetten sind.“

Kane verschränkte die Arme vor der Brust.

„Wenn du schon so genau weißt, was nicht der Grund ist, kannst du mich ja vielleicht aufklären, was es sonst ist? Das würde ich nämlich auch gerne wissen.“

Sie schenkte ihm ein mitfühlendes Lächeln.

„Ich weiß es nicht. Sonst würde ich dich ja nicht fragen. Du musst es auch nicht beantworten. Meine größte Sorge hast du ausgeräumt und dafür bin ich dir dankbar.“

Von oben waren plötzlich Stimmen zu hören. O nein. Hatte sie wirklich gedacht, reden sei wichtiger als küssen? Aller Wahrscheinlichkeit nach hatte sie jetzt jede Chance vergeben, einen Moment mit Kane allein zu sein. Eilig stand sie auf und durchquerte den Raum, wo sie sich neben Kane aufs Sofa plumpsen ließ.

„Ich kann gerade überhaupt nicht verstehen, wieso ich die Zeit, die wir mit Küssen hätten verbringen können, unbedingt für verbale Kommunikation verwenden wollte", gestand sie ihm frustriert.

„Mein Körper fragt sich das auch", stimmte er ihr mit einem Lachen in der Stimme zu. „Andererseits hast du völlig recht. Ein paar ernsthafte Gespräche zwischen den Küssen sind wichtig." Er schaute in ihre blauen Augen. „Wir haben halt nur so wenig Zeit, dass es dann wieder dauert, bis sich die nächste Gelegenheit fürs Küssen bietet", stellte er bedauernd fest.

„Lasst euch von uns nicht stören", verkündete Moira laut aus der Küche. „Ich mach in der Zwischenzeit schon mal die Geschenke auf." Lautes Gekicher folgte ihren Worten, dann war Shauna zu hören, die lauthals nach Kuchen verlangte.

Kristina und Kane tauschten einen langen Blick aus und lächelten sich an.

„So viel zum Thema Moira", bemerkte Kane trocken.

„Ich hätte jetzt nichts gesagt …", entgegnete sie verschmitzt.

Kane konnte nicht anders, als ihr einen kurzen Kuss auf die Lippen zu drücken.

„Komm. Ich muss doch das Krokodil sehen, das du meiner Tochter mitgebracht hast."

„Woher …"

„Wusste ich nicht. Hatte es nur vermutet. Aber du hast es mir jetzt gerade verraten", entgegnete er vergnügt.

„Raffiniert."

*

„Ich dreh hier noch durch", verkündete Clancy am nächsten Tag, als sie im Diner bei einer Tasse Kaffee saßen.

„Nicht so laut", erinnerte John ihn.

Irritiert sah ihn Clancy an.

„Wieso soll ich nicht sagen, wenn mir langweilig ist?“ Er sah sich in dem gemütlichen Diner um. „Ist ja nicht mein Fehler, wenn es in dieser Kleinstadt nichts zu tun gibt.“

„Du bist nur frustriert, weil wir Gary nicht besuchen können“, zischte Lennard. „Geht mir genauso. Aber das heißt nicht, dass du hier eine Szene machen sollst. Wenn dir langweilig ist, finde etwas zu tun!“

Jemand beugte sich über ihren Tisch und platzierte einen Flyer auf den Tisch.

Drei Augenpaare schauten auf. Eine schlanke, blonde Frau, unter deren Sweat-Shirt sich ein ziemlicher Babybauch abzeichnete, lächelte sie freundlich an. Auf dem Arm trug sie ein Kleinkind. Ein etwas älteren Mädchen hielt sich am Riemen ihrer Umhängetasche fest.

„Mittags haben wir Anfängerklassen. Kommt vorbei.“

Sie deutete mit dem Kinn in Richtung Flyer.

Verblüfft folgten die Männer ihrer Aufforderung und starrten auf den Flyer.

„Yoga?“, fragte einer, als ob er sich nicht sicher sei, dass er richtig gelesen hatte.

„Mama?“

Das Mädchen zupfte an ihrer Hand, um die Aufmerksamkeit ihrer Mutter zu erlangen.

„Was ist, Cammie?“, fragte sie abgelenkt.

„Sind das die Bankräuber, vor denen uns Dagobert gewarnt hat?“, verlangte sie laut zu wissen.

Sofort schnellten die drei Köpfe zu dem Mädchen herum. Ihre Gesichter drückten die verschiedensten Emotionen aus. Entsetzen, Misstrauen, Belustigung. Es waren so viele, dass Jaz Mühe hatte, sie alle sofort einzuordnen. Zudem war sie viel zu beschäftigt damit, ihre eigene Verlegenheit über das vorlaute Mundwerk ihrer Tochter zu verbergen, um den drei Männern ihre ganze Aufmerksamkeit zu schenken.

Sie schenkte ihnen ein entschuldigendes Lächeln.

„Sie hat eine blühende Fantasie", entschuldigte sie sich für Cammies Worte. „Ich hatte nur per Zufall mit angehört, dass ihr noch keine Pläne habt für heute Nachmittag. Mein Yogastudio steht allen offen." Sie schaute auf den wirren Haarschopf ihrer Tochter hinunter. „Auch Bankräubern, Piraten, Schmugglern …"

„Mama!", schimpfte die Kleine, bevor sie sich streckte und verschwörerisch flüsterte: „Du weißt doch gar nicht, ob sie gefährlich sind!"

Lennard konnte nicht anders und lachte schallend. Die Kleine hatte Mumm, das gefiel ihm. Zudem hatte sie recht, auch wenn das ihre Mutter nicht ahnen konnte.

„Vielen Dank", sagte John etwas steif. „Ich weiß allerdings nicht, ob das das Richtige für uns ist."

Gelassen und nicht im Geringsten beleidigt, entgegnete Jaz seinem Blick.

„Kein Problem. War nur ein Vorschlag. Unter meinem Studio gibt es auch Kampfsporttraining." Sie grinste. „Oder Tanzunterricht. Worauf auch immer ihr Lust habt."

Clancy räusperte sich. Ihm war der eindringliche Blick, mit dem die Kleine sie studierte, unheimlich.

„Und Outdooraktivitäten?"

„Dafür wendet ihr euch am besten an Henrik Miller. Er ist der Besitzer des Outdoorshops an der Mainstreet. Er bietet auch Touren an."

Johns Augen leuchteten auf.

„Henrik Miller, die Snowboardlegende?"

Cammie richtete ihren Laserblick auf ihn.

„Du kennst Onkel Henrik?", fragte sie zweifelnd.

„Nur aus dem Fernsehen. Aber ja, ich bin ein großer Fan. Sehr schade, dass er aufhören musste."

„Vielleicht hat Dagobert sich auch geirrt. Ich glaube nicht, dass Bankräuber Snowboardfans sind", mutmaßte sie, abermals im Flüsterton.

Jaz lächelte schief.

„Wie auch immer, genießt euren Aufenthalt in Independence."

Die drei nickten respektvoll.

„Das werden wir tun, Ma'am."

Jaz unterdrückte eine Grimasse bei dem Wort Ma'am. Dabei kam sie sich immer so alt vor, wie ihre Großmutter Rose. Fürchterlich. Aber das konnten die drei Herren ja nicht wissen.

„Komm, Cammie, wir gehen."

Das kleine Mädchen folgte seiner Mutter, drehte sich aber auf dem Weg noch einmal um und winkte.

„Die Kleine ist zum Schießen", stellte Lennard bewundernd fest.

„Bis auf das kleine Detail, dass sie uns als Bankräuber geoutet hat, schon", gab Clancy zu, sichtlich hin- und hergerissen.

„Ach, wer hört denn schon auf ein kleines Mädchen. Ich glaube nicht, dass das ein Problem sein wird", winkte John ab, der sich wieder etwas gefangen hatte. „Lasst uns gehen. Ich will dem Outdoorshop einen Besuch abstatten."

„O-o", witzelte Clancy. „Ich glaube, John hat gerade einen Fan-Boy-Moment."

„Ach, sei doch ruhig!", grummelte John verlegen.

*

„Stimmt das?", fragte Jake.

Jaz schaute von ihrem Platz am Sofa auf in Richtung Treppenabsatz. Jake stand dort, eine Hand am Geländer. Rambo, ihr großer Königspudel, erhob sich von seinem Platz, um ihn zu begrüßen, als wäre er wochenlang weggewesen. Jakes schwarzweißer Kater Jimmy hingegen blinzelte nicht einmal. Eine solche Zurschaustellung der Gefühle lag unter seiner Würde. Er ließ die Menschen lieber zu sich kommen statt umgekehrt. Was auch hervorragend funktionierte, wie Jaz amüsiert beobachtete.

Nachdem Jake Rambos Ohren gekrault hatte, ging er zielstrebig zu seinem Kater hinüber und strich ihm über den Kopf.

Jaz genoss das subtile Muskelspiel, das sich unter seinem Polizeihemd bei jeder Bewegung abzeichnete. Auch zwei, nein fast drei Kinder und fünf Jahre später war sie immer noch Feuer und Flamme für ihren Mann. Er war einfach ihr Seelenpartner. Verträumt schaute sie zu ihm auf, als er sich nach Hund und Katze endlich ihr zuwandte.

„Stimmt was?“, fragte sie, abgelenkt durch seine Hand an ihrer Wange.

„Dass du heute eine Begegnung mit den Bankräubern hattest.“

Jaz riss die Augen auf.

„Das hast du ihr doch wohl nicht geglaubt, oder?“

Jake zuckte mit den Schultern.

„Ich bin noch nicht wirklich zu einem Schluss gekommen. Es wäre natürlich leicht, diese Bemerkung einfach ihrer lebhaften Fantasie zuzuschreiben. Allerdings hat sie ein sehr gutes Gespür.“

Jaz musste sich zwingen, nicht die Augen zu verdrehen. Es stimmte. Cammie liebte es, Rätsel zu lösen. Auch mit ihrer Einschätzung, was Menschen anbelangte, traf sie oft ins Schwarze. Aber ihr gleich hellseherische Fähigkeiten anzudichten?

„Das war Dagoberts Schuld. Er hat ihr während des Mittagessens diese Story erzählt, wie er gestern einen der Bankräuber angetroffen hätte.“ Jetzt rollte sie doch ihre Augen. „Als wenn er sie persönlich kennen würde! Deine Tochter hat das aufgesogen wie ein Schwamm, war ja klar. Dagobert hat sich in der Rolle des Geschichtenerzählers gesonnt, nachdem sie ihn angestrahlt hat, als wäre er ein Held. Kein Wunder, dass sie die nächstbesten Fremden für die Bankräuber gehalten hat.“

Jake horchte auf.

„Fremde, sagst du?“

„Na klar. Touristen halt“, sagte sie ungeduldig. „Von denen haben wir ja mehr als genug hier.“

„Im April ist es eigentlich mehrheitlich ruhig“, gab er zu bedenken.

„Ruhig ja. Aber dennoch gibt es immer einige Touristen.“

„Stimmt“, gab er zu. „Trotzdem, was war denn deine Einschätzung?“

Als sie genervt den Kopf schüttelte, küsste er sie.

„Komm, mir zuliebe. Lass uns nur einen Moment davon ausgehen, deine Tochter hätte recht. Möglich wäre es, weißt du? Mit dem Mann im Krankenhaus wären es vier Leute.“ Er schenkte ihr einen bedeutungsschweren Blick. „Genau wie die Bankräuber.“

„Na toll. Jetzt ist man gleich verdächtig, weil man in einer Vierergruppe unterwegs ist?“

„Mir zuliebe?“, fragte er und ließ die Spitze seines Zeigefingers an ihrer Wange entlang zum Ohr und von dort an ihrer Kehle hinabgleiten.

Unwillkürlich schauderte Jaz wohlig. Sie unterdrückte ein Lächeln. Ihr Mann kannte die besten Überzeugungstaktiken.

„Also gut.“ Sie schloss die Augen und erinnerte sich an die Begegnung. „Sie schienen etwas angespannt. Das ist mir als Erstes aufgefallen. Und sie schienen nicht zu wissen, was sie mit sich anfangen sollten. Das war auch der Grund, weshalb ich ihnen einen Flyer von meinem Yogastudio auf den Tisch gelegt habe.“

Jake grinste bei der Vorstellung, dass Jaz einer Gruppe Krimineller eine Yogastunde angeboten hatte. Typisch Jaz.

„Und weiter?“

„Nichts weiter. Dann hat Cammie mich in Verlegenheit gebracht.“

„Sind sie wütend geworden?“

Jaz runzelte die Stirn.

„Nein. Im Gegenteil. Sie waren äußerst höflich. Der eine hat sogar über Cammies Bemerkung gelacht. Ich habe mich auch keine Sekunde unwohl oder bedroht gefühlt. Und mein eigener Radar ist eigentlich ziemlich gut ausgeprägt, wenn ich dich erinnern darf."

Ganz am Anfang ihrer Bekanntschaft hatte sie einige sehr unschöne Zusammenstöße mit Waffenschiebern gehabt. Nachdem sie zweimal verprügelt worden war, hatte sie viel mit Pat an ihrer Selbstverteidigung gearbeitet und trainiert.

Jake stützte sich mit dem Knie auf dem Sofa ab und nahm sie in den Arm.

„Das weiß ich doch. Deshalb mache ich mir ja auch Sorgen. Mir ist es lieber, ich sehe Gespenster, wo keine sind, als dass ich einen Hinweis übersehe. Vor allem, nachdem ihr zu viert unterwegs wart." Liebevoll legte er seine Hände auf ihren großen Bauch.

„Ich wüsste eine viel bessere Verwendung für diese Energie, die du offensichtlich für deine Sorgen aufwendest", murmelte sie verführerisch. Seit sie schwanger war, hatte sie ständig Lust auf ihren außerordentlich gutaussehenden Ehemann. Und nachdem sie nicht noch mehr schwanger werden konnte, als sie es sowieso schon war, wollte sie diese Zeit genießen, in der sie sich keine Gedanken zur Verhütung machen musste.

Bei ihren Worten schossen Jakes Mundwinkel nach oben, während der Rest seines Körpers augenblicklich hellwach war. Er stand auf und warf sie sich über die Schulter. In Momenten wie diesen konnte er es manchmal immer noch nicht richtig glauben, dass sie seine Frau war. Geliebte, beste Freundin, Mutter seiner Kinder, alles in einer unwiderstehlichen Packung. Auch wenn sie ihn die meiste Zeit dazu brachte, statt seines heißgeliebten Steaks vegetarische Gerichte zu essen. Das Linsen-Süßkartoffel-Curry von heute war wieder einmal ein Traum gewesen, wie er zugeben musste.

„Jake“, protestierte sie lachend und versetzte ihm einen Klaps auf den Hintern. „Lass mich runter!“

„Auf keinen Fall. Das musst du mir genauer erklären. In aller Ausführlichkeit. Bei uns im Bett.“

Das brachte sie kurz zum Verstummen. Als sie weitersprach, hatte ihre Stimme einen heiseren Klang angenommen, der bis in sein Innerstes fuhr.

„Du hast immer die besten Ideen, mein Schatz“, murmelte sie an seinem Rücken, während stilles Gelächter ihren Körper zum Vibrieren brachte.

„Ich weiß“, antwortete Jake grinsend. „Ich hatte eine gute Lehrerin.“

„Nur eine gute?“

„Natürlich die beste!“

15

Am nächsten Morgen stand Kane auf der Veranda. Mit einem Kaffee in der Hand genoss er den Sonnenaufgang. In der Nacht hatte es aufgehört zu schneien. Die rosafarbenen Strahlen verwandelten die Landschaft um ihn herum in ein glitzerndes Winterwunderland. Hie und da steckten ein paar besonders hartnäckige und widerstandsfähige grüne Pflanzen ihre Köpfe durch die dünne Schneedecke.

Die Tiere, inklusive der beiden kleinen, gehörnten Teufel, waren bereits gefüttert. Diese Minuten, bevor Moira aufwachte und der übliche morgendliche Wahnsinn begann, gehörten ganz ihm. Er schätzte diese Zeit für sich, auch wenn er dafür eine Viertelstunde früher aufstehen musste. Sein Blick fiel auf den Terrier, der still neben seinen Füßen saß. Okay, vielleicht nicht mehr nur ihm. Doch Struppis Anwesenheit störte ihn nicht. Im Gegenteil, er empfand sie als seltsam tröstlich. Vor allem, nachdem er Kristinas Anwesenheit bereits wieder vermisste.

Natürlich hatte auch das auf die Ruhe folgende Chaos seinen ganz eigenen Reiz, dachte er mit einem Lächeln und trank einen Schluck von dem dampfenden, tiefschwarzen Gebräu. Die Zeit verging immer wie im Flug, während er Frühstück machte, den Lunch in ein Tupperware-Gefäß packte, seine Tochter an ihre Hausaufgaben und den unerlässlichen Schal und die Mütze erinnerte. Nicht mehr lange, und diese geteilten Augenblicke würden der Vergangenheit angehören. Ihr Geburtstag gestern hatte ihm wieder einmal vor Augen geführt, wie schnell Kinder groß wurden. Dreizehn. Unglaublich. Nicht mal mehr fünf Jahre und sie würde aufs College gehen. Aber heute war Sonntag. Heute hatten sie keine Eile.

Das Geräusch eines bellenden Hustenanfalls riss ihn aus seinen wehmütigen Gedanken. Moira! Er leerte den Rest der Tasse in einem Zug und eilte ins Haus. Er schaffte es gerade noch knapp, daran zu denken, seine Stallschuhe abzustreifen, bevor er mehrere Stufen auf einmal nehmend die Treppe hochstürmte.

„Moira?"

Moira stand an die Wand ihres Badezimmers gelehnt und krümmte sich bei jedem Huster, der ihren schmalen Körper schüttelte. Ihre Oberlippe wies bereits einen bläulichen Schimmer auf. Ein deutliches Anzeigen, dass sie zu wenig Sauerstoff bekam. Eine eiserne Faust umklammerte sein eigenes Herz. Dass sie diese Situation bereits viele Male erlebt hatten, änderte daran auch nichts.

Er griff nach dem Sauerstoffgerät, als er sah, wie Moira den Kopf schüttelte.

„Inhalator?"

Erleichtert, dass er sie verstanden hatte, schloss sie die Augen und nickte.

Mit geübten Handgriffen setzte er das Medikament auf dem Inhalator auf und hielt ihr die Maske vors Gesicht. Erst als ihre Atemzüge ruhiger und tiefer wurden, ließ seine Panik etwas nach. Er zog die Apparatur weg und legte sie auf den Waschtisch.

„Weißt du, was den Anfall ausgelöst hat?", fragte er besorgt.

Sie zuckte mit den Schultern.

„Kann sein, dass ich gestern vergessen habe, vor dem Einschlafen die Medikamente zu nehmen", murmelte sie undeutlich.

„Moira!", rief er entsetzt aus.

„Ich weiß ja, dass es dumm von mir war“, gab sie, für ihre Verhältnisse außergewöhnlich heftig, zurück. „Aber man kann ja mal was vergessen!“

„Moira“, erwiderte er mit der ruhigsten Stimme, die er zustande brachte. „Natürlich kann *man* etwas vergessen. Aber nicht das. Und vor allem nicht du! Das weißt du doch“, beschwor er sie eindringlich.

Den Tränen nahe, schaute sie zur Seite.

„Ich will doch bloß normal sein.“

Das Zittern in ihrer Stimme brach Kane fast das Herz. Das wünschte er sich auch. Aber nicht, weil sie nicht perfekt war, so wie sie war. Sondern weil er sich für seine Tochter ein gesundes, unbeschwertes Leben wünschte.

Er nahm sie in den Arm und zog sie an sich.

„Du bist ein wunderbares Mädchen. Und die beste Tochter der Welt. Das weißt du doch. Und von so einem kleinen Gen, das sich weigert, wie vorgesehen zu funktionieren, werden wir uns nicht unterkriegen lassen“, beschwor er sie eindringlich.

„Okay“, erwiderte sie etwas ruhiger. Dann runzelte sie die Stirn. „Das gilt aber auch für dich, Dad!“

„Für mich? Wie meinst du das?“

„Na, wann suchst du dir endlich eine Freundin?“ Als sie seinen verblüfften Gesichtsausdruck sah, rollte sie die Augen in bester Teenagermanier in Richtung Decke. „Dad! Das kann für dich doch nicht überraschend kommen! Sogar du musst gemerkt haben, dass ich mit dir und Kristina mitfiebere. Aus irgendeinem Grund habe ich sämtliche Wetten auf euch beide abgeschlossen.“

Nicht ganz sicher, wie sie themenmäßig so schnell von Moiras Gesundheit bei seinem Liebesleben angelangt waren, rutschte Kane an der gefliesten Wand entlang bis auf den Boden und zog Moira zu sich auf den Schoß.

„Wäre denn das wirklich in Ordnung für dich? Wenn ich eine Freundin hätte?“, fragte er vorsichtig.

„Auf jeden Fall. Ich vermisse Mama. Aber sie ist schon lange nicht mehr da. Es wäre schön, wieder eine richtige Familie zu sein“, gestand sie ihm. „Nicht, weil du etwas nicht gut machen würdest“, beeilte sie sich, ihm zu versichern und legte ihm ihre Hand an die Wange. „Aber manchmal wäre es ganz schön, wenn ich auch mit einer Frau reden könnte.“

Kane hätte sich in den Hintern treten können, als er ihre Worte hörte. Natürlich wünschte sie sich mehr weibliche Gesellschaft. Er gab sein Bestes. Doch er war und blieb nun einmal ein Mann. Er räusperte sich.

„Und deine Favoritin ist Kristina?“

Moiras Augen leuchteten auf.

„Das ist sie. Sie ist einfach wunderbar. Sie tut nie so, als wäre ich nur ein lästiges Anhängsel. Im Gegenteil. Oft habe ich den Eindruck, dass sie genau so viel Spaß mit mir hat wie mit dir.“

„Das ist sicher auch so“, versicherte er ihr.

„Aber wenn du lieber jemand anderen kennenlernen willst, ist das natürlich auch okay“, versicherte ihm Moira, allerdings nicht sehr überzeugend.

Kane lachte.

„Keine Sorge, Kristina ist auch meine Favoritin.“

Moira stieß sich vom Boden und seiner Brust ab und sprang auf.

„Na dann los, Dad!“

Als er sie nur verständnislos anschaute, stemmte sie die Hände in die Hüften.

„Na, auf was wartest du noch? Sie ist ein sehr guter Fang, weißt du? Sie sieht gut aus, sie ist Ärztin, hat also einen guten Job und ist eine der wenigen Singlefrauen unter fünfzig. Da darfst du nicht zu lange abwarten!“

„Ich sehe schon, du hast gründlich recherchiert.“

Moiras Mundwinkel zuckten.

„Natürlich“, erwiderte sie selbstbewusst.

„Dann lass uns frühstücken, deine Physiotherapie-Übungen machen und dann schauen wir, ob wir Kristina überreden können, mit uns etwas zu unternehmen."

„Hm."

„Okay", antwortete Kane langsam und beobachtete seine Tochter genau. „Ich hätte eigentlich gedacht, du wärst enthusiastischer, wenn du meinen Plan hörst."

„Ich habe mich eigentlich so halb mit Leslie und Shauna verabredet."

„Schon wieder?"

„Wir hatten ein paar Ideen, die wir ausprobieren wollten", erwiderte sie vage.

Eigentlich ging es ihr vor allem darum, dass ihr Dad allein Zeit mit Kristina verbrachte. Aber das musste sie ihm ja nicht auf die Nase binden. Seinem misstrauischen Blick nach vermutete er sowieso schon etwas in der Richtung.

„Aber nur, wenn du deine Medizin mitnimmst, alle gesund sind und Paula in der Nähe ist."

„Ja, ja", grummelte Moira und verschwand in ihrem angrenzenden Schlafzimmer.

Kane blieb einen Moment länger sitzen und lehnte seinen Kopf an die Wand. Was für ein Morgen! Und es war noch nicht einmal acht Uhr. An einem Sonntag. Und Moira dachte ernsthaft, Kristina würde sich auf dieses Leben einlassen? Er schnaubte. Sie war deutlich positiver eingestellt als er. Vielleicht sollte er sich davon eine Scheibe abschneiden.

In seiner Vorstellung schlief Kristina aus, verbrachte einen gemütlichen Tag mit ihrem Kater … Pflegekater, korrigierte er sich, als er sich daran erinnerte, wie ihn Kristina am Abend zuvor auf dieses Detail hingewiesen hatte. Er würde seinen rechten Arm darauf verwetten, dass Kristina Leonidas am Ende behielt. Ob er sich wohl mit Zora verstehen würde? Whoa, bremste er seine mit ihm durchgehenden Gedanken aus.

Positive Einstellung hin oder her, von Themen wie Zusammenziehen waren sie noch weit entfernt.

*

Um dieselbe Zeit machte Kristina bereits im Krankenhaus ihre zweite Runde. Sie hatte sowieso nicht schlafen können. Nachdem am Tag zuvor der Geburtstagskuchen bis auf den letzten Krümel vertilgt gewesen war, hatten die Mädchen sie in den Stall geschleppt. Dort hatte sie unter den Argusaugen dreier pferdeverrückter Mädchen Joringel gestriegelt und die Hufe ausgekratzt. Sie hatte Blut und Wasser geschwitzt aus Sorge, irgendetwas falsch zu machen. Doch die Mädchen waren gnädig gewesen. Leslie hatte ihr anschließend gezeigt, wie sie die dicke Mähne des Wallachs einflechten konnte. Am Ende sah er sehr majestätisch aus. Shauna hatte Moira geholfen, dasselbe bei Jorinde zu machen. Es hatte wenig gebraucht, die Mädchen zu überreden, sich als Prinzessinnen zu verkleiden. Selbst Leslie hatte voller Enthusiasmus mitgemacht.

Dank einer Truhe auf dem Dachboden, die Jennys alte Kleider enthielt, war es ihnen gelungen, sich in Windeseile angemessen zu kleiden. Zu diesem Zeitpunkt hatte auch Kane von der Sache Wind bekommen und darauf bestanden, Moira in einen zotteligen Kunstfellmantel zu hüllen. Nach kurzem Grummeln hatte sie sich darauf eingelassen.

Als gefühlte drölfhundertfünfzig Fotos von allen geschossen waren, hatten die Mädchen darauf bestanden, dass sie ein Selfie machten. Shauna hatte einen Selfiestick dabei. Natürlich. Dieses Mädchen verlieh der Bedeutung *Allzeit bereit* eine völlig neue Bedeutung. Zumindest wenn es um die Möglichkeit einer berichtenswerten Story ging. Kristina war heute noch nicht auf der Facebook-Seite von Independence gewesen. Doch sie hatte keinen Zweifel daran, dass dieses Foto es in die Timeline geschafft hatte.

Um sich aufzuwärmen, waren sie wieder ins Haus zurückgekehrt. Nach einem herzhaften Eintopf hatten sie Karten gespielt, besser gesagt, gepokert, wobei sie ihren gesamten Bargeldbestand von drei Dollar fünfzig an Moira verloren hatte. Immerhin hatte Kane nicht viel besser abgeschnitten. Das Rösten von Marshmallows über dem offenen Kaminfeuer hatte den perfekten Abend abgerundet.

Bestimmt hatte sie einfach einen Zuckerschock erlitten, überlegte sie, als sie an ihre Einschlafschwierigkeiten dachte. Nicht einmal Leonidas' schnurrende Präsenz an ihrer Seite war dagegen angekommen.

Wohl eher einen akuten Kussmangel, mischte sich wieder einmal diese ungebetene Stimme aus ihrem Unterbewusstsein ein.

Sie stöhnte innerlich. Warum konnte ihr Unterbewusstsein nicht einfach mal die Klappe halten? Allerdings musste sie ihm ausnahmsweise recht geben. Kane so nahe zu sein, ihn aber nicht berühren zu dürfen, war mehr als frustrierend gewesen. Sie fühlte sich, als würde sie gleich platzen vor lauter nicht ausgelebter Lust. Vielleicht sollte sie sich einen guten Vibrator anschaffen.

Ein Licht leuchtete außen an einem der Zimmer auf. Das war das Zimmer ihres unbekannten Patienten. Sie weigerte sich immer noch, ihn ohne schlüssige Beweise als Bankräuber zu betiteln. Anstatt zu warten, bis sich eine der Schwestern darum kümmerte, öffnete sie die Tür und trat hinein.

„Guten Morgen", sagte sie leise, um ihn nicht zu erschrecken.

Der Patient wandte leicht den Kopf.

„Wow. Die Ärztin persönlich."

Sie neigte zustimmend den Kopf und begann, ihm die Manschette des Blutdruckmessgeräts über den Arm zu schieben. Gemäß Protokoll hatten sie ihn gestern vom Herzfrequenzmessgerät getrennt, als er das Bewusstsein wiedererlangt hatte und sein Zustand stabil geblieben war. Erleichtert stellte sie fest, dass all seine Werte im normalen Bereich lagen.

„Haben Sie mich operiert?“, fragte er abrupt.

Überrascht sah sie ihn an.

„Ja. Das habe ich. Ich bin sehr erleichtert, dass Sie sich entschlossen haben, ins Land der Lebenden zurückzukehren“, verriet sie ihm trocken.

Er schluckte.

„Danke.“

Verlegen wandte sie ihren Blick ab.

„Das ist mein Job. Natürlich.“

„Trotzdem.“

Auch nach all den Jahren war Kristina so viel Lob unangenehm, weshalb sie schnell das Thema wechselte.

„Wie geht es dem Kopf? Ich habe gehört, Sie haben Mühe mit Ihrer Erinnerung.“

Er schenkte ihr ein entwaffnendes Lächeln.

„Sieht ganz so aus. Sonst würde ich mich bestimmt an Sie erinnern.“

Sie lachte leise, während sie das Kissen hinter seinem Rücken aufschüttelte.

„Ein Charmeur“, stellte sie amüsiert fest. „Welche von meinen Krankenschwestern haben Sie schon um den Finger gewickelt?“

Er lächelte verschmitzt.

„Ihren Namen weiß ich nicht. Ich weiß nur, dass sie den Duft von Minze mit sich bringt.“

Kristina lachte.

„Erwarten Sie jetzt ernsthaft, dass ich an all unseren Schwestern schnüffle, um herauszufinden, von wem Sie sprechen?“

Er hob eine Augenbraue.

„Natürlich.“ Er machte eine Pause. „Sie könnten auch die Dienstpläne studieren“, schlug er vor.

„Das hätte ich mir ja denken können. Charmant und schlagfertig noch dazu.“ Sie bedachte ihn mit einem herausfordernden Blick. „Nicht zu vergessen, ein Talent im Vermeiden von unangenehmen Fragen. Eine kleine Warnung: Der Sheriff hat auch ein paar Fragen an Sie. Er wird nicht so nachsichtig sein wie ich.“

Sie beobachtete ihn scharf, als sie den Sheriff erwähnte. Die Fältchen um seine Augen vertieften sich und für den Bruchteil einer Sekunde wirkte es, als wäre er besorgt. Doch genauso schnell war der Ausdruck wieder verschwunden, ersetzt durch ein entschuldigendes Lächeln.

„Ich erinnere mich tatsächlich nicht, wie ich hierhergekommen bin. Die Schwester hat mir gestern erzählt, jemand hätte mich gefunden?“

Das war die Wahrheit. Immer der beste Plan, wenn man vermeiden wollte, sich in Lügen zu verstricken.

„Klingt unglaublich“, bestätigte sie ihm. „Ist aber wahr.“

Sie verengte die Augen. „Sie haben keine Ahnung, wer Sie in den Krankenwagen verfrachtet haben könnte?“

Seine Augen weiteten sich in gespieltem Erstaunen, als er resolut den Kopf schüttelte.

„Ich kenne niemanden, der einen Krankenwagen hat.“

Das war wieder die Wahrheit.

„Na dann, vielleicht kommt Ihre Erinnerung ja bald wieder zurück. Vorzugsweise, bevor der Sheriff vorbeikommt. Ein paar Tage kann ich ihn noch hinhalten“, fügte sie fast entschuldigend hinzu. „Länger leider nicht.“

„Das ist schon okay“, antwortete er resigniert. „Er wird mich kaum verhaften, nur weil ich keine Antworten auf seine Fragen haben.“

Hoffte er zumindest. Wenn er nur wüsste, was mit den anderen los war. Waren sie in Sicherheit? Vielleicht sogar schon in Brasilien? Falls ja, konnte er das verstehen. Mit seinem Bein war er nur eine Belastung. Der Gedanke, seine Kumpels nie wiederzusehen, machte ihn trotzdem traurig.

Deswegen vielleicht nicht. Wegen der Schusswunde allerdings vielleicht schon, lag es Kristina auf der Zunge. Doch das konnte warten. Das würde er noch früh genug selbst herausfinden.

„Dem Bein geht's so weit gut. In ein paar Tagen schicke ich die Physiotherapeutin bei Ihnen vorbei. Dann können Sie erste Übungen machen."

Ihr Patient stöhnte theatralisch.

„Wieso klingt der Besuch des Sheriffs plötzlich nach der entspannteren Option?"

Kristina grinste.

„Vermutlich, weil es den Tatsachen entspricht. Weiterhin gute Besserung. Ich schau morgen wieder vorbei."

*

„Welpen anschauen auf der Lone Wolfe Ranch? Ich weiß nicht …"

„Was gibt es da zu überlegen?"

„Oh, ich weiß nicht", antwortete Kristina trocken, „vielleicht die Tatsache, dass ich beim letzten Mal mit einem Kater nach Hause gegangen bin, von dem ich nicht einmal wusste, dass ich ihn wollte?"

„Aber jetzt liebst du ihn, gib's zu", konterte Kane lachend.

„Kommt Moira auch mit?"

„Moira hat Pläne mit ihren Freundinnen. Sie hat mir unmissverständlich zu verstehen gegeben, dass wir zusammen Zeit verbringen sollen. Zu zweit. Ohne sie."

„Wow. Deine Tochter redet nicht lang um den heißen Brei herum, was?"

„Du hast ja keine Ahnung. Ich komme mir vor, als hätten sich die Rollen auf einmal vertauscht. Ich glaube nicht, dass ich dafür schon wirklich bereit bin."

„Kann ich mir vorstellen. Geht es ihr gut?"

„Es geht so."

In kurzen Worten erzählte er von dem Hustenanfall und den vergessenen Medikamenten.

„Es ist so schwierig zu wissen, wann ich ihr wie viel Eigenverantwortung übertragen soll. Als sie so nach Luft geschnappt hat, habe ich mich natürlich wie ein Rabenvater gefühlt. Wenn ich es kontrolliert hätte, wäre das nicht passiert."

„Aber dann würde sie auch nicht lernen, was es für Konsequenzen hat, wenn sie es vergisst", erinnerte sie ihn.

„Sicher. Aber was, wenn ich sie nicht gehört hätte? Sie war nicht mal in der Nähe ihres Medizinschranks!"

„Glaub mir, das hätte sie geschafft. Das mag jetzt salopp klingen, aber es stirbt sich tatsächlich nicht so schnell. Der Mensch ist widerstandsfähiger, als wir immer denken."

„Die Angst bleibt trotzdem."

Darauf wusste sie nichts zu sagen, weshalb sie fröhlich fragte: „Was ist jetzt mit den Welpen?"

„Du kommst mit?"

„Wenn du mir versprichst, mich davon abzuhalten, einen mitzunehmen, dann gerne."

„Versprochen. Ich hole dich in einer Stunde ab, in Ordnung?"

„Klar. Du kannst auch schon früher kommen, wenn du möchtest."

„Musst du dich nicht erst fertig machen?"

„Ich bin schon wieder von der Arbeit zurück", entgegnete sie.

„Wow, okay, das hätte ich jetzt nicht gedacht", gab er zu. „Früher schaffe ich es leider trotzdem nicht. Ich bringe erst Moira zu Paulas Ranch."

„Ich bin hier. Komm einfach, wann es dir passt."

*

Zwei Stunden später saß sie inmitten eines Rudels weißer, flauschiger Welpen.

„Ihr solltet an der Einfahrt Warnschilder aufstellen", grummelte Kristina. Vorsichtig befreite sie ihre Hand aus einem Maul spitzer Zähne, während ein anderer Welpe in seiner Eile, von A nach B zu gelangen, ihre ausgestreckten Beine übersah und prompt darüber stolperte. „Betreten auf eigenes Risiko. Akute Knuddel-Gefahr."

Lara, die mit der schlafenden Raven auf dem Arm an die Küchenzeile gelehnt stand, grinste.

„Dann nimmst du uns also einen der kleinen Racker ab?"

„Um Himmels willen, nein! Ich habe weder genügend Platz noch Zeit für die kleinen Energiebündel. Zudem fehlt mir schlicht und einfach die Erfahrung, um einem so jungen Hund gerecht zu werden. Ich müsste vermutlich erst einmal mit einem alten Hund starten und mich langsam auf einen Welpen hinarbeiten."

Sie deutete auf Laras Sohn Wolfe, der hemmungslos mit den Welpen tobte.

„Er wird das Problem mal nicht haben."

„Das ist wohl wahr. Bei ihm weiß ich manchmal selbst nicht, ob mehr Junge oder Hund in ihm steckt. Er ist so ein Wildfang."

„Das wird mit Raven bestimmt ganz anders", witzelte Kristina.

„Glaub ich nicht. Die wirken alle klein und unschuldig im ersten Jahr. Zumindest wenn sie schlafen. Aber sobald sie laufen können, ist alles wieder offen. Und mit dem großen Bruder als Vorbild wächst sie vermutlich im Stall oder in der Wildtierstation auf."

Kane lachte leise und hob einen schlafenden Welpen auf seinen Schoß. Leonie ging wedelnd durchs Zimmer und schnupperte an Welpen wie Besuchern gleichermaßen. Als sie sicher sein konnte, dass ihr Nachwuchs in guten Händen war, zog sie sich auf eine Art Podest zurück.

„Ist das ihr Rückzugsort?", fragte Kristina interessiert, als ein besonders freches Exemplar versuchte, den erhöhten Platz zu erklimmen.

„Ja. Sie braucht das. Zumindest bilde ich mir ein, dass sie das braucht. Geht mir ja schließlich auch nicht anders, mit den beiden hier." Sie deutete mit dem Kinn auf ihre schlafende Tochter und ihren zweijährigen Sohn.

„Hast du auch einen solchen Rückzugsort?"

„Hier im Haus leider nicht wirklich. Aber die Ranch ist groß. Das hat den Vorteil, dass ich mich immer wieder einmal für eine halbe Stunde verziehen kann. Und das alles unter dem Deckmantel, ich würde arbeiten." Sie zwinkerte Kristina zu.

„Du meinst, die Worte *Ich füttere die Pferde* sind ein Code für *Ich kippe ein Glas Wein in der Sattelkammer*?"

„Das sollte ich auch einführen", witzelte Kane. „Ich stehe immer eine Viertelstunde früher auf, um einen Kaffee zu trinken."

„Deine Tochter ist ja auch schon groß. Aktuell bilde ich mir ein, dass ich mehr Zeit für mich haben werde, wenn sie erst einmal älter sind."

„Das stimmt auch", gab Kane zu. „Du siehst ja, ich konnte sie heute nicht einmal mit der Aussicht auf einen Welpenbesuch dazu bewegen, mitzukommen."

„Das hat wohl eher damit zu tun, dass sie wieder einmal Amor spielt." Sie warf ihren beiden Besuchern einen spekulativen Blick zu. „Ist ihre Taktik erfolgreich?"

Kane grinste Kristina an und hob fragend eine Augenbraue.

„Wir sind hier. Zusammen. Ich würde also sagen, ja", gab Kristina amüsiert zur Antwort.

„Moira ist ziemlich ausgefuchst, was dieses Thema angeht", bestätigte Kane. „Ich trau mich schon gar nicht mehr nachzufragen. Ich glaube, vom ersten Kuss bis zur Hochzeit hat sie bereits alles geplant", erklärte er beiläufig.

„Heirat?“, rief Kristina aus und riss überrascht die Augen auf. „Echt jetzt?“

„Moira macht keine halben Sachen …“, erklärte er grinsend.

„Aber das ist doch auch für sie etwas extrem … Das wäre ja wahnsinnig schnell. Sie muss doch wissen, dass Leute nicht einfach von heute auf morgen heiraten!“

„Ich vermute, dass sie diese Pläne schon sehr lange mit sich rumträgt und erst jetzt angefangen hat, aktiv darauf hinzuarbeiten.“

„Wenn ihr zwei euch auch so ziert“, spottete Lara und setzte sich auf einen der Stühle. So klein Raven noch war, wurde sie auf dem Arm irgendwann doch schwer.

Entschieden schüttelte Kristina den Kopf.

„Erklär mal deiner Tochter, dass das alles nicht so schnell geht.“

„Wäre die Vorstellung denn so schrecklich?“, musste Kane nun doch fragen. Eine Sekunde später hätte er sich am liebsten auf die Zunge gebissen. „Ich meine, ich habe noch alle meine Zähne, ein Dach über dem Kopf und bin treu und zuverlässig“, schob er die als Witz gemeinten Worte eilig nach, um seine Verlegenheit zu verbergen.

Lara schaute ihn ungläubig an.

„Das klang jetzt mehr wie eine Verkaufsanzeige für einen Golden Retriever“, stellte sie fest.

Kristina grinste. Es war ganz amüsant, zuzusehen, wie Kane sich bei Laras Worten krümmte. Der Schalk saß ihr im Nacken und sie sagte: „Es sagen doch alle immer, ich bräuchte einen Hund.“

„Das habe ich mir wohl selbst eingebrockt“, stellte Kane gutmütig und mit einer guten Portion Selbstironie fest.

„Ein bisschen“, antwortete Kristina und zwinkerte ihm zu. „Welchen der Hunde nimmst du jetzt?“

Froh über den Themenwechsel wandte sich Kane wieder den Hunden zu. Völlig ausgepowert waren die meisten an Ort und Stelle eingeschlafen. Nur einer kaute mit müden Augen an Kanes Socken herum.

„Ich hätte ganz gerne zwei." Er schaute von seiner Position am Boden zu Lara hoch. „Sind überhaupt noch zwei zu haben?"

Lara nickte.

„Ja, auf jeden Fall. Wir haben einige Interessenten. Aber die Leute, die ich kenne und die in der Region wohnen, haben Vorrang. Das macht es mir leichter, mich von ihnen zu trennen. Wolfe freut sich bestimmt auch, wenn wir euch einmal besuchen dürfen."

„Sicher. Wir freuen uns, wenn ihr vorbeischaut." Er deutete auf das hartnäckige Exemplar zu seinen Füßen. „Mit diesem hier bin ich schon eine Bindung eingegangen." Er lachte, bevor er sich korrigierte: „Oder zumindest er und meine Socken."

„Diese entspannte Haltung in Bezug auf dein Schuhwerk wird dir sehr zugutekommen, wenn sie erst eingezogen sind", prophezeite Lara und nickte anerkennend. „Deine Lieblingsstiefel sperrst du am besten weg, bis sie durch die schlimmste Kauphase durch sind."

„Ich bin auf einmal ziemlich froh, dass ich nur einen Pflegekater bei mir zu Hause temporär beherberge."

Lara sah sie verschmitzt an.

„Ist das der Feinschmecker?"

„Er ist einfach nur wählerisch", verteidigte Kristina Leonidas.

„Klar", gab Lara todernst zurück. „Soll ich mich mal umhören, ob jemand einen wählerischen Kater sucht?"

„Ach", winkte Kristina ab, „das eilt nicht. Ich will ihm eigentlich nicht so schnell noch einen Wechsel zumuten. Das ist für Katzen immer etwas schwierig."

Laras Mundwinkel zuckten.

„So, so. Das ist aber nett von dir."

Kristina warf ihr einen argwöhnischen Blick zu.

„Machst du dich über meinen Kater lustig?"

„Nein. Eher über dich und die Illusion, dass er nur temporär bei dir ist."

„Das ist er definitiv!"

„Wollen wir wetten?"

Kristina schielte Hilfe suchend zu Kane. Dieser gab sich den Anschein, ganz auf seinen neuen Hund konzentriert zu sein. Allerdings zuckten seine Mundwinkel verräterisch. Von seiner Seite war offensichtlich keine Hilfe zu erwarten. Nachdem sie ihn vorher so aufgezogen hatte, konnte sie es ihm nicht einmal verdenken.

Kane hörte dem Geplänkel der Frauen nur mit halbem Ohr zu. Er musste ein wenig grinsen, als Lara ihre Einschätzung zum Besten gab. Genau dasselbe hatte er selbst schon gedacht. Als ihm sein ganzer Gedankengang wieder in den Sinn kam, hob er den Kopf. Was, wenn seine Tochter ihr Ziel erreichte? Was, wenn er und Kristina tatsächlich … vielleicht nicht gerade heirateten, aber ein Paar wurden? War es denn so falsch, sich zu wünschen, sie wäre Teil seines Lebens? In diesem Moment fasste er den Entschluss, sich nicht mehr länger von seinen Unsicherheiten leiten zu lassen.

„Ich wette mit dir", informierte er Lara.

„Wirklich?"

„Wirklich. Vor dem Ende des Sommers wohnt Leonidas an einer neuen Adresse."

Zwei ungläubige Augenpaare wandten sich ihm zu.

Lara runzelte die Stirn.

„Hast du etwa Insiderinformationen, von denen ich nichts weiß?", verlangte sie zu wissen.

„Das hätte ich auch gern gewusst", grummelte Kristina, der beim Gedanken, ihren Kater hergeben zu müssen, ganz anders wurde.

„Vertrau mir einfach", sagte er großspurig und zwinkerte Kristina zu, während er die Wette mit Lara mit einem Handschlag besiegelte.

16

Die Schultern gerundet, die Haare absichtlich zerzaust und in einen alten Anorak gekleidet, den er in Breckenridge in einem Second-Hand-Laden gefunden hatte, schlurfte Lennard am nächsten Morgen in die Klinik. Die beiden Jungspunde, wie er John und Clancy insgeheim manchmal nannte, hatte er auf eine Schneeschuhwanderung geschickt. Hier in der Stadt lag nicht mehr viel Schnee. Doch die Broschüre hatte versprochen, dass die ausgewählten Routen bis Anfang Mai schneebedeckt sein würden.

Froh, die beiden beschäftigt zu wissen, war er losgegangen, um seinen Plan in die Tat umzusetzen. Er musste endlich Gewissheit haben, dass es Gary gut ging. Er hoffte bloß, dass ihm dieser Sheriff nicht zuvorkam.

Aus den Augenwinkeln warf er einen Kontrollblick durch den Eingangsbereich. Auf den Plastikstühlen saßen einige Patienten, die vermutlich auf einen Termin oder Neuigkeiten über einen Patienten warteten. Am Empfangs- und Informationsschalter herrschte reger Verkehr. Krankenpfleger und -pflegerinnen liefen geschäftig umher. Ab und zu war auch ein Arzt oder eine Ärztin zu entdecken. Gary schien in guten Händen zu sein, stellte er erleichtert fest. Alles in allem wirkte dieser Ort wie eine professionell geführte, moderne Klinik. Seine Angst, dass dieses verschlafene Nest nur eine zweitklassige medizinische Versorgung haben würde, stellte sich als völlig unbegründet heraus.

Schwerfällig ließ er sich im Wartebereich auf dem Stuhl nieder, der dem Empfangstresen am nächsten war. Hier konnte er unauffällig mithören, was im Krankenhaus vor sich ging. Erfahrungsgemäß waren die Orte, wo Angestellte wie auch Besucher vorbeikamen, die besten, um Neuigkeiten zu erfahren. Es lag einfach in der Natur des Menschen, sich auszutauschen. Selbst in einem Krankenhaus, wo die meisten Dinge der ärztlichen Schweigepflicht unterlagen, wurde getratscht. Vielleicht nicht über medizinische Details. Aber es gab ja genug Nebenschauplätze, über die gesprochen werden durfte. So zum Beispiel die Tatsache, dass die Klinik einen Bankräuber beherbergte. Oder die Spekulation, wann der Sheriff den verdächtigen Patienten verhören würde.

Lennard ließ seine Augenlider auf Halbmast driften und spitzte die Ohren. Es dauerte nur wenige Minuten, bis seine Gebete erhört wurden.

„Wie geht es unserem unbekannten Patienten?", fragte eine weibliche, forsche Stimme.

Sofort war er hellwach. Das konnte nur Gary sein. Fast hätte er gegrinst. Natürlich nur fast. Er spielte dieses Spiel lange genug, sein ganzes Leben, um genau zu sein, als dass er aus seiner Rolle gefallen wäre. Leicht drehte er den Kopf, um sehen zu können, wer die Sprecherin und ihr Gegenüber waren.

Eine Ärztin in weißem Kittel und mit einem Stethoskop um den Hals blätterte durch eine Akte. Die Krankenschwester ihr gegenüber errötete leicht. Erst als die Ärztin von ihrer Lektüre aufschaute und sie fragend ansah, beeilte sie sich, zu antworten.

„Es geht ihm viel besser. Bertha war bereits zweimal hier. Zwar flucht er wie ein Rohrspatz, doch die Übungseinheiten scheinen ihm sehr zu helfen." Ihre Stimme nahm einen wehmütigen Klang an. „Bald wird er meine Hilfe nicht mehr benötigen, um zum Klo zu kommen."

Die Ärztin schnaubte, ein Laut, der so gar nicht zu ihrer respektgebührenden Erscheinung zu passen schien.

„Die braucht er bereits seit gestern nicht mehr. Er nutzt es nur als Ausrede, um sich an dich anzulehnen."

Lennard ertappte sich dabei, wie er den Kopf schräg legte. Diese Ärztin schien eine gute Beobachtungsgabe zu haben. Das konnte sich für die Zukunft als nützlich oder auch als Hindernis erweisen. Noch war es zu früh, um das einschätzen zu können.

„Als wenn er dafür eine Ausrede bräuchte", murmelte die Schwester. „Das kann er jederzeit auch ohne Grund haben."

„Sarah!", ermahnte die Ärztin sie, während sie einen verstohlenen Blick auf die Leute in der Nähe warf.

„Ich weiß, ich weiß. Völlig unprofessionell. Aber er ist so ein Gentleman! Und da gutaussehende Singlemänner in dieser Gegend so rar sind wie glitzernde Einhörner, ist es kein Wunder, dass er mir den Kopf verdreht hat!"

„Wer weiß, ob er überhaupt Single ist", erinnerte Kristina sie. „Er erinnert sich ja nicht einmal, wie er hierhergekommen ist. Gut möglich, dass ihm in diesem Prozess auch entfallen ist, dass er eine Frau hat."

Sarah rollte mit den Augen.

„Spielverderber. Harmloses Flirten wird ja wohl noch erlaubt sein."

„Solange er dir nicht das Herz bricht … Es würde mich furchtbar ärgern, wenn ich mir eine neue Assistentin suchen müsste", zog die Ärztin sie auf, bevor sie sich zum Gehen wandte.

Lennard lachte leise in sich hinein. Das klang ganz nach Gary. Selbst mit einem Bein im Grab schaffte er es noch, den Mädchen den Kopf zu verdrehen.

„Kristina", rief Sarah der Ärztin hinterher. „Für wann hat sich der Sheriff angekündigt?"

„Heute Nachmittag. Wenn er kommt, kannst du ihn zu mir ins Büro schicken. Dann sind wir gleich auf der richtigen Etage, im 1. Stock, und können von da aus gemeinsam zum Patienten rübergehen."

„Du begleitest ihn?“

Kristina nickte.

„Nachdem er immer noch mein Patient ist, fühle ich mich verantwortlich für ihn.“

Sarah runzelte die Stirn.

„Bräuchte er nicht besser einen Anwalt? Nicht, dass deine Unterstützung nicht ganz wunderbar wäre“, erklärte sie hastig.

Nicht im Geringsten beleidigt, winkte Kristina ab.

„Ich weiß, dass ich keine Anwältin bin. Mir geht es auch mehr darum, zu verhindern, dass Jake ihn sofort abtransportiert. Er braucht mindestens noch eine Woche, bis er so weit ist. Viel länger werde ich ihn nicht hinhalten können.“

Sarah biss sich auf die Lippen.

„Steht denn jetzt definitiv fest, dass er einer der Bankräuber ist?“

„Sieht ganz so aus“, seufzte Kristina bedauernd. „Die Polizei von Denver hat wohl die Videoaufnahmen vom Überfall gemailt. Auf dem Band ist er recht eindeutig zu erkennen.“

„War ja auch zu schön, um wahr zu sein. Die interessanten Männer sind entweder schon vergeben, spielen fürs andere Team oder sind offenbar kriminell.“

Die beiden trennten sich und Lennard entspannte sich, soweit das auf dem harten Plastikstuhl überhaupt möglich war. Ganz schön informativ, was er herausgefunden hatte. Jetzt brauchte er nur eine Ausrede, um sich im oberen Stock umzusehen. Erstens wollte er Gary einen Besuch abstatten und zweitens musste er die Fluchtmöglichkeiten der Klinik auskundschaften. Auf keinen Fall würden sie Gary der Polizei überlassen. Ihm aus einem Krankenhaus zur Flucht zu verhelfen war um einiges leichter, als wenn er erst einmal im Gefängnis saß.

Er stand auf und ging in Richtung der Toiletten. Es war wichtig, dass er in Bewegung blieb. Nicht dass ihn noch ein besorgter Pfleger fragte, ob ihm etwas fehlte. Unauffällig bleiben war die Devise. Er hatte die Herrentoilette beinahe erreicht, als ein kleines Mädchen mit einem blonden Wuschelkopf aus der Frauentoilette stürmte und ihn beinahe umrannte. Bevor sie zu Boden fallen konnte, fing er sie auf und stellte sie auf die Füße. Ihre Wangen waren gerötet. In ihren Augen blitzten zornige Tränen. Sofort erkannte er sie als das Mädchen, das ihn und die anderen korrekterweise als Bankräuber identifiziert hatte. Immerhin sah sie aus, als hätte sie gerade andere Sorgen.

„He, he, he", sagte er beruhigend. „Was ist denn so schlimm?"

„Mom sagt, ich müsse noch warten, weil Hazel noch nicht fertig ist. Dabei weiß ich den Weg zum Empfang genau. Ich bin schließlich schon groß. Nicht wie meine Schwester." Sie beugte sich näher zu ihm hin und erklärte ihm in verschwörerischem Flüsterton: „Sie braucht noch bei allem Hilfe. Sogar beim Aufs-Klo-gehen. Und Händewaschen. Und Anziehen. Es dauert immer alles ewig." Bei ihren letzten Worten ließ sie ihre Augenlider theatralisch flattern, wie um ihnen mehr Nachdruck zu verleihen.

Lennard lachte leise.

„Ich kann verstehen, dass dich das ärgert."

Misstrauisch, als könnte sie es nicht glauben, dass ein Erwachsener ihr zustimmte, trat sie einen Schritt zurück. Plötzlich blitzte Erkennen in ihrem Blick auf.

„Dich kenn ich doch!", rief sie triumphierend aus.

Alarmiert machte Lennard seinerseits einen Schritt von ihr weg, in Richtung Herrentoilette, auch wenn er wusste, dass das unmöglich war. Niemand kannte ihn hier. Auch wenn die kleine Kröte hier sehr akkurate Vermutungen anstellte.

„Du verwechselst mich, da bin ich sicher", beteuerte er, während er sich schrittweise von ihr entfernte. Wenn die anderen ihn jetzt sehen könnten, von einem Dreikäsehoch in die Ecke getrieben! Das würde er bis an sein Lebensende zu hören kriegen.

Als sich die Tür hinter dem Mädchen öffnete und sie sich bei dem Geräusch umdrehte, nutzte er die Chance und schlüpfte in die Herrentoilette. Erst als er sich in einer der Kabinen eingeschlossen hatte und auf dem geschlossenen Klodeckel saß, erlaubte er sich, aufzuatmen. Verflixt und zugenäht! Das war knapp gewesen!

*

„Cammie! Da bist du ja! Ich hatte schon befürchtet, dass ich dich im ganzen Krankenhaus suchen müsste“, schalt Jaz, die zweieinhalbjährige Hazel an der Hand. Die Erleichterung, ihre Tochter vor dem Klo wiederzufinden, nahm ihrer Stimme etwas von ihrer Schärfe.

„Mom“, verkündete Cammie aufgeregt, ohne auf den Tadel einzugehen. „Der Mann ist hier.“

„Welcher Mann?“, fragte Jaz, die ihrer Tochter nicht ganz folgen konnte.

„Na, der Bankräuber!“ Sie wirbelte herum und deutete ins Leere. „Oh“, entfuhr es ihr enttäuscht.

Jaz runzelte die Stirn und schob sich den Riemen ihrer Tasche höher auf die Schulter.

„Da ist niemand, Schatz.“

„Aber eben war er noch hier“, behauptete sie stur. „Ich habe ihn gesehen und mit ihm gesprochen. Wo ist er nur hin?“

„Mit ihm gesprochen?“, fragte Jaz alarmiert und griff Hazels Hand fester. Nicht, dass sie Cammies Worten unbedingt Glauben schenkte. Dafür kannte sie die überbordende Fantasie ihrer Tochter zu gut. Trotzdem versetzte sie die Tatsache, dass sich ihre Vierjährige mit fremden Männern unterhielt, nicht gerade in Freudenstimmung. „Was hat er denn gesagt?“

„Dass er versteht, wenn ich nicht langsam machen will.“

Jaz lächelte schwach. Die Tücken des Geschwisterlebens. Sie konnte es nicht erwarten, bis Hazel größer und der Altersunterschied nicht mehr so deutlich spürbar war. Hoffentlich würde sich Cammie dann etwas solidarischer verhalten. Insgeheim schnaubte sie. Cammie war vieles und auf jeden Fall wunderbar. Aber ihre soziale Ader ließ aktuell noch zu wünschen übrig. Dafür war sie viel zu ehrgeizig. Sie wollte überall die Erste, die Schnellste und die Beste sein. Sie seufzte. Im Kindergarten würde sich das hoffentlich bessern. Der oder die Kleine in ihrem Bauch bewegte sich und versetzte ihr einen ordentlichen Tritt an die Bauchdecke. Stimmt. Den Wurm hatte sie ja ganz vergessen. Bald würde alles von vorne losgehen. Das war dann definitiv das letzte Kind. Wollte ihre Mutter mehr Enkelkinder, sollte sie sich auf ihre Schwester Tyler und ihren Mann Pat konzentrieren.

„War er denn freundlich?", erkundigte sie sich neugierig bei Cammie.

„Wer? Der Bankräuber?"

Jaz gab es auf, ihre Tochter davon zu überzeugen, dass der Mann nicht unbedingt ein Bankräuber war, nur weil sie das so beschlossen hatte.

„Genau."

Sie nickte ernsthaft.

„Ja. Das war er." Sie zog die Nase kraus. „Seltsam. Ein netter Bankräuber."

„Sehr seltsam", stimmte Jaz zu.

Hazel zupfte an ihrer Hand und strebte dem Ausgang zu.

„Komm, Mom. Hazel will auch einen Lutscher!"

Cammie ergriff die Hand ihrer Schwester und zog sie hinter sich her, zumindest für den Moment ein Herz und eine Seele.

Jaz sog den Anblick der beiden tief in sich auf, sie hatte gelernt, diese kostbaren Augenblicke zu genießen, und folgte ihnen etwas langsamer.

*

Lennard wartete eine Viertelstunde, bevor er sich wieder aus der Toilette traute. Dieses Mädchen war nicht zu unterschätzen.

Wenn sie ihre Vermutung oft genug wiederholte, würde sie vielleicht doch noch jemanden finden, der ihr Glauben schenkte. Solche Aufmerksamkeit konnte er nicht gebrauchen. Es war unabdingbar, dass sie kein Aufsehen erregten, bis sie Gary aus dem Krankenhaus befreit hatten.

Er stieß die Tür zum Treppenhaus auf und lauschte. Kein Mensch war zu hören. Beruhigt joggte er die Treppe hoch. Im ersten Stock angekommen, presste er sein Ohr an die Tür und lauschte. Verdammt. Die Klinik war einfach zu neu. Viel zu gut isoliert. Wie sollte er da hören können, was auf der anderen Seite vor sich ging? Innerlich vor sich hin grummelnd, stieß er die Tür einen Spalt auf.

Ein Blick zeigte ihm, dass die Bahn frei war. Zielstrebig, als hätte er ein bestimmtes Ziel vor Augen, wanderte er durch die Gänge. Wenn er Glück hatte, würde er einen Blick auf Gary werfen können. Er schenkte jedoch auch dem Schwesternzimmer und der Wäschekammer erhöhte Aufmerksamkeit. Die beste Art und Weise, sich unauffällig in einem Krankenhaus zu bewegen, war eine Uniform. Und er brauchte gleich zwei, besser sogar drei davon. Er lungerte so lange vor dem Raum herum, wie er es wagte, und wurde tatsächlich mit einem Blick auf den Wäscheplan belohnt, der am Wäschewagen hing. Er speicherte das Bild mental ab und setzte seinen Weg fort.

„Heute Nachmittag kommt hoher Besuch", hörte er eine weibliche Stimme sagen.

„Der ist bestimmt nicht so charmant wie du!"

Als Lennard unvermittelt den Klang von Garys Stimme hörte, wäre er beinahe wie angewurzelt stehen geblieben.

„Und nicht so hübsch", doppelte Gary nach.

Lennard rollte mit den Augen. Das sah ihm ähnlich. Knapp dem Tode entronnen und schon wieder drauf und dran, eine ahnungslose Krankenschwester zu bezirzen. Ihrem Kichern nach zu schließen, hatte sie nichts daran auszusetzen. Ihre nächsten Worte ließen ihm das Blut in den Adern gefrieren.

„Der Besuch ist der Sheriff. Angeblich bist du ein Bankräuber."

Sie klang, als wäre sie nicht so recht überzeugt von dieser Tatsache.

„Bankräuber?"

„Verrückt, nicht? Aber offensichtlich haben sie Bilder und alles."

Mit angehaltenem Atem wartete Lennard auf Garys Antwort.

„Hm. Ist vielleicht ganz gut", antwortete dieser gelassen. „Sollte es tatsächlich so sein, dass ich einen Fehler begangen habe, werde ich selbstverständlich dafür einstehen. Vielleicht erhalte ich endlich Antworten. Du kannst dir nicht vorstellen, wie es ist, keine Erinnerungen zu haben …"

Aufrichtige Überzeugung sprach aus seiner Stimme, bevor sie schwächer wurde und sich komplett verlor.

Verdammt, Gary war gut, dachte Lennard bei sich und schaute sich nach einem Versteck um. Vielleicht ergab sich in den nächsten Minuten, bevor der Sheriff auftauchte, eine Möglichkeit, mit Gary zu sprechen. Die Tatsache, dass er behauptete, sich an nichts erinnern zu können, war alarmierend. Was, wenn es tatsächlich so war? Er konnte sich nicht vorstellen, dass sein Kumpel erfreut sein würde, wenn plötzlich drei ihm unbekannte Typen auftauchten und ihn *befreien* wollten.

Keine drei Minuten später verließ die Krankenschwester, die Lennard als die Sarah erkannte, die mit der Ärztin gesprochen hatte, das Zimmer. Auf ihrem Gesicht lag ein versonnener Ausdruck. Die Aussicht, dass ihr sexy Patient möglicherweise ein Bankräuber war, schien sie in Anbetracht von Garys Antwort nicht sehr zu beeindrucken. Zu schade, dass sie sie nicht nach Brasilien mitnehmen konnten. Solche Frauen waren schwer zu finden, dachte er, fast ein wenig wehmütig.

Als nur gleichmäßiges Gemurmel und keinerlei Aufregung, wie sie die Ankunft des Sheriffs bestimmt auslösen würde, aus dem Pausenraum drang, ging er das Risiko ein und schlüpfte in Garys Zimmer.

„Wurde auch Zeit, Mensch!“, begrüßte ihn Gary zu seiner Erleichterung sofort. „Ich dachte schon, ihr hättet mich vergessen!“

„Natürlich nicht. Aber wir mussten uns erst einmal in Position bringen. Wie geht's dem Bein?“

„Bis auf die Stunden, in denen mich die Physiotherapeutin in ihren Klauen hat, überraschend gut. Wie zum Teufel habt ihr mich in die Klinik gebracht?“

Lennard grinste und erzählte ihm stolz die Geschichte mit dem ausgeliehenen Krankenwagen.

Gary schüttelte ungläubig den Kopf.

„Das ist ja wieder einmal eine unglaubliche Geschichte! Fast schade, dass wir das aufgeben werden.“

„Verschrei es nicht. Erst müssen wir dich hier wieder rausbringen, vorzugsweise bevor der Sheriff dir Handschellen anlegt, und anschließend steht uns noch die Reise nach Brasilien bevor. Ich für meinen Teil kann es nicht erwarten, dass wir in der Sonne liegen, den Wind im Gesicht, Drinks in der Hand und hübsche Mädchen an unserer Seite.“

„Hübsche Mädchen gibt es auch hier“, murmelte Gary mit einem verstohlenen Blick in Richtung Tür.

„Reiß dich zusammen, Casanova. Du und deine Krankenschwester, ihr seid bereits Klinikgespräch.“

„Kleinstädte. Man muss sie für ihr Spionage-Netzwerk einfach bewundern.“

„Na ja, ich hoffe jetzt mal darauf, dass sie nicht ganz so gut sind wie ihr Ruf. Sonst kommen wir hier nie mehr weg.“ Als auf dem Flur Stimmen laut wurden, stand er auf.

„Ich muss los. Wir schauen, dass du so lange wie möglich hier drinbleiben kannst. Macht keinen Sinn, eine erneute Infektion zu riskieren“, brummte er.

„Wartet nur nicht zu lange“, warnte Gary. „Ich habe heute mein erstes Rendezvous mit dem Sheriff. Fürs Erste werde ich ihn mit der Amnesie hinhalten können. Doch mit dem Bildmaterial, das sie von mir haben, werden sie mich trotzdem so bald wie möglich einlochen wollen.“

„Keine Angst. Wir schauen schon, dass das nicht passiert.“

Gary nickte und scheuchte ihn mit einer Handbewegung in Richtung Tür.

„Jetzt mach, dass du fortkommst. Du nützt mir nichts, wenn du hinter Gittern sitzt.“

*

„Pass bitte auf, dass sich der Patient nicht aufregt. Ein hoher Blutdruck ist nicht gut für ihn. Aufgrund seiner Teilamnesie konnten wir innere Kopfverletzungen noch nicht gänzlich ausschließen.“

Der Sheriff legte ihr eine Hand auf den Arm.

„Beruhige dich. Du benimmst dich, als wärst du ein Mama-Bär und ich wollte mich an deinen Jungen vergreifen. Der Mann ist ein Krimineller. Und zwar hat er nicht versehentlich einen Kaugummi mitgehen lassen. Nein. Er hat eine Bank ausgeraubt. Dafür gibt es Beweise. Bilder, die ich dir sogar gezeigt habe.“

Kristina ließ die Schultern hängen.

„Ich weiß. Das ist auch der einzige Grund, weshalb ich überhaupt in das Verhör eingewilligt habe. Trotzdem bin ich nach wie vor der Meinung, dass er keine Gefahr für andere darstellt.“ Sie funkelte Jake an. „Zumindest, solange er nicht in die Ecke gedrängt wird. Also halte dich zurück. Bitte“, fügte sie noch hinzu. „Er kann sich nach wie vor nicht ohne Hilfe bewegen. Für jeden Gang aufs Klo braucht er die Hilfe eines Pflegers oder einer Pflegerin. Es besteht also kein Grund, den harten Sheriff herauszukehren.“

Das sah Jake etwas anders, doch er hielt den Mund. Grundsätzlich befürwortete er es, wenn sich Ärzte für ihre Patienten einsetzten. Er schätzte diesen Wesenszug an Kristina sehr. Nur in diesem speziellen Fall war es ein Ärgernis.

Gary hörte der Debatte zu, die vor seiner Tür stattfand, und hätte fast gegrinst. Gut zu wissen, dass die nette Ärztin auf seiner Seite war. Immerhin war er gut vorbereitet. Sein Körper würde alles bestätigen, was sie gesagt hatte.

Als sich das allgemeine Stimmengemurmel zu einem fiebrigen Gesumme gesteigert hatte, war ihm klar gewesen, dass der Sheriff auf dem Weg zu ihm war. Also hatte er sich gezwungen, aufzustehen und umherzugehen, obwohl das nach wie vor extrem schmerzhaft war. Zusätzlich hatte er das Fenster aufgerissen. Jetzt lag er zwar wieder im Bett, dafür hatte er einen erhöhten Puls, kalten Schweiß auf der Stirn und war blass wie ein lebender Toter. Genau der Look, den er hatte erreichen wollen.

Als sich nach einem leichten Klopfen die Tür öffnete, rutschte er etwas tiefer in seine Laken. Er gab sich Mühe, so schwach und hilflos wie möglich zu wirken, während er sich innerlich für das bevorstehende Gespräch stählte.

Kristina trat ans Bett und runzelte die Stirn.

„Wie sehen Sie denn aus! Ist Ihnen schwindlig? Schlecht?“

Ohne seine Antwort abzuwarten, fasste sie ihm geschäftsmäßig an die Stirn.

„Kalter Schweiß“, murmelte sie, mehr zu sich selbst, bevor sie ihr Stethoskop hervorzog und ihn abhörte.

Sie spielte ihm genau in die Hände, dachte Gary zufrieden, bis sie sich aufrichtete und das Wort an den Sheriff richtete.

„Ich befürchte, wir müssen das Verhör verschieben. Seine Herzfrequenz ist erhöht und ich bin mir ziemlich sicher, dass er wieder Fieber hat.“

Nein, nein, nein. Das war das Letzte, was Gary wollte. Er wollte dieses Scheißverhör endlich hinter sich haben. Nicht, dass er ernsthaft glaubte, dass ihn der Sheriff nach einem mickrigen Verhör in Ruhe lassen würde. Aber es würde ihm wenigstens ein wenig Zeit verschaffen.

Der Sheriff war offenbar derselben Meinung, seiner unzufriedenen Miene nach zu urteilen.

„So schlimm ist es nicht“, ließ sich Gary mit schwacher Stimme vernehmen. „Vermutlich nur die Erschöpfung nach der Physiotherapie.“

Dr. Mertens hob eine Augenbraue.

„Stunden später? Die war doch bereits um zehn Uhr.“

„Bertha?“, fragte der Sheriff und lachte. „Kein Wunder, dass er daliegt wie ein Fisch am Land. Die nimmt ihre Patienten ganz schön in die Mangel.“

Offensichtlich kannte er die Physiotherapeutin. Eine attraktive, blonde Walküre, die in ihren Forderungen unerbittlich war. Verdammt, musste der Sheriff auch noch sympathisch sein? Das machte den Job immer schwieriger. Gary seufzte.

„Können wir anfangen? Ich weiß nicht, wie lange ich noch durchhalte.“

Um seine Müdigkeit zu demonstrieren, ließ er seine Augenlider auf Halbmast sinken.

„Ich weiß nicht“, begann Kristina, doch der Sheriff unterbrach sie.

„Ich werde jetzt ein paar Fragen stellen. Je schneller wir anfangen, desto schneller hat er wieder seine Ruhe.“

Gary fand es ganz amüsant, dass sie über ihn in der dritten Person sprachen. Eigentlich ein absolutes No-Go, doch ihm verriet es viel über die Dynamik der beiden. Trotzdem beschloss er, diese Tatsache als Vorwand zu nutzen, um die Kontrolle über das Gespräch zu übernehmen.

„*Er* wäre ganz froh, wenn *er* in das Gespräch miteinbezogen würde“, kommentierte er mit gerade genug Ironie in der Stimme, um milde Ungehaltenheit und gleichzeitig einen Sinn für Humor zu demonstrieren. Eine Mischung, die unbezahlbar war, um das Eis zu brechen. Zumindest auf Partys. Würde sich gleich herausstellen, ob das auch auf Polizeibeamte zutraf.

Die Gesichtszüge der Ärztin wurden weicher, als sie den Blick auf ihn richtete. Bingo. Der Sheriff war eine andere Geschichte. Er ließ sich nicht ganz so leicht einnehmen, was auch zu erwarten gewesen war. Aber zumindest hatte er ihn wohl damit überrascht, dass er seine Gesprächsbereitschaft signalisiert hatte. Er wertete das als einen ersten Punkt für sich.

„Das ist auch das erste Mal, dass ein Verdächtiger es nicht erwarten kann, dass das Verhör beginnt."

„Ich habe gehört, Sie hätten Antworten", erklärte Gary einfach. Er deutete auf seinen Kopf. „Solange der hier sich weigert, zu funktionieren, bin ich froh um jede Information." Er zog eine selbstkritische Grimasse. „Auch wenn das, was ich erfahre, ein schlechtes Licht auf mich wirft."

Jake entschlüpfte ein ersticktes Lachen.

„Ein schlechtes Licht ist eine sehr moderate Beschreibung der Tatsache, dass Sie ein gesuchter Bankräuber sind."

„So heißt es. Kann ich die Bilder mal sehen? Nicht, dass Sie mich noch mit meinem Zwillingsbruder verwechseln oder so", scherzte er.

Sofort wurde der Blick des Sheriffs wieder messerscharf.

„Sie haben einen Zwillingsbruder?"

Gary verdrehte die Augen.

„Keine Ahnung. Oder besser gesagt, ich weiß es nicht. Es war ein Witz, okay? Ich erinnere mich an gar nichts." Er deutete mit dem Kinn auf Kristina. „Selbst die Ärztin kann mir nicht sagen, wie ich hierhergekommen bin. Nachdem ich nicht ansprechbar war, kann ich leider nichts dazu beitragen, das Geheimnis zu lüften. Ich wäre ja schon froh, meinen eigenen Namen zu wissen."

Der Sheriff musterte ihn mit einem undurchdringlichen Blick. Nach einer gefühlten Ewigkeit drehte er sich zu der Ärztin um.

„Lass es mich sofort wissen, sobald er sein Gedächtnis wiedererlangt. Es scheint, als hättest du recht gehabt. In seinem

Zustand ist er keine Gefahr für andere. Leider auch für mich nicht von Nutzen. Solange er sich nicht einmal an seinen eigenen Namen erinnert, ist er mir keine Hilfe dabei, die anderen zu finden."

Gary zog scharf die Luft ein. Im letzten Moment zwang er sich, zusammenzuzucken, um eine Erklärung für das gut hörbare Geräusch zu präsentieren.

„Welche anderen?", fragte er so unschuldig wie möglich.

Jake musterte ihn.

„Ihre Kumpels", antwortete er schließlich. „Irgendjemand hat ja Ihren Arsch gerettet. Und glauben Sie mir, es war kein selbstloser Samariter."

Gary gab sich den Anschein, als würde er sich die Antwort des Sheriffs gründlich durch den Kopf gehen lassen, bevor er langsam und bedächtig nickte.

„Das macht tatsächlich Sinn." Er lächelte breit. „Ein schöner Gedanke, dass ich vielleicht doch nicht ganz alleine auf der Welt bin."

Der Sheriff schnaubte.

„Ich werde zusehen, dass ihr euch eine Zelle teilen dürft."

Bei seinen Worten entschlüpfte der Ärztin ein Grinsen.

„Sheriff! Du sagst die romantischsten Dinge. Das hätte ich gar nicht von dir gedacht!"

Er schenkte ihr ein schiefes Lächeln.

„Ich gebe mir Mühe."

Er tippte sich mit zwei Fingern an die Hutkrempe.

„Ich komme wieder."

Als er gegangen war, schloss Gary die Augen.

„Das habe ich befürchtet", murmelte er.

„Was?"

„Ach, nichts."

17

„Du musst mich nicht abholen, Dad", informierte Moira Kane am Freitagabend am Telefon, als er bereits auf dem Weg nach Independence war. „Ich schlafe heute hier. Leslie, Shauna und ich haben alle Aufgaben gemacht."

„Äh, kann ich mal mit Paula sprechen?"

„Ja, klar. Tschüss", antwortete sie ein wenig atemlos, bevor sie den Hörer weitergab.

Die plötzliche Unabhängigkeit seiner Tochter überraschte ihn immer wieder. Er freute sich für sie, dass sie sich im Moment mit riesigen Schritten zu einer jungen Erwachsenen entwickelte. Gleichzeitig löste es auch eine gewisse Wehmut in ihm aus. Die Zeiten, wo er im Zentrum ihres Lebens stand, neigten sich unwillkürlich ihrem Ende zu. Wo war nur sein kleines Mädchen geblieben, das es nicht erwarten konnte, dass er sie abholte?

Beschämt über die selbstsüchtige Richtung, die seine Gedanken einschlugen, zwang er sich, sich auf das Gemurmel zu konzentrieren, das aus seinem Handy drang. Offenbar schien im Hintergrund eine längere Diskussion abzulaufen. Gut möglich, dass Paula noch gar nichts von ihrem Glück wusste.

Während er auf die Hintergrundgeräusche lauschte, lenkte er seinen Truck an den Straßenrand. Wie so oft hatte er keine Ahnung, wo sich seine Kopfhörer gerade befanden. Die blöden Dinger versteckten sich andauernd an den unmöglichsten Orten, weshalb er es im Normalfall immer vermied, im Auto zu telefonieren. Aber wenn er den Klingelton hörte, den er für seine Tochter eingestellt hatte, nahm er den Anruf immer entgegen.

„Kane?“, meldete sich Paula am Telefon.

„Ich habe gehört, meine Tochter übernachtet heute bei dir? Schon wieder? Vielleicht sollte ich sie bald auf eure Adresse ummelden.“

Paula lachte.

„Kein Problem, du weißt ja, sie ist bei uns immer herzlich willkommen. Tatsächlich wollte ich dich fragen, ob sie gleich bis Sonntag bleiben kann. Wir machen morgen einen langen Ausritt, da wäre sie gerne dabei.“

Gerade noch rechtzeitig biss sich Kane auf die Lippen. Am liebsten hätte er gesagt, dass er morgen auch einen Ausritt mit Moira geplant hatte. Dass sich Jorinde und Joringel nicht von selbst bewegten und auch ihr Training brauchten. Doch er war sich bewusst, dass mit dem Vater auszureiten nicht dasselbe war wie in Gesellschaft ihrer besten Freundinnen. Ehrlich, er sollte froh sein, dass sie so gute Freundinnen hatte.

„Gerne“, zwang er sich deshalb zu sagen. „Das wird ihr bestimmt gefallen.“

„Das glaube ich auch. Sie haben sogar ein Picknick geplant. Und du musst dir keine Sorgen machen. Sie wird Dolly reiten. Selbst wenn sie runterfällt, fällt sie nicht tief.“

„Ich mach mir keine Sorgen, dass sie runterfällt. Die sitzt auf dem Pferd wie ein kleiner Affe. Ich komme trotzdem noch schnell vorbei und bringe ihren Inhalator mit.“

„Den hat sie dabei, hat sie mir gesagt“, unterbrach ihn Paula.

„Wirklich? Dann war das schon länger geplant?“

„Ich weiß erst seit Kurzem davon. Aber wer weiß, wann die Mädchen das ausgeheckt haben.“

„Oh. Okay. Na dann … Was soll ich jetzt bloß mit meinem Wochenende machen? So unverhofft kinderlos?“, witzelte er, während er sich die Frage insgeheim sehr ernsthaft stellte.

„Wenn du das wirklich nicht weißt, wird es höchste Zeit, dass Moira ein wenig mehr Zeit bei uns verbringt“, neckte Paula ihn. „Genau genommen hätte deine Tochter sogar ein paar Vorschläge für dich …“

Kane stöhnte.

„Echt jetzt? Ist das nur ein erneuter Plan, um mich und Kristina zusammenzubringen?“

„Jetzt verstehe ich Moiras Frustration“, murmelte Paula am anderen Ende der Leitung. „Ich dachte, ihr seid jetzt zusammen? Ich wusste nicht, dass das immer noch mit einem Fragezeichen versehen ist?“

Kane wich der Frage geschickt mit einer Gegenfrage aus.

„Sie ist frustriert? Weshalb denn?“

„Weil, ich zitiere, ihr beide ein längeres Balzritual durchzuführen scheint als Faultiere.“

„Was um Himmels willen weiß meine Tochter über das Balzverhalten von Faultieren?“

„Das ist völlig nebensächlich. Ich bezweifle, dass sie Details kennt, obwohl man das bei unseren schlauen Mädchen ja nie weiß. Aber ich denke, es ging ihr bei diesem Vergleich eher um die Fortbewegungsgeschwindigkeit an sich.“

„Autsch!“

„Genau“, antwortete Paula viel zu fröhlich für seinen Geschmack. „Brauchst du noch mehr Hinweise?“

„Lieber nicht. Sonst habe ich keine glaubhafte Ausrede mehr, wenn ich es verbocke.“

„Glaub mir, die hast du sowieso nicht. Zumindest keine, die deine Tochter gelten lässt.“

Kane berührte das Display seines Geräts, um den Anruf zu beenden. Sollte er wirklich den Wink mit dem Zaunpfahl befolgen und Kristina zum Essen ausführen? Oder sie vielleicht sogar zu sich auf die Ranch einladen? Sein Körper signalisierte ihm unverzüglich seine Zustimmung. Seine Nerven allerdings waren hin- und hergerissen. Frustriert wischte er sich seine feuchten

Hände an den Hosen ab. Seit wann war das so kompliziert geworden? Er konnte sich nicht daran erinnern, Mitte zwanzig ein solches Wrack gewesen zu sein, wenn er mit einer Frau ausgegangen war. War es das, was alle mit *alt werden* meinten? Falls ja, würde er sein Abo gerne abbestellen.

Allerdings … Die verstohlenen Küsse, die sie hie und da die letzten Tage geteilt hatten, immer ein Ohr oder Auge darauf gerichtet, ob sie wirklich allein waren, waren die Aufregung definitiv wert. Sofort flutete sein Körper ihn mit sinnlichen Bildern, wie eine Fortsetzung eines Kusses aussehen konnte. Ohne Publikum, seien es neugierige Kinder oder Erwachsene.

Wie von selbst flogen seine Finger zum Zündschlüssel. Er startete den Motor und trat aufs Gaspedal. Er wäre wirklich ein Idiot, wenn er dieses Geschenk nicht annehmen würde.

*

Kristina klemmte sich das Telefon unters Kinn, während sie ihre Kleider durchsuchte. Sie hatte ihre Freundin Zoé am Telefon, die das Wochenende mit ihrem Freund Will verbrachte, der in Independence wohnte.

„Ich weiß nicht … Ich habe keine große Lust, auszugehen. Ich bin müde und hab nichts anzuziehen."

„Ach, komm schon. Wir haben uns ewig nicht gesehen. Von mir aus kannst du auch deinen Arztkittel tragen. Dein Arbeitspensum ist mindestens so verrückt, wie meines es mal war."

„Du hast ja auch einen guten Grund, deine Stunden zu reduzieren", grummelte Kristina.

„O-o, Ärger im Paradies? Hattest du nicht gesagt, dass Kane den Abend mit seiner Tochter verbringt? Wie läuft es denn sonst so mit ihm?"

Frustriert über den Inhalt ihres Kleiderschranks, sie sollte wirklich dringend Zoés Angebot annehmen und mit ihr in Denver shoppen gehen, und ja, auch über die Situation mit Kane, seufzte sie.

Nur in einem Tank-Top und ihren Boyshorts, die sie normalen Unterhosen vorzog, ließ sie sich aufs Bett fallen.

„Ich weiß nicht. Wenn wir uns sehen, ist alles bestens. Du kennst ihn ja. Er ist witzig, hat Humor, kann ein intelligentes Gespräch führen, sieht zum Anbeißen aus und liebt seine Tochter über alles.“ Sie lachte ein humorloses Lachen. „Ehrlich, es wäre einfacher, wenn er nicht so perfekt wäre. Dann hätte ich schon längst meine Schwärmerei abgelegt und wäre vielleicht schon lange mit jemand anderem zusammen.“

„Weil es in dieser Gegend ja nur so wimmelt von solchen Kandidaten. Single, intelligent, gut aussehend und mit dem erforderlichen Mitgefühl für andere ausgestattet“, kommentierte Zoé trocken.

„Ach, komm schon, du weißt, was ich meine.“

„Ehrlich gesagt, nein. *Ich* hatte dir das ganze letzte Jahr genau das gesagt und du wolltest nichts davon hören. Und jetzt, wo ihr tatsächlich ein Paar seid, kriegst du kalte Füße?“

Kristina zog leicht den Kopf ein. Wenn ihre Freundin das so ausdrückte, musste sie zugeben, dass es lächerlich klang.

„Ich bin frustriert, okay? Sexuell frustriert, damit du mich richtig verstehst. Es fühlt sich an, als würden wir einen Schritt vor und zwei zurück machen. Wir sind nie allein. Ich verstehe ja, dass er eine Tochter hat. Moira ist großartig. Nur …“

„… nicht förderlich, wenn man in einer Beziehung den nächsten Schritt machen möchte“, vollendete Zoé den Satz für sie.

„Genau“, antwortete Kristina, erleichtert, dass Zoé sie verstand.

„Na, dann organisier eine Pyjama-Party für Moira. Das kann doch nicht so schwer sein.“

Leonidas sprang neben ihr aufs Bett und legte sich quer über ihre Beine. Geistesabwesend begann sie ihn zu streicheln.

„Sollte man meinen … Aber wenn das jemand organisiert, müsste das schon Kane sein. Ich will schließlich nicht wie die böse Stiefmutter erscheinen, die das Kind loshaben will. Will ich ja auch nicht. Zumindest nicht dauerhaft. Nur für ein paar Stunden. Himmel, zurzeit würde ich mich wahrscheinlich auch mit einem Quickie begnügen."

Sie schnaubte so laut, dass Leonidas erschrocken aufsprang, in ihrem offenen Kleiderschrank Zuflucht suchte und sie aus dem Dunkeln mit seinen gelben Augen anfunkelte. Prompt musste sie lachen.

„Selbst mein Kater meint, ich sei heute eine schlechte Gesellschaft."

„Ach ja, der Gourmet-Kater …"

„Hey, er hat heute eine Dose Thunfisch gegessen."

„Echt jetzt?"

Die Türglocke klingelte.

„Warte kurz, da ist jemand an der Tür."

Ohne sich die Mühe zu machen, mehr anzuziehen, vermutlich war es sowieso nur die ältere Frau von nebenan, ging sie über die Treppe ins Erdgeschoss hinunter.

„Ist es der Postbote?"

„Du bist so neugierig … ich weiß es nicht. Warte kurz, dann sage ich es dir gleich."

Schwungvoll öffnete sie die Tür.

„Du!", rief sie überrascht und errötete prompt bis in die Zehenspitzen.

*

Kane konnte nur sprachlos dastehen bei dem Anblick, der sich ihm bot. Kristinas schlanker Körper kam in dem Outfit wirklich hervorragend zur Geltung. Er schluckte.

„Kane? Wolltest du etwas? Ist irgendetwas mit Moira passiert?", fragte sie, verwirrt über seine Anwesenheit auf ihrer Türschwelle.

Durch ihr Handy war ein begeisterter Aufschrei zu hören.

Kristina ignorierte es. Zu sehr drängte es sie zu wissen, weshalb Kane auf einmal bei ihr zu Hause war und sie mit hungrigen Blicken verschlang. Sie schielte an sich hinunter. Okay, das mochte auch mit ihrem Level an Bekleidung oder besser dessen Mangel zusammenhängen. Trotzdem konnte sie nicht verhindern, dass sich ihre Bauchmuskeln in freudiger Erwartung zusammenzogen.

„Mit Moira ist alles in Ordnung", brachte Kane endlich heraus. „Sie ist quasi in den Ferien. Auf Paulas Ranch." Seine Augen drifteten von ihrem Gesicht wieder hinunter zu ihrem Körper. „Ich wollte dich eigentlich ausführen … Jetzt allerdings bin ich mehr fürs Bestellen von Pizza."

Er schenkte ihr ein jungenhaftes Grinsen.

„Falls du Zeit und Lust hast natürlich nur."

„Keine neugierigen Leute? Keine Kids? Nur du und ich?"

Er nickte und schaute ihr tief in die Augen.

Kristina ließ den Blick nicht von Kane, während sie das Telefon zurück ans Ohr hob.

„Zoé, mir ist gerade etwas dazwischengekommen. Wir müssen unser Treffen verschieben."

Zoé lachte.

„Hatte ich mir schon fast gedacht. Morgen Mittag. Bereite dich auf ein anwaltliches Verhör vor."

Den Kopf über die Albernheiten ihrer Freundin schüttelnd, beendete Kristina das Gespräch. Mit der freien Hand packte sie Kane am Ärmel und zog ihn hinter sich ins Haus.

„Pizzaservice klingt wunderbar", sagte sie und zog seinen Mund zu ihrem herab. „Später."

Das ließ Kane sich nicht zweimal sagen. Besitzergreifend ließ er seine Hände an ihren Rippen entlanggleiten, immer höher, bis sie sich um ihre Brüste schlossen.

„Endlich", flüsterte er an ihrem Ohr.

Kristina stöhnte und presste sich dichter an ihn, während sie ihm auf der Suche nach direktem Körperkontakt schon fast hektisch sein T-Shirt aus dem Hosenbund zog.

„Ich fühle mich ein wenig benachteiligt“, murmelte sie schließlich. „Du hast definitiv zu viel an!“

Kane lachte leise, froh über die Leichtigkeit, die er plötzlich empfand.

„Das lässt sich leicht ändern“, versprach er und half ihr dabei, sich seiner Kleider zu entledigen.

„Viel besser“, schnurrte sie, als sie endlich seinen von schlanken Muskeln geprägten, nackten Oberkörper vor sich hatte.

Kane wunderte sich, dass es nicht zischte, als er endlich ihre Hände auf seiner nackten Haut spürte, so heiß fühlte er sich. Ohne seine eigene Erkundungstour ihres Körpers zu unterbrechen, fragte er: „Schlafzimmer?“

„Zu weit weg. Couch“, waren die letzten zusammenhängenden Worte, die Kristina formulierte.

Zum Glück war Kane gut darin, Befehle zu befolgen. Zumindest so lange diese ihn ihrem gemeinsamen Ziel näherbrachten. Als wäre sie leicht wie eine Feder, hob er sie hoch und trug sie ins Wohnzimmer. Leonidas, der bei ihrem Eintreten auf besagter Couch saß, scheuchte er freundlich hinunter und aus dem Zimmer. Den bitterbösen Katzenblick ignorierte er.

„Dieses eine Mal will ich keinen einzigen Zuschauer“, erklärte er ihr, als er mit dem Fuß die Tür zuschob. „Nicht einmal der vierbeinigen Art.“

Kristina kicherte.

„Sehr guter … Oh …“

Kane lächelte und begann damit, sich ausgiebig seinem Ziel zu widmen, sie für die nächsten paar Stunden sprachlos zu machen. Zumindest beinahe. Ausrufe wie „o mein Gott“ oder „mehr, Kane“ waren natürlich nicht nur erlaubt, sondern erwünscht.

*

Am nächsten Morgen war Kristina mit dem ersten Sonnenstrahl wach. Ein Lächeln zupfte an ihren Mundwinkeln, als sie feststellte, dass Kane sich von hinten in Löffelchenstellung an sie geschmiegt und den Arm besitzergreifend um ihre Taille gelegt hatte. In regelmäßigen Abständen entschlüpfte ihm ein leiser Schnarcher. In der Kuhle ihres Bauches lag Leonidas, als wollte er sichergehen, dass der gestrige Rauswurf aus dem Schlafzimmer ein einmaliges Versehen gewesen war. Nach ihrer mitternächtlichen Pizzamahlzeit hatte er es erfolgreich geschafft, genügend Mitleid bei ihnen zu wecken, dass sie nachgegeben und ihn ins Zimmer gelassen hatten.

Kristina hatte keine Ahnung, wo er sich während Orgasmus drei und vier versteckt hatte und wollte es auch lieber gar nicht wissen. Immerhin konnte er ihre Geheimnisse nicht ausplaudern. Was für eine Nacht, stellte sie fest. Kane hatte ihr gestanden, dass er nervös gewesen war. Offenbar war er sich nicht sicher gewesen, ob er sich überhaupt noch erinnerte, wie Sex funktionierte. Sie grinste. Er hatte weiß Gott keinen Grund gehabt, nervös zu sein. Der Funke zwischen ihnen war so stark aufgelodert, dass sie zwischenzeitlich buchstäblich das Gefühl gehabt hatte, sich zu verbrennen. Träge ließ sie ihre Finger über die Haut über seinen Muskeln gleiten.

„Guten Morgen“, tönte es plötzlich verschlafen hinter ihr. „Schon lange wach?“

„Nein. Erst ein paar Minuten.“

„Wieso bist du überhaupt schon wach? Kann es tatsächlich sein, dass ich dich gestern Nacht nicht ausgelastet habe?“

Kristina lachte.

„Wohl kaum. Noch mehr Auslastung und ich wäre wahrscheinlich an einer Überdosis Lust ertrunken.“

„Aber was für ein Abgang, oder?“

Sie schnaubte amüsiert, selbst sein Übermut törnte sie an. Was war bloß mit ihr los?

„Das könnte man wohl so sagen.“

„Und jetzt?“

„Jetzt wollte ich gerade Frühstück machen gehen. Hungrig?“

Kane zog sie ein wenig näher an sich ran, um besseren Zugang zu ihrem Nacken zu haben. Leicht an der empfindlichen Haut dort knabbernd, murmelte er: „Hungrig ja. Auf dich. Frühstück kann warten.“

Dagegen fielen ihr nun wirklich keine Argumente ein, und sie ließ sich von den hunderttausenden Empfindungen mitreißen, die seine tanzenden Fingerspitzen auf ihrer Haut in ihr auslösten. Leonidas' empörtes Protestmiauen hörte sie nicht mehr.

*

„Moira“, rief Paula von der Küche.

„Ja?“, schrie Moira vom Eingang zurück.

„Hast du deine Übungen gemacht?“

„Muss ich wirklich?“, grummelte sie, allerdings nur halbherzig, da sie bereits wusste, wie die Antwort ausfallen würde.

„Dein Dad hat mir extra eine Textnachricht geschrieben.“

„Ich hatte gehofft, der wäre zu beschäftigt, um auf sein Handy zu schauen“, ließ sich Shauna vernehmen.

„Shauna!“, schalt Paula sie. „Das geht dich nun wirklich nichts an!“

„Wir wollten aber gleich in den Stall gehen“, mischte Leslie sich in die Diskussion ein.

„Das könnt ihr auch nachher noch. Ihr habt noch genügend Zeit für euer Picknick zu Pferd. Aber erst macht Moira ihre Übungen. Eigentlich könnt ihr die auch alle zusammen machen, oder nicht?“, wandte sie sich an ihr Gastkind.

Moira zuckte mit den Schultern.

„Klar. Ich bezweifle aber, dass sie das wollen.“

Unsicher schaute sie von Shauna zu Leslie.

„Ich glaube nicht, dass das irgendjemanden interessiert“, sagte sie schließlich niedergeschlagen.

Leslie und Shauna tauschten einen Blick aus.

„Doch, natürlich“, widersprachen beide unisono. „Wir schieben die Wohnzimmermöbel zur Seite, dann haben wir auch zu dritt genug Platz.“

„Dann sollte ich vielleicht noch staub…“, begann Paula, wurde aber von den zwei bösen Blicken ihrer Töchter gestoppt. Okay, es gab Wichtigeres als ein paar Büschel Hundehaare. Da hatten die beiden vermutlich recht.

*

Moira zeigte den beiden anderen die verschiedenen Übungen, die sie tagtäglich machte. Es wurde viel gelacht, vor allem, weil einige gar nicht so einfach waren, wie sie auf den ersten Blick aussahen.

„Uff, und das machst du jeden Tag? Kein Wunder, dass du so fit bist“, stöhnte Shauna.

Moira strahlte. So hatte sie das noch gar nie betrachtet. Fit war kein Begriff, den sie mit sich selbst in Verbindung brachte. Eher das Gegenteil. Vor allem, weil sie im Sport des Öfteren aussetzen musste und auch viel Spott ertragen musste, wenn das der Fall war.

„Was ist es eigentlich genau, was du hast?“, fragte Leslie, nur um gleich eilig hinzuzufügen: „Also nur, falls dich meine Frage nicht stört. Du musst sie nicht beantworten.“

Moira schaute sie überrascht an.

„Das hat mich noch nie jemand gefragt. Willst du das wirklich wissen?“

„Ja, klar.“

Auch Shauna nickte interessiert.

„Es ist eine Erbkrankheit. Also nichts Ansteckendes oder so.“

Shauna rollte mit den Augen.

„Logisch. Sonst würdest du kaum mit uns zur Schule gehen.“

„Shauna!“, zischte Leslie verlegen.

„Was? Ich sag ja nur, wie es ist. Wenn sie jetzt, ich weiß nicht, zum Beispiel Vogelgrippe hätte, müsste sie wahrscheinlich in Quarantäne sein. Das wäre dann blöd.“

„Stimmt. So habe ich das noch nie betrachtet“, sagte Moira nachdenklich. „So gesehen ist meine Krankheit tatsächlich nicht so schlimm. Nur, dass sie nicht heilbar ist.“

Die Augen der beiden Mädchen wurden groß.

„Nicht? Also stirbst du bald oder so?“

Leslie hielt ihrer Schwester den Mund zu.

„Natürlich stirbt sie nicht. Jetzt sei endlich ruhig und lass Moira erzählen.“

Obwohl das Thema gar nicht zum Lachen war, ertappte sich Moira dabei, wie sie innerlich schmunzelte. Es war erstaunlich befreiend, mal mit Gleichaltrigen und nicht nur mit ihrer Ärztin oder ihrem Dad darüber zu sprechen. Fast so, als ob sie wirklich dazugehörte.

„Es ist eine angeborene Stoffwechselerkrankung, und man hat sie ein Leben lang. Bei Mukoviszidose sind wichtige Sekrete im Körper zu dickflüssig und funktionieren deshalb nicht richtig. Der Schleim in der Lunge sollte eigentlich eine ähnliche Konsistenz wie Wasser haben.“ Sie warf einen vorsichtigen Blick in die Richtung ihrer Freundinnen. „Ekelt ihr euch schon, oder soll ich weitererzählen?“

Beide nickten eifrig.

„Okay. Also, der Schleim in meiner Lunge ist eher zähflüssig. Ihr könnt euch das wie Honig vorstellen. Das hat zur Folge, dass der Schleim seine Arbeit nicht gut tun kann, weil er einfach da hockt und nicht rauskommt.“

Leslie runzelte die Stirn.

„Wir haben Schleim in der Lunge … auch wenn wir nicht erkältet sind?“

Moira nickte.

„Eine besonders wichtige Rolle spielt der Schleim in den Atemwegen.“

„Was macht der Schleim dort? Ich meine, sitzt er nur da und schleimt vor sich hin, oder was?“, wollte Shauna interessiert wissen.

„Er schützt die Lunge vor Schmutz aus der Luft und vor Krankheitserregern wie Bakterien oder Viren.“

„Wie macht er denn das?“

„Na, wenn er richtig funktioniert, also flüssig ist, fängt der Schleim diese Teilchen ab und transportiert sie wieder nach draußen.“

„Cool“, stieß Shauna aus. „Der Körper ist ganz schön gut organisiert.“

Moiras Schultern fielen herab.

„Theoretisch ja. Zumindest wenn man diese Krankheit nicht hat. Bei mir ist der Schleim aber zu zähflüssig, deshalb bleibt er zusammen mit dem Schmutz und den Erregern in den Atemwegen kleben.“

Leslie lehnte sich besorgt nach vorn.

„Was passiert dann?“

„Die Viren und Bakterien fühlen sich in dieser schleimigen Umgebung sehr wohl und vermehren sich. Deshalb bekommen Menschen wie ich häufiger Erkältungen, Bronchitis oder sogar Lungenentzündung. Zudem nimmt der viele Schleim eine Menge Platz in den Atemwegen weg. Deshalb kann die Luft beim Atmen nicht mehr so gut rein und raus.“

„Deshalb hustest du viel. Weil der Schleim dich stört“, folgerte Leslie richtig.

„Genau. Auf Dauer ist das sehr anstrengend. Also für die Muskeln“, erklärte Moira weiter. „Diese Übungen helfen, den Schleim zu lösen, sodass ich nicht so viel husten muss.“

Shauna runzelte die Stirn.

„Ist denn Husten nicht etwas Gutes? Also, ich meine, wenn du dadurch den Schleim loswirst?“

„Grundsätzlich schon. Aber wenn meine Muskeln so erschöpft sind, dass sie nicht mehr richtig arbeiten, beeinträchtigt das auch wieder meine Atmung. Ich fange dann an, nur noch ganz flach zu atmen, was für die Belüftung der Lunge schlecht ist."

„Klar", überlegte Leslie laut. „Der Brustkorb kann sich dann beim Atmen nicht mehr so gut groß und wieder klein machen."

„Das fühlt sich so an, als ob man ein Korsett trägt, das zu eng geschnürt ist." Moira kicherte unverhofft. „Zumindest stelle ich mir das so vor. Dadurch wird das Atmen noch schwieriger und der Körper bekommt zu wenig Sauerstoff. Deshalb kann ich oft nicht schnell rennen oder werde schneller müde als andere."

„Dann müssen wir schauen, dass du dich nicht überanstrengst heute Nachmittag", beschloss Leslie.

Moira warf ihr einen gequälten Blick zu.

„Das wollte ich gerade nicht. Ich will keine Sonderbehandlung. Ich will einfach einen ganz normalen Ausritt machen und den Nachmittag genießen."

„Okay, das verstehe ich", pflichtete Shauna ihr bei und brachte ihre Schwester mit einem bedeutungsvollen Blick zum Schweigen.

Erleichtert lehnte Moira sich zurück.

„Dann lass uns mit den Übungen weitermachen. Dann können wir endlich in den Stall zu den Pferden."

„Gute Idee!"

*

18

Jake lehnte sich an die Bar und winkte Kurt zu sich hinüber.

„Sheriff", brummte der stattliche Biker zur Begrüßung, während er sich die Hände an einem Geschirrtuch abwischte. „Wo brennt's denn? Bier gefällig?"

„Leider nein. Ich bin noch im Dienst für die nächsten zwei Stunden. Ich wollte dich um einen Gefallen bitten."

Kurts Augenbrauen schossen in die Höhe.

„Das Gesetz braucht Hilfe von uns Outlaws?" Er bezog sich damit auf seine Stellung als Chief der *True Warriors*, der lokalen Bikergang.

Jake zog eine Grimasse.

„Ha ha. Die True Warriors sind genauso wenig Outlaws wie ich. Sonst hätte ich dem Club schon längst ein Ende bereitet."

„Oder es zumindest versucht", konterte Kurt mit einem Grinsen.

Die *True Warriors* waren keine Bikergang im eigentlichen Sinne, auch wenn sie sich gerne diesen Anschein gaben. Strenge Vereinsstatuten regelten die Aufnahme. Jemand, der einen gesetzeslosen Raum suchte, um seine kriminellen Energien auszuleben, hatte keine Chance. Dafür war das Auswahlverfahren zu streng.

Für Uneingeweihte war das allerdings nur schwer erkennbar. Wenn die Biker in voller Montur und unter dem Geheule der starken Motoren im Pulk auffuhren, machten sie einen wilden, unzähmbaren Eindruck. Meist aber genossen sie einfach das

Gefühl des Windes in ihren Haaren und die Vibration der Motoren zwischen ihren Schenkeln. Die übrige Zeit waren sie in verschiedene wohltätige Unternehmungen involviert. Einige, wie der Santa-Ride, waren bereits zu einer lokalen Tradition und somit zum Grauen einiger Mitglieder zur Touristenattraktion geworden. Kein Wunder, dass sie ihre karitativen Tätigkeiten mehrheitlich unter Verschluss hielten.

Der Club hatte direkt am Highway auf der Strecke zwischen Independence und Breckenridge ein Clublokal, wo man sich ab und zu traf, eine Runde Billard spielte und bei einem Bier männliche Gespräche führte.

Für den Fall, dass ihnen dabei langweilig wurde, bestand noch die Möglichkeit, in der Garage, die direkt an das lange, ebenerdige Gebäude angeschlossen war und eine Unmenge an verschiedenen Werkzeugen enthielt, an den Motorrädern rumzuschrauben. Irgendetwas konnte immer verbessert werden, sei es das beeindruckende Äußere der Maschinen oder die Motorenleistung. Diese Gelegenheit wurde rege genutzt, zumal oft auch Donovan anwesend war, der als Besitzer der *Gas 'n' Go*-Garage ein richtiger Zauberer war, was alles Technische anbelangte.

Für Notfälle existierten im Obergeschoss zwei Schlafzimmer. Grundsätzlich stand es jedem frei, eines davon zu benutzen, sollte er es einmal brauchen. Während sie eine Zeit lang als Übergangslösung für einige Clubmitglieder gedient hatten, erfüllten sie momentan wieder ihren Zweck als praktische Übernachtungsmöglichkeit für Mitglieder, die einen über den Durst getrunken hatten.

Auch Zoé, eins der wenigen weiblichen, ehrenhalber aufgenommenen Mitglieder, hatte dort für eine kurze Zeit gewohnt, als ihr letztes Jahr aufgrund ihres Jobs als Anwältin die Mafia auf den Pelz gerückt war. Die *True Warriors* kümmerte sich um die ihrigen. Dazu gehörten auch die Einwohner von Independence, wie Jake sehr genau wusste. Und genau darauf zählte der Sheriff in diesem Moment.

„Der Bankräuber in unserem Krankenhaus …“

„Ja, was ist mit ihm?“

„Der Kerl spielt immer noch seine Amnesie-Karte aus.“

Kurt runzelte die Stirn, während er Melissa, die immer noch an einigen Tagen im Diner aushalf, obwohl sie schon längst nicht mehr darauf angewiesen war, zwei Jobs gleichzeitig zu haben, ein Zeichen gab, für ihn zu übernehmen.

„Spielt das eine Rolle? Ich dachte, er sei zweifelsfrei identifiziert worden.“

Jake hob eine Schulter und ließ sie wieder fallen.

„Das Gesichtserkennungsprogramm hat einige Unstimmigkeiten aufgezeigt. Aber die Prozentzahl der Übereinstimmung ist relativ hoch. Trotzdem würde sich natürlich jeder Verteidiger, der sein Geld wert ist, auf dieses Detail stürzen. Vermutlich hatte er seine Wangen gepolstert. Oder mit Plastilin gearbeitet. Aber das sind eben alles Vermutungen.“

„Aber du und ich wissen, dass es der Kerl gewesen ist“, stellte Kurt fest.

„Klar. Alle eigentlich. Aber wie es so schön heißt, im Zweifel für den Angeklagten. Zudem würde ich wirklich gerne den Rest der Bande kriegen.“

„Existieren von denen auch Bilder?“

„Es existieren Bilder von schwarzgekleideten Männern – oder Frauen – in Skimasken, die in die Bank rennen und ihren Kumpel rausholen.“

„Nicht sehr hilfreich also.“

„Genau. Deshalb ist mein Plan, den Kerl im Krankenhaus ein wenig schmoren zu lassen. Vielleicht wird ihm das mit dem Gedächtnisverlust ja irgendwann langweilig.“

Kurt schnaubte.

„Wohl kaum, so lange er dreimal täglich eine warme Mahlzeit kriegt und von der hübschen Sarah umsorgt wird. Wie ich gehört habe, fliegen zwischen den beiden die Funken.“ Er schüttelte den Kopf. „Ich hatte sie immer für viel zu vernünftig gehalten, um auf einen Kriminellen hereinzufallen.“

„Der Typ ist gut, das muss man ihm lassen. Mindestens die Hälfte der weiblichen Personen, mit denen er in Kontakt gekommen ist, ist der festen Überzeugung, dass er das eigentliche Opfer ist. Paige, Sarah, sogar Kristina.“ Verwundert schüttelte er den Kopf. „Dabei würde man denken, dass ein Bankräuber ziemlich weit oben rangiert.“

„Na ja“, gab Kurt zu bedenken. „Immerhin haben sie keine Gewalt angewendet. Gentleman-Banditen waren immer schon schwierig einzuordnen.“

Der Sheriff stöhnte.

„Nicht du auch noch. Die Einzige, die zu mir hält und überzeugt ist, dass die Bankräuber direkt unter uns sind, ist meine Tochter.“

„Cammie?“

Jake nickte.

„Sie spricht von nichts anderem mehr und behauptet, ihnen bereits zweimal begegnet zu sein. Jaz tut es als Hirngespinst ab, doch ich bin mir nicht so sicher. Was, wenn sie meinen Cop-Instinkt geerbt hat?“

„Du verlässt dich auf die Worte einer Vierjährigen?“, fragte Kurt erstaunt. „Du klammerst dich wirklich an Strohhalme.“

Jake sagte nichts, sondern starrte ihn nur erwartungsvoll an.

„Also gut“, gab Kurt nach, als seine Neugier die Oberhand gewann. „Spuck’s schon aus. Was willst du von mir? Meine Verhörtechnik kann es nicht sein …“

„Ich will, dass du drei Verdächtige einlädst, mit euch einen Roadtrip mit den Bikes zu machen. Du weißt schon, ein netter Ausflug, ein paar Sehenswürdigkeiten, ein paar Bier im Clubhaus. Meine Hoffnung ist, dass sie zu diesem Zeitpunkt das Gefühl haben, ihr seid ihre neuen Best Buddies. Im besten Fall bitten sie euch um Hilfe.“

„Ich weiß nicht …“ Kurt war skeptisch. „Das kann ich natürlich gern machen. Aber ich bezweifle, dass das funktioniert.“

„Versuch’s einfach“, bat Jake. „Ich würde wirklich gerne bald einen Fortschritt verzeichnen.“

„Okay“, antwortete Kurt langsam. „Jetzt müsste ich nur noch wissen, wen wir mit unserem Biker-Charme verführen sollen.“

Jake ignorierte den Sarkasmus, der von Kurts Stimme troff, und drehte sich so, dass er den Schankraum überblicken konnte. Mit einer knappen Kinnbewegung deutete er in die rechte Ecke.

„Dort drüben. Vierzehn Uhr“, bediente er sich der militärischen Art und Weise der Positionsbestimmung.

„Die drei Typen? Die wohnen im Bed & Breakfast. Bist du sicher, dass Cammie sich nicht irrt?“

„Sicher nicht. Aber unsicher genug, dass ich gerne Gewissheit hätte“, hielt der Sheriff stur an seinem Plan fest.

Kurt zuckte mit den Schultern.

„In Ordnung. Gib mir ein paar Tage Zeit, das zu organisieren. Nicht jeder der True Warriors eignet sich für diese heikle Angelegenheit.“

Im Kopf begann er bereits eine Liste zusammenzustellen. Big A, der mit Cole, Jakes Bruder, *Carter Securities* aufgebaut hatte und früher fürs FBI gearbeitet hatte. Blackbird, ein ehemaliger Army Ranger, war sicher auch dabei, wenn er ihn fragte. Spider und Bull waren ebenfalls zuverlässige Mitglieder. Gerne hätte er auch noch Thor gefragt, doch der war aktuell nicht aufzufinden. Er seufzte. Irgendwann würde er wohl einen Versuch starten, mit ihm Kontakt aufzunehmen, wenn das noch länger dauerte. Aber fürs Erste würde er ihn in Ruhe lassen. Er hatte eine Vermutung, weshalb Thor so plötzlich verschwunden war. Die Zeit würde zeigen, ob er richtiglag.

Jake wusste, wann seine Anwesenheit nicht mehr gebraucht wurde. Im Wissen, dass sein Anliegen in guten Händen war, verabschiedete er sich mit einem Zwei-Finger-Salut an der

Hutkrempe und ging zum Ausgang. Er unterdrückte ein Grinsen, als er an den mutmaßlichen Bankräubern vorbeikam. Er war zuversichtlich, dass es Kurt gelingen würde, die Bande zu knacken.

*

„Hast du den Blick gesehen, den der Sheriff uns zugeworfen hat?“, fragte Clancy misstrauisch.

„Lass ihn doch“, antwortete Lennard leise. „Er kann uns Blicke zuwerfen, so lange er will. Nur weil er Verdacht geschöpft hat, heißt das noch lange nichts. Sie können uns nichts nachweisen.“

„Irgendwelche Pläne heute?“, fragte John mit leichtem Vorwurf in der Stimme.

Er und Clancy waren nicht begeistert gewesen, zu erfahren, dass er Gary ohne sie besucht hatte. Sie hatten sich erst wieder beruhigt, als sie gehört hatten, dass es ihm viel besser ging und er sich offenbar auf dem Weg der Besserung befand. Nur knapp hatte er sie davon abhalten können, ihn sofort aus dem Krankenhaus zu befreien.

„Ich sag immer noch, es ist ein Risiko, länger abzuwarten“, ließ sich Clancy pessimistisch vernehmen.

Lennard beugte sich vor.

„Das größere Risiko ist das eines Rückfalls. Ich werde verdammt noch mal nicht ein zweites Mal zusehen, wie er beinahe stirbt“, ließ er die anderen beiden eindringlich wissen.

Clancy und John warfen sich einen reuevollen Blick zu.

„Damit hast du vollkommen recht. Trotzdem wäre es genauso blöd, wenn wir zu lange warten und er dann unverhofft ins Gefängnis wandert. Ich bin nicht sicher, ob unsere Fähigkeiten ausreichen, ihn aus einem Hochsicherheitstrakt rauszukriegen.“ Clancy wackelte vielsagend mit den Augenbrauen. „Wir sind schon gut. Aber so gut?“

„Da gebe ich dir recht“, stimmte ihm Lennard zu. „Weshalb wir alles dransetzen, ihn da rauszuholen. Aber erst soll er noch ein paar Tage Zeit haben, um gesund zu werden, Physiotherapie zu machen und die Anwesenheit seiner bezaubernden Krankenschwester zu genießen.“

„Bezaubernde Krankenschwester?“, fragte John ungläubig.

Clancy lachte leise und schüttelte den Kopf.

„Typisch. Ihm kann wirklich niemand widerstehen.“

„Bringt mich glatt zum Nachdenken, ob ich nicht auch irgendein Leiden entwickeln soll.“

John scherzte nur halb. Ihr Lifestyle war für Beziehungen nicht gerade förderlich. Und One-Night-Stands zogen in einer Kleinstadt wie dieser einfach zu viel Aufmerksamkeit auf sich. Er seufzte. Ach, wären sie doch nur schon in Brasilien. Er konnte es nicht erwarten, ihr neues Leben zu beginnen. Diesmal, ohne vom rechten Pfad abzukommen.

*

Es war bereits späterer Nachmittag, als sie ihre Pferde in einer Lichtung zum Grasen freiließen. Leslie lenkte ihren Blick zum Himmel. Zwei Stunden Tageslicht blieben ihnen noch. Mehr als genug Zeit für ihr kleines Picknick. Während sie die große Decke ausbreitete, beobachtete sie verstohlen Moira. Gerade kauerte sie neben einem Baumstumpf und half Shauna, die mitgebrachten Esswaren auf einem Baumstumpf zu platzieren. Immer wieder musste Moira innehalten, um zu husten. Sie tat es verstohlen, so leise wie möglich. Leslie runzelte die Stirn, als sie darüber nachdachte, was sie heute über Moiras Krankheit gelernt hatte. Husten machte müde, ja. Aber gleichzeitig war es notwendig, um den Schleim loszuwerden und die Atemwege freizukriegen. Wenn sie ihren Husten unterdrückte, konnte das nicht gut sein.

„Moira“, rief sie. „Komm, setz dich zu mir.“

Mit einem Ausdruck der Erleichterung auf dem Gesicht rappelte Moira sich auf und begann in ihre Richtung zu gehen.

„Und ich soll alles allein machen?"

Shaunas Protest ließ sie wie angewurzelt stehen bleiben.

Leslie hätte ihre Schwester am liebsten erwürgt. Konnte sie nicht sehen, wie erschöpft Moira war?

„Sie ist unser Gast", deklarierte sie und winkte Moira ermutigend zu, nachdem sie Shauna mit einem bedeutungsvollen Große-Schwestern-Blick ruhiggestellt hatte. Diesmal funktionierte es sogar.

Moira wusste nicht, was plötzlich mit ihr los war. Den ganzen Morgen hatte sie sich prima gefühlt. Und plötzlich, ungefähr nach der Hälfte des Ritts, hatte es angefangen. Ihr war heiß und kalt zugleich. Das Atmen fiel ihr schwer. Am liebsten hätte sie laut losgehustet. Doch sie hatte Angst, dass die anderen ihretwegen umkehren würden. Das wollte sie nicht. Zu oft hatte sie sich anhören müssen, dass sie eine Spaßverderberin war. Nicht schon wieder. Nicht heute. Nicht hier, mit diesen Mädchen, die so was wie ihre besten Freundinnen geworden waren.

Dankbar ließ sie sich auf die Decke fallen.

„Alles in Ordnung mit dir?", fragte Leslie leise.

Moira zuckte mit den Schultern.

„Ich weiß nicht. Vielleicht habe ich mir etwas eingefangen", gab sie zu. „Aber keine Sorge, ich bin das gewöhnt. Das wird schon wieder. In ein paar Tagen bin ich so gut wie neu."

Leslie war sich nicht so sicher, ob sie sich keine Sorgen machen musste. So wie sie es verstanden hatte, konnte die Krankheit ziemlich gefährlich sein. Sie stand auf und holte das zusätzliche Sweat-Shirt aus der Satteltasche, das sie eingepackt hatte.

„Hier", sagte sie und legte es Moira fürsorglich um die Schultern.

„Danke." Moira reckte das Gesicht der Frühlingssonne entgegen. „Wir wohnen am schönsten Ort der Welt", verkündete sie und wechselte so geschickt das Thema. „Und mit dem milden Wetter heute haben wir richtig Glück. Die Wettervorhersage prophezeit schon wieder Schnee."

Leslie biss sich auf die Innenseite ihrer Wange. Sie wusste nicht so recht, was sie tun sollte. Moira gehörte ins Bett, so bleich, wie sie war. Andererseits konnte sie die Atempause gebrauchen. Immerhin würde der Ritt zurück zur Ranch wieder eine Stunde dauern.

„Das stimmt", bestätigte sie und ließ sich nach hinten fallen, um in den blauen Himmel zu schauen. In der Ferne sah sie die schneebedeckten Gipfel. „Wobei der viele Schnee auch ganz schön ist."

Shauna schien in der Zwischenzeit kapiert zu haben, was abging, und servierte ihnen die belegten Brote. Für später hatten sie noch Früchte und Schokolade dabei.

Als sie sich neben Moira niederließ, stieß sie sie freundschaftlich mit der Schulter an.

„Tut mir leid wegen vorhin. Ich hatte nicht gemerkt, dass es dir nicht so gut geht. Aber keine Angst, wir passen auf dich auf."

Moira rollte mit den Augen, nur um gleich darauf erneut von einem Hustenanfall geschüttelt zu werden.

„Ich will gar nicht, dass jemand auf mich aufpassen muss. Hier zu sein, mit Freundinnen", sie schaute fragend zu den anderen, erst als sie nickten, fuhr sie fort, „ist alles, was ich will."

*

„Wenn schon meine Tochter nicht mit mir ausreiten will, wie wär's, wenn wir beide uns zwei Pferde satteln?", fragte Kane und stupste Kristina spielerisch mit der Nase unterm Kinn an. „Ich muss sowieso dringend zum Füttern fahren", appellierte er an ihr Verantwortungsbewusstsein, als sie nicht gleich zustimmte.

„Ich bin keine so gute Reiterin."

Ihre Stimme klang zögerlich, als sie das sagte. Als ob sie befürchtete, dass das ein Punkt wäre, der gegen sie sprach. Wusste sie denn nicht, wie wunderbar, wie perfekt sie in seinen Augen war?, wunderte sich Kane.

„Umso wichtiger, dass du viel übst", konterte er.

Kristina kaute auf ihrer Unterlippe.

„Ich sollte eigentlich noch ein paar Stunden in die Klinik. Papierkram erledigen."

Er berührte leicht ihre Hand. Das Gefühl, sie festhalten und nicht mehr loslassen zu wollen, überraschte ihn. Nach der Nacht – und dem Morgen – die sie zusammen verbracht hatten, hätte er gedacht, die Intensität würde nachlassen. Aber das Gegenteil war der Fall. Am liebsten hätte er direkt ein Banner gemalt: *Kristina gehört zu mir!* Okay, das war vielleicht etwas altmodisch. Denselben Effekt konnte er vermutlich schneller erreichen, wenn er es auf Facebook postete. Aber seine Idee war besser. Bedeutungsvoller.

„Auch die Chefin unserer Klinik darf das Leben genießen und sich ab und zu ein wenig entspannen. Macht es wirklich einen Unterschied, ob der Papierkram heute oder morgen erledigt wird?"

Kristina kniff die Augen zusammen und spähte in ihre Kaffeetasse, als ob die Antwort dort zu finden wäre. Als sie endlich den Kopf hob, lag ein Lächeln auf ihren Lippen.

„Überhaupt keinen. Du hast recht. Lass uns ausreiten gehen."

Den Rest ihres Kaffees trinkend, steuerte sie auf ihr Badezimmer zu. „Ich dusche kurz, okay?"

„In Ordnung", antwortete er.

Sich auf eine längere Wartezeit einstellend, ließ er sich neben Leonidas nieder und begann den Kater zu streicheln. Zufrieden begann dieser zu schnurren. Immerhin hatte er eine Aufgabe, während er wartete. Seiner zugegebenermaßen geringen Erfahrung nach dauerte es immer ewig, bis Frauen sich fertig gemacht hatten. Er konnte sich noch gut daran erinnern, wie er mit Jenny darüber diskutiert hatte. Zu seiner Überraschung war Kristina innerhalb einer Viertelstunde fertig und parat zum Gehen.

„Wow. Das ist beeindruckend“, kommentierte er, während er wartete, bis sie die Tür abgeschlossen hatte.

„Was meinst du?“

„Na, du warst im Nu fertig.“

Kristina lachte.

„Während meiner Assistenzzeit im Krankenhaus hatte ich buchstäblich keine Zeit für irgendetwas anderes als Arbeit, Lernen und Schlafen. Wenn ich einigermaßen präsentabel aussehen wollte, musste das innerhalb von zehn Minuten passieren.“

„Das macht Sinn“, antwortete Kane, beeindruckt von ihren Prioritäten und dem, was sie in ihrem Leben bereits geleistet hatte.

Sie hatte ihre hellbraunen Haare zu einem Pferdeschwanz zusammengefasst, Jeans und einen knallroten Pullover angezogen, etwas Mascara aufgetragen und fertig. In Kanes Augen war sie die schönste Frau der Welt an diesem Morgen.

Er ertappte sich bei dem Gedanken, dass er sich daran gewöhnen könnte, mit ihr aufzuwachen und gemeinsam den Tag zu starten.

Er schüttelte leicht den Kopf, um die Tagträumereien abzuschütteln.

*

Nach einem gemütlichen Ausritt mit Jorinde und Joringel half ihm Kristina dabei, die Ziegen zu füttern. Mephisto und Diavolo zeigten sich von ihrer besten Seite.

„Typisch. Wenn du da bist, sind sie die reinsten Engel. Du wirst mir nie mehr glauben, wenn ich dir von ihren Missetaten erzähle.“

Kristina lachte.

„Ich habe mich schon gefragt, ob du meinen Tipp befolgt und ihnen Chillax-Kekse besorgt hast."

„Das hatte ich ehrlich gesagt wieder vergessen", gestand er. Nachdem er das schmutzige Stroh entsorgt und die Box großzügig eingestreut hatte, öffnete er die Tür und stieß einen leisen Pfiff aus. Sofort kamen die beiden Kobolde angerannt. Mephisto ergänzte seinen Lauf mit einem übermütigen Sprung nach jedem dritten Schritt.

„Wie niedlich!", rief sie aus.

„Das sag ich dir, wenn du das nächste Mal von ihnen über den Haufen gerannt wirst und in einer Pfütze landest."

„Eigentlich waren sie die letzten Male recht zielsicher", antwortete sie verschmitzt.

„Wie meinst du das?"

„Na, schließlich bin ich bisher immer in deinen Armen gelandet. Wenn ich es nicht besser wüsste, würde ich glauben, sie spielen Amor."

Bevor Kane eine schlaue Antwort einfiel, klingelte sein Handy.

„Paula", las er überrascht auf dem Display.

Er warf Kristina einen besorgten Blick zu, als er das Gespräch entgegennahm.

„Hallo Paula. Ich hoffe, es ist alles in Ordnung?"

„Kane. Es tut mir leid, dich an deinem freien Wochenende zu stören. Aber Moira geht es tatsächlich nicht gut. Sie hat Fieber, Atemprobleme und hört nicht mehr auf zu husten. Soll ich mit ihr ins Krankenhaus fahren?"

„Ich komme und hol sie ab", versicherte er ihr prompt.

„Es geht schneller, wenn ich sie fahre und du uns dort triffst. Wenn du erst hierher rausfährst, verlierst du allein für den Hinweg eine halbe Stunde oder mehr, je nachdem, wo du gerade bist."

„Zu Hause. Ich fahr sofort los", versprach er, ohne noch mehr Zeit mit der unnötigen Diskussion zu verschwenden.

„Was ist los?“, fragte Kristina bang.

„Es ist Moira. Sie muss ins Krankenhaus. Sie hat Fieber, Husten, das ganze Paket.“

„Oje. So was hatte ich fast befürchtet.“

Kanes Kopf schnellte herum.

„Wie meinst du das genau?“, fragte er drohend.

Verschwunden war der spielerische Gefährte, mit dem sie die letzten vierundzwanzig Stunden verbracht hatte. An seine Stelle war ein Papa Bär getreten, der jeden in der Luft zerreißen würde, der seinem Kind zu nahe trat.

Unter seinem vorwurfsvollen Blick zuckte Kristina leicht zusammen. Doch ihre Schuldgefühle mussten warten. Jetzt war erst mal wichtig, dass sie zu Moira ins Krankenhaus kamen. Für alles andere war später Zeit.

19

Als sie im Krankenhaus ankamen, hatte Moira bereits alle Untersuchungen hinter sich. Kanes Herz zog sich zusammen, als er sie so klein und blass in den weißen Laken liegen sah. Ein Infusionsständer stand neben dem Bett und versorgte sie über einen Zugang in ihrem Handrücken mit Antibiotika. Eine Sauerstoffmaske lag über ihrem Gesicht und unterstützte ihre Atmung, während sie schlief.

„Wie geht es ihr?“, fragte er die diensthabende Ärztin.

Diese blickte Hilfe suchend in die Richtung ihrer Vorgesetzten. Kristina hatte wortlos angefangen, nochmals die Vitalfunktionen des schlafenden Mädchens zu überprüfen. Natürlich vertraute sie Jillian Glory, sonst hätte sie sie nicht eingestellt. Doch in diesem Fall brauchte sie die doppelte Bestätigung, dass mit Moira alles wieder in Ordnung kommen würde.

„Ich habe *Sie* gefragt“, unterbrach Kane den wortlosen Austausch harsch und schaute Jillian ungeduldig an.

Kristina warf Kane aus dem Augenwinkel einen kurzen Blick zu. Sein Gesichtsausdruck war steinern. Keine Andeutung davon, dass er vielleicht nachgeben und mit ihr sprechen würde. Sie seufzte innerlich und nickte Jillian unmerklich zu.

„Sie hat eine angehende Lungenentzündung.“

Die Kiefermuskeln an Kanes Wangen traten hervor, als er mit zusammengebissenen Zähnen die bereits vertraute Diagnose zur Kenntnis nahm. Cystische Fibrose zeigte sich bei jedem Patienten unterschiedlich. Moira gehörte zu denen, die anfällig für Atemprobleme waren. Lungenentzündungen waren eine sehr häufige Komplikation.

Kristina sehnte sich danach, ihm eine Hand auf den Arm zu legen oder ihm irgendwie sonst ihre Unterstützung zu zeigen, doch seine abweisende Haltung machte klar, dass das keine Option war.

„Die gute Nachricht ist, dass sie rechtzeitig zu uns gekommen ist. Natürlich ist der Husten schlimm und sie braucht die Unterstützung des Sauerstoffgeräts, doch wir sind zuversichtlich, dass wir die Lungenentzündung mit den Antibiotika schnell in den Griff bekommen. Morgen kann sie vermutlich schon wieder nach Hause."

„Morgen schon", wiederholte Kane, sichtlich erleichtert.

Spontan fasste Kristina ihn am Arm.

„Das sind gute Neuigkeiten. Du wirst sehen: Im Nu ist sie so gut wie neu!"

„Was nicht dir zu verdanken ist", erwiderte er bitter und schüttelte ihre Berührung ab, als könnte er ihre Anwesenheit nicht länger ertragen. Verletzt wich sie einen Schritt zurück. Der Eindruck bestätigte sich, als er sagte: „Lass uns allein. Das ist eine Familienangelegenheit."

Kristina wich zurück. Seine Worte versetzten ihr einen Stich ins Herz. Sie verstand, dass er wütend war. Aber dass er nicht einmal darüber reden wollte, sondern sie einfach ausschloss, tat weh. Wenn sie ihm doch nur erklären könnte … Doch sie sah seinem Blick an, dass er dazu nicht bereit war. Zumindest nicht jetzt, in diesem Moment. Na gut. Sie würde ihm Zeit geben, sich zu beruhigen. Und dann würde sie ihre Erklärung loswerden, und wenn sie ihn dazu festbinden musste!

Trotz seines finsteren Blicks trat sie noch einmal an Moiras Bett und strich ihr über die Haare.

„Werde schnell wieder gesund", flüsterte sie dem schlafenden Mädchen zu. Zufrieden registrierte sie, dass sich der Brustkorb regelmäßig hob und senkte.

Sie nickte erst Jillian zu. Dann wandte sie sich an Kane.

„Du weißt, wo du mich findest."

Keine Antwort. Sie atmete tief durch, drehte sich um und ging. Wenn er es so wollte, dann war es eben so.

Auf dem Weg zum Auto spielte sie die letzten Wochen gedanklich noch einmal durch. Moiras Bitte, ihren Vater nicht zu beunruhigen. Die Resultate des letzten Lungenfunktionstests. Ihre Gespräche mit Kane. Doch sie kam immer wieder zum selben Schluss. Als Ärztin hatte sie gegenüber ihren Patienten eine Verantwortung. Diese nahm sie sehr ernst. Sie wusste genau, dass ihre Vorgehensweise gerechtfertigt gewesen war und dem gängigen Protokoll entsprochen hatte. Sollte er nicht in der Lage sein, das zu erkennen, konnte sie ihm auch nicht helfen, dachte sie frustriert. Sie war froh, als sie die ersten Anzeichen von Ärger in sich spürte. Ärger war so viel einfacher zu handhaben als Herzschmerz.

Trotzdem kam sie nicht umhin, zu hoffen, dass er bald zur Besinnung kommen würde. Sein Verhalten verletzte sie mehr, als ihr lieb war. Idiot! Sah er denn nicht, dass sie ihn liebte? Unvermittelt blieb sie stehen. Sie liebte ihn? Natürlich liebte sie ihn. Warum sonst hätte sie das ewige Hin und Her in Kauf genommen.

Immer noch überwältigt von dieser Erkenntnis, setzte sie sich wieder in Bewegung. Wenigstens wartete Leonidas zu Hause auf sie. Der Kater würde sie mit seiner speziellen Art aus ihrem Stimmungstief herausholen. Eine Dosis beruhigenden Schnurrens im Austausch gegen einige Streicheleinheiten (und vielleicht ein Stückchen Steak) erschien ihr als angemessener Deal. Das Leben konnte so einfach sein. Katze müsste man sein, dachte sie sehnsüchtig.

*

„Dad? Dad!"

Moira hob die Atemmaske von ihrem Gesicht. Sie fühlte sich viel besser als noch vor ein paar Stunden. Es tat ihr nur leid, dass sie Paula und den anderen so viele Umstände bereitet hatte.

Ihr Vater saß auf einem Stuhl neben dem Bett. Sein Oberkörper lag quer über ihren Beinen, während er leise vor sich hin schnarchte.

„Dad", sagte sie noch einmal, diesmal ohne dass die Sauerstoffmaske ihre Stimme dämpfte.

Sofort fuhr er von seinem Liegeplatz hoch und legte besorgt seine Hand an ihre Wange, um ihre Körpertemperatur zu überprüfen.

„Moira? Wie fühlst du dich?"

„Viel besser. Ehrlich", fügte sie hinzu. „Wie geht es dir?"

„Auch besser", gab er zu. „Dein Fieber scheint gesunken zu sein. Das lässt hoffen, dass du auf die Antibiotika gut ansprichst."

Eine große Sorge bei Patienten mit Cystischer Fibrose war der antibiotikaresistente Krankenhauskeim Pseudomonas aeruginosa. Für gesunde Menschen stellte dieser kein besonderes Problem dar. Doch für Menschen mit geschwächtem Immunsystem und speziell für Menschen mit Cystischer Fibrose war er eine echte Bedrohung.

Moira schaute sich suchend im Zimmer um.

„Wo ist Kristina? Ist sie nicht mitgekommen?"

Sofort wurde Kanes Gesichtsausdruck verschlossen. Abwehrend verschränkte er die Arme vor der Brust.

„Ich habe sie nach Hause geschickt. Du und ich sind eine Familie. Sie gehört nicht dazu."

„Dad!", brach es entsetzt aus Moira heraus. „Das meinst du doch nicht ernst?!"

Sein Mund verzog sich zu einer strengen Linie.

„Natürlich meine ich das ernst. Aber schlaf jetzt. Darüber können wir reden, wenn du wieder gesund bist."

Fassungslos schaute Moira ihn an. Sie verstand nur Bahnhof. Was um Himmels willen war nur los mit den Erwachsenen? Da erzählten sie immer, Kommunikation sei das Wichtigste und jedes Mal, wenn es um etwas ging, hörten sie auf zu reden. Sie war fuchsteufelswild. Sie konnte sich keinen vernünftigen Grund vorstellen, weshalb ihr Vater so etwas sagen würde.

„Aber …"

„Später", erwiderte er streng.

Als sie ihren Mund wieder zuklappte – wenn sie ehrlich war, fehlte ihr aktuell die Energie für ein Streitgespräch – strich er ihr versöhnlich über die Haare. Unter der vertrauten Berührung entspannte sie sich ein wenig.

„Es wird alles wieder gut", versprach er.

Moira war sich nur nicht so sicher, ob sie unter dem Begriff dasselbe verstanden. Sie war jedoch so müde, dass sie die Augen wieder schloss. Bevor sie einschlief, merkte sie noch, dass ihr Vater ihr die Sauerstoffmaske wieder aufsetzte.

*

„Der Mann hat mich nicht einmal erklären lassen, was ich überhaupt damit gemeint habe." Um ihre Worte zu unterstreichen, fuchtelte sie wild mit der Gabel in der Luft herum, mit der sie Leonidas' Fressen in den Napf füllte. Der Kater antwortete natürlich nicht, sondern verfolgte mit seinem Blick besorgt die Laufbahn der Gabel. Vermutlich befürchtete er, leer auszugehen. „Nein, er hat einfach seine Schlussfolgerung gezogen, ohne alle Fakten zu kennen! Was für ein unkommunikativer Mistkerl!"

„Miau!"

Kristina hielt in ihrer Tirade inne.

„Genau", bestätigte sie, schaufelte den Rest der Dose, Alaska-Thunfisch, in die Schale und stellte sie vor Leonidas hin.

Hoheitsvoll näherte er sich seinem Napf und begann vornehm zu fressen. Er war immer ganz manierlich und ließ sich alle Zeit der Welt, um seine Mahlzeit zu genießen. Falls sie überhaupt seinen Ansprüchen genügte. War das nicht der Fall, rümpfte er sein elegantes Näschen und ließ den vollen Napf einfach stehen.

„Bin ich froh, dass es dir heute zu munden scheint", murmelte sie, vorübergehend abgelenkt von ihren eigenen Sorgen. „Ich weiß nicht, ob ich heute noch eine Zurückweisung verkraftet hätte."

Als er fertig war, strich sie ihm über den seidigen Pelz.

„Mit vollem Magen lässt sich alles leichter aushalten, nicht wahr?"

Er warf ihr einen rätselhaften Blick zu, bevor er aufs Fensterbrett sprang und durch die neu angebrachte Katzenklappe ins Freie verschwand.

Wenigstens einer, der Pläne für den Abend hatte. Sie seufzte, als sie an die vergangenen vierundzwanzig Stunden dachte. Wie war es überhaupt möglich, dass in so wenig Zeit so viele Emotionen Platz hatten? Die Gedanken purzelten in ihrem Kopf durcheinander. Die leidenschaftliche Nacht. Der unterhaltsame Morgen. Die gemeinsame Stallarbeit … Bei dieser Erinnerung kamen ihre rasenden Gedanken zu einem abrupten Halt. Kanes Ranch! Die Tiere! Niemand war da, der sie versorgte.

Ohne weiter darüber nachzudenken, zog sie sich wieder an, schnappte sich einen Energieriegel aus ihrem Notvorrat, füllte eine Kanne mit heißem Tee und setzte sich ins Auto.

*

Kane war hundemüde, als er gegen sechs Uhr die Auffahrt zu seiner Ranch hochfuhr. Er hatte die ganze Nacht an Moiras Seite verbracht. Als die Krankenschwester ihm beim Schichtwechsel glaubhaft versichert hatte, dass seine Tochter heute nach Hause durfte, hatte er den Entschluss gefasst, vorher noch nach Hause zu fahren und die Tiere zu versorgen. So konnte sie ausschlafen, war unter ärztlicher Kontrolle und er konnte sie abholen, sobald zu Hause alles erledigt war.

Zu seiner Verwunderung war kein Laut zu hören, als er aus dem Truck ausstieg. Normalerweise war das Muhen der Kühe meilenweit zu hören, wenn sie Hunger hatten. Zum Glück funktionierte wenigstens die Wasserversorgung automatisch. Auch von den Ziegen war nichts zu hören.

Nicht sicher, was ihn erwarten würde, stieß er die Tür zum Stall auf. Prompt traf ihn ein schwarz-weißes Geschoss, Hörner voran, mitten in die Oberschenkel.

„Uff!", entfuhr es ihm, während er zurücktaumelte.

Mephisto und Diavolo sprangen an ihm vorbei, der verlockenden Freiheit entgegen. Oder vermutlich zum nächsten kümmerlichen Grasbüschel. Zu müde, um sich sofort um die Plagegeister zu kümmern, rieb er sich die schmerzende Stelle an seinem Bein und hinkte in den Stall. Alle seine Mutterkühe und ihre Kälber kauten gemütlich ihr Heu. Die Liegebereiche waren sauber und mit frischem Stroh bedeckt. Er kratzte sich am Kopf.

„Heinzelmännchen?"

Auf der Suche nach Antworten wanderte er tiefer in den Stall, bis er zur Sattelkammer kam. Niemand war da. Einzig die Verpackung eines Energieriegels im Papierkorb, die ihm fremd war, verriet ihm, dass jemand hier gewesen sein musste. Er schnappte sich das Papier und steckte es sich in die Tasche. Sehr wahrscheinlich Paula, dachte er voller Zuneigung. Als Rancherin wusste sie genau, worauf es ankam. Er würde sie später anrufen und sich bedanken.

Beschwingt von der Aussicht, sich noch ein paar Stunden hinlegen zu können, schnappte er sich ein paar Karotten und machte sich daran, die Ziegen in ihr Gehege zu verfrachten.

*

„Ich bin so froh, dass ich schon wieder nach Hause kann“, brach es aus Moira heraus, als er sie abholte.

„Und ich erst, Zwerg!“ Er stupste ihre Nase an. „Versprich mir, mich nicht so bald wieder zu erschrecken.“

„Ich versuch's“, gab sie zurück. „Aber nur, wenn du mir erzählst, was für einen blöden Streit du mit Kristina hattest.“

Kane stöhnte innerlich. Von ihm aus hätte diese Diskussion ruhig noch etwas warten können. Eine Woche. Oder gerne auch ein Jahr. Er fühlte sich so schon dumm genug, dass er wirklich geglaubt hatte, es wäre Platz für eine Frau in seinem Leben. Er hatte eine große Liebe erfahren dürfen. Das musste genügen.

„Das ist eine Sache zwischen mir und Kristina“, gab er ihr steif zur Antwort.

Seine Tochter warf ihm einen Seitenblick zu.

„So wie ich es gehört habe, involviert es mich sehr wohl.“

Er drehte sich zu ihr um.

„Wieso? War sie hier? Hat sie etwas gesagt? Dazu hatte sie kein Recht.“

„Chill mal, Dad! Sie war nicht hier. Ich habe Kristina gar nicht gesehen. Aber du weißt ja, wie das Buschtelefon in Independence funktioniert.“ Sie blies sich eine Strähne ihres halblangen Ponys aus den Augen. „Was ist überhaupt dein Problem? Ich meine, es lief doch alles so gut …“

Kane führte eine innere Debatte, was, wie viel und vor allem wie er es sagen sollte.

„Sie wusste, dass du Probleme mit der Atmung hattest. Sie wusste es und hat mir nichts davon gesagt.“

„Das ist alles?“, fragte Moira ungläubig.

„Alles? Reicht das nicht? Moira, du bist mein Ein und Alles! Dass sie mir so etwas verschweigt … Du hättest sterben können!“

„Drama-Queen“, murmelte sie und schaute aus dem Fenster.

Er warf ihr einen ungläubigen Blick zu.

„Willst du das vielleicht etwas genauer erklären?“

Er musste sich zusammennehmen, um seine Tochter nicht zu schütteln. Verstand sie den Ernst der Situation etwa nicht?

„Dad, es tut mir wirklich leid, das zu sagen, aber das ist jedes Mal der Fall, wenn ich hospitalisiert werden muss, weil meine Lunge wieder einmal nicht mitspielt. Der letzte Lungenfunktionstest war okay. Ich habe nur den Inhalator öfter als sonst gebraucht. Das ist alles. Und ich habe sie gebeten, dir nichts zu sagen, weil ich genau wusste, wie du reagieren würdest.“

Bei ihren harschen Worten zuckte er zusammen. Die nackte Wahrheit war schwer zu ertragen. Er ignorierte die aufkeimenden Schuldgefühle, die sich regten, als er registrierte, dass Moira ihn nur hatte schützen wollen. Damit würde er sich später befassen. Vielleicht sollten er und sie ein paar Stunden bei einem Therapeuten buchen. Zufrieden, wenigstens für dieses Problem einen Plan zu haben, konzentrierte er sich weiter auf seinen Ärger auf Kristina.

„Ich glaube dir, dass du sie darum gebeten hast, nichts zu sagen.“

„Aber warum bist du dann böse auf sie?“

„Weil sie deine Bitte hätte ignorieren sollen.“

„Und das Patientengeheimnis verletzen? Ernsthaft?“

„Ich bin dein Vater. Da zählt das Patientengeheimnis nicht.“

Moira beugte sich vor, das Gesicht rot vor Ärger.

„Da irrst du dich, Dad! Es ist mein Recht, selbst zu entscheiden, wer was über meinen Gesundheitszustand erfährt.“

Kane langte hinüber und drückte liebevoll ihre Schulter.

„Das dauert noch eine Weile“, erklärte er ihr gönnerhaft. „Bis du volljährig bist, dauert es noch.“

Verärgert schüttelte sie seine Hand ab.

„Da irrst du dich. Und ich werde es dir beweisen.“

Sie zog ihr Handy aus ihrer Jacke und begann wie wild zu tippen.

Kane konzentrierte sich aufs Fahren. Moira würde sich schon wieder beruhigen. Wenn sie erst einmal eingesehen hatte, dass er recht hatte und sich nur aus Sorge um sie so verhielt, würde sie sein Verhalten verstehen, da war er zuversichtlich.

*

Am Nachmittag musste er abermals nach Independence. Der Futterhandel hatte endlich die Bretter bekommen, die er bestellt hatte, um den Ziegen-Paddock ausbruchsicher – oder zumindest ausbruchsicherer – zu machen. Nachdem er heute bereits dreimal mit ihnen Fangen gespielt hatte, wollte er das nicht auf nächste Woche verschieben. Zudem weigerte sich Moira nach wie vor, mit ihm zu sprechen, und hatte sich in ihrem Zimmer verbarrikadiert. Ein wenig Abstand war für beide bestimmt nicht schlecht.

Als er durch die Gänge schlenderte, um zu sehen, ob er noch etwas anderes mitnehmen sollte, stieß er auf Paula, die verschiedene Futtermittelzusätze studierte.

„Hallo Paula“, begrüßte er sie, erntete jedoch nur ein knappes Nicken.

Seltsam. Normalerweise war Paula gesprächiger. Er zuckte die Schultern. Vielleicht hatte sie auch einen Scheißtag. Oder sie war einfach müde. Verständlich, nachdem sie so hilfsbereit eingesprungen war und sich um seine Tiere gekümmert hatte.

„Danke übrigens für deine Hilfe.“

Paula drehte sich um und schaute ihn verständnislos an.

„Das hatten wir doch schon durch, oder? War ja selbstverständlich, dass ich Moira zur Klinik gefahren habe.“

Kane winkte ab.

„Nicht das. Oder ja, das auch. Aber ich spreche davon, dass du meine Tiere gefüttert und den Stall gemacht hast. Das schätze ich wirklich sehr. Meine Ranch liegt nicht gerade ums Eck.“

Während er sprach, waren Paulas Augenbrauen immer weiter nach oben gewandert.

„Da bedankst du dich an der falschen Stelle."

„Wieso das denn?"

„Ich war's nicht."

Überrascht wich er einen Schritt zurück.

„Nicht?"

Sie schüttelte den Kopf, offerierte aber keine weitere Erklärung.

„Wer war es dann?", fragte er verwundert und kratzte sich am Kopf.

Wie begriffsstutzig konnte man denn sein?, wunderte sich Paula.

„Vielleicht fragst du mal deine Freundin."

Kanes Augen verengten sich zu schmalen Schlitzen.

„Kristina hat schon genug angerichtet. Wenn sie schlau ist, hält sie sich ab jetzt aus meinen Angelegenheiten raus."

„Ich sag's ihr, wenn sie mich das nächste Mal Mitten in der Nacht anruft und mich um telefonisches Coaching bittet, wie viel Heu deine Kühe kriegen."

Sie drehte sich auf dem Absatz um und ließ ihn stehen. Kane starrte ihr nach. Er war sich ziemlich sicher, das Wort *Idiot* gehört zu haben, als sie an ihm vorbeigerauscht war. Er schien heute ein ausgesprochenes Talent zu haben, seine Gesprächspartner vor den Kopf zu stoßen.

Bei dem Gedanken, dass es Kristina gewesen war, die sich so fürsorglich um seine Tiere gekümmert hatte, kamen ihm leise Zweifel. Hatte er etwa überreagiert?

Nach zwei Sekunden schüttelte er resolut den Kopf. Nein. Sie hatte eine ungeschriebene Grenze überschritten. Daran bestand kein Zweifel. Und daran änderten auch zwei Stunden Stallarbeit nichts.

*

Eine Stunde später war er sich seiner Sache nicht mehr so sicher. Er schien bei der gesamten Bevölkerung in Ungnade gefallen zu sein. Jeder, der ihm begegnete, bedachte ihn mit einem bösen Blick. Zweifel stiegen in ihm auf. Hatte er überreagiert?

Von diesen dunklen Gedanken geplagt, hielt er beim Café *Sweets*. Er wollte Moira einige von Susans selbstgebackenen Keksen mitbringen. Vielleicht konnte er wenigstens ihre Gunst so wiedergewinnen. Für ihn selbst musste ein Kaffee reichen. Er war nicht in der Stimmung für etwas Süßes, zu groß war der Widerspruch zu seiner schlechten Laune. Was er wirklich gebraucht hätte, wäre ein Whiskey. Doch da zu Hause seine Tochter auf ihn wartete, stand ein Besäufnis außer Frage. Die anstrengenden Seiten des alleinerziehenden Vaterdaseins.

Die Glocke über der Tür klingelte, als er eintrat. Lilys Dalmatinerhündin Pebbles erhob sich von ihrem Schlafplatz hinter der Theke und begrüßte ihn schwanzwedelnd.

„Wenigstens du freust dich, mich zu sehen", murmelte er und strich ihr über das kurze, glatte Fell.

„Freuen sich andere nicht?", erklang Susans amüsierte Stimme vom Tresen.

Kane drehte sich um.

„Susan! Was machst du denn im Café? Ich dachte, die Backstube sei deine Domäne?"

„Das ist sie auch. Doch Lily muss heute den ganzen Tag Blumen ausliefern. Aileen wollte sie gerne begleiten. Da hat sie mich gefragt, ob ich nicht ein Auge auf das Café haben könnte." Sie zuckte mit den Schultern. „Samstag nachmittags ist nie viel los und ich bin praktisch fertig mit dem Backen. Aber jetzt genug von mir. Womit kann ich dir helfen?"

Erleichtert, dass auch Susan ihn ganz normal zu behandeln schien, räusperte er sich.

„Ich hätte gerne eine Tüte von deinen Schokoladekeksen. Moira mag die so gerne."

„Vielleicht nimmst du noch eine Tüte Erdnussbutterkekse mit. Gut möglich, dass es mehr braucht, um deine Tochter wieder friedlich zu stimmen."

Sie zwinkerte ihm zu.

Kane blinzelte überrascht.

„Wie kommt es, dass du trotzdem freundlich zu mir bist? Der Rest der Stadt hat mich offensichtlich schon für schuldig befunden und jeden Anschein von zivilisiertem Verhalten abgelegt."

„Man spielt sich auch nicht mit der Lieblingsärztin der Stadt", erinnerte sie ihn freundlich. „Aber ich bin sicher, das findest du auch selbst raus, ohne dass ich dich mit Blicken erdolche."

„Außer dir scheint niemand diese Zuversicht zu haben", grummelte er.

„Dann enttäusch mich nicht", ermahnte sie ihn und drückte ihm drei Kekspackungen in die Hand.

„Was ist denn das Dritte?", fragte er neugierig, als er das Geld abzählte.

„Ach, nur die Chillax-Kekse für deine Ziegen. Kristina meinte, die würden die Situation vielleicht etwas entspannen."

Kane wollte sich schon weigern, die Kekse mitzunehmen. Das Letzte, was er brauchte, war etwas, das ihn ständig an Kristina erinnerte. Er überlegte es sich dann jedoch anders. Es war sehr nett von Susan, dass sie überhaupt daran gedacht hatte. Er musste nicht die einzige freundliche Person, die ihn nicht gleich teeren und federn wollte, sobald sie ihn sah, vor den Kopf stoßen.

Er reichte ihr das Geld und bedankte sich.

„Keine Ursache", versicherte sie ihm. „Und falls du dich gestresst fühlst, das sind die Pferdekekse. Also absolut unproblematisch für den menschlichen Verzehr", fügte sie verschmitzt hinzu.

20

Clancy stürzte in Lennards Zimmer. Obwohl sie drei separate Zimmer gemietet hatten, trafen sie sich tagsüber meist dort. Ohne sich abzusprechen, hatten sie es zu ihrem temporären Hauptquartier erkoren. Besser gesagt, ohne sich mit ihm abzusprechen, dachte Lennard säuerlich. Die Warterei und das ewige Herumsitzen zerrten an seinen Nerven. Wenn er den beiden Yahoos aus dem Weg gehen wollte, blieb ihm nur ein Spaziergang. Zuerst hatte er versucht, im Diner Zuflucht zu suchen. Doch die Gäste waren so neugierig gewesen, dass er sich in Sekundenschnelle nach der vertrauten Anwesenheit seiner beiden Kumpels gesehnt hatte.

„Ich habe ein Nachmittagsprogramm für uns organisiert“, verkündete Clancy auf seinen fragenden Blick hin.

Lennard hob eine Augenbraue.

„Nachmittagsprogramm? Klingt wie das Angebot einer Kinderkrippe.“

John hingegen wirkte interessiert. Vermutlich war er nur eine Haaresbreite davon entfernt, allein zur Klinik zu fahren und Gary rauszuholen. Der Junge hatte noch nie seine Füße stillhalten können.

„Was denn?“

„Die True Warriors haben uns eingeladen, mit ihnen eine Ausfahrt zu machen. Sie leihen uns sogar eine Maschine.“

Lennard runzelte die Stirn.

„Die True Warriors? Wieso erinnert mich das an eine Bikergang?“

„Weil sie eine sind“, informierte ihn Clancy.

„Und die haben uns aus reiner Herzensgüte zu einem Ausfährtchen eingeladen. Dass ich nicht lache. Die führen doch etwas im Schilde!“

John, sichtlich begeistert von der Aussicht, eine Harley oder eine Triumph zu fahren, zuckte mit den Schultern.

„Und wenn schon. Sie werden uns kaum allen dreien gleichzeitig die Kehle durchschneiden und uns in den Rockies verscharren. Dann kriegt Miss Daisy ihr Geld für das Bed & Breakfast nicht. Ich bezweifle, dass sie ihrem Typen das durchgehen lassen würde.“

„Von welchem Typen sprichst du?“

„Na, Kurt. Er ist der Chief der True Warriors und Miss Daisys Mann. Herrje, du brauchst echt Ferien, alter Mann.“

Spielerisch knuffte er Lennard in die Schulter.

„Umso schlimmer“, grunzte dieser. „Kurt hatte uns von Anfang an im Visier.“

„Kann er ja ruhig. Solange wir ihm nichts verraten?“

Um Zustimmung suchend schaute Clancy in die Runde. „Das wird mich nicht davon abhalten, den sonnigen Nachmittag und die schöne Umgebung zu genießen. Lange werden wir nicht mehr hier sein. Da will ich die Zeit nutzen.“

„Du klingst wie ein verdammter Tourist.“

„Wir sind Touristen“, erinnerte ihn John und stand auf. „Ich bin dabei.“

Halb amüsiert, halb genervt hievte sich Lennard ebenfalls aus seinem Stuhl. Auf keinen Fall würde er die beiden allein fahren lassen. Nicht, weil er ihnen nicht vertraute. Nein. Er traute Kurt nicht über den Weg.

*

Wie immer, wenn sie von widersprüchlichen Emotionen geplagt wurde, vergrub sich Kristina in Arbeit. In der verzweifelten Hoffnung, dass der Sturm an verwirrenden Gefühlen, der in ihrem Inneren tobte, weniger spürbar sein würde, wenn sie nur beschäftigt genug war, übernahm sie Jillians Schicht und schob eine Doppelschicht. Doch jedes Mal, wenn sie ein Mädchen in Moiras Alter sah oder mit halbem Ohr eine Geschichte hörte über Hunde, Welpen, Katzen, Ziegen oder sonst irgendein Tier, das auf Kanes Ranch zu Hause war, brach ein Stück der Mauer, die sie nach dem gestrigen Tag hastig um ihr Herz errichtet hatte, heraus und zersprang in tausend Stücke. Und obwohl sie ihr Bestes tat, um all diese Splitter wieder zusammenzukehren und zurück in das entstandene Loch zu stopfen, spürte sie, wie ihre Kräfte schwanden.

Bevor sie in das Zimmer ihres Bankräubers trat, atmete sie tief durch, in der Hoffnung, so wenigstens etwas Kontrolle zurückzuerlangen. Anscheinend nicht sehr erfolgreich. Kaum hatte sie das Zimmer betreten, setzte sich der Patient auf und fragte sie unverblümt: „Was ist denn mit Ihnen passiert?"

„Nichts", wollte sie seine Frage abwenden.

„Dr. Mertens, ich habe vielleicht mein Gedächtnis verloren, aber ich bin nicht blind. Niemand sieht aus, als wäre gerade sein Lieblingsstofftier überfahren worden, wenn *nichts* ist."

Verzweifelt nach einer Ablenkung suchend, klammerte sich Kristina an das Einzige, was ihr gerade einfiel.

„Stofftier? Sagt man nicht eher *dein Hund* oder *deine Katze*?"

Er lehnte sich zurück und lächelte sie freundlich an.

„Ich war schon immer der Meinung, dass das ein sehr riskanter Spruch ist. Ich meine – was, wenn das tatsächlich der Fall wäre. Das wäre ja der Gipfel der Gefühllosigkeit."

Er schüttelte den Kopf.

„Nein. Stofftiere sind viel sicherer. Zumindest, wenn der Gesprächspartner älter ist als fünf Jahre."

Wider Erwarten musste Kristina lachen, bevor sie ihn kritisch musterte.

„Erstaunlich einfühlsam für einen Amnesie-Patienten. Heißt das, dass Sie sich wieder erinnern?“

„Was?“

„Na, Sie haben gesagt, Sie fanden schon immer … ein sehr bezeichnender Satz, finden Sie nicht?“

Sein Blick wich nach unten rechts aus. Sie kniff die Augen zusammen. Wenn sie sich richtig an den Inhalt ihrer Psychologievorlesungen erinnerte, geschah diese autonome Augenbewegung in der Regel, wenn jemand eine innere Debatte führte. Neueste Studien wiesen zwar darauf hin, dass diese Beobachtungen nur zu etwa zwanzig Prozent akkurat waren. Zusammen mit dem, was sie über ihren geheimnisvollen Patienten wusste, war sie sich jedoch ziemlich sicher, dass er gerade ein Selbstgespräch darüber führte, was er ihr gefahrlos verraten konnte.

„Hm. Tatsächlich?“ Er gab sich den Anschein, als würde er angestrengt nachdenken. Schließlich zuckte er mit den Schultern. „Nein. Tut mir leid. Ich weiß immer noch nicht, wer ich bin oder wie ich hierhergekommen bin. Aber vielleicht kommen andere Erinnerungen nach und nach zurück? Das passiert doch manchmal?“

Als sie nur die Augen verengte und ihn skeptisch ansah, zeigte er mit dem Zeigefinger auf sie.

„Sauberer Themenwechsel übrigens, Doc. Eins zu null für Sie.“

„Das Kompliment kann ich zurückgeben“, antwortete sie, unerwartet amüsiert.

„Lassen Sie sich nur nicht zu viel Zeit mit dem Erinnern“, ermahnte sie ihn dann. „Ich weiß nicht, wie lange der Sheriff die Story noch schluckt.“

Sein Gesicht nahm einen verschlossenen Ausdruck an.

„Tut mir leid, dass ich keine größere Hilfe bin. Ich weiß, dass meine Anwesenheit Sie als Ärztin in eine unmögliche Situation bringt.“

Erstaunt nahm Kristina die Aufrichtigkeit in seiner Stimme zur Kenntnis. Es war ihm sichtlich unangenehm, so viel stand fest. Erstaunlich, diese Gewissensbisse bei einem vermeintlich abgebrühten Bankräuber. Nicht zum ersten Mal ertappte sie sich bei dem Gedanken, dass Paige recht hatte. Hinter diesem Bankraub und den involvierten Personen steckte mehr, als auf den ersten Blick erkennbar war.

Immerhin hatte er sie für ein paar Minuten von ihren eigenen Problemen abgelenkt. Allein dafür war sie ihm dankbar.

*

„Du kommst wirklich nicht mit?“, fragte John ungläubig.

Lennard schüttelte den Kopf.

„Nein. Ich werde Gary einen Besuch abstatten. Ich werde das Gefühl nicht los, dass uns die Zeit davonläuft. Du weißt schon, so ein Jucken in den Knochen, das sich nicht abschütteln lässt.“

Respektvoll nickte John. Sie arbeiteten schon zu lange zusammen, als dass er Lennards Intuition als Einbildung abgetan hätte. Zu oft hatte ihnen eben dieser unerklärliche Juckreiz den Kopf gerettet.

„Sollen wir auch hierbleiben?“, bot Clancy an, obwohl er sich sichtlich auf den Ausflug gefreut hatte.

Eine Welle der Dankbarkeit für seine Wahlfamilie wallte in Lennard auf. Um seine Rührseligkeit zu verbergen, antwortete er mit harscher Stimme: „Nein, nein. Geht nur. Sonst seid ihr nur im Weg. So dringlich ist meine Vorahnung noch nicht.“

„Sicher?“

Lennard lauschte in sich hinein und schüttelte dann entschieden den Kopf.

„Ich bin sicher. Viel Spaß, Jungs.“

„Ha! Jungs … Als wenn du so viel älter wärst als wir", bemerkte John verdrossen.

„Zehn Jahre sind zehn Jahre. Jetzt fort mit euch!"

„Vielleicht im Kindergarten. Aber doch nicht unter gestandenen Männern."

„Ist ja gut, wir gehen ja schon", lachte Clancy und zog John mit sich aus dem Raum.

*

Als John und Clancy ins Diner kamen, eilte ihnen Miss Minnie entgegen, drei Lunchpakete in der Hand.

„Was für den Weg", erklärte sie. „Leider kein Bier, da ihr darauf besteht, diese Höllenmaschinen zu fahren anstatt zu wandern wie alle anderen vernünftigen Menschen, aber ein Soda, Hähnchensalat und einige belegte Brote."

„Äh, Ma'am, vielen Dank. Aber wir sind nur zu zweit."

Miss Minnie machte ein langes Gesicht.

„Was ist denn mit Lennard? Fühlt er sich nicht gut?"

John und Clancy tauschten einen Blick aus.

„Doch, doch", antwortete Clancy schließlich. „Er hat nur noch einige Besorgungen zu machen. Aber ich bin sicher, er freut sich darüber, falls Sie ihm das Essen aufs Zimmer bringen."

Bei diesem Vorschlag hellte sich Miss Minnies Gesicht auf.

„Das ist eine sehr gute Idee. Vielleicht hat er sogar Lust, mich heute Abend auszuführen." Sie seufzte verträumt und atmete tief durch, sodass ihr gewaltiger Busen unter der roten Schürze bebte.

John und Clancy tauschten einen amüsierten Blick aus. Lennard, der Frauenheld. Das würde er noch lange zu hören bekommen.

Im nächsten Moment hatte ihnen Miss Minnie je einen Arm um den Nacken geschlungen und sie an ihre mütterliche Brust gezogen, in einer Hand immer noch das Lunchpaket.

Während die beiden verzweifelt versuchten herauszufinden, wie sie sich möglichst unauffällig aus dieser sehr erstickenden Situation befreien konnten, dröhnte eine männliche Stimme durch den Schankraum.

„Frau, lass doch die beiden los, sonst erstickst du sie noch an deinem Busen!"

Miss Minnie verengte die Augen.

„Kurt, ich glaube nicht, dass meine Schwester erfreut sein wird, wenn sie dich dabei ertappt, wie du meinen Busen begaffst."

Kurt verdrehte die Augen.

„Bei diesen Ausmaßen müsste ich ja tot sein, um ihn zu übersehen", murmelte er.

Obwohl der Sauerstoffentzug zu einem ernsthaften Problem wurde, lachten die beiden Männer bei seinen Worten still in sich hinein. Miss Minnie, die spürte, wie die beiden von unhörbarem Gelächter geschüttelt wurden, ließ endlich von ihnen ab.

„Ihr zwei habt offensichtlich auch eine Meinung zu diesem Thema?"

„Nein, Ma'am", versicherte ihr John eilig.

Clancy schüttelte den Kopf, als würde sein Leben davon abhängen.

„Hm", meinte sie nur misstrauisch.

„Du solltest dir besser Gedanken machen, was der Bürgermeister dazu sagt, wenn du dich an erst knapp volljährigen Gästen vergreifst!", mischte sich Kurt erneut ins Gespräch ein.

„Pfft. Der hat mir gar nichts zu sagen. Er hat letzte Woche meinen Geburtstag vergessen! Der soll mir ruhig kommen!"

„Knapp volljährig?", bemerkte Clancy leise zu John. „Entweder bewirkt unsere Antifaltencreme tatsächlich Wunder, oder die Leute sollten alle mal zum Augenarzt."

John lachte.

„Stimmt. Erst Lennard und jetzt Kurt. Aber nachdem beide uralt sind, ist es kein Wunder, dass sie auf uns eifersüchtig sind."

Kurt hatte mit halbem Ohr mitgehört und drehte sich zu ihnen um.

„Los, gehen wir. Die Straße wartet auf uns."

*

John reckte seine Nase in den Wind und blinzelte in die Sonne. So ließ sich das Leben genießen. In der Ferne, hinter den majestätischen Berggipfeln, türmten sich dunkle Wolken. Doch noch genossen sie die Sonnenstrahlen des letzten schönen Tages für die kommenden Wochen, wenn man dem Wetterbericht Glauben schenken durfte. Auf Dauer wäre das nichts für ihn. Von September bis April Schneefall … Brrr. Aber als letzte Tour, bevor er in den endlosen brasilianischen Sommer verschwand, war es ideal.

Dem hochgereckten Daumen nach zu schließen, den Clancy ihm entgegenstreckte, als er ihn auf der Passstraße überholte, schien es ihm ähnlich zu ergehen. Trotzdem war er neugierig, herauszufinden, wie sie zu der überraschenden Einladung gekommen waren. Er hatte beschlossen, abzuwarten. Vielleicht ergab sich beim Lunch eine Möglichkeit, diese Frage unverfänglich in die Runde zu werfen.

Schließlich kamen sie an einem verwitterten Ortsschild vorbei.

„*Whisper Creek – Elevation 10'152 ft. – The town on top of Copper Mountain*"

„Krass!", entfuhr es Clancy. „Dreitausend Meter über dem Meeresspiegel! Hat jemand ein Atemgerät?", witzelte er. „Das ist ja schon fast Himalaya-Höhe."

Der große schwarze Typ neben ihm warf ihm einen abschätzigen Blick zu.

„Nicht jeder ist dafür gemacht, in den Rockies zu leben."

„Ha, Big A! Der war gut", bemerkte Spider, einer der anderen Biker. Er fuhr gemächlich an seinem Kumpel vorbei und versetzte ihm einen freundschaftlichen Boxhieb.

„Was meint er damit?", wunderte sich John laut.

„Ach, das ist nur, weil ausgerechnet unser Pflänzchen aus Kalifornien große Sprüche über das Leben in den Bergen klopft", erklärte ihm Bull vergnügt und fuhr ebenfalls weiter.

Jetzt waren nur noch Kurt und Blackbird hinter ihnen. Die beiden waren die unheimlichsten Mitglieder der Gruppe. Kurt vor allem durch seine Stellung als Cluboberhaupt. Auch wenn sich keiner unterwürfig verhielt und alle durchaus ihre eigene Meinung zu haben schienen, machte das respektvolle Verhalten der Männer deutlich, dass sie seinem Urteilsvermögen vertrauten. Blackbird hingegen war ein ganz anderes Kaliber. Bis jetzt hatte er nicht ein Wort gesagt. Dafür schien er umso beschäftigter damit zu sein, aus den beiden Neulingen schlau zu werden. Solche Typen waren immer ein Risiko. In der Regel sahen sie mühelos hinter die Kulissen. Es war also unabdingbar, dass sie ihm gegenüber die Fassade der gelangweilten Touristen aufrechterhielten.

Wenn Johns Vermutung richtig war, war Blackbird ein ehemaliger Scharfschütze. Die Geduld und Zielsicherheit von Scharfschützen war legendär, ganz egal, ob sie aus der Army oder der Navy kamen.

Während Blackbird sein Schweigen beibehielt und sie mit dem finsteren Blick bedachte, der sein Markenzeichen zu sein schien, deutete Kurt mit einer knappen Kinnbewegung an, dass sie den anderen folgen sollten.

John und Clancy tauschten einen Blick aus, der eine ganze wortlose Konversation enthielt.

Sei auf der Hut.

Vor allem vor Blackbird.

Klar. Aber unterschätz den Chief nicht.

Sowieso.

*

Sich auf seine einzigartige Fähigkeit verlassend, unsichtbar zu bleiben, schlenderte Lennard durchs Krankenhaus. Immerhin wusste er diesmal bereits, wo er hinwollte. Immer ein Pluspunkt. Es war eine Tatsache, dass kaum jemand auf einen achtete, solange man aussah, als hätte man ein bestimmtes Ziel. Unbewusst schlossen die Leute aus der Körpersprache, dass man einen legitimen Grund hatte, in diese Richtung zu gehen.

Lennard lächelte schwach. Die Vorhersehbarkeit von Reaktionen erleichterte das Leben eines Betrügers sehr. Wer hätte gedacht, dass sie ihre Fähigkeiten je in einem Krankenhaus würden einsetzen müssen? Er bestimmt nicht. Überhaupt war es unbegreiflich, dass ihr letzter großer Coup, ihr glorreiches Karriereende, in einem solchen Desaster geendet hatte.

Je näher er dem Zimmer kam, in dem Gary lag, desto langsamer wurde er. Alle Sinne in Alarmbereitschaft, nahm er die Atmosphäre des Stockwerks in sich auf. Eins musste man den Leuten von Independence lassen: Sie hatten nicht nur eine hervorragende Gesundheitsversorgung, sondern tatsächlich auch ein angenehmes Arbeitsklima geschaffen. Vermutlich nicht zuletzt der Verdienst der Ärztin, die auch Gary zusammengeflickt hatte. Vielleicht konnten sie ihr Blumen schicken, sobald sie sicher in Brasilien angekommen waren. Das war das Mindeste, was sie tun konnten.

Er wartete, bis er sich einigermaßen sicher war, dass die Ärztin nicht in der Nähe war. Erst dann klopfte er leicht an die Tür und trat ein. Kaum über der Türschwelle, hielt er inne. Gary war nicht allein, wie er gehofft hatte. Nein. Die hübsche Krankenschwester war bei ihm. Offenbar hatte Lennard sie gerade bei etwas unterbrochen.

Sobald sie das Geräusch gehört hatten, waren Sarah und Gary schuldbewusst auseinandergefahren. Sarah wusste nicht, wieso sie diesem Patienten nicht widerstehen konnte. Zugegeben, sie hatten nichts Falsches getan. Zumindest noch nicht. Gary hatte nur ihre Hand gehalten. Oder sie seine. Wie auch immer. Das war völlig unproblematisch. Allerdings wusste sie, dass sie nichts dagegen gehabt hätte, wenn er versucht hätte, sie zu küssen. Das war auch der Grund, weshalb ihr Gesicht so heiß war. Die Spitzen ihrer Ohren brannten richtiggehend.

„Oh", stieß sie hervor. „Du hast Besuch." Verwirrt schaute sie zu Gary. „Ich dachte, du hättest keine Freunde oder Familie in der Region?"

„Das bin ich auch nicht", unterbrach sie der Besucher. „Ich bin ein Wanderprediger auf der Durchreise. Als ich im Diner eingekehrt bin und die tragische Geschichte des jungen Mannes gehört habe, der zu euch gekommen ist wie Moses im Körbchen, ohne Gedächtnis oder irdische Güter, dachte ich, es wäre eine nette Geste, ihn zu besuchen." Er spreizte beide Hände mit den Handflächen nach oben seitlich von sich weg. „Hier bin ich. Aber falls das nicht gewünscht ist, gehe ich natürlich wieder." Er nickte Gary zu. „Ich kann auch von unterwegs für seine arme Sünderseele beten."

Gary, dessen Stirn sich immer mehr gerunzelt hatte, während er Lennards Sermon zugehört hatte, warf ihm einen bösen Blick zu. Erst beschrieb er ihn als jungen Mann, dann verglich er ihn mit einem Baby, nur um ihn gleich darauf als Sünder zu qualifizieren? Hallo?!

„Das ist aber nett", befand Sarah begeistert. „Findest du nicht auch?"

In letzter Sekunde konnte Gary seine Miene glätten und ein falsches Lächeln aufsetzen, während er enthusiastisch nickte.

„Dann lasse ich euch zwei mal allein. Falls was ist, weißt du ja, wie du mich rufen kannst."

Als sie gegangen war, hob Lennard fragend die Augenbrauen.

„Ich nehme an, du hast von der Ruffunktion überm Bett schon öfter Gebrauch gemacht?"

„Und wenn schon", verteidigte sich Gary. „Du weißt gar nicht, wie langweilig es ist, im Bett zu liegen, an die Wand zu starren und jedem zu versichern, dass dein Hirn immer noch leer ist. Sie ist eine der wenigen, die mich deshalb nicht gleich wie ein Idiot behandeln."

„Dass sie gut aussieht, ist auch nicht zu verachten", bemerkte Lennard trocken.

„Holst du mich endlich hier raus?"

„Kannst du gehen?"

Gary nickte.

„Ich kann keinen Sprint hinlegen oder gar einen Marathon laufen, aber für zehn Minuten langsam gehen reicht es."

„Sehr gut. Dann stell dich schon mal darauf ein, dich von deiner hübschen Krankenpflegerin zu verabschieden. In den nächsten ein, zwei Tagen ist es so weit."

„Hervorragend. Ich glaub nämlich, die Ärztin ahnt etwas. Zumindest meinte sie heute, sie könnte den Sheriff nicht viel länger hinhalten."

Lennard fluchte leise.

„Ich hab's doch vermutet, dass die Zeit drängt."

„Dein juckender Nacken?", fragte Gary, der Lennard lange genug kannte, um zu wissen, was er damit meinte.

Der andere nickte.

„Halt durch. Wir holen dich hier raus, versprochen!"

„Ich nehme dich beim Wort, Pater", antwortete Gary trocken. „Vergiss beim nächsten Mal deinen Priesterkragen nicht."

„Scherzkeks! Was mir mehr helfen würde, sind die Dienstpläne. Bist du fit genug, ein wenig Aufklärungsarbeit zu betreiben?"

Er wartete, bis Gary nickte, bevor er ihm ein Wegwerfhandy unter die Bettdecke schob.

„Gut. Es ist ein wenig auffällig, wenn *ich* mich im Zimmer der Krankenpfleger herumtreibe."

Gary grinste.

„Lässt du etwa nach auf deine alten Tage?"

Lennard rollte mit den Augen. „Unauffällig ist das eine … aber leider ist Harry Potters Tarnumhang noch nicht gekommen.“

„Immer Ärger mit diesen Amazon-Lieferungen am selben Tag.“

„Haha. Immerhin hast du deinen Humor nicht verloren.“

Garys Lächeln verblasste.

„Gute Laune zu haben ist das Mindeste, was ich tun kann. Schließlich habe ich euch dieses Fiasko eingebrockt. Ohne mich würdet ihr schon längst am Strand sitzen.“ Er drehte den Kopf und schaute aus dem Fenster. „Stattdessen sitzt ihr hier in den Bergen fest und lauft Gefahr, eingeschneit zu werden. Im April.“ Die Abneigung in seiner Stimme machte klar, was er von diesem Klima hielt. Aber vielleicht war es auch nur die – verständliche – Reaktion darauf, hier festzusitzen.

„Noch mal. Wenn du jemandem die Schuld geben willst, dann dem übereifrigen Sicherheitswachmann. Und selbst das ist nicht ganz akkurat, nachdem dieser nur seinen Job gemacht hat. Er ist ein wenig übers Ziel hinausgeschossen, doch dieses Risiko war uns allen bewusst. Wenn sich jemand schuldig fühlen sollte, dann sind das wir drei.“

„Ihr drei?“, fragte Gary verständnislos. „Wieso ihr drei?“

Lennard bedachte ihn mit einem langen Blick.

„Wir hätten dich niemals allein in die Höhle des Löwen schicken dürfen.“

„Das ist doch vollkommener Bullshit! Das war mein Job … Oh.“ Er lächelte schief. „Ich sehe, worauf du hinauswillst.“

Sein Kumpel grinste zufrieden.

„Wusste ich’s doch, dass du zur Vernunft kommen würdest.“

„Raus mit dir“, schimpfte Gary halbherzig. „Sonst ruf ich die Schwester.“

Lennard erhob sich und ging zur Tür.

„Das hingegen glaub ich dir sofort“, murmelte er und schlüpfte hinaus.

21

Pünktlich um sieben stand Jake im Diner auf der Matte.

„Du hast mich wohl vermisst?“, zog Kurt ihn auf, während er ihm ein Bier hinschob.

Gerade als Jake danach greifen wollte, zog der Biker es wieder zurück.

„Oh, sorry. Ganz vergessen, dass du im Dienst bist.“

„Ich bin nicht im Dienst“, stieß Jake zwischen zusammengebissenen Zähnen hervor. „Jaz und die Kids sitzen dort drüben und warten auf mich. Falls du also aufhören könntest, mich zu verarschen, wäre ich dir sehr verbunden. Außer du willst, dass Hazel in den nächsten zwei Minuten anfängt, Zeter und Mordio zu schreien, weil ihr Abendessen zu spät aufgetischt wird.“

„Hazel? Nicht Cammie?“

Jake zog eine Grimasse.

„Cammie benimmt sich recht gesittet, seit sie den Kindergarten besucht. Allerdings hat sich Hazel gerade noch rechtzeitig einige von Cammies erfolgreichen Strategien abgeschaut, bevor sich ihr großes Vorbild an seine Erziehung erinnert hat. Wir hatten uns ja schon gefreut, mit Hazel doch noch ein pflegeleichtes Exemplar ergattert zu haben. Doch das hat sich leider als reines Wunschdenken herausgestellt. Anscheinend hat sie nur darauf gewartet, dass der Platz im Rampenlicht frei wird.“

Kurt lachte leise und streichelte Rambos Kopf. Jakes und Jaz’ großer Königspudel hatte sich angeschlichen und auf die

Hinterbeine gestellt, die Pfoten auf der Theke, um sich seine Streicheleinheiten vom Biker abzuholen.

Der Sheriff seufzte, während er die Szene beobachtete.

„Ein Wunder, dass euch das Gesundheitsamt noch nicht gesperrt hat."

„Pah. Ein paar Hundebakterien haben noch nie jemanden umgebracht."

Als Rambo wieder mit allen vieren auf dem Boden stand und seine Begrüßungstour durchs Diner erneut aufnahm, zog Kurt eine Flasche Reinigungsmittel unter der Theke hervor, sprühte die Theke ein und wischte mit einem Lappen darüber.

„So, zufrieden?"

Jakes Lippen zuckten.

„Viel besser. Nicht, dass es bei uns zu Hause anders wäre. Die Frage war professioneller Natur. Nicht persönlicher."

„Gut zu wissen. Also, zu deiner Frage. Wir haben absolut nichts herausgefunden. Die Kerle sind aalglatt. Ihre Performance heute war oskarreif."

Trotz der negativen Worte fuhr ein Adrenalinschub durch Jakes Körper.

„Oskarreif? Du meinst, sie haben Theater gespielt? Das würde meine und Cammies Theorie bestätigen, dass es sich bei den Typen um die Bankräuber handelt."

Kurts buschige Augenbrauen zogen sich zusammen.

„Wenn du meine Meinung wissen willst …"

„Natürlich will ich das. Sonst hätte ich dich erst gar nicht um deine Unterstützung gebeten."

„Also gut." Der Biker lehnte sich nach vorn und stützte sich auf seinen gewaltigen Unterarmen ab. Die dunklen Lederbänder um seine Handgelenke schienen genauso ein Teil von ihm zu sein wie der wilde Bart. „Wenn du mich fragst, war der Bankraub eine einmalige Sache. Meiner Meinung nach sind oder waren sie sehr erfolgreiche Betrüger."

„Betrüger?"

Kurt nickte.

„Sie sind außerordentlich gut darin, die Stimmung einer Gruppe zu lesen. Innerhalb weniger Minuten hatten sie die ganze Truppe so weit, dass jeder Einzelne darüber nachdachte, ob wir sie bei den True Warriors aufnehmen sollen. Ich nehme mich selbst dabei nicht aus."

„Wow."

Jake trank einen Schluck seines Biers und dachte nach. Dieses Ergebnis hatte er nicht erwartet.

„Alle außer mir", ließ sich eine raue Stimme neben ihm vernehmen.

„Blackbird", begrüßte er den Army-Veteranen und bückte sich dann, um Nelly, Blackbirds Assistenzhündin, die ihm half, mit den Effekten seiner Posttraumatischen Belastungsstörung zurechtzukommen, hinter den Ohren zu kraulen.

„Jaz schickt mich. Sie sagt, du könntest dir Zeit lassen. Miss Minnie hat den Kindern Chicken Nuggets gebracht."

„Damit werden sie erst einmal beschäftigt sein. Ich hoffe, sie lassen mir welche übrig."

Jaz kochte hervorragend. Nur eben ausschließlich vegetarisch. Aus diesem Grund genossen Vater und Töchter die Gelegenheiten, bei denen sie sich ausnahmsweise wie Raubtiere verhalten durften.

„Auf dich wartet später eines von Miss Daisys Steaks."

„Immerhin. Aber zurück zum Thema. Du warst nur mäßig beeindruckt von der Vorstellung der beiden?", lenkte Jake das Gespräch zurück zu Blackbirds Bemerkung.

Dieser zuckte mit den Schultern.

„Sie waren freundlich, das muss ich zugeben. Sie waren nicht nervös oder so. Schon fast so, als wäre es einstudiert. Ehrlich gesagt könnte ich sie mir durchaus als Mitglieder der True Warriors vorstellen. Aber spätestens, als sie das Gespräch bewusst auf den Bankraub gelenkt haben, war mir klar, was für ein Spiel sie spielen."

„Sie haben selbst davon angefangen?", fragte Jake ungläubig.

Kurt nickte und schob Blackbird ein Sodawasser mit Zitrone hin.

„Ja. Hat mich auch gewundert. Ich war gerade dabei, mir den subtilsten Ansatz für eine Befragung zu überlegen, als der eine, ich glaube, es war John, gefragt hat, ob die Bankräuber endlich gefunden worden seien. Clancy drückte seine Sorge darüber aus, ob die Berge unter diesen Umständen überhaupt sicher seien."

„Das war der Teil, der mich stutzig machte", schob Blackbird ein, während er unbewusst das weiche Fell an Nellys Schlappohren streichelte. „Während alle anderen schnell zur Stelle waren, um herauszustreichen, dass die Rockies groß sind und die Wahrscheinlichkeit, auf einen der Bankräuber zu stoßen, winzig ist, empfand ich die Sorge als gespielt."

„Um fair zu sein, Big A war ebenfalls skeptisch. Aber alles in allem hatten wir einfach eine gute Zeit miteinander."

„Verdammt. Sieht ganz so aus, als wären wir genauso weit wie zuvor."

Jake raufte sich die Haare.

„Wir werden trotzdem alle ein Auge auf sie haben", bot Kurt an. „Falls das hilft."

„Danke."

„Tut mir leid, dass wir keine größere Hilfe waren", sagte Blackbird bedauernd. „Zur Beruhigung: Ich habe überhaupt keine gewalttätigen Vibes von ihnen erhalten. Wenn du mich fragst, haben die Kerle in ihrem Leben noch keine Waffe benutzt."

„Das ist immerhin ein kleiner Trost. Obwohl, wir wissen beide, dass Menschen in verzweifelten Situationen zu verzweifelten Mitteln greifen."

„Du meinst zum Beispiel, wenn einer aus der Gruppe kurz davorsteht, verhaftet zu werden?"

Der Sheriff nickte ernst.

„Dann können wir nur hoffen, dass es nicht so weit kommt", sagte Kurt und klopfte ihm väterlich auf den Rücken. „Jetzt geh, genieß den Abend mit deiner Familie. Dein Steak wartet auf dich."

„Mach ich."

„Ich komme mit dir", informierte ihn Blackbird. „Sieht ganz so aus, als hätten sich Charlie und Ethan zu euch an den Tisch gesetzt."

Bei seinen Worten hob sich Jakes Laune. In Gesellschaft würde es ihm leichter fallen, seine Sorgen beiseitezuschieben.

*

Das *Ping* ihres Handys, das neue Nachrichten ankündigte, riss Moira aus ihrer Lektüre. Hastig griff sie nach dem Gerät und öffnete die App. Ihr Gesicht hellte sich auf, als sie die Anhänge sah. Sie hatte Leslie und Shauna um Hilfe gebeten. Sie wollte ihrem Vater ein für alle Mal beweisen, dass Kristina nichts Falsches getan hatte. Der Gedanke, dass sie mit ihrem Verhalten für ein Zerwürfnis zwischen den beiden gesorgt hatte, machte sie wahnsinnig. Jetzt hatte sie die nötigen Unterlagen, in denen schwarz auf weiß stand, dass auch Kinder Rechte hatten. Unter anderem das Recht, ihren Gesundheitszustand für sich zu behalten.

Es war ja nicht so, dass sie ihn komplett ausschließen wollte. Das war überhaupt nie ihr Bedürfnis gewesen. Sie hatte nur vermeiden wollen, dass er sich zu viele Sorgen machte. War das denn so schlimm? Krank geworden wäre sie sowieso. Das wusste sie genau. Und vermutlich wusste das auch ihr Dad. Wahrscheinlich war es lediglich einfacher, auf Kristina wütend zu sein, als sich mit der Angst auseinanderzusetzen. Moira kannte diese überwältigende Angst nur zu gut, hatte sie doch ihr ganzes Leben in ihrem Schatten verbracht. Doch sie weigerte sich, das weiterhin zu tun.

Nachdem sie Zora von ihrem Schlafplatz auf dem Drucker im Büro verscheucht hatte, druckte sie sämtliche Paragrafen, die auf ihren Fall zutrafen, aus und bündelte die Papiere zu einem Stapel. Ein kurzer Blick auf die Uhr verriet ihr, dass ihr Dad vermutlich noch draußen war und die Tiere fütterte. Sollte sie hier auf ihn warten? Nein, entschied sie. Dieses Thema war zu wichtig, um es noch weiter aufzuschieben. Struppi folgte ihr auf dem Fuß, als sie entschlossenen Schrittes zur Tür ging.

„Du kannst gerne mitkommen“, beschied sie ihm und öffnete die Tür, nachdem sie sich warm angezogen hatte.

Glücklich über den unerwarteten Auslauf sprang der Terrier voraus, schnurstracks zur Scheune, wo der andere Teil seines Rudels zu finden war. Wie es wohl mit den neuen zwei Welpen werden würde?, überlegte sie. Bestimmt lustig, doch sie hoffte, die beiden würden nett zu Struppi sein. Schließlich war er zuerst da gewesen. Andererseits waren die beiden noch so jung, dass sie sich vermutlich eher darüber Sorgen machen sollte, ob Struppi mit seiner bestimmenden Art die beiden nicht einschüchtern würde.

Sie stieß die hölzerne Scheunentür zur Seite und wartete einen Moment, bis sich ihr Vater zu ihr umdrehte.

„Moira! Du solltest doch unter der Decke vor dem Kamin auf dem Sofa liegen.“

Moira unterdrückte ihren Ärger bei dem erneuten Hinweis darauf, was sie tun sollte. *Er meint es nur gut*, wiederholte sie wie ein Mantra wieder und wieder in ihrem Kopf, um nicht vorzeitig aus der Haut zu fahren. Sie hatte allerdings das ungute Gefühl, dass ihr das nicht lange weiterhelfen würde.

„Dad, ich wollte dir etwas zeigen“, sagte sie und streckte den Stapel Papiere in seine Richtung.

„Ich komme gleich. Lass mich nur nach Felicity schauen“, antwortete er und deutete auf die dunkelbraune Kuh an seiner Seite. „Ich glaube, sie bekommt bald ihr Kälbchen.“

„In Ordnung“, sagte sie, blieb aber an Ort und Stelle stehen.

„Warte doch in der Sattelkammer auf mich, dort ist es wärmer."

Sie unterdrückte den Impuls, mit den Augen zu rollen. Schließlich hatte sie sich extra sorgfältig in ungefähr hundert Schichten eingepackt, um ihm keinen Grund zu geben, sie wieder ins Haus zu schicken.

„Was wolltest du mir zeigen?", fragte Kane, als er fünf Minuten später zum Waschbecken in der Sattelkammer trat und seine Hände gründlich unter dem heißen Wasser schrubbte.

Nervös deutete sie auf die Papiere, die sie auf dem Tisch ausgebreitet hatte.

„Hier, lies", wies sie ihn an.

Verwirrt überflog er die Überschriften. *Arztgeheimnis für Jugendliche. Die 10 Kinderrechte. UNO-Kinderrechtskonvention. Informationen zum Arztgeheimnis.* Je mehr er las, desto mehr hatte er das Gefühl, ihm würde gleich der Kopf explodieren. Zu sehr steckte ihm noch der Schreck der gestrigen Vorgänge in den Knochen. Er war sich undeutlich bewusst, dass nicht alles so schwarz und weiß war, wie er es darstellte. Doch bis er sich so weit beruhigt hatte, dass er das zugeben konnte, brauchte er noch ein paar Tage. Vielleicht auch Wochen.

„Was zum Teufel ist das alles?", stieß er schließlich etwas hilflos hervor.

Als sie merkte, dass ihr Dad nicht einfach einlenken würde, schob Moira stur ihr Kinn vor.

„Das sind die rechtlichen Grundlagen, nach denen Kristina gehandelt hat. Und zwar nicht einfach, weil sie es wollte." Sie machte eine bedeutungsvolle Pause. „Sondern weil sie es musste."

„Moira. Mir ist schon klar, dass du glaubst, alt genug zu sein, solche Dinge zu entscheiden", begann er einfühlsam.

Moiras Unterlippe begann zu zittern. Er hörte ihr einfach nicht zu. Auch wenn er es nett formulierte, änderte es nichts an dieser enttäuschenden Tatsache.

„Verstehst du denn nicht? Sie hatte keine andere Wahl. Wenn du schon auf jemanden wütend sein willst, dann bitte auf mich“, versuchte sie es dennoch ein zweites Mal.

„Du bist meine Tochter“, erklärte er mit Nachdruck. „Ich bin für dich verantwortlich. Kristina ist erwachsen und mit uns befreundet. Sie hatte kein Recht, mir diese Informationen vorzuenthalten.“

„Doch! Das steht doch hier. Aber du liest es nicht einmal. Stattdessen wirfst du das Beste, was uns je passiert ist, einfach fort. Nur, weil jemand mir zugehört hat. Anders als du.“ Inzwischen strömten die Tränen über ihr Gesicht, aber es war ihr egal. „Ich hasse dich“, stieß sie hervor, bevor sie herumwirbelte und aus der Sattelkammer rannte. Struppi trat unentschlossen von einem Bein aufs andere, bis er sich nach einem letzten, mitleidigen Blick Moira anschloss und ihr hinterhersprintete.

*

Betroffen starrte Kane seiner Tochter und dem kleinen Hund nach. Als klar wurde, dass sie nicht anhalten würde, bis sie im Haus war, rieb er sich über sein müdes Gesicht. War er wirklich so unmöglich? Hatte sie recht mit dem, was sie sagte? Zweifel regten sich in seinem Herzen und kämpften mit dem Ärger, der Enttäuschung, die er Kristina gegenüber empfand. Mit Letzterem konnte er definitiv leichter umgehen. Doch was, wenn Moira recht hatte? Kein sehr angenehmer Gedanke.

Er fasste nach den Papieren und studierte sie. Diesmal genauer. So, wie es Moira von Anfang an von ihm erwartet hatte. Eine Erwartung, die er ganz klar enttäuscht hatte. Das schlechte Gewissen wurde beim Lesen immer größer. Am Ende der Lektüre hatte er das ungute Gefühl, dass er den beiden wichtigsten Frauen in seinem Leben eine Entschuldigung schuldete.

Er fühlte sich mindestens zwanzig Jahre älter als noch vor einer Stunde. Sich wie ein vernagelter Idiot zu benehmen, verschlang offensichtlich viel Energie. Oder vielleicht war es auch nur sein schlechtes Gewissen. Schwerfällig stand er auf. Als Erstes musste er die Dinge zwischen sich und Moira ins Reine bringen. Sie war krank und sollte sich erholen. Er zog eine Grimasse. Ziemlich schwierig, wenn sich der eigene Vater wie ein Idiot aufführte.

Ein letzter Kontrollblick zu Felicity zeigte ihm, dass es noch eine Weile dauern würde, bis das Kälbchen das Licht der Welt erblickte. Wenigstens eine Sorge weniger.

Voller guter Absichten beschleunigte er seine Schritte und verfiel in einen leichten Trab. Kaum war er jedoch durch die Scheunentür geschlüpft, fand er sich Auge in Auge mit einem riesigen Tier wieder. Gerade noch rechtzeitig, um eine Kollision zu verhindern, stoppte er. Instinktiv stolperte er einen Schritt zurück, während er seinen Gegner, nein, warte, seine Gegnerin, beäugte.

Merline. Er hatte die Elchkuh, die in und um Independence für ihr unvermitteltes Auftauchen bekannt war, in den letzten Tagen öfter gesehen. Offenbar hatte sie Freundschaft mit den Ziegen geschlossen. Ein paar Mal hatte er sie einvernehmlich an verschiedenen jungen Bäumen knabbern sehen. Nachdem sie in der Nähe des Waldrands geblieben war, hatte er sie in Ruhe gelassen. Eine Entscheidung, die sich offensichtlich jetzt rächte.

Elchkühe waren stattliche Tiere, die durchschnittlich ungefähr einen Meter achtzig groß wurden. Merline bildete da keine Ausnahme. Und das war nur die Widerristhöhe. Ihr Kopf ragte viel weiter in die Höhe. Meistens jedenfalls. Jetzt gerade war sie viel mehr an Kanes Jacke interessiert. Erschrocken machte er einen Satz, als sie mit ihren beweglichen Lippen sein Hemd in die Höhe schob.

„He, das kitzelt! Überhaupt lade ich Ladys erst zum Essen ein, bevor sie mich ausziehen dürfen“, protestierte er lachend und versuchte ihren Kopf wegzuschieben. Das große Tier bewegte sich keinen Millimeter, sondern fuhr stoisch damit fort, seinen Bauch einer intimen Untersuchung zu unterziehen.

Okay, wenn er das lebendige Hindernis nicht verschieben konnte, musste er halt rundherum gehen. Er trat einen Schritt nach links. Sie tat es ihm nach. Er trat nach rechts. Wieder stellte sie sich ihm in den Weg. Dieses Spielchen wiederholten sie zwei, drei Mal, bis er frustriert stehen blieb. Das wurde langsam lächerlich. Nicht genug, dass sich Merline wie ein ausgebildetes Cowhorse verhielt und jeden seiner Schritte vorausahnte, erhielt sie auf einmal Unterstützung von Mephisto und Diavolo. Die beiden hielten das für ein großartiges Spiel und ahmten Merlines Bewegungen nach.

„Was ist denn mit euch los?", fragte er die Rasselbande irritiert, während er eine Finte nach rechts antäuschte, bevor er nach links wegrannte. Doch vergeblich. In einer fließenden, synchronen Bewegung waren die drei zur Stelle, bevor er eine Lücke finden konnte. „Schlimmer als ein Schwarm hungriger Barracudas", murmelte er genervt. Merline schnaubte, als würden sie seine Kommentare amüsieren. „Lach nur", murmelte er düster und setzte zum nächsten Angriff an.

Nachdem ihm zwei waghalsige Ausbruchversuche nichts weiter als eine neue Sammlung blauer Flecken an den Oberschenkeln eingebracht hatten, trat er den Rückzug an. Mit einem waghalsigen Sprung rettete er sich durch das Scheunentor, das glücklicherweise immer noch einen Spalt offen stand. Kaum war er drin, schob er es entschlossen zu. Erschöpft an der Tür lehnend, überlegte er, wie er dem unheiligen Trio dort draußen entkommen konnte.

Während er seinen Blick durch den Stall schweifen ließ, fiel sein Blick auf die Tüte, die auf den fein säuberlich gestapelten Brettern lag. Susans Kekse. Da waren doch diese Chillax-Dinger dabei. Ob er es mit denen versuchen sollte? Er war skeptisch, was die Behauptung anging, sie würden beruhigend wirken. Doch als Bestechung würden sie bestimmt funktionieren. Einen Versuch war es allemal wert. Die anderen Kekse würde er Moira mitbringen. Als Friedensangebot.

Frisch motiviert holte er die Kekse und startete einen neuen Versuch, der Scheune und ihren Bewachern zu entfliehen.

*

Moira konnte es nicht glauben, dass ihr Dad so reagiert hatte. Wieso bloß hörte er ihr nicht zu? Er war doch sonst nicht so! Sie schluckte und versuchte den Kloß loszuwerden, der sich bei der enttäuschenden Erinnerung in ihrem Hals breitmachte. Wenn erwachsen werden sich immer so anfühlte, wollte sie damit nichts zu tun haben! Erwachsene waren offensichtlich nicht ganz bei Trost. So wollte sie auf keinen Fall werden.

Als sie einen Blick aus dem Fenster warf, entdeckte sie die beiden Ziegen und Merline, die ihren Vater bei der Scheune festzuhalten schienen. Gut so. Je länger sie ihre Ruhe hatte, desto besser. Sie war so wütend und hat ihre Situation so satt! Sie wollte nur normal sein. Keine scheiß Erbkrankheit haben. Keinen Streit haben. Aber nachdem ihr nicht einmal der letzte Wunsch vergönnt war, hatte sie keine große Hoffnung, was den Rest anging.

Ohne richtig nachzudenken, griff sie nach ihren Antibiotika-Tabletten. Immer diese Tabletten, dachte sie angewidert. Wer wusste schon, ob die wirklich etwas taugten. Sie wollte sie auf jeden Fall nicht mehr, beschloss sie impulsiv. Wie in einem Rausch drückte sie eine Kapsel nach der anderen aus der Aluminiumverpackung. Sie zögerte einen Moment. Dann schob sie die Dinger von der Tischplatte in ihre Handfläche, marschierte zum Klo und entsorgte sie dort. Nach dem dritten Mal spülen war nichts mehr von ihnen zu sehen. Erst jetzt klärte sich der rote Nebel in ihrem Hirn. Als sie die leere Verpackung anschaute, die vorwurfsvoll auf dem Tisch lag, wurde ihr gleichzeitig heiß und kalt. Was hatte sie nur getan?

Sie fühlte sich gut, versuchte sie sich selbst zu beruhigen. Sie hatte gestern und heute die Medikamente bereits genommen. Sicherlich war es dieses eine Mal nicht so schlimm, wenn sie die

Packung nicht bis zum Ende aufbrauchte. Ein Teil ihrer Entschlossenheit kehrte zurück. Sie würde es dieser blöden Krankheit schon zeigen. Auch ohne die verdammten Pillen. Sie war Supergirl.

*

Als Kane eine Viertelstunde später ins Haus zurückkehrte, war alles ruhig. Auch von Struppi und Zora keine Spur. Zwei Treppenstufen auf einmal nehmend, sprintete er in den oberen Stock. Vor Moiras Tür zögerte er. Offensichtlich hatte er die Anzeichen übersehen, dass Moira einen großen Schritt vom kleinen Mädchen zur Jugendlichen gemacht hatte. Sollte er besser anklopfen?

Für einmal Vorsicht statt Nachsicht walten lassend, klopfte er an die Tür.

„Moira?"

Sekunden verstrichen. Struppi kläffte einmal laut und war dann wieder still. Schließlich hörte er Moiras gedämpfte Stimme.

„Ich möchte allein sein."

„Du musst doch hungrig sein."

„Nein. Bin ich nicht. Ich bin schon im Bett."

Immer noch zögerte er, hin und her gerissen, was das richtige Verhalten war. Er ertappte sich bei dem Wunsch, Kristina um Rat zu fragen. Überrascht hielt er ein wenig inne. Bisher waren seine Gedanken in solchen Momenten immer zu Jenny gewandert. Anscheinend hatte sich Kristina tatsächlich in sein Innerstes geschlichen. Auf jeden Fall wäre ein wenig weibliche Einsicht in die Funktionen der Teenagerseele seiner Tochter ganz hilfreich. Bei dieser Überlegung ging ihm auf, dass er mit hundertprozentiger Sicherheit wusste, dass Kristina seinen Anruf sogar entgegennehmen würde. So war sie einfach. Immer für andere da. Ganz besonders für ihn und Moira. Selbst wenn er sich wie ein Idiot benahm.

Und was hatte er gemacht? Ihr bei der erstbesten Gelegenheit vorgeworfen, sie würde nur in ihrem eigenen Interesse handeln, ohne Moiras oder sein Befinden in ihre Überlegungen miteinzubeziehen. Diese Erkenntnis entlockte ihm ein Stöhnen. Vielleicht war es tatsächlich weiser, die Sache für heute auf sich beruhen zu lassen. Seine Erfolgsbilanz mit dem weiblichen Geschlecht ließ am heutigen Tag eindeutig zu wünschen übrig.

„Okay. Hör zu, es tut mir leid."

Er presste sein Ohr an die Tür und hielt den Atem an, um ihre Antwort ja nicht zu verpassen. Als alles still blieb, fügte er hinzu: „Gut. Dann lass dich jetzt schlafen. Gute Nacht. Ich liebe dich."

Er wartete noch einen Moment und lauschte, doch Moira antwortete nicht. Widerstrebend stieß er sich von der Tür ab und ging nach unten.

Später, wenn sie schlief, würde er nach ihr sehen.

22

Wenn Kristina nicht so absolut übermüdet gewesen wäre, hätte die Sache vielleicht einen anderen Verlauf genommen. Oder vielleicht war es auch nur ein Fall von „zur falschen Zeit am falschen Ort“. Wer wusste das schon so genau.

Nach zwei Schichten war sie völlig k.o. nach Hause zurückgekehrt. Leonidas hatte sie eine Dose Katzenfutter vorgesetzt, wegen der er erwartungsgemäß die Nase gerümpft hatte. Zu müde, um sich um die kulinarischen Präferenzen ihrer Katze zu kümmern, hatte sie für sich eine Tütensuppe warm gemacht und diese vor dem Fernseher in sich hineingelöffelt. Alle ihre Sinne waren taub gewesen, ein Umstand, für den sie Kane verantwortlich machte. Aber vielleicht war daran auch nur ihr Vierundzwanzig-Stunden-Tag schuld. Wie auch immer, ihr konnte es recht sein, hatte sie sich eingeredet. Nichts zu fühlen war besser, als in einem Meer von unerwiderten Gefühlen unterzugehen.

Fertig mit der Suppe, hatte sie den Teller beiseitegestellt. Prompt war sie vor dem Fernseher eingenickt.

Dort erwachte sie, als wenige Stunden später ihr Telefon läutete. Desorientiert fummelte sie unter der Decke herum. Leonidas fauchte empört und flüchtete vor ihren unbeholfenen Versuchen aufs gegenüberliegende Fensterbrett.

„Mertens?“

„Sarah hier. Jillian musste nach Hause gehen. Die Grippe hat sie erwischt. Ich wollte dich eigentlich nicht anrufen, aber die Regeln …“

„Kein Problem", antwortete Kristina beruhigend und spähte in Richtung Fenster. Noch war es dunkel. Also spät in der Nacht oder sehr früh am Morgen. Je nachdem, wie man es betrachtete.

Laut Klinikreglement musste immer ein Arzt oder eine Ärztin anwesend sein. Sie musste es wissen, schließlich hatte sie das Reglement zusammen mit Sunny verfasst.

„Gib mir eine halbe Stunde. Ich komme sofort."

„Sehr gut. Ich gebe den anderen Bescheid. Meine Schicht ist gleich zu Ende, ich werde dich wahrscheinlich nicht mehr sehen."

„In Ordnung."

Kristina beendete das Gespräch und wankte zu ihrer Kaffeemaschine. Nach einem doppelten Espresso und einer heißen Dusche fühlte sie sich wenigstens wieder zu fünfzig Prozent menschlich. Die andere Hälfte steckte immer noch tief im Zombie-Territorium. Sie schlüpfte in ihre Jacke und schnappte sich die Schlüssel vom Tresen. Auch egal. Um diese Tageszeit schliefen die Patienten in der Regel. Falls nicht plötzlich ein Notfall reinkam, waren die Leute mehr oder weniger sicher vor dem unausgeschlafenen Monster in ihr.

*

Lennard und John huschten durch die leeren Gänge der Klinik. In den frühen Morgenstunden wirkte das Gebäude beinahe gespenstisch. Kein Laut war zu hören. Selbst das Licht in den Dienstzimmern war gedämpft.

„Du bist sicher, dass die Schwestern nicht gerade ihre Runde machen? Die Videoüberwachung habe ich deaktiviert. Die nächste Viertelstunde läuft der leere Gang in Dauerschlaufe. Das merkt um diese Tageszeit niemand. Aber die Menschen sind unberechenbar."

„Hör auf zu meckern. Du hast doch die Dienstpläne gesehen, die Gary von seiner Etage gesendet hat? Natürlich gibt es die Möglichkeit, dass jemand nach einem Pfleger läutet. Dieses

Risiko müssen wir eingehen", flüsterte Lennard zurück. „Hoff lieber, dass dein Hack hält, was er verspricht."

Das brachte ihm einen bösen Blick von John ein, doch das war ihm egal. Alles war besser als ein Komplize, der mittendrin anfing zu hyperventilieren.

Clancy wartete draußen vor dem Lieferanteneingang darauf, dass sie mit Gary im Schlepptau hinunterkamen. Zu dritt hätten sie definitiv zu viel Lärm verursacht. Am liebsten wäre Lennard allein gegangen. Doch er war sich nicht sicher, ob er Gary ohne zusätzliche Hilfe von seinem Zimmer bis nach draußen bringen würde. Der Kerl war einfach riesig und ein Muskelpaket. Je nachdem, wie viele Beschwerden ihm sein Bein noch machte, würden sie ihn zu zweit stützen müssen. Ein Rollstuhl wäre am besten. Leider sah er keine Spur eines herumstehenden Rollstuhls. Wieso musste dieses Krankenhaus auch so verdammt gut organisiert sein? Ein wenig Schlampigkeit wäre ihnen jetzt gerade recht gekommen.

„Hier geht's lang", stieß er leise hervor und deutete nach links. „Geh einfach rein, ich bin gleich hinter dir."

Als sie endlich in der relativen Sicherheit von Garys Krankenzimmer angelangt waren, zog er die Tür leise hinter sich zu.

„Wird auch Zeit, dass ihr auftaucht", brummte Gary von seinem Krankenlager. „Ich dachte schon, ihr hättet mich vergessen."

„Ich dachte, du genießt hier das schöne Leben, hübsche Mädchen inklusive?", zog John ihn auf und reichte ihm frische Kleidung.

„Sarah. Ich werde sie vermissen", seufzte Gary. „Aber nicht so sehr, dass ich meine Freiheit aufgeben würde", fuhr er bedauernd fort.

Ein Geräusch auf dem Flur ließ alle drei herumfahren. Wie der Blitz zog Lennard seine Waffe und positionierte sich hinter der Tür.

„Es sollte eigentlich bis zum Frühstück niemand vorbeikommen. Ich habe explizit gesagt, dass ich meine Ruhe will."

Die Tür schwang auf. Lennard drückte sich flach an die Wand und wartete ab. John hielt mitten in der Bewegung – er hatte Gary gerade das Jackett überstreifen wollen – inne. Gary klappte den Mund auf und zu. Lennard kniff die Augen zusammen. Das hatten sie ja gut hingekriegt … nicht. Peinlich, so was.

„Haben Sie vor, auszugehen? Mitten in der Nacht?", fragte Kristina sarkastisch. „Oder wollten Sie mir Ihren Freund vorstellen?"

Resolut trat sie ans Bett und musterte ihren Patienten mit ihrem strengsten Blick.

„Dr. Mertens", stieß Gary überrascht hervor. „Das ist, äh, wir, also …"

Lennard rollte mit den Augen. Dieses Spektakel war nicht zum Aushalten. Ihm blieb nur ein Ausweg aus diesem Schlamassel. Er trat einen Schritt hinter der Tür hervor und presste Kristina den Lauf seiner Waffe in die Seite. Eins musste er der Ärztin lassen, dachte er bewundernd. Sie zuckte nur leicht zusammen, hatte sich aber gleich darauf wieder fest im Griff.

„Keine Angst", versprach er ihr in seiner freundlichsten Stimme. „Es muss niemandem etwas passieren. Du besorgst uns jetzt einen Rollstuhl, dann bist du uns in zwei Minuten los."

„Rollstuhl? Ich brauche keinen Rollstuhl", protestierte Gary. John hielt ihm eine Hand vor den Mund.

Kristina stand mit offenem Mund da und versuchte, ihr armes, übermüdetes Hirn dazu zu bringen, sich einen Reim auf diese absurde Situation zu machen. Fehlanzeige. Ihr fiel absolut nichts Brillantes ein, das sie tun oder sagen könnte. Mit einer Waffe bedroht zu werden, schränkte ihre Möglichkeiten doch ziemlich ein, wie sie gerade herausfand. Schließlich klappte sie den Mund wieder zu und schielte auf die besagte Waffe, deren schwarzer, reflektierender Lauf sich in ihre Flanke bohrte. Sofort stürzten Impressionen des möglichen Kugelverlaufs, falls sich denn tatsächlich ein Schuss aus der Pistole lösen sollte, auf sie ein. Bilder von zerfetztem Darmgewebe oder zerschmetterten Nieren …

Panik drohte, sie zu übermannen. In einem hilflosen Versuch, sich im Hier und Jetzt zu verankern und ihrem betrügerischen Kopf keine Chance zu geben, sich zu verselbstständigen und eine völlig unbrauchbare Flut von unnützen Hormonen wie Cortisol, Adrenalin und so weiter auszuschütten, konzentrierte sie sich auf die Oberfläche des Pistolenlaufs. Wieso erinnerte das Ding sie an eine Wasserpistole? War das Teil etwa aus Plastik? Bevor sie darüber nachdenken konnte, ob das, was sie gleich tun würde, Sinn oder Unsinn war, wirbelte sie herum und fragte erbost: „Ernsthaft? Ihr bedroht mich mit einer Spielzeugpistole? Bin ich nicht mal eine richtige Waffe wert?"

Gary kicherte auf seinem Bett.

„Hast du die immer noch? Ich hatte gedacht, der Zwischenfall beim letzten Mal …"

„Ruhe. Das will sie nicht hören!", knurrte Lennard.

Kristina legte interessiert den Kopf schräg.

„Doch, natürlich will ich das hören. Es verbessert meinen Tag ungemein, wenn ich peinliche Geschichten über meine Möchtegern-Kidnapper höre."

Sarkasmus troff von ihrer Stimme.

„Keine Sorge. Wir kidnappen nur den großen Trottel hier, damit das Bett wieder frei wird", erklärte John hilfreich, während er ebenfalls versuchte, sein Lachen zu unterdrücken. Allerdings ziemlich erfolglos.

Lennard schaute an die Decke und zählte zähneknirschend leise bis zehn, dann wandte er sich wieder an Kristina.

„Richtige Waffen tendieren dazu, eine Sauerei zu veranstalten. Das würden wir gern vermeiden", erwiderte er ernsthaft. „Trotzdem brauchen wir deine Kooperation. Sprich einen Rollstuhl und dein Schweigen, zumindest bis wir draußen sind. Ich bin sicher, dass du eine Panik vermeiden willst."

Sein Versuch, subtil zu sein, war offenbar grandios gescheitert, da ihm Kristina einen bitterbösen Blick schenkte und widerwillig nickte. Nun ja, man konnte nicht immer glänzen. Wenn man in einer vertrackten Situation war, musste man einfach das Beste daraus machen.

Erst als der Anführer – Kristina nahm zumindest an, dass er so was wie der Anführer war – mit dem lächerlichen Spielzeugteil wedelte, setzte sie sich langsam in Bewegung. Sie ging voraus, während die anderen beiden dem namenlosen Patienten halfen. In ihrem Kopf arbeitete es fieberhaft. Was sollte sie bloß tun? Die Security alarmieren? Mit denen hatte sie sowieso ein Hühnchen zu rupfen. Sollten die nicht längst hier sein? Wofür hatten sie denn überhaupt einen Sicherheitsdienst?

Die Gauner der Polizei auszuliefern war verlockend. Andererseits hatte sie so die Chance, sich ihres Patienten zu entledigen, ohne Schuldgefühle haben zu müssen. Die zweite Option gefiel ihr besser, ohne dass sie eine logische Erklärung dafür gehabt hätte. Also öffnete sie mit ihrem Schlüssel einen der Räume, der allerlei Putzzeug und eben auch Rollstühle enthielt. Sie zog einen heraus, faltete ihn auf und schob ihn nicht gerade sanft unter den Hintern ihres Patienten.

Gary jaulte auf.

„Autsch."

„Entschuldigung", sagte sie zuckersüß und ohne die geringsten Gewissensbisse. Er war mitschuldig an dem Schlamassel, in dem sie sich aktuell befand. Sie drehte sich zu dem um, von dem sie vermutete, dass er der Anführer war, da er wichtig mit seiner *Pistole* herumgefuchtelt hatte, und deutete in Richtung der kleinen Kammer. „Du. Sperr mich ein."

Jetzt war der Gangster an der Reihe, sprachlos zu sein.

„Dich … Was?"

Hilfe suchend schweifte sein Blick zu den beiden anderen. Doch die schauten genauso verwirrt in die Gegend, wie er sich fühlte.

„Einsperren. Du weißt schon, damit es echt aussieht." Sie beugte sich vor und zischte: „Ich kann euch nicht aufhalten."

Das war die Wahrheit. Allein gegen zwei Männer … Im Grunde sogar zweieinhalb. Sie gab sich nicht der Illusion hin, dass Gary komplett hilflos war, nur weil er eine frisch operierte Schusswunde hatte. Nein, lieber nicht. Zeter und Mordio zu schreien wäre natürlich auch eine Möglichkeit, dann würde ihr bestimmt jemand zu Hilfe kommen. Allerdings mit dem Ergebnis, dass anschließend das ganze Krankenhaus in Aufruhr war. Auf die daraus sicherlich resultierende, schlechte Presse konnte sie gern verzichten. Sie verengte die Augen zu schmalen Schlitzen.

„Aber ich werde mir verdammt noch mal wegen euch keine Anklage wegen Beihilfe zur Flucht aufhalsen. Hast du mich verstanden?"

Lennards Gedanken überschlugen sich. Was die Ärztin vorschlug, war tatsächlich brillant. Wieso war er nicht darauf gekommen? Vielleicht wurde er tatsächlich langsam alt. Höchste Zeit, das Feld jüngeren, schlaueren Spielern zu überlassen.

„Okay, rein mit dir. Schlüssel?", fragte er und streckte erwartungsvoll die Hand aus.

Kristina zögerte. Sollte sie sich Sorgen machen, dass ihr so leicht ein Ausweg aus ihrem Bankräuber-Schrägstrich-Kidnapper-Dilemma eingefallen war? Hatte sie vielleicht kriminelle Tendenzen, die bis jetzt unentdeckt geblieben waren? Kurz ließ sie sich ihre Möglichkeiten durch den Kopf gehen. Wenn sie Zoé wäre, könnte sie vermutlich alle drei mit einem Roundhouse-Kick überwältigen, sie gleichzeitig in die Reinigungskammer befördern und die Tür hinter ihnen abschließen. Sie seufzte. Leider war sie definitiv nicht Zoé. Ihre eigenen Superkräfte ließen einiges zu wünschen übrig. Fast trotzig schob sie ihm den Schlüssel in die Hand.

„Hier. Und dann macht, dass ihr wegkommt. Ich habe keine Lust, mich nochmals mit dem Problem rumzuschlagen, das ihr darstellt."

„Verstanden." Der Mann hielt ihre Hand für einen Moment fest und schaute ihr in die Augen. „Und danke."

Kristina wusste nicht, was sie auf diese viel zu ernsthaft wirkende Aussage sagen sollte. Also drehte sie sich um und verschwand im Reinigungsraum. Als sie das Klicken hörte, das das Drehen des Schlüssels im Schloss begleitete, atmete sie das erste Mal auf. Herrje, war das anstrengend. Über latent vorhandene kriminelle Energien musste sie sich definitiv keine Sorgen machen. Das war viel zu aufregend. Für die nächsten zehn Jahre war ihr Bedarf an Aufregung definitiv gedeckt. Sich ihrer wackligen Knie bewusst werdend, ließ sie sich auf den Boden gleiten. Sie lehnte sich mit dem Rücken an einen Sack Schmutzwäsche. Hier würde sie einen Moment sitzen bleiben. Nur fünf Minuten. Oder zehn. Dann konnte sie Alarm schlagen.

*

„Ich bringe dir den neuen Toilettenreiniger …", rief eine der Reinigungsfrauen über die Schulter, bevor ihr Blick auf die schlafende Person fiel. „Frau Dr. Mertens?"

Schlagartig öffnete Kristina die Augen, schoss aus ihrer unbequemen Position hoch und taumelte auf den Ausgang zu. Shit, shit, shit. War sie wirklich eingeschlafen? Mitten in der größten beruflichen Krise? Vielleicht sollte sie ernsthaft in Erwägung ziehen, endlich die Woche Ferien zu machen, zu der sie das Krankenhauskomitee ständig drängte. Sie rieb sich den Schlaf aus den Augen.

„Lass dich von mir nicht aufhalten, Lisa", murmelte sie der überrumpelt wirkenden Reinigungsfachkraft zu. Sie ignorierte den offenstehenden Mund und die offensichtliche Frage in ihrem Blick und eilte davon. Es war Zeit, Schadensbegrenzung zu betreiben. Sie hatte ohnehin schon zu viel Zeit vergeudet. Ein Nickerchen. Ausgerechnet jetzt. Unglaublich.

*

Moira war ungewöhnlich ruhig während des Frühstücks. Zugegeben, kurz nach dem Aufstehen war sie nie eine Quasselstrippe. Doch dieses Maß an Stille war selbst für sie ungewöhnlich. Besorgt beobachtete Kane seine Tochter.

„Noch mehr Pancakes? Früchte?“, fragte er.

Moira schüttelte den Kopf.

Kane runzelte die Stirn.

„Sicher, dass dir nichts fehlt?“

Moira rollte mit den Augen.

„Dad.“

„Schon gut. Ich wollte nur sichergehen.“

Um sich irgendwie zu beschäftigen, begann er den Tisch abzuräumen. Als er aus dem Fenster schaute, sah er, dass es angefangen hatte zu schneien.

„Sieh mal, die ersten Flocken fallen. Willst du mit Struppi rausgehen, bevor es richtig anfängt zu schneien?“

Moira folgte seinem Blick. Ein schwaches Lächeln umspielte ihre Lippen, bevor sie seufzte und den Kopf schüttelte.

„Ich habe noch Hausaufgaben und muss für eine Prüfung lernen. Besser, ich fang schon mal an.“

Sie stand auf und trug ihr Geschirr zum Spülbecken, bevor sie sich frischen Tee einschenkte. Mit der Tasse in der Hand verschwand sie im Flur. Zoras Schwanz zuckte von links nach rechts und wieder zurück, während sie beobachtete, wie ihre menschliche Freundin verschwand. Nach einer weiteren Sekunde Unentschlossenheit sprang sie von der Fensterbank und folgte Moira.

Struppi, der vor dem Kühlschrank auf dem Flickenteppich lag, seufzte und legte den Kopf auf die Pfoten. Es wirkte fast so, als hätten die beiden Tiere ihre Pflichten aufgeteilt, dachte

Kane amüsiert. Doch dann fiel ihm Moiras bleiches Gesicht ein. Es würde wohl mehr brauchen als eine Nacht Schlaf, bis ihm seine Tochter sein Verhalten verzieh. Zugegeben, er hatte es verdient. Trotzdem machte es ihn traurig. Er gab sich einen Ruck und begann sich seine Outdoor-Sachen überzuziehen. Besser, er versorgte die Tiere und bereitete alles für den Schneesturm vor. Wenn der Wetterbericht stimmte, wartete ein waschechter Blizzard auf sie.

*

„Er hatte eine Pistole?“, wiederholte der Sheriff, während sich sein Deputy Will Notizen machte. „War sie geladen?“

Kristina schaute ihn an, als wäre er nicht ganz bei Trost.

„Woher zum Teufel soll ich das wissen?“

Jake hob die Schultern und ließ sie wieder fallen.

„Tut mir leid. Ich formuliere es nochmals anders: Wenn du eine Vermutung abgeben müsstest, würdest du sagen, sie war geladen?“

„Auf jeden Fall.“

Zumindest mit Wasser oder Platzpatronen, fügte sie im Stillen hinzu. Doch das konnte sie ihm schlecht erzählen. Nicht zum ersten Mal stellte sie ihr Tun in Frage. Aber auch beim dritten Mal fiel ihr nicht ein, wie sie die Situation besser hätte handhaben können. Sie räusperte sich.

„Dass die Bankräuber entwischt sind, ist Pech. Natürlich wäre es ganz praktisch gewesen, wenn ich sie hätte dingfest machen können. Aber ausnahmsweise habe ich meinen Superwoman-Umhang zu Hause gelassen. Ich bin Ärztin, verdammt noch mal. Und nicht Teil eines Spezialkommandos.“

Müde rieb sie sich die Stirn.

„Sorry für den Ausbruch. Aber ich bin mehr oder weniger in meiner dritten Schicht in Folge. Wenn du wohlüberlegte, taktvolle Antworten möchtest, musst du mich erst für acht Stunden am Stück schlafen lassen.“

„Kein Problem“, antwortete Jake, seine Gesichtszüge ein wenig freundlicher. „Das war auch ein aufregendes Erlebnis. Schlafen ist vermutlich eine gute Idee.“ Er stand auf. „Die Fahndung läuft. Wenn wir etwas hören, werde ich dich informieren.“

Kristina nickte stumm, während sie verstohlen auf die Uhr schaute. Noch eine halbe Stunde, dann würde sie genau das tun. Zum Glück hatte Mia Zeit, einzuspringen. Eigentlich war sie Allgemeinärztin in Independence. In Notfällen war sie schon öfter eingesprungen, worüber Kristina heilfroh war.

„Wir melden uns“, ließ der Sheriff sie wissen.

Will bedankte sich für den Kaffee und folgte seinem Chef.

Endlich allein, dachte sie und ließ sich zurück in ihren Stuhl fallen. Erstaunlicherweise war sie gar nicht so müde, wie sie es Jake gerade weisgemacht hatte. Erstaunlich, was ein paar Stunden Schlaf im Reinigungsraum bewirken konnten. Trotzdem war sie mehr als bereit, nach Hause zu gehen. Nach fast sechsunddreißig Stunden in der Klinik begann sie sich an ihrem Arbeitsplatz etwas klaustrophobisch zu fühlen.

23

Kurz nach zwölf wurde Moira klar, dass sie einen Fehler gemacht hatte. Und zwar einen gewaltigen. So gewaltig, dass nicht nur der Schleim dafür verantwortlich war, dass sie nicht atmen konnte. Waschechte Panik schnürte ihr die Luft ab. Kleine weiße Sterne tanzten vor ihrem Blickfeld. Ihre Fingerspitzen prickelten, als würden sie gleich taub werden. Was hatte sie nur getan? Und vor allem: Was sollte sie jetzt tun?

Während Moira mit ihren inneren Dämonen und der Lungenentzündung rang, versorgte Kane Mephisto und Diavolo. Er hatte sich die beiden extra für den Schluss aufgespart, nachdem er das Risiko nicht eingehen wollte, von ihnen in eine Schneewehe geschubst zu werden. Stallarbeit mit nassen Kleidern war sehr mühsam.

„Heute seid ihr erstaunlich handzahm", stellte er erstaunt fest, als sie zufrieden an ihrem Heu und ein paar Ästen knabberten, die er extra für sie geschnitten hatte. Ob es an den Chillax-Keksen lag? Nachdenklich zog er eine der langen Stangen aus der Tasche und offerierte jedem eine Hälfte. Kopfschüttelnd kraulte er Mephisto am Nacken, wo er es so gerne mochte. Wenn er nicht gerade in Angriffsmodus war.

„Jetzt muss ich euch leider allein lassen. Ich muss schauen, wie es Moira geht."

Die ganze Zeit schon hatte er vergeblich versucht, die nagende Unruhe in seinem Inneren zum Verstummen zu bringen. Leider ohne Erfolg. Möglich, dass seine Sorge nur auf den

Streit zurückzuführen war. Er hasste es, mit seiner Tochter zu streiten. Bis vor Kurzem war das auch kaum vorgekommen. Sie war immer so ruhig und zufrieden gewesen. Leicht zufriedenzustellen. Sah ganz so aus, als würde sich das ändern, jetzt, wo sie älter und unabhängiger wurde. Eine natürliche und notwendige Veränderung. Nichtsdestotrotz musste er sich erst daran gewöhnen. Ein wenig loslassen. Sein Mund verzog sich zu einem schiefen Lächeln, als er sich vorstellte, wie sie in ihre Flügel hineinwachsen und davonfliegen würde.

Sein Lächeln verblasste jedoch schnell wieder. Es war nicht Moiras Art, lange an ihrem Ärger festzuhalten. Irgendetwas anderes plagte sie. Ob es ihr wieder schlechter ging? Plötzlich von einem dringlichen Gefühl angetrieben, sprintete er durch den immer dichter fallenden Schnee zum Haus zurück. Struppi folgte ihm auf seinen kurzen Beinen und schlüpfte vor ihm auf nassen Pfoten durch die Tür.

Die Stiefel in der Hand – nasse Pfotenabdrücke reichten, die musste er nicht noch mit Schnee und Mist von seinen eigenen Füßen ergänzen – trat er in den Flur und sah gerade noch, wie Struppi die Treppe hochsprang. Er war offensichtlich nicht der Einzige, der sich Sorgen machte. Er stellte die Schuhe auf ihren Platz und zog sich die nasse Jacke aus, bevor er dem Hund folgte.

„Moira“, fragte er und stieß die einen Spalt offenstehende Tür auf. Wären nicht der Hund und die Katze wie zwei Wächter rechts und links vom Kopfkissen gesessen und hätten mit unverwandtem Blick die Decke angestarrt, hätte er sie übersehen. Er eilte ans Bett und legte eine Hand auf den Deckenhügel. Ganz zusammengerollt lag sie da, schon fast unnatürlich still. Nur das Rasseln ihrer Atemwege, als sie verzweifelt nach Luft rang, war zu hören.

„Hey“, sagte er leise und schüttelte sie liebevoll. „Was ist denn los? Ist die Lungenentzündung wieder schlimmer geworden?“

Moiras Augen füllten sich mit Tränen und sie fing an zu weinen.

„Dad“, platzte sie zwischen zwei Schluchzern heraus. „Ich habe etwas Schlimmes getan!“

*

Zehn Minuten später stand er in der Küche, sein Telefon ans Ohr gepresst, während er mit grimmiger Miene zuschaute, wie die Flocken dichter und dichter fielen. Er hatte Angst. So richtig. Die Einzige, die ihm jetzt noch helfen konnte, war Kristina.

„Kane? Ist etwas passiert?“

„Ja. Hör zu, es tut mir leid wegen vorgestern. Aber ich brauche deine Hilfe.“

„Ja, klar. Was ist los?“

„Es geht um Moira. Wir …“, er schluckte, „wir hatten gestern einen Streit. Der ebenfalls total meine Schuld war“, beeilte er sich hinzuzufügen.

„Das ist jetzt völlig egal“, unterbrach ihn Kristina brüsk. „Sag mir einfach, was los ist.“

Kane holte tief Luft. Kristina hatte wieder einmal recht. Verdammt, weshalb war das alles so schwierig?

„In einer Übersprungshandlung, vermutlich eine Reaktion auf unseren Streit, hat sie beschlossen, ihre Medikamente gegen die Lungenentzündung abzusetzen.“

„Na, dann soll sie sie einfach wieder anfangen zu nehmen. Es dauert vielleicht ein wenig länger, aber das sollte kein Problem sein.“

„Sie hat sie in die Toilette geworfen.“

„Oh.“ Kristina war einen Moment lang still, während ihr tausend Fragen durch den Kopf schossen. Doch sie behielt sie für sich und zwang sich, sich aufs Wesentliche zu konzentrieren. „Und wie geht es ihr jetzt?“

„Nicht gut. Das Fieber ist zurück und ihre Lunge klingt gar nicht gut. Inhalieren bringt fast keine Erleichterung. Muss sie ins Krankenhaus?"

Kristina überlegte.

„Lass es uns erst zu Hause versuchen", sagte sie schließlich. „Krankenhauskeime sind immer ein außerordentliches Risiko für sie. Hast du Sauerstoff?"

„Ja, haben wir."

„Gut. Ich fahre gleich los und bringe die Medikamente vorbei."

„Ich kann sie auch holen", bot er zögernd an, auch wenn ihm nicht wohl war beim Gedanken, Moira allein zu lassen.

„Sei nicht albern. Deine Tochter braucht dich jetzt. Zudem ist nicht mal sicher, dass du es hin und zurück schaffst bei dem Schnee. Sieht ganz so aus, als wären die Straßen bald zu."

„Okay. Danke."

„Schon gut. Bis gleich."

Nachdem sie aufgelegt hatte, erblickte sie Mia, die gerade durch die Tür kam.

„Gott sei Dank bist du da! Moira geht es wieder schlechter und sie braucht Medikamente. Ich fahre direkt zu ihnen raus und bringe sie vorbei."

„Willst du gleich den Krankenwagen und Sunny mitnehmen?", erkundigte sich Mia besorgt.

Kristina schüttelte den Kopf.

„Ich hoffe, dass wir ohne auskommen. Mir ist es lieber, wenn sie in ihrem gewohnten Umfeld bleiben kann."

„Verständlich bei ihrer Krankheitsgeschichte." Sie deutete mit dem Kinn in Richtung Fenster. „Pass auf dich auf. Da draußen geht es bereits wild zu." Ein verschmitzter Ausdruck trat in ihre Augen. „Nimm besser deine Zahnbürste mit. Vielleicht schläfst du heute in Kanes Bett."

„Ha! Dann quartier ich aber Kane auf die Couch aus."

Mia grinste.

„Ich sehe schon, an den Gerüchten ist was Wahres dran."

„Wie meistens." Kristina zwinkerte ihr zu. „Und nochmals danke für deinen Notfalleinsatz."

*

Mit einem besorgten Gesichtsausdruck stürmte John in den kleinen Saal der Silver Lodge, den sie unter dem Vorwand eines Businessmeetings für den Tag gemietet hatten.

„Hat sich unsere Prinzessin auf der Erbse erholt?"

Gary, der auf dem einzigen Sofa im Raum halb lag, halb saß, zeigte ihm den Mittelfinger.

Clancy, der neben ihm auf einem Stuhl saß und über das Display seines Handys wischte, drehte den Kopf.

„Es geht ihm deutlich besser. Er hat eben ein riesiges Steak vertilgt."

„He! Was kann ich dafür, dass Gesundwerden so viel Kraft kostet?"

„Nicht zu vergessen die dramatische Flucht aus dem Krankenhaus", kommentierte Lennard trocken. „Wieso fragst du?"

John deutete zum Fenster.

„Schon mal nach draußen geschaut?"

„Schnee", stellte Gary fest. „Na und?"

„Sehr viel Schnee", korrigierte John ihn. „Wenn wir nicht aufpassen, sitzen wir die nächsten Tage hier fest. Keine gute Idee, mit den Bullen auf den Fersen."

„Da können wir uns auch gleich eine Zielscheibe auf die Stirn malen", brummte Clancy zustimmend. „Bist du wieder fit genug?", fragte er Gary.

Dieser nickte.

„Was muss, das muss. Und wir müssen ja erst noch das Geld holen, das jemand in weiser Voraussicht versteckt hat." Er warf Lennard einen Blick zu, der ausdrückte, was er von dieser tollen Idee hielt.

„Zu diesem Zeitpunkt hielt ich das für notwendig“, brummte Lennard verlegen.

Clancy klatschte in die Hände.

„Also los. Lasst uns gehen. Lennard bezahlt die Rechnung und ich fahre den Wagen vor.“

„Wer hat ihn zum Chef gemacht?“, grummelte Lennard.

Gary grinste.

„Du sagst doch immer, wir sollen mehr Verantwortung übernehmen.“

„Dann krieg endlich deinen Hintern hoch.“

Clancy lachte und schob den Rollstuhl neben das Sofa. Gary konnte laufen, doch es schmerzte immer noch höllisch. Und nachdem sie keine Ahnung hatten, wann sie die nächste Verschnaufpause kriegten, schließlich würden sie nach dem nächsten klitzekleinen Abstecher offiziell auf der Flucht und hoffentlich auf dem Weg nach Brasilien sein, war es besser, seine Kräfte zu schonen.

„Ich weiß nicht, wieso ich mich mit euch Idioten abgebe“, knurrte der ältere Mann. Die Geldbörse in der Hand, verschwand er durch die Tür.

Gary, John und Clancy grinsten sich an.

„Wir lieben dich auch“, riefen sie Lennards Rücken einstimmig zu.

*

Der Schlafmangel und der bitterkalte Wind ließen Kristina frösteln, während sie darauf wartete, dass irgendwer im Haus auf ihr Klopfen reagierte. Immerhin vernahm sie hinter der geschlossenen Tür Struppis Begrüßungskläffen. Das hieß hoffentlich, dass sie in Kürze in der Wärme sein würde.

„Kristina!“, begrüßte Kane sie, als er die Tür öffnete. „Komm rein. Du hast es geschafft“, stieß er erleichtert hervor.

„Gerade so“, pflichtete sie ihm bei und deutete mit dem Daumen nach draußen. „Ich habe es allerdings geschafft, meinen Wagen in deinem Blumenbeet zu parken … oder dem Graben? Der Tränke?“ Als sie Kanes verständnislosen Blick sah, fuhr sie hastig fort: „Auf den letzten hundert Metern ist mein Wagen ins Rutschen gekommen. Ich habe Winterreifen, aber mein Tempo war für die letzte Kurve wohl zu schnell.“ Sie schnitt eine Grimasse. „Ich konnte es nicht erwarten, endlich anzukommen.“ Sie hob eine Schulter und ließ sie wieder fallen. „Sorgen um Moira. Und der verdammte Schnee.“

„Das spielt doch keine Rolle. Du bist hier und das ist alles, was zählt.“

Das war jetzt etwas peinlich, doch sein freundliches Lächeln flößte ihr Mut ein. Sie beschloss, den Stier bei den Hörnern zu packen.

„Ich brauche einen Abschleppwagen. So wie die Achse aussieht, fahre ich damit nirgendwo mehr hin. Schon gar nicht heute.“ Zumindest nahm sie das an. Die Räder sollten ihres Wissens in dieselbe Richtung zeigen. Taten sie nicht mehr.

„Wenn das alles ist“, er lächelte, „in meinem Bett ist Platz genug.“ Er biss sich auf die Lippen, als hätte er zu viel gesagt. „Im Gästezimmer auch. Ich kann verstehen, wenn du noch immer wütend …“

Kristina hob eine Hand.

„So gerne ich ein klärendes Gespräch führen würde, sollte ich doch zuerst nach Moira sehen. Je schneller sie die Medikamente kriegt, desto schneller wird sie sich besser fühlen.“

„Komm, sie ist im Wohnzimmer.“

„Moira, wie geht es dir?“

Das Mädchen, eingemummelt unter mindestens drei Bettdecken, eine Sauerstoffmaske vor dem Gesicht, schenkte ihr ein verlegenes Lächeln. Sie zog eine Hand unter der Decke hervor und zog die Maske bis unters Kinn.

„Viel besser, jetzt, wo du da bist. Es tut mir leid …“

„Okay. Lasst uns gleich mal ein paar Grundregeln aufstellen: Alle Entschuldigungen können warten. So lange, bis es dir wieder gut geht. In Ordnung?“

Moira nickte.

„Hier ist erst mal deine Medizin. Habt ihr schon etwas gegessen?“ Sie schaute fragend zu Kane.

Dieser nickte.

„Hühnersuppe. Ich kann dir welche warm machen.“

„Gern. Ich untersuche in der Zwischenzeit unsere Patientin hier.“

Sie wartete, bis Moira ihre Tabletten geschluckt hatte. Dann zog sie ihr Stethoskop hervor und begann ihre Lunge abzuhören.

„Tut es sehr weh?“

Moira nickte.

„Jeder Atemzug. Die Augen und der Kopf auch.“ Wie um ihre Worte zu verdeutlichen, schloss sie die Augen.

„Das ist das Fieber.“

Ohne eine Miene zu verziehen, vervollständigte Kristina ihre Untersuchung. Blutdruck. Fieber.

„Du solltest etwas trinken“, wies sie Moira an. „Wasser, Tee, Saft?“

„Wasser.“

„Ich hol dir welches. In der Zwischenzeit atmen und ausruhen.“ Sie fasste nach der Maske und schob sie zurück an ihren Platz.

Moira nickte schwach. Zora, die das ganze Geschehen misstrauisch aus sicherer Entfernung verfolgt hatte, gab ihr Versteck unter dem Tisch auf und sprang auf ihren Schoß.

Als Kristina mit dem Wasser in der Hand zu Moira zurückkehrte, waren Kind und Katze zusammen eingeschlafen. Vorsichtig stellte sie das Glas in Reichweite neben das schlafende Paar, bevor sie leise das Wohnzimmer verließ und in die Küche ging. Kane stand am Herd und rührte in einem Topf Suppe. Dampf stieg auf und verbreitete den leckeren Duft im Raum.

„Danke für die Suppe. Ich habe wirklich Hunger."

„Nichts zu danken. Ich musste sie nur warm machen. Keine große Leistung. Wie geht es ihr?"

„Nicht so besonders, aber das wusstest du ja bereits."

„Können wir etwas tun?"

Kristina schüttelte den Kopf.

„Leider nein. Nur abwarten." Sie zog ihre Unterlippe zwischen die Zähne. „Wenn das Fieber nicht in zwei Stunden zurückgeht, bin ich dafür, mit ihr ins Krankenhaus zu fahren."

„In Ordnung. Ich verlasse mich da völlig auf dein Urteil."

Kristina konnte nicht verhindern, dass bei diesen Worten ihre Augenbrauen skeptisch in die Höhe schossen.

„Tatsächlich."

Kane rieb sich den Nacken und nickte.

„Ich war ein Idiot. Es tut mir wirklich leid. Mein erster Reflex ist immer, Moira zu beschützen. Zumindest habe ich mir das eingeredet. Dabei habe ich diesmal nur mich beschützt."

„Dich beschützt?", fragte Kristina überrascht.

Kane trat einen Schritt näher und fasste nach ihren Händen. Er brauchte diese physische Verbindung zu ihr. Musste ihren Puls spüren. Die Kraft ihrer Hände.

„Ich hatte … habe", korrigierte er sich, „Angst vor den Gefühlen, die ich für dich empfinde. Gleichzeitig war ich irgendwie davon überzeugt, dass ich kein zweites Mal so viel Glück haben könnte. Also habe ich beim ersten möglichen Problem kurzerhand die Handbremse gezogen."

„Ich finde es auch ziemlich beängstigend. Und dein Verhalten … es hat mir sehr weh getan", gestand sie und schaute zu Boden.

Kane legte zwei Finger unter ihr Kinn und hob es sanft an.

„Ich weiß. Es tut mir unendlich leid." Er holte tief Luft. „Ich kann nicht versprechen, dass so was nie mehr passieren wird."

Er lachte, einen Hauch Selbstironie in der Stimme. „Schließlich bin ich ein Mann. Aber ich werde mir größte Mühe geben, dass ich das nächste Mal nicht einfach reagiere, sondern zuhöre."

Kristina nickte. Eine kleine Blume der Hoffnung steckte ihren Kopf durch die Schneedecke in der Winterlandschaft ihres Herzens. Der tauenden Winterlandschaft. Kanes Worte hatten dafür gesorgt, dass sie auf einmal wieder zuversichtlich war, dass sie es schaffen würden.

Sie streckte sich und drückte Kane einen Kuss auf die Wange. Wie jedes Mal in seiner Nähe erfüllte eine ganz andere Art von Hunger ihren Körper. Aber da er aktuell nicht auf dem Speiseplan stand, nicht, bis es Moira besser ging und sie die Gelegenheit hatten, sich richtig auszusprechen, musste sie sich wohl oder übel mit Suppe begnügen. Widerstrebend löste sie ihre Hände von seinem Körper und setzte sich an den Tisch. Sehr befriedigt nahm sie zur Kenntnis, dass Kane sich erst räuspern musste, bevor er das Wort ergriff. Gut. Sie war also nicht die Einzige, die von diesen völlig unpassenden, wilden Gefühlen geplagt wurde.

„Suppe?", fragte er heiser.

„Gern. Ich bin am Verhungern."

*

„Und? Geht es ihr besser?", fragte Kane, als Kristina in die Küche zurückkehrte, nachdem sie nach Moira geschaut hatte.

Kristina presste die Lippen zu einer schmalen Linie zusammen und schüttelte bedauernd den Kopf.

„Bis jetzt sieht es leider nicht so aus."

Sie warf einen Blick auf die Wetterstation, die auf dem Tisch stand und auch die Zeit anzeigte.

„Zugegeben, es ist erst eine Stunde her, seit sie die Medikamente bekommen hat. Wenn das Cortison seine Wirkung tut, ist es immer noch möglich, dass das Fieber sinkt." Sie trat ans

Fenster und spähte in die Dunkelheit. „Andernfalls müssen wir sie ins Krankenhaus bringen."

Kane trat neben sie und legte einen Arm um ihre Taille. Kristina erlaubte sich, sich an ihn zu lehnen und ein wenig von seiner Kraft und seiner Körperwärme in sich aufzusaugen. Nur kurz.

Kane war froh, dass Kristina hier war. Ihm war bewusst, dass sie keine Wunder bewirken konnte. Doch allein ihre Anwesenheit und ihre Kompetenz als Ärztin hatten eine beruhigende Wirkung auf ihn, die ihm erlaubte, seine aufkeimende Panik in Schach zu halten.

Trotzdem bereitete ihm die Situation draußen Sorgen. Der Schnee fiel unaufhaltsam und bedeckte die ganze Umgebung mit einer dicken, weißen Schicht. Allein in der letzten halben Stunde war fast ein Meter der kalten Masse hinzugekommen. Unter anderen Umständen wäre es ein sehr romantischer Anblick gewesen. Das Wissen, dass er in Kürze wahrscheinlich durch diese weiße Hölle navigieren musste, sein kostbarstes Gut auf dem Rücksitz, erfüllte ihn mit Grauen.

„Ich geh besser nach draußen und räume die Straße. Zumindest die Auffahrt. Vielleicht haben wir Glück und der Winterdienst war auf der Hauptstraße bereits unterwegs. Ansonsten muss ich euch mit dem Traktor den Weg frei machen, während ihr mir folgt."

Kristina nickte.

„Gute Idee. Je freier die Straßen sind, desto schneller können wir fahren."

Kane nickte nur und drückte ihr einen Kuss auf die Schläfe.

„Ich mache, so schnell ich kann." Er klopfte sich auf seine Brusttasche. „Das Handy habe ich dabei. Ob ich Empfang habe, ist allerdings fragwürdig. Der Service ist schon bei gutem Wetter sehr unzuverlässig."

„Moira und ich haben vorläufig alles, was wir brauchen", versicherte sie ihm. „Pass auf dich auf. Vielleicht geht es ihr ja besser, wenn du zurückkommst."

„Hoffentlich."

Er ging in den Flur und begann sich seine Winterausrüstung überzuziehen. Es war höchst unwahrscheinlich, dass der Winterdienst bereits unterwegs war. In der Regel wurde dieser erst im Morgengrauen aktiv, wenn der Hauptteil des Sturms vorübergezogen war. Doch das sagte er nicht laut. Er wollte nicht, dass Kristina sich zusätzliche Sorgen machte. Es war ihm lieber, sie konzentrierte sich auf Moira. Er würde sein Bestes geben und hoffen, dass es genug war.

*

„Kannst du nicht schneller fahren?", fragte Clancy John, der am Steuer saß.

„Nur Geduld", ermahnte ihn Lennard. „Die Sicht ist beinahe null. Ganz zu schweigen von den Schneeverwehungen. Dieses Auto ist nicht unbedingt dafür gemacht, sich durch solche Schneemassen zu kämpfen."

„Ich wusste ja nicht, dass wir im April mit solchen Massen an Schnee rechnen müssen", verteidigte John, der das Auto aufgetrieben hatte, seine Auswahl.

Gary lachte leise, während Clancy etwas murmelte, was wie „verdammter Flachländer" klang. Laut sagte er: „Ist ja schön und gut für euch auf den bequemen Einzelsitzen in der vorderen Reihe. Ich werde hier von Gary beinahe erdrückt!"

Damit Gary einigermaßen bequem und vor allem ohne seine genähte Wunde wieder aufzureißen reisen konnte, hatte er sich quer auf den Rücksitz gesetzt. Sein Bein, das hochgelagert werden sollte, lag auf Clancys Schoß. Das gesunde ebenfalls. Wenn schon, denn schon.

„Du Armer!", spottete er ohne die geringsten Gewissensbisse. Wenn er ein Loch im Bein aushalten konnte, war es wohl nicht zu viel verlangt, dass die anderen auch einige Unannehmlichkeiten aushalten mussten. Diesmal hatte es halt Clancy getroffen.

„Könnt ihr mit dem Geplänkel aufhören? Ich versuche hier, mich zu konzentrieren“, beschwerte sich John.

„Multitasking ist nicht sein Ding“, ließ Gary die anderen bereitwillig wissen.

Den bösen Blick, mit dem ihn John über den Rückspiegel bedachte, erwiderte er mit einem frechen Grinsen. Die Jungs hatten ihm gefehlt. Das Krankenhaus war in Ordnung gewesen. Doch nicht einmal die bezaubernde Sarah hatte die Abwesenheit seiner Wahlfamilie wettmachen können. Wenn er sie allerdings hätte mitnehmen können, dachte er sehnsüchtig, das wäre wie der Sechser im Lotto gewesen. Er seufzte bedauernd. Es hatte wohl nicht sein sollen. Immerhin wartete ähnlich viel Geld wie beim Lottosechser auf ihn und dazu ein Leben an der Sonne. Damit würde er sich zufriedengeben.

24

Besorgt spähte Kristina durch die Dunkelheit. Entgegen ihrer Hoffnung hatte sich Moiras Fieber nicht gesenkt. Im Gegenteil. Das Thermometer zeigte knapp 41 Grad an. Das war gar nicht gut. Ob Kane wohl bald zurückkommen würde? Sie drehte sich um, als sie hinter sich einen Laut hörte. Moira stand da. Fertig angezogen und eigentlich parat zum Gehen. Besorgt eilte Kristina zu ihr hin, als sie sah, wie Moira schwankte.

Dankbar ließ sich Moira von Kristina zu einem Stuhl führen. Die simple Aufgabe, sich umzuziehen, hatte ihr alle Kraft geraubt. Lächerlich. Aber leider eine Tatsache. Sie verfluchte sich und ihre eigene Trotzreaktion. Wenn sie nicht so doof gewesen wäre, würde es ihr schon viel besser gehen. Stattdessen musste sie wieder ins Krankenhaus und das bei dem Wetter. Sie spähte hinaus und sah dem Schneetreiben, das im Licht der Außenbeleuchtung sichtbar war, zu. Verrückt, wie sehr es schneite. Und statt morgen mit Jorinde durch den frisch gefallenen Schnee zu galoppieren, würde sie in der Klinik herumliegen und sich langweilen.

„Ich hoffe, dein Dad kommt bald zurück", meldete sich Kristina zu Wort. „Er wollte nach einer Stunde eigentlich wieder hier sein." Sie schaute auf die Uhr. „Das wäre jetzt."

Moira fasste nach Kristinas Hand.

„Er kommt bestimmt gleich", sprach sie ihr Mut zu, obwohl sie sich hundeelend fühlte. Ein Lichtstrahl weckte ihre Aufmerksamkeit. Langsam stand sie auf und schlurfte zum Fenster.

„Da! Das sind doch Scheinwerfer! Das ist bestimmt Dad!“

Kristina war bei ihren Worten an ihre Seite getreten. Gespannt verfolgten sie, wie der Strahl der Scheinwerfer langsam näherkam. Noch ein gutes Stück entfernt gingen die Lichter plötzlich aus.

Moira runzelte die Stirn.

„Wieso hält er so weit weg vom Haus?“

Ein ungutes Gefühl breitete sich in Kristinas Magen aus. Wollte Kane etwa nach ihrem Fahrzeug sehen? Mitten im Schneesturm? Das konnte sie sich nicht vorstellen. Was sollte das auch bringen. Zudem wusste er ja, dass sie auf ihn warteten.

*

Kane war seit fast einer Stunde unterwegs. Es war Schwerstarbeit für seinen alten, mit einer großen Schneeschaufel ausgestatteten Trecker. Der starke Wind hatte den Schnee stellenweise fast mannshoch aufgetürmt, während an anderen Stellen blankes Eis lag, sodass er nur langsam vorwärtskam. Ein ersticktes Lachen entfuhr ihm. Wem wollte er etwas vormachen. Selbst bei trockener Straße war sein Trecker ein Trecker und keine Rennmaschine.

Leider hatte sich seine Befürchtung bewahrheitet. Keine Spur des Winterdienstes. Aus diesem Grund hatte er auch den Highway in Angriff genommen. Sein einziger Trost war, dass die Strecke nach der nächsten Serpentine durch die Lage und die dichtere Bewaldung, die bis an den Straßenrand reichte, weniger dem Einfluss des Sturms ausgesetzt war. Dort würde sein Truck auch ohne vorherigen Schneepflugeinsatz durchkommen.

Um sicherzugehen, dass er mit seiner Einschätzung richtig lag, umrundete er die nächste Kurve. Er atmete erleichtert auf, als er die flache Schneedecke sah. Mit dem Vierradantrieb war das zu schaffen. Sorgfältig wendete er den Trecker. Ein Ächzen durchdrang das Heulen des Windes. Alarmiert schaute er hoch.

Begleitet von einem unheimlichen Geräusch neigte sich einer der von den Schneemassen überbelasteten Telegrafenmäste am Straßenrand zur Seite. Nicht sicher, wo der Pfosten landen würde, rettete er sich mit einem waghalsigen Sprung vom Trecker. Sekunden später landete der Balken mit einem Krachen auf dem landwirtschaftlichen Fahrzeug.

Der Aufprall presste alle Luft aus seinen Lungen. Desorientiert blieb er einen Moment liegen, bevor er sich aufrappelte. Im Schnee kniend, starrte er ungläubig auf das Chaos aus Maschinenteilen und Holz. Er konnte von Glück reden, dass er noch lebte. Ein prüfender Blick verriet ihm, dass der Pfosten wenigstens nicht die ganze Straße blockierte. Es war nach wie vor möglich, darum herum zu fahren, dachte er erleichtert.

Er stand auf und zog sein Telefon aus der Innentasche seiner Jacke. Natürlich, dachte er entnervt, als der Anruf nicht durchkam. Wäre ja auch zu schön gewesen, wenn etwas nach Plan gelaufen wäre. Er prüfte die Anzahl der Balken, die den Empfang anzeigten. Fehlanzeige. Kein Fitzelchen Empfang. Nicht bereit, so schnell aufzugeben, schickte er Kristina eine kurze Nachricht. Sie würde sie nicht sofort erhalten. Aber dank der automatischen Push-Funktion würde die Nachricht losgeschickt werden, sobald er in einen Bereich kam, wo Handyempfang verfügbar war.

Die Mütze tief ins Gesicht gezogen, machte er sich entschlossen auf den Heimweg. Einen Schritt nach dem anderen.

*

„Pass auf“, rief Lennard, doch es war schon zu spät. Der Kombi kam ins Rutschen. Einige bange Momente später kamen sie mit einem Ruck zum Stillstand und wurden in ihren Sitzen nach vorn geschleudert. Gary stöhnte, als der Schmerz durch seine Hüfte fuhr. Das metallische Geräusch verriet, dass sie auf ein anderes Fahrzeug geprallt waren, das unter der Schneeschicht halb verborgen war.

„Ein geparktes Auto?“, fragte Clancy ungläubig. „Wir sind am Arsch der Welt und du schaffst es, einen Auffahrunfall zu produzieren?“

„Die Stelle ist vereist, Dummkopf!“

„Immer diese faulen Ausreden“, warf Gary dazwischen. Nicht, weil er sich dringend an der Diskussion beteiligen wollte, sondern weil er dringend eine Ablenkung brauchte. Sein Bein fühlte sich an, als hätte ihm jemand von der Hüfte abwärts einen glühenden Schürhaken in Richtung Ferse gestoßen.

„Fahr doch selbst, wenn du meinst, du kannst es besser!“

„Kinder, Kinder“, schritt Lennard beruhigend ein, doch die Sorge war ihm ins Gesicht geschrieben. Wie viel konnte eigentlich noch schiefgehen? Sie waren so, so dicht vor dem Ziel. „Versuch, den Wagen nochmals zu starten und rückwärts wegzufahren.“

John nickte und drehte den Zündschlüssel. Glücklicherweise sprang der Motor brav an. Fast hätte er das Steuerrad getätschelt, so erleichtert war er. Durch das Innere des Autos ging ein kollektives Aufatmen. Diese fand allerdings ein abruptes Ende, als spürbar wurde, dass das Auto unnatürlich nach rechts hing.

„Verdammt. Ein platter Reifen“, stöhnte Clancy, von der Aussicht auf einen Radwechsel mitten im Schneesturm nicht sehr erfreut.

Trotz seiner Schmerzen beugte sich Gary plötzlich aufgeregt zwischen den beiden Vordersitzen nach vorn.

„Dort, der helle Schein. Das ist sicher die Ranch, wo wir sowieso hinwollten.“

„Logisch, das weiß ich auch.“

„Na, überleg doch mal. Die Leute, die hier wohnen, haben bestimmt ein Auto. Das leihen wir uns einfach.“

„Sagt unser Kurzschlussspezialist. Wie lange ist es her? Highschool?“, fragte John provozierend.

„Du bist nur neidisch.“

„Freunde, vergesst es. Die neueren Modelle haben einen eingebauten Chip, der das Kurzschließen verhindert“, mischte sich Clancy in die Diskussion ein.

„Die Idee ist trotzdem gut“, ließ sich Lennard vernehmen. „Sonst kommen wir hier nämlich nicht weg.“

„Wie willst du denn an den Schlüssel kommen?“

John klang skeptisch.

Lennard grinste ihn nur an.

„Mit meinem berühmt-berüchtigten Charme natürlich.“

Als Gary nur das Gesicht in seinen Händen barg und stöhnte, richtete sich Lennard beleidigt in seinem Sitz auf. „Ich kann sehr überzeugend sein.“

„Meinst du?“

Selbst John klang zweifelnd.

„Wieso lassen wir nicht unseren Charmebolzen hier“, Clancy klopfte Gary auf die Schulter, „um das Auto bitten? So wie er humpelt, kann er voll auf die Mitleidskarte setzen.“

„He, ich bin kein Invalide.“

„Das wissen ja die nicht“, tat Clancy Garys Bedenken ab. „Kommt, lasst uns gehen. Die Zeit läuft uns davon.“

Während sie durch den Schnee aufs Haus zustapften, zog Lennard John beiseite.

„Ich hol unsere Beute aus dem Versteck. Du schaust, dass das Fahrzeug bereitsteht. Sobald ich zurück bin, hauen wir ab.“

„Mach ich.“

*

Nachdem Gary nach der kurzen, aber anstrengenden Strecke durch den Schnee aussah, als würde er sich gleich übergeben, lehnte John ihn kurzerhand gegen den robusten Truck.

„Warte hier mit ihm“, wies er Clancy an. „Ich schaue, ob ich die Leute hier davon überzeugen kann, dass wir ihr Auto brauchen.“

„Viel Glück“, brummte Clancy und versuchte sich an der Autotür. Es klickte und die Autotür ging auf. „Gott sei Dank für vertrauensselige Leute“, murmelte er. Er beugte sich ins Innere des Fahrzeugs und schaltete die Innenbeleuchtung aus. Dann schob er die Tür wieder zu und ging zum Kofferraum. Im Inneren befand sich allerlei Ranch-Ausrüstung. Das meiste davon räumte er aus und stellte es neben dem Fahrzeug in den Schnee. Nur die Decken ließ er drin.

Schließlich kehrte er an Garys Seite zurück.

„Komm, Alter. Ich habe dein Bettchen gerichtet.“

„Mein Bettchen?“

„Ich dachte, du wärst vielleicht froh über ein wenig extra Platz für deine Beine.“

Gary schnaubte amüsiert.

„Du meinst, du wolltest vermeiden, dass deine Beine wieder einschlafen, wenn ich meine Füße bei dir im Schoß platziere.“

„Das auch“, gab Clancy vergnügt zu. „Win-win. So was liebe ich.“

Gary rollte mit den Augen und hievte sich rücklings in den Kofferraum. Solange er sich diagonal platzierte, war es ziemlich bequem, das musste er zugeben.

Mit einem amüsierten Lächeln schloss Clancy die Klappe. Kurz darauf steckte er vom Rücksitz aus den Kopf über die Lehne.

„Alles gut?“

„Bestens“, antwortete Gary trocken.

„Sehr gut. Und jetzt warten wir auf den Schlüsseldienst.“

*

Kristina spähte angestrengt in die Dunkelheit. Jetzt, wo das Licht der Scheinwerfer fehlte, war es unmöglich zu sagen, ob sich jemand in der Dunkelheit näherte. Moira saß am Küchentisch und starrte in ihre Teetasse. Das Geräusch des Sauerstoffgeräts übertönte das Rasseln ihrer beschwerlichen Atmung. Ab und zu hustete sie angestrengt. Die Arme musste erschöpft sein. Sie wollte ihr so gerne helfen, doch leider gab es nichts, was sie tun konnte. Das vertraute Gefühl der Hilflosigkeit ergriff sie. Medizin konnte vieles. Doch allmächtig war sie leider nicht.

Ein Schatten bei der Scheune zog ihre Aufmerksamkeit auf sich und riss sie aus ihren brütenden Gedanken. Als sie genauer hinsah, konnte sie jedoch nichts erkennen. Sie kannte sich auch schlicht und einfach zu wenig aus. Vermutlich verwechselte sie gerade eine flatternde Plane mit einem imaginären Eindringling.

Auf einmal sprang Struppi auf und sprang laut kläffend zur Tür. Überrascht starrten Kristina und Moira einander an. Zora hingegen flüchtete auf den Kühlschrank und sah ihrem vierbeinigen Kumpel missbilligend hinterher. Sie schien der Meinung zu sein, er würde sich nur in völlig unnötiger Lautstärke wichtigmachen.

Moira kicherte hinter ihrer Maske. Auch Kristina musste lächeln. Ein Klopfen an der Tür, kaum hörbar bei Struppis aufgeregtem Bellen, unterbrach ihre Heiterkeit. Moira zog ihre Maske herunter.

„Wieso klopft Dad an der Tür? Wieso kommt er nicht einfach rein?"

Ein Hustenanfall schüttelte sie. Kristina ging zu ihr und rieb ihr beruhigend über den Rücken, bevor sie ihr half, die Maske wieder zu befestigen.

Kristina zuckte mit den Achseln.

„Keine Ahnung." In diesem Moment zeigte das Telefon in ihrer Hosentasche mit einem Vibrieren das Ankommen einer Textnachricht an. Während sie dem Kläffen folgte, um die Tür aufzumachen, zog sie es aus der Tasche. Flink entsperrte sie es, bevor sie nach der Türklinke griff. Sie war gerade dabei, sie herunterzudrücken, als sich die Nachrichten-App öffnete.

Telegrafenmast auf Trecker gefallen. Bin zu Fuß auf dem Heimweg. Fahr schon mal mit Moira los. Der Truck sollte die Straßenverhältnisse so schaffen.

Mitten in der Bewegung hielt sie inne, zog die Klinke wieder hoch und drehte den Schlüssel im Schloss. Das konnte unmöglich Kane sein. Wer zum Teufel stand dann mitten im Schneesturm vor der Tür?

„Hallo", ertönte es gedämpft und in definitiv männlicher Stimme von der anderen Seite der Tür. „Jemand zu Hause?"

„Wer ist da?", verlangte sie zu wissen.

Der Mann schien einen Moment zu zögern, bevor er etwas sagte.

„Ein Notfall, Ma'am."

„Was für ein Notfall?", fragte sie misstrauisch.

„Wir brauchen Ihr Fahrzeug."

Fahrzeug? Fahrzeug! Das brauchte sie verdammt noch mal selbst. Erbost und ohne weiter nachzudenken, riss sie die Tür auf.

„Da ist kein Fahrzeug, das ihr brauchen könnt!"

Der Fremde hob beschwichtigend beide Hände.

„Okay, okay. Nichts für ungut. Darf ich wenigstens kurz in die Wärme kommen? Mir ist furchtbar kalt", improvisierte er.

Struppi hatte sich inzwischen aufs Knurren verlegt, machte aber keine Anstalten, sich gleich auf den Besucher zu stürzen.

Hin- und hergerissen zwischen Misstrauen und ihrer natürlichen Veranlagung, jedem helfen zu wollen, zögerte sie und warf einen Blick über die Schulter zu Moira, die außer Sicht des Besuchers in der Küche stand. Diese hob einen Zeigefinger zum mit der Maske bedeckten Mund. Dann zeigte sie ihr die Schrotflinte, die sie in der anderen Hand hielt.

Kristinas Augen weiteten sich überrascht. Ein Gewehr? Sie war kein großer Fan von Schusswaffen. Dafür sah sie viel zu oft, welche Verheerung die Dinger anrichten konnten. Trotzdem musste sie zugeben, dass der Anblick etwas Beruhigendes hatte.

Mit verschwörerischer Miene ließ Moira die Waffe wieder unter dem Tisch verschwinden. Durch das Tischtuch verborgen, war sie nicht mehr zu sehen. Schlaues Kind. Und offenbar auch ein mit Waffen vertrautes Kind.

Widerwillig wandte sie sich wieder ihrem nächtlichen Besucher zu.

„Also gut. Komm rein. Vielleicht finden wir eine Lösung für dein Dilemma." Aber den Wagen konnte er sich abschminken. Den brauchten sie selbst. Und zwar dringend, wenn sie Moira so anschaute.

Dankbar folgte John der Frau in die Wohnung. Sofort ließ er seine Augen über alle relevanten Möbel gleiten. Die meisten Menschen ließen die Autoschlüssel auf der nächstbesten vertikalen Oberfläche liegen. Er unterdrückte ein Grinsen, als er sie tatsächlich auf der Kommode im Flur entdeckte. Jetzt musste er nur noch … Ups, jetzt hatte die Frau doch tatsächlich die Schlüssel eingesteckt, als hätte sie seine Absicht geahnt. Was jetzt?

Kristina beobachtete ihren Besucher aus dem Augenwinkel genau. Sein Zusammenzucken, als sie die Schlüssel eingesteckt hatte, war ihr nicht entgangen. Wenn doch bloß Kane da wäre …

„Ich mache dem Mann schnell einen Tee. Dann können wir gehen", sagte sie.

Moira starrte den Besucher mit großen Augen an und nickte langsam.

John trat unruhig von einem Fuß auf den anderen. Mit dieser Komplikation hatte keiner gerechnet. Wie kam er jetzt an die verdammten Schlüssel ran? Sollte er mit ihr ringen? Er konnte gar nicht ringen. Und wenn, würde er sicher nicht mit einer Frau ringen. Die Situation war völlig am Entgleiten, daran gab es keinen Zweifel. Sein Blick fiel auf die andere Person in der Küche. Ein Mädchen. Angeschlossen an ein Sauerstoffgerät. Ach du Sch… Das änderte natürlich alles.

*

Lennard kehrte zum Auto zurück. Durch die schneebedeckte Windschutzscheibe sah er Clancys Silhouette auf dem Fahrersitz. Er winkte und ging um das Auto herum, direkt zum Kofferraum. Ohne innezuhalten, öffnete er die Klappe und schmiss die mit Geld gefüllte Reisetasche schwungvoll hinein.

„Uff", grunzte es.

Lennard hielt in seinen Bemühungen, die Klappe wieder zu schließen, überrascht inne und spähte in das dunkle Innere.

„Gary? Was machst du denn hier hinten?"

„*Hier hast du es bequemer*, hat er gesagt", lamentierte Gary und schob die Reisetasche zur Seite.

Lennard lachte leise.

„Sorry. Mit dir hatte ich hier nicht gerechnet. Mach dich nur nicht aus dem Staub mit all der Kohle."

„Haha, weil ich aktuell ja so schnell zu Fuß bin."

„Bald, bald läufst du deinen ersten Marathon", versprach ihm Lennard mit einem Augenzwinkern. „Wo bleibt eigentlich John?"

„Keine Ahnung, Mann. Habe mich auch schon gewundert", rief Clancy nach hinten.

„Ich seh mal nach, was so lange dauert."

Lennard machte die Heckklappe wieder zu und stapfte zum Haus.

*

Kristina bereitete den Tee in Zeitlupentempo zu. Statt den Wasserkocher zu benutzen, der gut versteckt hinter den Frühstücksflocken stand, setzte sie einen Topf eiskaltes Wasser auf. Dann präsentierte sie dem mit jeder Sekunde mehr überfordert aussehenden Besucher die komplette Teesammlung (die vermutlich noch aus Jennys Zeiten stammte und entsprechend alt war).

Moira, die mitbekommen hatte, wie die Augen des Fremden freundlicher geworden waren, als er sie erblickt hatte, gab hinter ihrer Maske alles. Sie klang wie die Inkarnation von Darth Vader. Kristina hätte laut gelacht, wenn die Situation nicht so surreal gewesen wäre.

Die ersten Bläschen stiegen vom Boden des Topfs auf, als es abermals an der Tür klopfte. Struppi bellte. Erschrocken sprang der Besucher auf und schielte misstrauisch in Richtung Tür. Interessant, dachte Kristina. Wovor er sich wohl fürchtete? Auch ihr Herz machte einen Satz. War das etwa schon Kane? Kaum hatte sie diesen Gedanken zu Ende gedacht, verwarf sie ihn auch wieder. Unmerklich schüttelte sie auf Moiras unausgesprochene Frage den Kopf. Es war kaum möglich, dass er schon hier war. Zudem würde Kane, wie sie bereits vorhin festgestellt hatten, wohl kaum an seiner eigenen Tür klopfen.

„Das ist heute ja ein richtiger Zirkus hier", murmelte sie und machte sich daran, nachzuschauen, wer denn jetzt schon wieder etwas von ihnen wollte. Als sie an ihrem uneingeladenen Besucher vorbeikam, hob sie eine Augenbraue.

„Freunde von dir?"

Ihrer Meinung nach war es ziemlich unwahrscheinlich, dass zwei Personen unabhängig voneinander mitten im Schneesturm auf dieser Ranch landeten.

Der Fremde hob eine Schulter und ließ sie wieder fallen.

Großartig. Ein ausgesprochen mitteilsamer Typ. Ungeduldig riss sie die Tür auf. Prompt verschlug es ihr die Sprache. Ihrem Gegenüber schien es ebenso zu gehen. Der Mann starrte sie mit offenem Mund an.

Kristina fing sich als Erste wieder.

„Du!", stieß sie anklagend hervor. „Was willst du denn hier? Habt ihr mich nicht schon genug belästigt?" Sie raufte sich die Haare. „Womit habe ich das verdient?"

„Äh, kann ich reinkommen?"

„Reinkommen?", wiederholte sie ungläubig.

Der andere Besucher, Moira und Struppi waren inzwischen auch aus der Küche in den Flur getreten.

„Lennard“, begrüßte der Fremde den Bankräuber ernst.

Kristina stöhnte innerlich. Natürlich. Das hätte sie sich ja denken können, dass die beiden sich kannten. Moira fuhr mit ihrer lautstarken Darth-Vader-Imitation fort. Was jetzt? Ach ja, sie wollten ein Auto. Das konnten sie vergessen.

Moira schnorchelte abermals, bevor sie taumelte und nach vorn fiel. Entsetzt machte Kristina einen Schritt nach vorn, um sie aufzufangen. Doch da war der Bankräuber bereits zur Stelle. Behutsam hob er das Mädchen hoch. Sein besorgter Blick traf auf Kristinas.

„Muss sie ins Krankenhaus?“

Kristina nickte. Der Besucher ebenfalls, wie sie erstaunt feststellte.

„Also los“, beschied ihr Lennard, der Bankräuber.

In ihrem Kopf drehte sich alles. Der andere war vermutlich Bankräuber Nummer zwei von insgesamt vier. Sie schüttelte den Kopf. Mit diesen Details würde sie sich später auseinandersetzen.

„Ich brauche nur noch meine Tasche und unsere Jacken“, teilte sie Lennard mit. „Warte bitte hier, jemand muss die Sauerstoffflasche tragen.“

John folgte ihr und nahm ihr die Tasche ab, nachdem er sichergestellt hatte, dass der Herd aus war. Ein richtiger Gentleman-Gangster, huh? Noch was, worüber sie sich später Gedanken machen würde.

Behutsam deckte sie Moira mit ihrer Jacke zu, bevor sie die Sauerstoffflasche anhob. Als sie bei Kanes Truck ankamen, sprang ein dritter Mann aus dem Auto. Der zweite Typ vom Morgen, war ja klar.

„Wo habt ihr denn meinen Patienten gelassen? Seid ihr den bereits wieder losgeworden?“

„Natürlich nicht“, entrüstete sich der Neuankömmling. „Er sitzt im Kofferraum. Besser für sein Bein.“

Natürlich.

Clancy streckte die Hand nach dem Schlüssel aus. Kristina zögerte. Sollte sie ihm wirklich die Schlüssel geben? Nichts hielt die Typen davon ab, sie mitten im Nirgendwo auszusetzen.

Lennard beugte sich vor.

„Lass ihn fahren. Ich verspreche, dass wir euch sicher bei der Klinik abliefern. Du solltest hinten bei dem Mädchen sein. Stell dir vor, sie wacht auf und das Erste, was sie sieht, ist meine hässliche Fassade."

Ein ersticktes Lachen überraschte Kristina.

„Also gut. Aber denkt dran, ihr schuldet mir was." Sie zeigte mit ihrem Zeigfinger auf jeden Einzelnen.

Alle drei nickten feierlich.

Okay. Na dann. Kristina übergab den Schlüssel und stieg auf den Rücksitz. Dort wartete sie, bis Lennard ihr die immer noch bewusstlose Moira in den Arm gelegt hatte. John, der sich vorhin kurz vorgestellt hatte, nahm neben ihr Platz. Der Mann am Steuer hieß wohl Clancy und ihr Amnesie-Patient hörte auf den Namen Gary. Eine seltsame Vorstellung, mit Bankräubern per Du zu sein. Aber wenn sie sich dafür während der Fahrt um Moira kümmern konnte, war es das wert. Besorgt beugte sie sich über sie. Höchste Zeit, dass sie in die Klinik fuhren. Hoffentlich schaffte der Truck es durch den Schnee.

*

Abgelenkt durch ihre Sorgen verging die Zeit überraschend schnell, bis sie bei der Notfall-Einfahrt der Klinik vorfuhren. Kristina ließ sich von Lennard aus dem Auto helfen. Pflichtbewusst trug er ihr die Tasche und die Sauerstoffflasche nach, bis sie vom diensthabenden Notfallteam in Empfang genommen wurde.

Lennard blieb einen Moment stehen, bis sich die Türen hinter der Frau und dem Mädchen schlossen. Erst dann kehrte er zum Auto zurück.

„Wohin jetzt?“, fragte Clancy mit einem Seitenblick auf das älteste Teammitglied.

Lennard grinste.

„Jetzt geht’s auf nach Brasilien.“

„Juhuu“, rief Gary von hinten.

Clancy grunzte nur.

„Lasst uns einfach hoffen, dass die Straßen einigermaßen passierbar sind.“

„Zur Not übernachten wir einfach nochmals ein paar Tage in einer Ferienwohnung“, schlug John vor. „Wir sind ja flexibel.“

Lennard warf einen letzten Blick auf die immer kleiner werdende Klinik im Rückspiegel.

„Das ist auch gut so.“

*

Einige Stunden später betrat Kane endlich das Krankenzimmer seiner Tochter. Kristina stand auf und ließ sich von ihm in eine Umarmung ziehen.

„Ich bin so froh, dich zu sehen“, murmelte sie an seiner Brust.

„Und ich erst“, gab er zurück. „Wie geht es ihr?“

Kristina löste sich von ihm und führte ihn zum Bett. Sanft legte er Moira eine Hand auf die Stirn. Sie schlief friedlich. Ihre Haut war trocken und warm, aber nicht heiß. Nichtsdestotrotz sah sie sehr verletzlich aus, wie sie so dalag, die rotblonden Haare wie ein Heiligenschein um ihr blasses Gesicht. Immer noch führte ein Schlauch vom Infusionsständer zum Zugang in ihrem Handrücken. Immerhin lag die Sauerstoffmaske unbenutzt neben dem Bett. Das Rasseln ihrer Atemwege war auf ein Minimum zurückgegangen. Der Rhythmus war ruhig und gleichmäßig. Alles sehr ermutigende Anzeichen.

„Es geht ihr viel besser. Wir haben gleich, nachdem wir angekommen sind, mit einem anderen Antibiotikum begonnen, darauf hat sie sehr gut angesprochen. Wir behalten sie diesmal zur Überwachung ein paar Tage hier. Aber sie sollte bald wieder ganz die Alte sein."

Kane wurde beinahe schwindlig vor Erleichterung. Er ließ sich auf den Stuhl fallen, auf dem Kristina zuvor gesessen hatte, und zog sie zu sich auf den Schoß.

„Wie geht es dir denn?", fragte sie und nahm sein Gesicht in beide Hände.

„Jetzt gut", antwortete er und schloss für einen Moment die Augen.

Kristina lächelte.

„Wie bist du überhaupt so schnell hierhergekommen? Wohl kaum zu Fuß, oder?"

Kane stieß ein ersticktes Lachen aus.

„Da wäre ich immer noch unterwegs. Nein. Als ich gesehen habe, dass ihr bereits fort seid, habe ich etwas gegessen, mir trockene Kleidung übergezogen, Joringel gesattelt und bin über den Pass zur Stone Ranch geritten. Sobald die Tiere versorgt waren, hat mich Jerome zur Klinik gefahren."

„Und das alles mitten im Blizzard! Du bist halt doch ein echter Cowboy", zog Kristina ihn auf.

Kane knurrte leise und knabberte an ihrem Hals.

„Ich bin froh, dass wir uns nicht mehr streiten", gestand sie ihm.

„Ich auch, glaub mir. Solche Situationen wie diese machen einem wieder einmal bewusst, was wirklich wichtig ist."

„Mmmh."

Nachdem sie einige Minuten so dagesessen hatten, richtete Kane sich ein wenig auf.

„Wenn du mir sagst, wo mein Truck steht, kann ich mein Sweat-Shirt holen. Dieses hier ist ziemlich verschwitzt."

Kristina verspannte sich unmerklich in seinen Armen, bevor sie murmelte: „Ah. Ja. Dein Truck. Da gibt es etwas, was ich dir erzählen muss …"

Epilog

Moira hüpfte an Ort und Stelle auf und ab, während sie auf der Veranda stand und darauf wartete, dass die ersten Gäste kamen.

„Meinst du, es kommt überhaupt jemand?“, fragte sie besorgt.

Es war nicht das erste Mal, dass sie diese Frage stellte. Wie die Male zuvor schenkte ihr Kane einen nachsichtigen Blick.

„Sicher. Leslie und Shauna sind doch deine besten Freundinnen! Paula und Nate kommen auf jeden Fall mit. Und wo ein Carter ist, ist der Rest nicht weit.“

Moira nahm ihre Finger zu Hilfe, um alle Carter-Familienmitglieder und ihre Partner auf die Reihe zu kriegen. „Brenda und Stan. Jaz und Jake mit Cammie und Hazel. Tyler und Pat. Kat und Sam. Cole und Avery.“ Sie hielt einen Moment inne. „Meinst du, Avery bringt ihre Spürratte Modesty Blaise mit?“

Kane zuckte mit den Schultern.

„Möglich. Die Hunde bleiben auf meinen Wunsch zu Hause, nachdem unsere zwei Babys heute ankommen.“

Bei den Babys handelte es sich um die beiden Pyrenäenberghundewelpen, die jetzt schon gute zwanzig Kilo wogen. Aus diesem Grund standen auch Lara und Hank auf der Gästeliste. Sie würden die zwei Pyrenäenberghunde mitbringen, die sich Moira und Kane gemeinsam ausgesucht hatten. Matiu und Hemi, zwei Rüden, die den Männerhaushalt verstärken würden. Die beiden Namen waren neuseeländischen Ursprungs, genauer gesagt, Maori, und bedeuteten so viel wie *Geschenk Gottes* und *Gott ist barmherzig*.

Nach den turbulenten Ereignissen der letzten Wochen hatte Kane ein tiefes Gefühl der Dankbarkeit verspürt. Einerseits, weil Moira wieder einmal erfolgreich ihrem Schicksal getrotzt und dem Tod ein Schnippchen geschlagen hatte. Andererseits, weil er sich mit Kristina ausgesöhnt hatte. Er war sehr glücklich darüber, dass sie Teil seines Lebens war. Sie und Moira verstanden sich ebenfalls prächtig. Sämtliche Bedenken, die er je gehabt hatte, hatten sich als völlig gegenstandslos herausgestellt. Diese Dankbarkeit hatte er auf eine Art und Weise zum Ausdruck bringen wollen, die andauern sollte. Er hoffte nur, dass sich die zuständigen Gottheiten nicht beleidigt fühlen würden, dachte er mit einem Grinsen, wenn er das erste Mal *Pfui, Hemi* oder Schlimmeres rief. Das würde bei den zwei Halbstarken ohne Zweifel eher früher als später der Fall sein.

„Das ist für Matiu und Hemi sicher besser." Moira lachte. „Stell dir vor, sie müssten an einem Tag umziehen, unsere Tiere kennenlernen und gleichzeitig zum ersten Mal allen Hunden unserer Freunde begegnen."

Es war drei Wochen her, dass sie das letzte Mal im Krankenhaus gewesen war. Nachdem sie die richtigen Medikamente bekommen hatte, war es mit ihrer Gesundheit schnell bergauf gegangen. Mit Kristinas Hilfe hatten sie den Behandlungsplan erneut angepasst. Zusätzlich hatte sie angefangen, in Tylers Tanzstudio Unterricht zu nehmen, um ihre allgemeine Fitness zu verbessern. Sie fühlte sich so gut wie lange nicht mehr. Sicher, sie wusste, dass bei ihrer Krankheit immer die Gefahr einer erneuten Infektion bestand. Doch sie würde sich nicht unterkriegen lassen und das Beste aus ihrem Leben machen. Cystische Fibrose hin oder her.

„Die Armen wären definitiv traumatisiert fürs Leben", bestätigte Kane trocken.

„Kein Problem“, grinste Moira, „dann kriegen sie einfach Chillax-Kekse, so viel sie wollen.“

Seit Kane gesehen hatte, wie sanftmütig Mephisto und Diavolo waren, wenn sie die Kekse regelmäßig erhielten, war er ein großer Chillax-Fan geworden. Okay, sanftmütig war vielleicht ein wenig übertrieben. Die Kekse veränderten den grundlegenden Charakter der Tiere nicht. Aber sie verhielten sich wenigstens nicht mehr, als wären sie auf Speed.

„Ian und Marley kommen auch“, bemerkte Kane. „Marley hat zudem gefragt, ob auch ihre Mitarbeiter kommen dürfen.“

„Ich glaube, die sind fast wie eine große Familie.“

„Gut möglich.“

„Dort würde ich zu gern mal ein paar Tage schnuppern“, seufzte Moira sehnsüchtig.

Kane sah seine Tochter erstaunt an.

„Wirklich?“

„Natürlich! Weißt du, wie cool es ist, Spiele zu programmieren? Am coolsten sind die Grafiken.“

„Frag sie doch heute, ob du während des Sommers ein Praktikum machen könntest“, schlug Kane vor.

„Wirklich?“

Er zuckte mit den Schultern.

„Warum nicht? Das Schlimmste, was passieren kann, ist, dass sie Nein sagt.“

„Ich überleg’s mir.“

Kane streckte den Arm aus und deutete auf eine Staubwolke am Horizont.

„Gib besser Kristina Bescheid. Die ersten Gäste werden gleich eintreffen.“

Wie der Blitz verschwand seine Tochter im Haus.

Lächelnd machte er sich auf den Weg, um die Ankömmlinge zu begrüßen. Er hoffte, dass sie genug Essen für alle hatten. Donna Leoni hatte ihnen mit dem Catering geholfen. Mit dem Ziel, irgendwann der Pizzeria ihres Vaters den Rücken kehren zu können, führte sie oft solche Nebenjobs aus. Obwohl sie noch ziemlich jung war, kochte sie sehr gut. Die Leute schwärmten jeweils tagelang von ihrem Essen. Heute hatte sie für sie, sprich für halb Independence, gekocht. Moira hatte es bei ihrer Aufzählung nicht einmal bis zur Hälfte der eingeladenen Gäste geschafft. Dagobert und Eve Lartimer wollten kommen. Nadine Saunders, die Schulleiterin, und ihre Partnerin Rose McArthy, Jaz' Großmutter. Einige der *True Warriors*. Die Disney Sisters. Kristinas Arbeitskollegen aus dem Krankenhaus, die Moira so gut betreut hatten. Die Stone-Familie mit Anhang. Und er war sicher, dass er noch einige vergessen hatte. Ein ungläubiges Lächeln umspielte seine Lippen. Wer hätte das vor ein paar Wochen gedacht, dass er irgendwann ein so großes Fest schmeißen würde? Er jedenfalls nicht.

*

Kristina hatte Donna geholfen, das Buffet in der Scheune aufzustellen. Dabei hatten sie sich so gut unterhalten, dass sie völlig die Zeit vergessen hatte. Dass Mephisto und Diavolo alle fünf Minuten auf ein Neues bewiesen hatten, dass es tatsächlich keinen Paddock gab, aus dem sie nicht ausbrechen konnten, hatte ihren Zeitplan zusätzlich durcheinandergebracht. Schließlich hatte sie die beiden kurzerhand in die Pferdebox gesperrt. Die beiden Tinker waren sowieso auf der Weide und würden sich nicht daran stören.

Sie konnte nicht glauben, dass sie nun bereits seit zwei Wochen bei Kane und Moira auf der Ranch wohnte. Zu ihrer Erleichterung hatte Leonidas den Umzug gut verkraftet und sich sogar mit Zora angefreundet. Nur Struppi konnte er nicht ausstehen. Aber die beiden gingen sich mehrheitlich aus dem Weg. Mal schauen, was er zu den beiden Welpen sagte.

Schließlich hatte Donna sie aus dem Stall geworfen, mit der Anweisung, sich zu fertig zu machen. Jetzt stand sie frisch geduscht vor dem Spiegel und trug ihr Make-up auf. Ihre Gedanken wanderten zu ihrer neuen Familie.

Die Zeit seit Moiras letzter Hospitalisierung war wie im Fluge vergangen. Dadurch, dass sie auch im Krankenhaus viel Zeit miteinander verbracht hatten, hatte ihre Beziehung nochmals eine ganz andere Qualität angenommen. Moira war schon was ganz Besonderes, dachte sie voller Zuneigung, und griff nach ihrem Lidschatten. Dasselbe ließ sich über ihre Beziehung zu Kane sagen. Sie hatten viele tiefe Gespräche geführt. Beide hatten sich um Ehrlichkeit und Offenheit bemüht. Das hatte sich definitiv ausgezahlt. Wer hätte gedacht, dass es so bereichernd sein konnte, über seine Ängste, Zweifel und Hoffnungen zu sprechen? Neben den Gesprächen hatten sie erstaunlicherweise immer wieder Zeit gefunden, miteinander allein zu sein. Allein die Erinnerung an letzte Nacht ließ ihren Mund trocken, andere Körperstellen feucht und ihren Pulsschlag schneller werden. Sie schluckte und schaute sich verstohlen um, ob sie immer noch allein war. Polternde Schritte auf den Treppenstufen des alten Hauses verrieten ihr, dass das nicht mehr lange der Fall sein würde.

Mit wem sie ebenfalls mehrere Gespräche geführt hatte, war der Sheriff gewesen. Nachdem die Bankräuber Kanes Truck ausgeliehen hatten, war sie nicht darum herumgekommen, ihm alles zu erzählen. Wenigstens war das Auto wenige Tage später unversehrt auf dem Parkplatz eines Einkaufszentrums gefunden worden. Das hatte ihnen wenigstens den Ärger mit der Versicherung erspart. Wie es dem kriminellen Quartett wohl ging? Hatten sie die Flucht geschafft? Sie schüttelte den unsinnigen Gedanken ab. Diese Fragen waren sinnlos. Das würde sie vermutlich nie erfahren.

„Hey“, rief sie zur Begrüßung, als Moira ins Zimmer gestürzt kam, nahm den Blick aber nicht vom Spiegel. Sie trug gerade Mascara auf und wollte vermeiden, dass sie hinterher wie

Sunnys Waschbär aussah, wenn sie ihre Gäste begrüßte. „Ist schon jemand da?"

„Die Ersten sind im Anmarsch. Kommst du runter? Du musst auch da sein, wenn wir Matiu und Hemi in Empfang nehmen. Damit sie wissen, dass du auch zur Herde gehörst."

Kristina hob eine Augenbraue und suchte im Spiegel Moiras Blick.

„Heißt das, ich bin ein Schaf?"

Moira lachte.

„Oder ein Lama. Du kannst es dir aussuchen."

Ein Mama-Lama, wenn es nach ihr ging. Aber sie traute sich nicht, das laut zu sagen. Vielleicht irgendwann in naher Zukunft. Aber nicht heute. Moira umarmte Kristina kurz und heftig von der Seite.

„Beeil dich. Ich warte unten."

Kristina schmunzelte amüsiert über den jugendlichen Enthusiasmus. Sie freute sich, dass es Moira so gut ging. Mit jedem Tag schien sie mehr aus ihrem Schneckenhaus zu kommen und ihre Schüchternheit abzustreifen.

Sie zog ein paar Mal die Bürste durch ihre braunen Haare und flocht einen schlichten Zopf. Es sollte heute wieder warm werden. Der Schneesturm von vor drei Wochen war nur mehr eine weit entfernte Erinnerung.

Als sie nach unten kam, rannte Moira gerade nach draußen.

„Ich habe die Post auf den Tisch gelegt", rief sie über die Schulter, bevor sie alle vier Stufen, die von der Veranda nach unten führten, in einem Satz nahm.

Dieses Mädchen, dachte Kristina bewundernd und griff sich den Stapel Briefe, die auf dem Küchentisch lagen. Schnell blätterte sie ihn durch. Rechnung, Rechnung, Rechnung. Nach dem dritten Umschlag stieß sie auf eine Postkarte. Ein Strand, Palmen, tropische Drinks und ein paar leicht bekleidete Bikini-Girls waren darauf abgebildet. Stirnrunzelnd drehte sie sie um. Sie würde Kane später fragen, wer zum Teufel ihm Postkarten mit halbnackten Mädchen schickte, schließlich war sie jetzt da und jederzeit bereit, ihm das neueste Bikinimodell vorzuführen.

Auf der Rückseite stand nur ein Datum. Ein Datum im April. Langsam glättete sich ihre Stirn und sie lächelte. Offensichtlich hatten sie es tatsächlich geschafft!

Grinsend platzierte sie die Karte auf dem Kaminsims. Dann schnappte sie sich eines von Kanes Flanellhemden, zog es über ihr T-Shirt und ging nach draußen, um ihre Gäste zu begrüßen.

*

Bald war der ganze Hof voller Leute. Ein Glas Weißwein in der Hand stand Kristina ein wenig abseits der Leute im Schatten einiger Bäume, die bereits die ersten hellgrünen Blätter trugen, und beobachtete ihre Gäste. Die beiden Welpen Hemi und Matiu hielten alles für einen großen Spaß und spielten mit einer alten Satteldecke Seilziehen. Struppi hatte die beiden gleich zu Anfang mit einem Kläffen und einem kurzen, angedeuteten Schnappen in ihre Schranken verwiesen. Darauf hatten sie wohl beschlossen, den alten Miesepeter in Ruhe zu lassen. Die Katzen beobachteten das ungewohnt bunte Treiben vom sicheren Heuboden aus.

Die Mädchen waren gleich zu Anfang zusammen mit Charlies Sohn Ethan im Haus verschwunden. Wahrscheinlich hatten sie wichtige Dinge zu besprechen. Da Leslie dabei war, machte sie sich keine Sorgen um die vier. Das Mädchen war sehr verantwortungsbewusst. In Kürze würde sie aufs College gehen. Paula konnte es selbst nicht fassen, dass sie eine Tochter hatte, die sozusagen erwachsen war.

Anabelle, mit der sie inzwischen gut befreundet war – letzte Woche hatte sie es sogar gewagt, mit Jorinde ganz allein zu Besuch zur Stone-Ranch und wieder zurück zu reiten – kam freudestrahlend auf sie zu.

„Was ist denn mit dir los?“, erkundigte sich Kristina neugierig.

Anabelle lächelte verschmitzt, hob ihr Glas und schwenkte es vor Kristinas Gesicht hin und her.

„Vodka? Gin-Tonic?“

„Weder noch“, antwortete Anabelle mit einem Grinsen. „Pures Quellwasser mit einer Scheibe Zitrone.“

„Heißt das …“

„Jaaaaa!“

„Wie schön!“, rief Kristina aus und fiel ihrer Freundin um den Hals. Als sie sie gedrückt hatte, schob sie Anabelle ein wenig von sich weg und schaute sie forschend an. „Sieht alles gut aus? Keine Übelkeit? Alle Daten bislang in Ordnung?“

„Ja. Zum Glück. Alles sieht ganz normal aus.“ Sie hob eine Schulter und ließ sie wieder fallen. „Ich sollte am besten wissen, dass das keine Garantie ist. Das war beim letzten Mal auch der Fall. Trotzdem war es eine Erleichterung, Mias Bestätigung zu hören, dass alles gut aussieht.“

„Und Jerome?“

„Der freut sich wie ein Schneekönig. Er kann es gar nicht erwarten, es all seinen Freunden zu erzählen. Du bist die Erste außerhalb der Familie, die es erfährt.“

„Ich fühle mich geehrt. Wann ist denn der große Moment der Enthüllung?“

„Falls ihr nichts dagegen habt, heute Nachmittag.“ Sie machte eine allumfassende Handbewegung zu den anwesenden Leuten hin. „Selten genug, dass die meisten unserer Freunde an einem Ort versammelt sind.“

„Gute Idee. Kane hat sicherlich nichts dagegen. Vermutlich meldet er sich gleich für den Job als Patenonkel.“

Anabelle lachte.

„Kann er gerne machen. Sag mal …“ Sie deutete zu einem der Tische in der Nähe, wo die Kuchen aufgestellt waren. „Wer ist das da drüben?“

Kristina runzelte die Stirn.

„Das fragst du mich, die Außenseiterin? Ich wohne erst seit einigen Monaten hier und kenne längst nicht alle.“ Sie ließ ihren Blick weiterwandern. „Aber nachdem die Disney Sisters das ungleiche Paar im Blick haben, fragst du am besten die beiden.“

„Stimmt. Ich frage mich, weshalb sie so an den beiden interessiert sind.“

Kristina hob eine Augenbraue.

„Dir sind sie ja auch aufgefallen.“

„Stimmt. Irgendetwas an ihrer Körpersprache hat mich stutzig gemacht.“ Sie grinste. „Aber es ist nicht so wichtig. Ich suche lieber mal meinen Mann und bereite ihn darauf vor, dass er gleich sein Vaterglück verkünden darf.“

„Mach das“, antwortete Kristina und schlenderte zu den Disney Sisters. „Sucht ihr das nächste Opfer für euer schwarzes Wettbüchlein?“

Ertappt fuhren die beiden herum, nur um simultan ihren Zeigefinger zum Mund zu führen und „Sssch!“ zu machen.

Kristina gehorchte und konzentrierte sich auf die beiden Leute. Sie war blond, nicht allzu groß, mit Kurven an den richtigen Stellen. Ihre grünen Augen blitzten vor Intelligenz und … sie stutzte. War das Sehnsucht im Blick der jungen Frau, die sie auf ungefähr Mitte zwanzig schätzte? Neugierig wandte sie ihre Aufmerksamkeit dem Mann zu, der der Frau gegenüberstand. Er war groß und schlank, fast hager. Sein prägnanter Adamsapfel hüpfte nervös auf und ab, während er gestikulierend etwas zu erklären schien. Die Brille mit dem Horngestell verstärkte den intellektuellen Eindruck noch.

„… tatsächlich sind sich die Fingerabdrücke von Koalas und Menschen so ähnlich, dass sie bereits zu verschiedenen Gelegenheiten bei Tatortanalysen verwechselt wurden.“ Er schluckte, während sein Blick für eine Millisekunde auf ihren traf, bevor er wieder zur Seite schaute.

Maya wurde von Sekunde zu Sekunde frustrierter. Wenn sie der Typ dazu gewesen wäre, hätte sie jetzt die Arme verschränkt und mit der Fußspitze auf dem Boden einen Stepptanz geklopft. Stattdessen spürte sie, wie ihr immer heißer wurde und ihre helle Haut vermutlich die Farbe einer Tomate annahm. Wieso war das verdammt noch mal so schwierig? Sie und Phil arbeiteten seit sechs Jahren zusammen in Marleys Start-up. Seit vier Jahren versuchte sie, ihn dazu zu bringen, mit ihr auszugehen. Doch jedes Mal, wenn sie all ihren Mut zusammennahm und ansetzte, ihn zu fragen, begann er wahllos, zugegebenermaßen spannende und seltsame Fakten aus dem Tierreich aufzuzählen. Verdammt, es war, als hätte er einen inneren Radar, der jedes Mal piepte, wenn sie vorhatte, ihn um ein Date zu bitten.

Trotzdem brachte sie es nicht übers Herz, ihn einfach unfreundlich zu unterbrechen. Zudem interessierte es sie wirklich, ob das nur in Australien ein Problem war oder ob das auch schon auf einem anderen Kontinent vorgekommen war.

„Hast du schon einmal Koalas live gesehen?", fragte sie deshalb.

Verlegen schüttelte er den Kopf.

„Leider nein. Ich fand es nur so spannend. Das ist ja etwas, was man eher im Zusammenhang mit Menschenaffen vermuten würde als mit Bären." Er steckte seinen Zeigefinger in seinen Hemdkragen und fuhr hin und her, als wäre er ihm zu eng. „Also, Koalas im Spezifischen."

Wider ihren Willen und trotz ihrer Frustration musste Maya lächeln.

„Stimmt. Und Koalas sind so niedlich."

„Vielleicht solltet ihr zusammen den Denver Zoo unsicher machen."

„Gibt es dort Koalas?", fragte Maya überrascht und drehte sich zu den Disney Sisters um.

„Bestimmt", versicherte ihr Miss Minnie.

„Und falls nicht, fällt Phil sicher auch ein interessantes Detail zu den Löwen ein, nicht?“ Miss Daisy musterte Phil erwartungsvoll.

„Äh, ich, also …“

Miss Minnie klatschte in die Hände.

„Dann ist es also abgemacht. Nächstes Wochenende geht ihr zusammen in den Zoo.“

„Wir machen was?“, fragte Maya überrumpelt.

„Du hast mich gehört, junge Lady. Phil holt dich um zehn ab.“ Besorgt musterte die ältere Frau Maya. „Ist der Zeitpunkt okay, damit du genug Schönheitsschlaf bekommst?“

Sie beugte sich vor und musterte Mayas Gesicht. Maya kam sich vor wie ein Käfer unterm Mikroskop.

„Du wirst ja auch nicht jünger …“, murmelte sie.

Das schien Phil aus seiner Sprachlosigkeit zu katapultieren.

„Was für ein Unsinn. Ihre Haut ist so zart wie frisch gefallener Schnee.“

Verblüfft drehte sich Maya zu Phil um.

„Wie was?“

„Wie Schnee“, sagte er defensiv.

„Wie auch immer, unsere Arbeit ist hier getan.“

Miss Daisy nahm Miss Minnie am Arm und zog sie mit sich.

„Was war denn das?“, murmelte Kristina zu sich selbst.

„Das“, meldete sich Mrs. Lartimer, die sich lautlos angeschlichen hatte, zu Wort, „war eine Live-Demo der Verkupplungsprofis.“

„Beeindruckend“, gab Kristina zu und beobachtete das verkuppelte Pärchen gebannt.

„Was für eine Arbeit?“, wunderte sich Maya laut, bis sie merkte, dass Phil mit ihr sprach.

„Es tut mir leid. Aber in den Zoo? Das geht nicht. Sorry“, murmelte er, während er auf seine Füße starrte.

Maya blinzelte. Wieso ging es nicht? Wegen ihr? Oder hatte er etwas gegen Zoos? Oder ein Problem mit einmischungsbedürftigen Wichtigtuerinnen? Bevor sie noch zu einem Schluss gekommen war, ließ Phil sie stehen.

Betroffen schaute sie ihm hinterher. Was war sein Problem?

„Oder auch ein Live-Desaster", mutmaßte Kristina kritisch, doch Mrs. Lartimer war schon weitergegangen.

„Komm, meine Liebe", erklang die Stimme der Grande Dame von Independence hinter Maya. „Männer können manchmal solche Dummköpfe sein. Darf ich dich dafür zu unserem wöchentlichen Pokerturnier einladen?"

Bei der Erwähnung des Pokerturniers hellte sich Mayas Miene auf. Sie liebte Poker. Die mathematischen Prinzipien, die im Pokerspiel ihre Gültigkeit hatten, gefielen ihr. Es war nicht so viel anders als das Programmieren eines Computerspiels. Die Aussicht, bald mit Eve Lartimer und ihren Freunden Poker zu spielen, gefiel ihr.

„Gern", sagte sie deshalb und steuerte den Tisch mit den Getränken an.

Aus der Entfernung schaute Phil zu, wie Mrs. Lartimer und Maya miteinander zwischen den anderen Gästen verschwanden. Er wusste nicht, welcher Teufel ihn jeweils heimsuchte, sobald Maya das Gespräch auf persönliche Dinge lenkte. Solange sie sich strikt auf arbeitsbezogene Themen beschränkten, war alles wunderbar. Kaum drifteten sie auf die persönliche Ebene ab, war es mit seiner Wortgewandtheit vorbei. Noch schlimmer, irgendein Troll übernahm die Steuerung seines Hirns und somit auch seiner Zunge.

Was die Sache nicht besser machte, waren die Träume. Er träumte jede Nacht von ihr. Definitiv keine arbeitsbezogenen Träume. Deshalb fühlte er sich jedes Mal ertappt, wenn sie ihre schönen, grünen Augen auf ihn richtete. Er stöhnte innerlich. Wenn sie wüsste, wie gern er mit ihr in den Zoo gegangen wäre. Doch sie hatte einen tollen Typen verdient. Gutaussehend. Muskulös. Einen Helden.

Und nicht einen Nerd wie ihn.

Als er Schritte neben sich vernahm, wandte er den Kopf. Pat stand neben ihm und betrachtete ihn nachdenklich.

Phil runzelte die Stirn. Er kannte Pat nicht näher. Dadurch, dass das ganze Team regelmäßig Yogastunden bei Jaz besuchte, Marleys Vorstellung von Teambuilding, wusste er natürlich, wer er war. Sein Kampfsportstudio befand sich direkt unterm Yogastudio.

„Was ist?“, fragte er misstrauisch.

„Das frage ich mich auch gerade. Du hast eben einen Halbjahrespass für mein Studio gewonnen.“

„Hä?“

„Seltsam, nicht“, bestätigte Pat mit einem Nicken. Er deutete mit dem Zeigefinger in die Menge. „Kennst du Dagobert?“

„*Kennen* wäre übertrieben“, murmelte Phil, dem sich der Sinn dieser Unterhaltung noch immer nicht erschloss.

„Der Tipp und das Geschenk kamen von ihm. Interessiert?“

„Keine Ahnung. Ich war ja noch nie bei dir im Studio.“

„Überleg’s dir“, meinte Pat. „Falls ja, weißt du, wo du mich findest.“

Phil fuhr sich durch die kurzen Haare. Kampfsport? Das war ja mal ein ganz neuer Gedanke.

Eine rote Katze trat aus dem Gebüsch und blinzelte, als würde sie seine Gedanken gutheißen, bevor sie sich umdrehte und verschwand.

Er schüttelte den Kopf über seine abstrusen Gedanken und setzte sich in Bewegung. Irgendwo hatte er Käsekuchen gesehen. Den wollte er sich auf keinen Fall entgehen lassen.

*

Liebe Leserin, lieber Leser

Falls Dir das Buch gefallen hat, würde ich mich sehr freuen, wenn Du Dir die Zeit nimmst, eine kurze Rezension auf Amazon zu schreiben, und all Deinen Freunden davon erzählst. So hilfst Du mir und diesem Buch, ein wenig sichtbarer zu werden. Falls Du gerne über sämtliche Neueröffnungen informiert werden willst, kannst Du Dich hier in meinen Newsletter eintragen: http://virginiafox.com/virginias-welt/

Selbstverständlich kannst Du Dich jederzeit wieder abmelden. Deine Daten werden nicht an Dritte weitergegeben.

Vielen, vielen Dank für Deine Unterstützung!

Liebe Grüße

Virginia

Anmerkungen der Autorin

Liebe Leserinnen und Leser! Als ich die Rocky-Mountain-Serie angefangen habe zu planen, hatte ich mir eine Serie mit zehn Bänden vorgestellt. Bereits diese Vorstellung erschien mir sehr ambitioniert. Ich war mir nicht sicher, ob ich das schaffen würde. Und jetzt haltet ihr Band 22 in den Händen.

Dank eurer Begeisterung für die Rocky-Mountain-Serie fiel mir das Weiterschreiben sehr leicht. Ich bin sehr dankbar, dass euch die Einwohner von Independence ebenso ans Herz gewachsen sind wie mir. Und keine Angst: Die Serie wird weitergehen, Band 23, *Rocky Mountain Luck*, ist in Vorbereitung und wird Ende Juni 2020 erscheinen.

Ein paar Hintergründe zur Serie für diejenigen unter euch, die neu dabei sind: Mit der Rocky-Mountain-Serie kehre ich in eine Gegend zurück, in der ich während meiner Teenagerjahre eine erlebnisreiche Zeit verbracht habe. Der amerikanische Bundesstaat Colorado besticht durch seine abwechslungsreichen und atemberaubenden Landschaften. Von steppenähnlichen Gegenden bis hin zu den beeindruckenden Gipfeln der Rockies, die selbst auf knapp dreitausend Metern ü. M. bewaldet sind, ist alles dabei. Kein Wunder, dass Colorado für sein riesiges Angebot an Outdoor-Aktivitäten bekannt ist.

Independence ist eine fiktive Kleinstadt in der Nähe der bekannten Skiorte Breckenridge, Aspen und Vail und liegt ungefähr 2.900 Meter ü. M. Es hat großen Spaß gemacht, die Kleinstadt zu bevölkern. Ich bin sicher, die Einwohner werden uns noch lange gut unterhalten.

In diesem Band habe ich mich gleich an mehrere unbekannte Themen gewagt. Zum einen an das Thema Cystische Fibrose, auch unter dem Namen Mukoviszidose bekannt. Es handelt sich um eine Erbkrankheit, eine angeborene Stoffwechselerkrankung.

Ich habe viel recherchiert zu dem Thema und mit Ärzten wie auch Patienten gesprochen, doch es ist natürlich vermessen zu behaupten, ich wüsste tatsächlich, wie es sich anfühlt. Bitte verzeiht mir also, wenn ich nicht alles ganz akkurat beschrieben habe. Sämtliche Fehler sind meine eigenen. Wer mehr zum Thema wissen will, findet im Internet viele Informationen. Beim heutigen Stand der Medizin können Patienten mit Cystischer Fibrose oft über 50 Jahre und älter werden, was sehr erfreulich ist.

Gleichzeitig wollte ich herausfinden, inwiefern Kinder berechtigt sind, selbst über ihre Gesundheitsinformationen zu bestimmen. Da ich selbst Mutter einer vierzehnjährigen Tochter bin, war das doppelt spannend für mich.

Mein Dank geht an meine Familie und an meine Freunde, die mich selbst dann unterstützen, wenn ich wieder einmal gedanklich für Stunden in den Rockies verloren gehe. Meine Mutter war wie immer meine erste Betaleserin und strengste Kritikerin. Meine unglaublich tolle PR-Frau Tanja Rörsch kümmert sich um alles, was mein Schriftstellerleben leichter macht, während Juliane Schneeweiss für das wunderschöne Coverdesign verantwortlich ist. Mit der Hilfe meiner Lektorin Lena Eichinger sowie meiner treuen Vorableserinnen konnte ich den Fehlerteufel in seine Schranken verweisen. Nicht zu vergessen mein wunderbarer Mann, der volles Verständnis für meine Deadlines hat und mich selbst in unseren Ferien unterstützt, wenn ich meine Zeit vor dem Computer anstatt mit ihm auf der Piste oder am Strand verbringe. Vielen Dank euch allen.

Aber mein allergrößter Dank geht an euch, meine Leserinnen und Leser. Ihr seid meine tägliche Motivation zum Schreiben. Über eine Rezension auf Amazon würde ich mich sehr freuen. Mit einer Rezension unterstützt ihr aktiv mein Schreiben und meine Bücher, da es für mich als Indie-Autorin eine der wenigen Möglichkeiten ist, auf die Bücher aufmerksam zu machen. Mitglieder meines Rezensenten-Teams erhalten zudem kostenlose Rezensionsexemplare. Alle Infos zur Bewerbung findet ihr auf meiner Webseite.

Den persönlichen Kontakt zu meinen Lesern schätze ich sehr. Besucht mich auf Facebook oder schreibt mir direkt eine E-Mail – ich freue mich!

http://virginiafox.com – hier könnt ihr euch auch in meinen >> Newsletter eintragen. So werdet ihr immer sofort über alle Neuerscheinungen informiert.

Oder ihr geht auf meine Autorenseite auf Amazon und drückt dort auf den Folge-Button unter meinem Portrait.

Auf Facebook findet ihr mich hier:

http://www.facebook.com/authorvirginiafox

Weiter geht es Ende Juni 2020 mit Band 23, *Rocky Mountain Luck,* der Geschichte von Maya und Phil (bald vorbestellbar auf Amazon).

Ich wünsche euch viel Spaß beim Lesen des Klappentextes von *Rocky Mountain Luck* und weiteren Büchern aus meiner Feder.

Wer Ians Chillax-Kekse sucht, findet sie hier:

https://chillax.de (oder chillax.ch für meine Schweizer Leser).

Im Anhang findet ihr wieder einige Rezepte aus Independence.

*

Ihr kennt meine Drachenschwestern-Serie noch nicht? Die Bände 1–4 sind auf Amazon erhältlich. Am Ende dieses Buches findet ihr das erste Kapitel von Band 1, *Die Drachenschwestern*, sowie das erste Kapitel des 4. Drachenromans *Das Drachenmädchen – Das Zeichen des Drachen.*

Miss Daisys Rezepte

Die Rezepte sind jeweils für 4–6 Personen berechnet, außer es ist anders vermerkt. Diesmal hat Jaz wieder einige vegetarische Gerichte beigesteuert.

Jaz' Schwarze-Bohnen-Suppe (vegan)

Eine herzhafte Suppe, die an kalten Tagen zusammen mit Mais-Muffins (nächstes Rezept) durchaus auch mal zum Frühstück genossen werden kann.

Was ihr braucht

1 EL Bio-Olivenöl

1 Zwiebel, gehackt

1 rote Paprika, klein gewürfelt

1 Jalapeño, entkernt und fein gewürfelt

1 Knoblauchzehe, gepresst

2 TL Kreuzkümmel, gemahlen

½ TL Paprika, süß

½ TL Oregano

1 EL Tomatenmark

2 Dosen (ca. 480 g) schwarze Bohnen

1 l Gemüsebrühe

1 Lorbeerblatt

½ Limette, Saft

Cayennepfeffer nach Belieben

Kräutersalz nach Belieben

Zwiebeln, Paprika, Jalapeño und Knoblauch mit etwas Salz in Olivenöl zugedeckt bei mittlerer Temperatur andünsten, bis die Zwiebeln und das restliche Gemüse etwas weich sind. Immer wieder mal umrühren, um zu vermeiden, dass der Knoblauch anbrennt.

Gewürze hinzufügen. Für eine Minute weiterdünsten. Dann das Tomatenmark darunterrühren. Nach einer weiteren Minute mit der Gemüsebrühe ablöschen. Die Bohnen und das Lorbeerblatt hinzufügen.

30 Minuten oder länger köcheln lassen. Anschließend mit Limettensaft, Salz und Pfeffer abschmecken.

Mit einem Stabmixer die Suppe mixen, bis sie die gewünschte Konsistenz hat.

Tipp: Wer gerne noch etwas zwischen den Zähnen hat, nicht zu lange mixen, sodass einige der Bohnen und das Gemüse noch etwas Biss haben.

Mit zusätzlichen Jalapeños und Koriander dekorieren und zusammen mit Crème fraîche und Mais-Muffins servieren.

Tipp: Crème fraîche ist vor allem dann zu empfehlen, wenn Kinder mitessen, die vielleicht nicht ganz so scharf essen wollen.

Jaz' Mais-Muffins (vegetarisch)

Diese Mais Muffins eignen sich genauso gut zum Frühstück als auch als Beilage zu einem herzhaften Fleischeintopf oder eben Suppe. Ich liebe ja Muffins, weil sie so mega einfach in der Zubereitung sind.

Was ihr braucht

Bio-Olivenöl oder Butter, um das Muffinblech zu fetten
60 g Dinkelmehl
80 g feine Polenta (Maisgrieß)
2 EL Zucker oder Akazienhonig
1 EL Butter (15 g), geschmolzen
1 TL Backpulver
1 ½ TL Salz
¼ TL Natron
1 Bio-Ei
240 ml Buttermilch
100 g Cheddar, gerieben
130 g Maiskörner aus der Dose
2 EL Schnittlauch, fein gehackt

Ofen auf 230 Grad vorheizen.
Muffinform mit Butter fetten oder mit Olivenöl auspinseln.
Tipp: Alternativ kann das Blech auch zusätzlich mit Muffinförmchen ausgelegt werden. Dann ist die Putzerei am Ende einfacher und das Blech wird geschont.
Alle trockenen Zutaten, also Maisgrieß, Mehl, Zucker (falls Zucker verwendet wird), Salz, Natron und Backpulver in einer

großen Schüssel miteinander verrühren. Mit der Kelle eine Kuhle in der Mitte formen.

Jetzt den Rest, außer den Käse, in die Mitte geben und mit der Kelle verrühren. Falls als Süßungsmittel Honig gewählt wurde, würde ich ihn an dieser Stelle hinzugeben.

Achtung: Nicht zu lange rühren. Die Masse darf ruhig noch etwas „klumpig" sein. Wird der Teig zu lange bearbeitet, besteht die Gefahr, dass die Muffins nicht luftig werden.

Käse darunterziehen. Nochmals: Nicht zu viel rühren!

Den Teig gleichmäßig in die Muffinförmchen verteilen.

Bei 230 Grad in der Mitte des vorgeheizten Ofens 10–12 Minuten backen, bis sie eine goldgelbe Farbe haben.

In der Form einige Minuten leicht auskühlen lassen. Noch warm mit etwas Butter servieren.

Jaz' Linsen-Süßkartoffel-Eintopf (vegan)

Dieses Rezept ist ein sehr nahrhaftes, aromatisches und vegetarisches Curry und vermutlich persischen Ursprungs. Es lässt sich hervorragend im Dampfgarer oder in der Mikrowelle aufwärmen, ohne im Geringsten etwas von seiner Qualität einzubüßen, weshalb ich immer genug für eine ganze Kompanie koche. Das Rezept ist für 6–8 Personen. Mindestens.

Was ihr braucht

Bio-Olivenöl

1 EL Kokosblütenzucker

1 Zwiebel, gehackt

1–2 Knoblauchzehen, gepresst (können auch weggelassen werden)

500 g rote Linsen

800 g Süßkartoffeln, geschält und gewürfelt (1–2 cm Stücke)

1,25 l (1 ¼ l) Gemüsebrühe

4 EL rote Thai-Curry-Paste

1–2 EL Garam Masala (eine spezielle Currymischung, zu finden im Gewürzregal)

1–2 TL Kurkuma

1–2 TL Ingwer, gemahlen (oder auch frisch, dann eher etwas weniger)

170 g Tomatenmark

250 ml Kokosmilch (oder nach Belieben)

3 Limetten

Kräutersalz

Cayennepfeffer

4–5 EL Olivenöl in einen großen Topf geben. Ich nehme unseren Bräter, das ist der Einzige, der genug Fassungsvermögen hat.
Zwiebeln und Knoblauch bei mittlerer Temperatur kurz andünsten. Curry-Paste und Garam Masala, Kurkuma und Ingwer mitdünsten. Linsen hinzufügen, gut rühren. Süßkartoffeln hinzugeben und mit der Gemüsebrühe ablöschen.
Tomatenmark hinzugeben.
20–30 Minuten köcheln lassen. Immer mal wieder umrühren, damit es sich nicht am Boden des Bräters festsetzt. Sobald die Linsen und die Süßkartoffeln weich sind, mit Kräutersalz und Cayennepfeffer abschmecken. Sollte die Flüssigkeit verdunstet sein, bevor die Linsen oder die Süßkartoffeln gar sind, 0,25–0,5 l Wasser hinzufügen.
Kokosmilch hinzufügen. Falls eine flüssigere Konsistenz gewünscht ist, mehr Wasser oder mehr Kokosmilch hinzufügen.
Tipp: Kann mit Reis oder Quinoa serviert werden. Limettenschnitze dazu reichen.

Spekulatius-Eiscreme

Ein mega Hit bei Groß und Klein. Und das Beste daran? Man braucht keine Eismaschine!

Was ihr braucht

500 ml Bio-Sahne

1 Prise Salz

250 g Kondensmilch, gezuckert

120 g Spekulatius-Aufstrich (z.B. von Lotus)

1 TL Vanille-Extrakt

125 g Spekulatius-Kekse, in Krümeln

Spekulatius-Kekse in eine Plastiktüte geben. Tüte verschließen. Mit einem Nudelholz bearbeiten, bis nur noch Krümel übrig sind. Die Kekse sollen nicht komplett gemahlen sein, sondern eine Größe von durchschnittlich 3–5 mm aufweisen. Die Kekse in einem Verhältnis von ungefähr 1/3 und 2/3 auf zwei Schüsseln verteilen.

Die Sahne in einer Schüssel mit einer Prise Salz steif schlagen. Anschließend kühl stellen.

Den Spekulatius-Aufstrich, die Kondensmilch, die 2/3 Kekskrümel und den Vanille-Extrakt gut mischen. Am besten mit dem Mixer, sodass die Masse so homogen wie möglich wird.

Die geschlagene Sahne sorgfältig von Hand mit einem Teigschaber unter die Keksmasse ziehen. Anschließend in eine flache Auflauf- oder Cakeform einfüllen. Die Form muss gefriertauglich sein.

Mit den restlichen Kekskrümeln bestreuen und für die nächsten 12–24 Stunden in den Tiefkühler stellen.

Am nächsten Tag: Genießen!

Klappentext
Rocky Mountain Luck

(Band 23 der Rocky Mountain Serie, Juni 2020)

Glück im Spiel – Pech in der Liebe
Seit sechs langen Jahren himmelt Maya Anders ihren Teamkollegen Phil Bukowski heimlich an. Zufrieden, ihn jeden Tag bei der Arbeit zu sehen, meint sie, sie hätte noch ewig Zeit, ihn zu einem Date zu überreden. Diese Illusion zerschlägt sich schlagartig, als Phil ohne Vorwarnung seinen Job kündigt.
Trost findet sie in der Welt des Pokerspiels, wo sie durch ihr Talent für Mathematik eine unverhoffte Glückssträhne hat. Damit zieht sie jedoch die Aufmerksamkeit zwielichtiger Gestalten auf sich.
Phil Bukowski leidet jeden Tag unter der Vorstellung, für die Frau seiner Träume nicht gut genug zu sein. Auch wenn sie als Team unschlagbar sind, verwandelt er sich jedes Mal in ein nervöses Wrack, sobald ein Gespräch persönlicher wird.
Als Carter Securities ihm einen Job in der Abteilung für Cyberkriminalität anbietet, ergreift er die Chance mit beiden Händen. Wie hätte er auch ahnen können, dass ausgerechnet Maya auf der Liste der Verdächtigen auftauchen würde?
Überzeugt, dass Maya unschuldig ist, setzt er alles daran, ihre Unschuld zu beweisen. Ein Wettlauf gegen die Zeit beginnt.

Preview
Die Drachenschwestern

(Band 1 der Drachenromane)

„Mist, verdammter!", rief Kaja aus und trat zornig das Gaspedal durch. Doch es half alles nichts. Mit einem letzten Röcheln kam der kleine graue Peugeot zum Stehen und machte keinen Mucks mehr. Zorro, Kajas dreijähriger Husky-Schäfermischling, kläffte aufgeregt.

„Sei still, Zorro! Ich kann jetzt nicht auch noch dein Gebell brauchen, ich habe auch so schon keine Nerven mehr...", schimpfte Kaja entnervt. Was war bloß mit Zorro los?, schoss es Kaja durch den Kopf. Seit ihrem überstürzten Aufbruch von Zuhause war der Hund nicht zu beruhigen und hatte auf der ganzen Fahrt aufgeregt gewinselt. Kaja konnte sich keinen Reim darauf machen. Klar, sie war selbst angespannt und erschöpft, doch Zorro begleitete sie überallhin und war an ihr chaotisches Leben gewöhnt – das konnte es also nicht sein. Müde lehnte sie sich im Sitz zurück und versuchte, sich die Anspannung aus dem Gesicht zu reiben. Prompt schob Zorro aufgeregt seine nasse Schnauze in ihr Ohr und versuchte, Kajas Aufmerksamkeit zu bekommen. „Was ist denn, mein Großer? Willst du ein Stück von meinem Müsliriegel?" Automatisch hatte sie zu ihrer Notfallverpflegung, einem Müsli-Schokoladeriegel, gegriffen – sie war der festen Überzeugung, dass Schokolade weniger ungesund war in Kombination mit Getreide – und biss heißhungrig ein Stück ab. Gleichzeitig bot sie ihrem tierischen Gefährten etwas davon an. Doch zu ihrer Überraschung ignorierte der Hund diesen sonst so heißgeliebten Leckerbissen und fing wieder an zu fiepen. Ratlos beobachtete Kaja Zorro und begann, sich ernsthaft Sorgen zu machen, dass mit dem Hund etwas nicht stimmte. Unmittelbar danach fiel ihr allerdings wieder ein, in welcher Situation sie sich befand, und ihre Gedanken schweiften ab.

„Du brauchst dich nicht aufzuregen, du kleines Fellbündel, sie sieht mich nicht. Auch wenn ich hoffe, dass sich das bald ändert."

Zorro ließ sich von dieser Aussage jedoch nicht beruhigen und fing an zu knurren: „Was soll das heißen, sie sieht dich nicht? Mich sieht sie doch auch. Verstehen tut sie mich auch die meiste Zeit!"

„Aber jetzt hört sie dir ja auch nicht zu. Sie hat zu viele andere Dinge im Kopf. Deshalb hört und sieht sie nicht richtig hin." Der Drache schien das ganze Auto auszufüllen. Zorro heulte nochmals auf, in dem verzweifelten Versuch, Kaja auf das Ungetüm aufmerksam zu machen, und rollte sich dann resigniert ganz nah bei der Tür zusammen, möglichst weit weg von den glänzenden blauen Schuppen.

Kaja versuchte inzwischen, möglichst nüchtern ihre Situation zu analysieren, um nicht laut loszuschreien. Sie saß hier mitten in der Pampa in Südfrankreich fest, mit nur noch drei Müsliriegeln und einem Hund, der offensichtlich seinen Verstand verloren hatte. Die gute Nachricht war, dass es nur noch ca. 5 km bis zum Dorf ihrer Oma waren. Die schlechte Nachricht allerdings war, dass sie nach der durchwachten Nacht und der langen Autofahrt wirklich keine Lust hatte, eine Wandertour zu unternehmen. Dazu kam, dass unterdessen ein für diese Region typischer Nieselregen eingesetzt hatte und die grauen Wolken nicht unbedingt dazu beitrugen, ihre Stimmung zu verbessern. Aber es half alles nichts. Im Auto herumzusitzen brachte sie auch nicht weiter. Kaja stopfte den Rest ihrer Notfallration in ihre ausgebeulte Reisetasche, die sie heute Morgen in aller Hast völlig kopflos gepackt hatte. Sie hatte keine Ahnung, ob sie einen Regenschutz mitgenommen hatte. Sie vermutete, eher nicht. Das Einzige, was sie mit Bestimmtheit sagen konnte, war, dass Zorros Futter, sein Fressnapf und seine Schlafdecke mit dabei waren. „Naja, wenigstens dem Hund fehlt es an nichts“, musste sie innerlich schmunzeln. Sie zog sich die Kapuze ihres Pullovers über den Kopf und ihre Jacke darüber. Schließlich öffnete sie die Autotür, stieg aus und zerrte die Tasche vom Beifahrersitz. Zorro flitzte wie der Blitz über die Mittelkonsole zur offenen Tür hinaus und Kaja knallte, ihrer Stimmung entsprechend, die Autotür des klapprigen Peugeots heftig zu.

„Autsch!“

Kajas Kopf schnellte herum. „Was war das denn? Zorro? Alles in Ordnung mit dir?“ Aufgeregt begann der Hund an ihr hochzuspringen, in der festen Überzeugung, Kaja hätte den blinden Passagier endlich entdeckt – doch Fehlanzeige. Kaja kraulte nur sein Ohr und meinte: „Ich muss wirklich übermüdet sein – jetzt dachte ich schon, ich hätte dich sprechen gehört.“ Geistesabwesend packte sie ihre schwere Tasche auf die Motorhaube und begann, das Durcheinander darin nach einem Regenschutz zu durchsuchen.

Der Drache grinste Zorro an, der ihn wütend ansah. „Ich hab's dir doch gesagt, Kleiner – das dauert noch ein Weilchen, bis sie mich sieht.“

Zorro knurrte zurück: „Nenn mich nicht Kleiner. Und überhaupt, was schreist du dann ‚Aua', wenn du weißt, dass sie dich nicht hören kann!“

„Na hör mal, sie hat meinen Schwanz in der Tür eingeklemmt! Auch wir Drachen schätzen es, wenn man uns die Tür aufhält“, entrüstete sich der Drache.

„Scheint ja überflüssig zu sein“, meinte der Hund, „schließlich bist du jetzt trotzdem draußen.“

„Klar, ich als höhere Energieform brauche keine Türen – aber bequemer ist es allemal. Und überhaupt, wenn ich mich darauf einstelle, durch eine Tür zu gehen und die dann plötzlich zu ist, ist das sehr unangenehm", lamentierte der Drache und fing an zu schmollen. Zorro wurde es jetzt definitiv zu blöd, mit diesem schillernden, blauen Etwas zu diskutieren, und er beschloss, es Kaja gleichzutun und den Drachen erst mal zu ignorieren.

Kaja hatte inzwischen ihre Tasche fertig inspiziert, leider wenig erfolgreich. Der Regen war stärker geworden, und so schloss sie ihre Windjacke bis zum Hals und versuchte sich einzureden, dass Regen ja bekanntlich schön machen sollte. „Wer sich das ausgedacht hat, muss zu dieser unausstehlichen, ewigen Positiv-Denker-Vereinigung gehören", schimpfte sie leise vor sich hin. „Ich würde gerade liebend gern hässlich und dafür trocken bleiben." Plötzlich musste sie trotz allem grinsen. Wenn sie es genau betrachtete, ging es ihr in diesem Moment besser als all die Wochen zuvor in Zürich. Sie hatte keinen Stress, niemand war da, der ihr sagte, sie müsse sich beeilen und bitte an die nächste Deadline denken. Die Luft roch nach feuchter Erde und sommerlich nach frischen, nassen Kräutern und Gras, und Zorro schien sich auch beruhigt zu haben. In eindeutig gehobener Stimmung schulterte sie ihre schwere, alte Tasche und pfiff Zorro zu sich, der keine Zeit verloren hatte, die Wiese am Straßenrand auf der Spur einer der zahlreichen Feldmäuse umzugraben.

„Los, Zorro, wir machen uns auf den Weg zu Mémé. Dort warten schon die Mäuse im Garten auf dich", rief Kaja und fing an, die Straße entlangzulaufen. Der Name ‚Mémé' für ihre Oma stammte aus ihrer Kindheit. Sie hatte als kleines Mädchen das Wort ‚Grandmère' einfach nicht hingekriegt, und so war es bis heute bei Mémé geblieben. Zorro warf einen letzten wehmütigen Blick auf sein aktuelles Mauseloch und beeilte sich dann, sein Frauchen einzuholen. Allerdings nicht ohne im Vorbeirennen noch schnell den verhassten Drachen anzuknurren, der sich ebenfalls anschickte, mit ihnen mitzugehen. Offensichtlich plante der Drache, ein Weilchen zu bleiben.

Preview
Das Drachenmädchen

(Band 4 der Drachenromane)

Luna-Maie keuchte, als sie über die Wiese rannte. Ein schneller Blick über die Schulter verriet ihr, dass sie ihren Vater fürs Erste abgeschüttelt hatte. Nicht, dass ihr das viel nützen würde. Sie konnte ihm nicht für immer aus dem Weg gehen. Wollte sie auch gar nicht. Er hatte nur einen äußerst ungünstigen Moment gewählt, um mit ihr über die aktuellen Schulnoten zu sprechen. Sie verstand, dass er ihre Noten besorgniserregend fand. Ihr passte es auch nicht, dass sie die letzten zwei Prüfungen dermaßen verhauen hatte. Leider hatten sich andere Ereignisse, die ihre Aufmerksamkeit erforderten, in den letzten Wochen dermaßen überschlagen, dass sie einfach keine Zeit gehabt hatte zu lernen. Genau, wie sie heute keine Zeit gehabt hatte, mit ihrem Vater in Ruhe ein Gespräch zu führen.

Endlich bei dem Aussichtspunkt auf dem Hügel angekommen, wo der uralte Apfelbaum stand, streifte sie sich ungeduldig ihren Anhänger über den Kopf, den sie an einem langen Lederband um den Hals trug, und atmete tief durch.

Luna-Maie, erklang eine besorgte Stimme in ihrem Kopf.

Nicht jetzt, gab sie erbost und ebenso lautlos zurück. Hatte sie denn nie ihre Ruhe? Zwischen ihren Eltern und den anderen Freunden und Verwandten, die mit ihnen in einer Hofgemeinschaft auf dem Randen wohnten, ganz zu schweigen von den drei Drachen, die sich überall einmischten, war es manchmal wirklich schwierig, ein wenig Privatsphäre zu finden. Ein deutliches Hindernis für ihre Mission, die sie neuerdings verfolgte.

Sie breitete die Arme aus und ließ dabei den Anhänger in ihrer Hand achtlos zu Boden fallen. Ein kurzes Stoßgebet an die zuständigen Drachengötter murmelnd, schloss sie die Augen und sprang.

Für einen bangen Moment, der wie eine Ewigkeit zu dauern schien, befürchtete sie, dass heute der Tag war, an dem die seltsame Drachenmagie, die sie ihr Leben lang begleitet hatte, ihren Geist aufgab. Erleichtert nahm sie das Prickeln wahr, das jede Wandlung begleitete, und streckte ihre Flügel aus. Wie immer verspürte sie eine überbordende Euphorie, als sie die Winde nutzte und auf ihnen in Richtung Tal segelte. Die rosa- und silberfarbenen Schuppen, die ihren langen Nacken entlang verliefen, sträubten sich. Sie reckte ihren Hals und erhaschte einen Blick auf ihren Vater, der neben dem Apfelbaum stand.

Zum Glück konnte er sie nicht sehen, beruhigte sie sich. Sie konnte nur hoffen, dass er ihre fadenscheinige Erklärung, die sie sich erst noch ausdenken musste, akzeptieren würde.

Nach fünfzehn Jahren konnte sie ihm schließlich schlecht offenbaren, dass seine Tochter eigentlich ein Drache war. Zumindest die Hälfte der Zeit. Irgendwie hatte sie das unangenehme Gefühl, dass er diese Neuigkeit nicht sehr gut aufnehmen würde.

*

Das Herz schlug Mathias bis zur Brust, als er die kleine Anhöhe bis zum alten Apfelbaum hinauf sprintete. Er hatte seine Tochter zwischen dem Obstgarten und der Pferdeweide aus den Augen verloren, bis er sie endlich dort oben entdeckt hatte. Als er sah, wie sie die Arme ausbreitete, als wollte sie in die Tiefe springen, blieb ihm fast das Herz stehen. Verzweifelt rief er ihren Namen, doch der Schreck reduzierte seine Stimme zu einem Krächzen. Er blinzelte und verlangsamte seine Schritte. Wo war sie hin? War sie tatsächlich gesprungen? Eiseskälte breitete sich in seiner Brust aus und drohte ihn zu lähmen.

Er riss sich zusammen und schüttelte die aufsteigende Panik ab. Sicherlich hätte er gesehen, wenn sie tatsächlich gesprungen wäre. Probeweise blinzelte er ein paar Mal, um sicherzugehen, dass seine Augen noch funktionierten.

Endlich hatte er den höchsten Punkt erreicht. Aufs Schlimmste gefasst, riskierte er einen Blick in die Tiefe. Erleichtert stellte er fest, dass Luna-Maies Körper nirgends zu sehen war. Aber irgendwo musste sie doch sein? Irritiert über die Kapriolen des Teenagers suchte er prüfend die Umgebung ab. Wo zum Teufel war sie nur hin? Als sein Blick über das hohe Gras streifte, blendete ihn etwas. Er bückte sich nach dem glänzenden Gegenstand, auf dem das Sonnenlicht reflektierte.

*

Ramiro, der grüne Drache, der eigentlich für Sierra, Luna-Maies Tante, zuständig war, inoffiziell aber die Aufpasser-Rolle für die kleine Luna-Maie übernommen hatte, trat schleunigst den Rückzug an, als er sah, was Mathias da in die Hände gefallen war. Rein theoretisch hieß es, dass Männer nicht in der Lage waren, Drachen wahrzunehmen. Drachenstein hin oder her. Doch im Zusammenhang mit den Drachenschwestern schienen einige der bislang geltenden Drachenregeln ihre Richtigkeit verloren zu haben, sodass er lieber kein Risiko eingehen wollte. Seine Drachenfreunde wären bestimmt stolz auf ihn, wenn sie wüssten, wie umsichtig er sich verhielt.

Das wundert mich gar nicht. Du warst immer schon gut darin, deine eigene Haut zu retten, drang prompt Lance' Stimme an sein Ohr.

„Das ist wieder einmal typisch, dass mir sofort niedere Beweggründe unterstellt werden", protestierte Ramiro laut und materialisierte sich in einem grünen Funkenregen neben Lance auf dem Aussichtsturm.

„Ich hätte es auch hilfreicher gefunden, wenn du geblieben wärst", ließ ihn Maxi spitz wissen. Die violette Drachin saß auf dem Geländer und ließ ihren langen, violetten Schwanz ungeduldig hin und her schnellen. „Dann wüssten wir jetzt wenigstens, auf welches Desaster wir uns einstellen müssen. So sitzen wir im Ungewissen, bis Luna-Maie am Abend heimkommt."

„Falls sie überhaupt wieder kommt", antwortete Ramiro betont düster.

Ihre mit langen, schwarzen Wimpern umrandeten reptilienhaften Augen weiteten sich erschreckt.

„Was willst du damit andeuten? Ist sie etwa in Gefahr?"

Es war so einfach, die Alten aus der Ruhe zu bringen, dachte Ramiro und verdrehte gelangweilt die Augen.

„Hör nicht auf ihn. Er will dir nur Angst einjagen", erklärte Lance und faltete seine blau schillernden Flügel enger an den Körper. Die Autorität des älteren Drachen war deutlich hörbar.

Ramiro knirschte mit den Zähnen.

„Können wir uns endlich dem dringenden Thema zuwenden?"

„Welchem denn?", fragte Lance und hob provozierend eine Augenbraue.

Diese Mimik hatte er im Laufe seines langen Drachenlebens perfektioniert. Wie immer verfehlte sie ihre Wirkung nicht und ärgerte den jüngeren Drachen kolossal. Er zwang sich jedoch, der Verlockung, dem Älteren ins Gesicht zu springen, zu widerstehen.

„Ich glaube wirklich, dass die Gefahr besteht, dass Mathias uns Drachen sehen kann, wenn er den Stein anfasst."

„Papperlapapp! Jeder frisch geschlüpfte Drache weiß, dass Männer nicht in der Lage sind, Drachen zu sehen", mischte sich Maxi ein.

„Völlig ausgeschlossen", stärkte ihr Lance den Rücken.

„Aber wenn ich es doch sage!"

„Hast du irgendeinen Beweis für diese ungeheuerliche Behauptung?", wollte Lance wissen.

„Ähm, nein. Nicht wirklich. Es war nur so ein Gefühl, das ich hatte, als Mathias den Drachenstein aufgelesen hat."

„Ein Gefühl", kicherte Maxi, während Lance ihm überheblich den Arm tätschelte.

„Das sind die Hormone, Jungchen. Such dir besser mal wieder ein Drachenweibchen zum Spielen."

Ramiro stieß einen orange und grün gefärbten Feuerball aus. „Bleibt mir bloß vom Leib. Wenn ihr nicht auf mich hören wollt, ist das euer Problem. Aber ihr müsst nicht meinen, dass ihr später zu mir kommen könnt mit eurem Gejammer, wenn es sich herausstellt, dass ich recht habe."

Wutentbrannt wirbelte er herum und erhob sich dramatisch in die Lüfte.

Eingebildetes Pack!, dachte er. Aber denen würde er es schon noch zeigen.

Das haben wir gehört, ließ ihn Maxi telepathisch wissen.

Verächtlich schnaubend stieß er die Luft aus. Grüngoldene Rauchschwaden strömten aus seinen Nüstern. Er hatte jetzt keine Zeit für einen verbalen Wettstreit. Luna-Maies Sicherheit stand auf dem Spiel. Und vielleicht sogar die gesamte Drachenexistenz, fügte er in einem Anflug von Melodramatik hinzu.

Unter ihm schauten ihm die zwei anderen Drachen besorgt nach.

„Was ist, wenn er recht hat?", wollte Maxi wissen.

„Lass dich von ihm nicht verrückt machen. Er will sich nur wichtig machen. Die Aussagen in den alten Schriften sind ganz eindeutig."

Maxi sagte nichts mehr, auch wenn sie das ungute Gefühl hatte, dass es nicht ganz so einfach sein würde, wie Lance es darstellte. Sie erinnerte sich deutlich daran, dass beim Schreiben der neuen Drachengesetze einige alte Legenden geflissentlich unter den Tisch fallen gelassen worden waren. Über einige davon waren sie bereits gestolpert. Die Drachenschwestern und die Existenz des Drachenkinds waren der lebende Beweis dafür.

*

Neugierig griff Mathias nach dem glänzenden Objekt in der Wiese. War das nicht Luna-Maies Anhänger? Der, den sie immer, ohne Ausnahme trug, seit sie ein kleines Kind war? Behutsam fuhr er mit dem Daumen über die weiß glänzende Oberfläche. Seltsam. Das Lederband war gar nicht gerissen. Es sah ganz danach aus, als hätte seine Tochter den Stein bewusst abgelegt. Unmittelbar, bevor sie vom Erdboden verschwunden war.

Den Anhänger in der Hand, warf er noch einmal einen Blick in die Tiefe, um sicherzugehen, dass sie nicht doch irgendwo bewusstlos auf den Felsen lag. Erleichtert stellte er fest, dass sein erster Eindruck ihn nicht getrogen hatte. Von Luna-Maie war keine Spur zu sehen. Das beantwortete nur leider nach wie vor nicht die Frage, wo sie denn steckte. Weiter unten, schon fast im Tal, erregte eine Bewegung seine Aufmerksamkeit. Was war denn das? Ein Raubvogel? Der Größe nach musste es sich fast um einen Bartgeier handeln. Obwohl ihm bekannt war, dass die Auswilderungsprogramme der letzten zwanzig Jahre erfolgreich gewesen waren, war ihm nicht bewusst gewesen, dass die Vögel so weit von ihrem natürlichen Lebensraum, den Alpen, abschweiften. Unwillkürlich verstärkte er den Griff um den Stein in seiner Hand. Augenblicklich wurden die Umrisse des vermeintlichen Vogels klarer, als hätte jemand eine Linse scharf eingestellt. Fast hätte er den Halt unter den Füßen verloren, so schockte ihn der Anblick. Was dort durch die Lüfte segelte, war definitiv kein Geier, sondern eine ganz andere Kreatur. Ein mittelalterlicher Drache, der direkt aus Grimms Märchen entsprungen schien. Obwohl er noch nie in seinem Leben ein solches Tier gesehen hatte – bis vor zwei Sekunden hätte er sogar überzeugt behauptet, dass Drachen ins Gebiet der Mythologie, sprich der Fantasie gehörten – kam ihm etwas an dem mystischen Wesen seltsam vertraut vor.

Bevor er jedoch die Gelegenheit hatte, diese seltsame Tatsache näher zu betrachten, wurde er abgelenkt. Ein unvermittelter Schmerz in seiner Handfläche beanspruchte seine ganze Aufmerksamkeit. Der Anhänger in seiner Hand schien plötzlich eine ungewöhnliche Hitze zu entwickeln und brannte sich in die Haut. Fluchend ließ er den Stein fallen und wedelte hektisch mit der Hand in der kühlen Herbstluft, um den Schmerz zu lindern. Immerhin war so wenigstens die Frage beantwortet, ob er träumte, dachte Mathias grimmig, denn diese Möglichkeit war ihm vorhin bei seiner unglaublichen Entdeckung kurz durch den Kopf geschossen. Doch der leuchtend rote, ovale Fleck, wo der Stein seine Haut versengt hatte, sprach eine deutliche Sprache. Wie hielt seine Tochter das nur aus? Auf sie schien er offensichtlich nicht dieselbe Wirkung zu haben.

Apropos Luna-Maie. Wo steckte sie nur? Das wusste er immer noch nicht. Intuitiv schaute er sich abermals nach dem fantastischen Anblick des Fabelwesens um. Doch außer eines vagen Schattens, der genauso gut von einem großen Vogel stammen konnte, sah er nichts Ungewöhnliches. Er blinzelte ein paar Mal und schüttelte leicht den Kopf, als könnte er so das Gefühl der Unwirklichkeit loswerden. Geistesabwesend strich er sich mit der Fingerspitze des Mittelfingers über die immer noch leicht brennende Handfläche. Was es nur mit diesem Stein auf sich hatte? Von einer plötzlichen Ahnung geplagt bückte er sich erneut nach der Kette und hob sie vorsichtig am Lederband auf. Ein Blick ins Tal verriet ihm, dass der vage Schatten gerade noch zu sehen war. In ein paar Sekunden wäre er ganz verschwunden. Beherzt griff er abermals nach dem Stein.

Diesmal wusste er, was ihn erwartete. Solchermaßen vorbereitet war er in der Lage, das Brennen zu ignorieren und sich ganz auf seine Beobachtungen zu konzentrieren. Wieder wurde der Schatten augenblicklich scharf. Silber und rosa glänzende Schuppen reflektierten die herbstliche Nachmittagssonne. Schillernde Flügel bewegten sich majestätisch im Wind. Ein eleganter, mit Hörnern besetzter Kopf bildete den Abschluss eines langen, beweglichen Halses. Eine rosa und hellblond gefärbte Mähne flatterte im Wind. Ein langer, spitz zulaufender Schwanz vervollständigte den fantastischen Anblick. Leider machte das Tal an dieser Stelle einen scharfen Knick, sodass der Drache aus seinem Blickfeld entschwand.

Bedächtig fasste er nach dem Lederband und ließ das Schmuckstück in der Luft baumeln. Er würde den verdammten Stein keine Sekunde länger als unbedingt nötig anfassen. Nachdenklich betrachtete er ihn. Ein spurlos verschwundenes Mädchen. Ein altbekanntes Schmuckstück, das plötzlich ein Eigenleben und außergewöhnliche Eigenschaften zu besitzen schien. Eine unerklärliche Beobachtung. Er weigerte sich, das Ding beim Namen zu nennen. Schon nur die theoretische Formulierung des Satzes „ich habe einen Drachen gesehen" ließ ihn an seiner geistigen Gesundheit zweifeln. Doch er kam nicht umhin festzustellen, dass die Ereignisse der letzten halben Stunde einige Fragen aufwarfen. Er war fest entschlossen, die zugehörigen Antworten zu finden. Wenn das hieß, dass er die nächsten Stunden hier auf diesem Hügel verbringen musste, dann war das eben so.

Ein kleiner, langhaariger Hund sprang durchs Gras auf ihn zu.

„Nepomuk. Was machst du denn hier?"

Der kleine Chihuahua wedelte begeistert und ließ seine rosafarbene Zunge heraushängen. Er war schon alt. Kurz vor Luna-Maies Geburt hatte seine Schwester ihn in einer Mülltonne gefunden und ihn seiner Frau Miri geschenkt. Seither war der kleine Charmeur nicht mehr aus ihrem Leben wegzudenken. Inzwischen verbrachte er die meiste Zeit neben dem alten Kater Chili auf der warmen Ofenbank. Doch manchmal packte ihn die alte Abenteuerlust und er wagte sich nach draußen.

Mathias ließ sich auf der verwitterten Holzbank neben dem Apfelbaum nieder und klopfte einladend auf den Platz neben sich.

„Komm. Du kannst mir Gesellschaft leisten, bis Luna-Maie endlich aufgibt und aus ihrem Versteck auftaucht. Ich kann nämlich genauso stur sein wie sie. Von irgendjemandem hat sie das ja“, fügte er nicht ohne väterlichen Stolz hinzu.

Mit einem erstaunlich agilen Satz hüpfte Nepomuk auf die angedeutete Stelle und rollte sich prompt neben ihm zusammen. Er bezweifelte zwar, dass Mathias mit seiner Strategie Erfolg haben würde. Doch wenn er eins in seinen langen Hundejahren gelernt hatte, dann war es, dass Menschen selten auf die Meinung eines Chihuahuas hörten.

*

Oje, dachte Ramiro, als er sah, wie es sich Mathias auf der Bank gemütlich machte. Es sah ganz so aus, als würde der Vater beabsichtigen, an Ort und Stelle auf seine abtrünnige Tochter zu warten. Das konnte nur ins Auge gehen. Es war an der Zeit, Hilfe zu holen. Diesmal versuchte er sein Glück lieber bei den Menschen. Die beiden anderen Drachen hatten ihm ja deutlich zu verstehen gegeben, was sie von seiner Theorie hielten.

Smaragdgrüne Funken sprühten, als er sich lautlos in Luft auflöste.

Bei Dragonbooks von Virginia Fox erhältlich:

Drachenromane:

Band 1 - Die Drachenschwestern
Band 2 - Das Drachenkind
Band 3 - Das Drachenpferd
Band 4 - Das Drachenmädchen
Band 5 - Die Drachen der neuen Welt (kostenlos)
erscheint in meinem Newsletter monatlich als fortlaufende Geschichte.
Hier geht's zur Anmeldung:
http://virginiafox.com/virginias-welt/

Die Rocky Mountain Serie:

Band 1 – Rocky Mountain Yoga
Band 2 – Rocky Mountain Star
Band 3 – Rocky Mountain Dogs
Band 4 – Rocky Mountain Kid
Band 5 – Rocky Mountain Secrets
Band 6 – Rocky Mountain Fire
Band 7 – Rocky Mountain Life
Band 8 – Rocky Mountain Race
Band 9 – Rocky Mountain Lion
Band 10 - Rocky Mountain Gold
Band 11 - Rocky Mountain Crime
Band 12 - Rocky Mountain Heat
Band 13 - Rocky Mountain Snow
Band 14 - Rocky Mountain Horses
Band 15 – Rocky Mountain Kiss
Band 16 – Rocky Mountain Games
Band 17 – Rocky Mountain Love
Band 18 - Rocky Mountain Doc
Band 19 -Rocky Mountain Heart
Band 20 - Rocky Mountain Moon
Band 21 - Rocky Mountain Wish

Band 22 - Rocky Mountain Hope
Band 23 - Rocky Mountain Luck (Juni 2020)
Band 24 - Rocky Mountain Spice (Sept. 2020)
Band 25 - Rocky Mountain Hero (Dezember 2020)

Die Reihe wird 2020 fortgesetzt. Gerne kannst du dich für meinen Newsletter anmelden. So bekommst du alle Informationen über Neuerscheinungen und Aktionen direkt in dein Postfach geliefert. Hier geht's zur Anmeldung:
http://virginiafox.com/virginias-welt/